LES SABOTS
DE LA VIERGE

Maryvonne MIQUEL

LES SABOTS
DE LA VIERGE

roman

PLON
8, rue Garancière
PARIS

A mes trois fils,
Paul-Antoine,
Laurent
et Bastien.

REMERCIEMENTS

L'auteur tient à remercier pour leur précieux concours :
Mme Marie-Thérèse Caron, Mlle Martine Chauney,
Mme van den Berghen, Mlle Claire van Assum, M. Jacques
Rossiaud, M. Jean-Philippe Lecat, M. Michel Sosson,
M. Robert Born, M. Raphaël de Smet, M. Pierre Gras,
M. Jean-Marie Pierron.

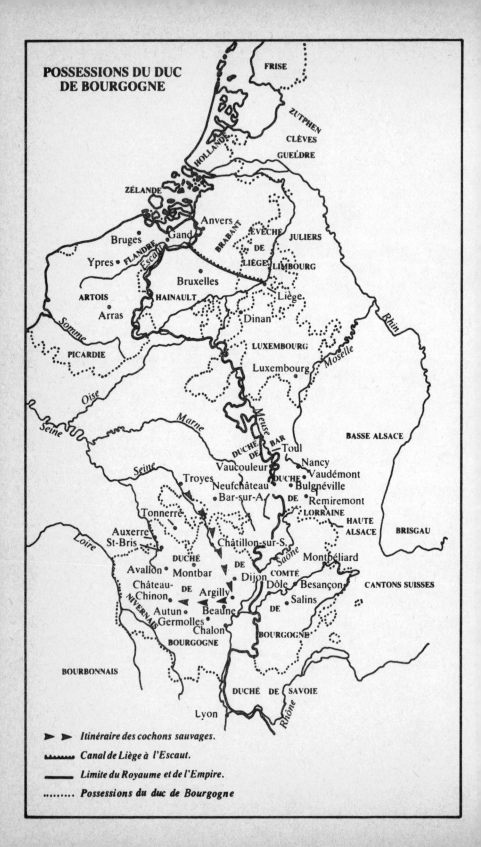

POSSESSIONS DU DUC DE BOURGOGNE

FRISE

ZUTPHEN

CLÈVES

GUELDRE

HOLLANDE

ZÉLANDE

Anvers

Gand

Bruges

BRABANT

ÉVÊCHÉ DE LIÈGE

JULIERS

Ypres

FLANDRE

Escaut

LIMBOURG

Bruxelles

ARTOIS

HAINAULT

Liège

Arras

Somme

Dinan

Rhin

PICARDIE

LUXEMBOURG

Luxembourg

Moselle

Oise

Seine

Marne

Meuse

BASSE ALSACE

Seine

DUCHÉ DE BAR

Toul

Nancy

Vaucouleur

Vaudémont

Troyes

Neufchâteau

DUCHÉ

Bulgnéville

Bar-sur-A.

DE

Remiremont

Tonnerre

LORRAINE

HAUTE ALSACE

BRISGAU

Auxerre
St-Bris

Loire

Châtillon-sur-S.

Saône

Montbéliard

DUCHÉ

Avallon

Montbar

DE

Dijon

COMTÉ

Château-
Chinon

DE

Argilly

Dôle

Besançon

CANTONS SUISSES

Salins

NIVERNAIS

Autun

Beaune

DE

Germolles

Chalon

BOURGOGNE

BOURGOGNE

BOURBONNAIS

Rhône

DUCHÉ DE SAVOIE

Lyon

➤ ➤   *Itinéraire des cochons sauvages.*

〰〰〰〰   *Canal de Liège à l'Escaut.*

────   *Limite du Royaume et de l'Empire.*

········   *Possessions du duc de Bourgogne*

UN CONTEXTE HISTORIQUE

Le duché de Bourgogne...

En 1432, Philippe le Bon, c'est le grand-duc du Ponant... Philippe le Hardi, son grand-père, et Jean sans Peur, son père, ont fait du duché de Bourgogne un très puissant État.

Par le jeu subtil des alliances, par une succession heureuse d'héritages, grâce aussi à une habileté diplomatique sans pareille, les ducs de Bourgogne sont devenus, au milieu du XVe siècle, les maîtres incontestés de l'Europe lotharingienne, celle du Rhin et de la Saône. Philippe n'est-il pas comte du Charolais, comte de Nevers et de Rethel, maître du duché de Bourgogne et du comté (la Franche-Comté) de Bourgogne ? Ne domine-t-il pas les Flandres, l'Artois, le Brabant, le Hainaut, la Hollande et même la Zélande... Le duché s'étend des rives herbeuses de la Saône à l'embouchure de l'Escaut : au-delà même, il baigne dans les immenses prés salés de la Frise et de la Zélande.

Durant cette fameuse guerre de Cent Ans, tout au long des conflits qui ont opposé les Français et les Anglais, les grands Ducs ont joué les arbitres. Ils soutenaient les Anglais, certes, mais le souci de l'hégémonie bourguignonne les poussait à réaliser un vieux rêve cher à leur cœur : gouverner la France.

De son vivant, le redoutable Henri V d'Angleterre les en a vivement empêchés. Il n'entendait pas battre les buissons, après Azincourt, pour que d'autres cueillent les moineaux ! Le roi d'Angleterre veut la couronne de France pour son propre fils Henri VI.

Les partisans du Dauphin Charles, déshérité par son propre père le Roi fou Charles VI, s'insurgent ! C'est en Lorraine qu'on les entend, une jeune pucelle lève l'étendard de la révolte contre l'oppresseur... Les bonnes gens ne demandent qu'à la suivre. « Il faut bouter l'Anglais hors de France ! » Un instant, Jeanne, la bonne Lorraine, songera au duc Philippe comme à un allié possible... « Il faut le rallier. » Elle sera cruellement déçue. Le régent Bedford et son âme damnée, Mgr Cauchon, farouche partisan du rapprochement anglo-bourguignon, veillent. Dès que le petit roi de Bourges sera sacré à Reims, il se trouvera en face d'ennemis implacables, plus unis que jamais, les Anglo-Bourguignons. Philippe de Bourgogne sera inflexible.

Il triomphe d'ailleurs de toute part... Bourgogne a battu Lorraine ! Le duc René d'Anjou et de Bar, mari d'Isabelle de Lorraine, est retenu prisonnier à Dijon, après la défaite de Bulgnéville. Six ans de captivité, et une ruineuse rançon, tel sera le prix de sa liberté.

Philippe dit le Bon et son sagace conseiller Nicolas Rolin, délaissent le plus souvent Dijon, la capitale, pour les riches villes de Flandre, Bruges, Anvers, Gand, d'où leur vient leur véritable fortune. Cependant, ils ont fort à faire, dans les marches de Bourgogne, pour lutter contre les compagnies d'écorcheurs qui saccagent villes et places fortes, récoltes et voies de communication, pillent, violent et tuent. L'un des plus célèbres écorcheurs est le sire d'Espailly, dit « Fortépice ». Stratège remarquable, il fait volontiers alliance avec les petits amis du roi de Bourges, le capitaine Baudricourt, par exemple, maître de Vaucouleurs.

Les braves gens des campagnes et des villes essayent de survivre, en ces temps difficiles. Ils redoutent tout autant les écorcheurs sans pitié que les retondeurs, qui leur succèdent.

Les chroniques de l'époque révèlent le caractère impitoyable des faits mais, en même temps, un goût de vivre chez nos anciens et un sens de l'humour peu commun. C'est qu'en ce temps-là, « Il eût été bien vain celui qui n'eût songé qu'à se plaindre ! » Les « frères humains » s'aimaient et s'aidaient comme ils le pouvaient...

PRÉSENTATION DES PERSONNAGES

MANGEOTTE est une petite paysanne tôt engrossée par un seigneur disparu, elle est dotée d'un fils et d'une ferme qui ne suffit pas à son bonheur puisqu'elle fait — malgré elle — la conquête du capitaine des écorcheurs Fortépice, lui donnant ce dont il rêve depuis longtemps, un fils !

JEANNE DE CROY, la belle princesse veuve d'un héros de chevalerie est convoitée, en raison de son héritage et de sa beauté, par tous les familiers et alliés du duc de Bourgogne. Celui-ci la veut marier à un vieux duc de Bavière, pour pousser au-delà du Rhin ses intérêts. Jeanne ne veut pas du barbon et s'éprend, peut-être par défi, du jeune Lorrain Copillon. Un amour difficile à vivre.

COPILLON, ancien bûcheron des forêts de Rigny, en Lorraine, a suivi son maître, René d'Anjou, duc de Lorraine, en captivité dans la tour de Bar à Dijon. Mais il ne rêve que de repartir, et les barques qui descendent la Saône lui donnent l'idée de devenir charpentier de marine. Il sera, en fait, embarqué dans les aventures d'une compagnie d'écorcheurs, celle du capitaine Fortépice.

FORTÉPICE a la force d'Hercule, la volonté de César, la beauté d'un Apollon vieillissant. C'est la guerre en personne, preneur de villes, pilleur et bretteur, ne s'attardant pas dans les prises, vivant sur les routes, au hasard des alliances. Dans la géographie de l'Est, il penche plutôt pour le roi de France, étant l'ennemi juré de Bourgogne.

Fortépice, impitoyable capitaine, aime les hommes d'honneur, comme Croquemaille, et n'est pas sans faiblesses pour les dames.

CROQUEMAILLE, Gersois d'illustre naissance, serait un Armagnac s'il n'avait quitté les compagnies venues du Sud-Ouest pour se mettre, avec son maître le grand Barbazan, mort à soixante-dix ans dans une charge à Bulgnéville, à la disposition du roi de France Charles VII. Pour le servir et s'infiltrer en Bourgogne, il accepte d'être gardien d'un troupeau de porcs sauvages, ces troupeaux migrateurs qui allaient de Lorraine jusqu'aux grands bois de Château-Chinon. Il est le protecteur et l'ami de Copillon.

CATHERINE, sa compagne, est restée au pays, à Rigny, pour s'occuper des enfants que Copillon a eus jadis avec une paysanne de Lorraine, la Pouillotte, morte prématurément de la peste. La grande Catherine, forte comme un archer picard, ne rêve que d'une chose : épouser Croquemaille. Mais il est bien difficile de fixer au village un pareil écorcheur ! Elle arrive pourtant à le persuader de se marier.

CHAPITRE PREMIER

Le bois de la Vieille Oreille

— Un mois de cette vie-là et je suis fou à voir les anges, dit Croquemaille.

Le vieux bourlingueur des grandes compagnies, l'ancien combattant des écorcheurs du duc de Lorraine s'est enrôlé depuis plus d'une semaine comme convoyeur de porcs sauvages. Les temps sont durs et la guerre ne nourrit plus son homme, surtout quand il approche de l'âge de la retraite. Mais il n'est pas question, en l'an de grâce 1432, que les vieux serviteurs des grands seigneurs songent à retourner au village : personne n'y veut plus d'eux. Ils sont condamnés, pour survivre, à rouler leur bosse jusqu'au bout.

Croquemaille sait bien qu'il mourra, comme les chevaux, sous le harnais. Mais il déteste présentement son emploi. Il enrage d'avoir à supporter l'immonde odeur des porcs, aux côtés de deux marchands lorrains qui lui parlent en propriétaires : Huguenin le Barbérat et le fils Viardot ; ces maroufles sont, en effet, les heureux possesseurs de ces mille bêtes noires, suantes, soufflantes, grouinantes, qui dévalent des noires forêts lorraines jusqu'aux pâquis de Bourgogne, à grands renforts de coups de gaule, de l'hiver à l'été, et, en sens inverse, de l'été à l'hiver...

Dans le bon duché de Bourgogne, le temps de la paisson voit venir les porcs noirs de Lorraine, depuis le fond des âges. Ils y fouillent le sol couvert de glands de l'automne à la feuillée nouvelle. Les forêts sont leur domaine, bien imprudent qui voudrait leur disputer les parcours. C'est aux bêtes qu'il aurait affaire, plus qu'aux hommes. On n'évalue pas la forêt en arpents, ni en coupes de bois, mais au chiffre des porcs qu'elle peut accueillir et nourrir à la paisson...

Inexplicablement, la forêt s'attend à l'invasion qui va la submerger. Cent signes mystérieux annoncent l'approche du grand troupeau : le parfum de cèpes qui s'exhale à l'approche du soir, l'odeur plus légère de la digitale en doigt de gant, la belle vénéneuse au cœur rose. Des branches de houx se détachent les perles crépusculaires qui se sculptent en larmes de gel, dès les premières froidures. Les mousses commencent à craquer sous les glands et les bogues de châtaigniers. Des milliers d'arpents vont se couvrir de faines éclatantes de vigueur : un paradis pour les porcs sauvages !

A grands coups de gaule, Croquemaille et ses patrons, aidés par les valets, poussent les bêtes au poil dur, à la crinière puissante dont les pattes courtes aux sabots agiles entraînent à toute allure un corps massif, tout en muscles, prêt à bousculer les obstacles. Les branches s'écartent sur leur passage, les sabots font voler les mottes en éclats, les oiseaux sentinelles sifflent très haut et très fort, pour prévenir les daims et les biches. Une voie royale s'ouvre devant la horde irrésistible : les oreilles sans cesse en mouvement, à l'affût des bruits de la forêt, le regard brillant voilé par le poil dru, les cochons foncent droit devant eux, au risque de se perdre.

Prudents, les propriétaires les ont marqués de leur sceau rougi à blanc. Ils ont jeté des colorants dans les mares qui leur servent d'abreuvoirs. Ils en sortent avec de larges taches bleues ou rouges et transforment en totems gaulois les arbres qu'ils rencontrent sur leur passage. Ainsi les fûts et les souches gardent la trace de leur ruée à travers les bois. On peut retrouver facilement les égarés, les fugueurs, ceux qui visent les essarts et les cultures en lisière.

Croquemaille et les éclaireurs qui l'entourent sont à cheval, en tête de troupeau. Il a mission de trouver des enclos pour que le troupeau s'y engouffre, dès qu'on quitte la forêt. Il n'est pas question de le laisser divaguer dans les précieuses terres à blé : la chasse du seigneur suffit à les endommager ! Il faut coucher en forêt, et faire naviguer le troupeau sur des pistes immuables, d'un Duché à l'autre.

Le soir, la forêt se referme sur le troupeau : il s'endort sous les chapelles d'arbres, hêtres roux aux feuilles duveteuses, chênes à toison frisée. Les feuilles mortes font une litière craquelante. Les hommes cherchent les cabanes abandonnées par les bûcherons. Ils allument des feux devant les abris aux toits de chaume ou de fougère. Croquemaille désigne un guetteur. Les chiens ne dorment que d'une oreille, ils épient l'approche des loups, tentés de faire ripaille en volant les cochons... Le sommeil engourdit enfin les corps las.

Toute la bande se réveille dès l'aube. Les hommes s'ébrouent, s'agitent, et reprennent la marche. Ils vont encore faire dix lieues dans la journée, ce qui épuise la maigre rosse de Croquemaille, un souvenir du temps où il était homme de guerre, homme du duc de Lorraine.

Les Lorrains mesurent le parcours, les étapes déjà oubliées, ils sont partis de Neufchâtel, ils sont descendus jusqu'à Gié. De là, ils ont poussé leurs bêtes vers Mussy-sur-Seine, Massingy, Leuglay, Bure-les-Templiers. Les voilà près de Marey-sur-Tille. Il n'est pas facile de faire le point en forêt. On se repère quand on sort des bois, en reconnaissant les tourelles des châteaux et les clochers des villages. On navigue au tintement des cloches et les bons guides savent mesurer la distance à l'étouffement du son sous les futaies.

— On est loin encore du bois de la Vieille Oreille, dit aux Lorrains Croquemaille. J'ai peur du passage d'Auxonne. Des routiers y traînent, ils pourraient être tentés...

— Bah ! répond le Barbérat, nous resterons un mois entier à la Vieille Oreille. C'est assez pour se cacher. L'essentiel est d'arriver à temps à la foire de Château-Chinon. C'est là qu'on vend les plus grosses bêtes.

— Jamais les jeunes ne pourront monter la côte !

— Ils resteront ici, dans la forêt, et tu les garderas !

Voilà Croquemaille nourrisseur de porcelets ! Il n'ose répliquer et roule des yeux terribles sous son bonnet de laine. Mais le moment n'est pas venu d'envoyer promener les Lorrains. Il veut retrouver au plus vite, à Chalon-sur-Saône, son jeune ami Copillon la Futaye. Il est sans nouvelles de lui depuis la triste bataille de Bulgnéville, où le duc de Bourgogne a fait prisonnier René de Lorraine. Copillon a suivi le duc, pour le servir dans sa captivité.

— Il ne me reconnaîtra jamais, bougonne à part soi le vieil écorcheur. Qui me reconnaîtrait d'ailleurs ?

Il jette un regard sur le convoi : une véritable expédition, les valets porchers traînent une dizaine de baudets aux couffins remplis de pain bis et noir, de jambon fumé, de fromage sec, de miel, de noix, de farine, des tonnelets de vin, des vessies de porcs remplies d'huile, des onguents pour les blessures, des chandelles par douzaine. De gros mâtins aboient et courent pour rattraper les porcs. Croquemaille se sent aussi sale, aussi repoussant que les verrats de tête, ceux qui ouvrent la route.

— Non, Copillon ne peut me reconnaître.

Dans la cabane où les porchers organisent la halte du soir, il songe aux batailles perdues, aux compagnons des mauvais jours, à Copillon et à Guillot le Bridé. Les Bourguignons règnent aujourd'hui en maîtres, sur les confins du pauvre royaume de France. Le dauphin Charles est à portion congrue. Son fidèle allié, René de Lorraine, est dans la sinistre tour de Bar, à Dijon, capitale des ducs. Que Croquemaille ne donnerait-il pas pour faire évader Copillon et son seigneur, et pour repartir en guerre.

Mais qui parle de guerre ? Le duc festoie et fait bombance dans ses grasses terres de Bourgogne, entouré de ses favoris, de ses flatteurs, de ses muguettes de haut vol. Croquemaille jure très fort dans sa moustache en évoquant l'ennemi. Les porchers rient aux larmes, en le voyant s'emporter. Ils connaissent ses humeurs piquantes.

— Regarde la chandelle, ami, elle brûle bel et bien et elle éclaire notre cabane. Tu n'es pas au palais ducal. Laisse-nous faire les comptes des verrats.

— Et ne t'attends pas à une grosse solde, précise Huguenin, le verrat, fût-il gras comme un cardinal, ne vaudra pas plus de 26 gros à Château-Chinon cette année !

— Le duc a augmenté le loyer de ses forêts, poursuit l'autre Lorrain. Inutile d'aller voir le juge de Château-Chinon, il donne toujours tort aux étrangers. Il a rompu le contrat des gars du Bourbonnais, sans raison, simplement parce qu'ils viennent d'en deçà.

— Est-ce possible, dit Viardot ? Décidément, ces Bourguignons n'ont pas de parole.

— Il ne faut pas traiter avec eux ! gronde Croquemaille. Savez-vous combien le duc a demandé pour la rançon de René ? Vingt mille saluts d'or d'avance !

— Vingt mille saluts ? Il va ruiner toute la Lorraine !

— Ce n'est pas tout. René doit aussi céder les villes de Clermont-en-Argonne, de Châtillon, de Bourmont et de Charmes... Ses deux fils, s'il est libéré, seront retenus en otages. Il ne faut pas traiter avec les Bourguignons. Il faut leur couper le cou comme aux volailles...

— Doucement, l'ami ! Empochons d'abord le prix du troupeau. Une fois soldé, vous couperez le cou à qui vous voudrez !

Le marchand n'en dit pas plus long. Il regarde avec componction les deux poules très maigres qui cuisent lentement dans la marmite, avec des oignons et des fèves. Il a surpris l'incroyable regard de haine du soldoyeur. Celui-là n'est pas venu en Bourgogne pour garder leur troupeau. Il faut l'abandonner au plus vite, le marché terminé, et regagner la Lorraine. Car Dieu seul peut savoir ce qu'il mijote sous son bonnet de laine.

Le lendemain, à l'aube, la colonne ne peut se mettre en route... Les porcs sont de méchante humeur, et refusent de prendre la piste. Ceux de Huguenin et de Viardot ont pris en grippe le troupeau du Troyen Rebillart, un honnête marchand qui a rejoint les Lorrains après Bure-les-Templiers.

— Ils se disputent les femelles, pour sûr ! gronde Croquemaille.

Les porcs agitent leurs oreilles comme des battoirs, ils semblent obéir à un chef, le plus vieux, le plus fort de la bande. Le groin en alerte, les poils hérissés, les défenses menaçantes, il fait front, les pattes avant plantées en terre dans un refus définitif.

— Envoyons les chiens ! dit Huguenin.

— Gardez-vous-en bien, il les éventrerait ! réplique Croquemaille. Il est prêt à charger, et tous les autres le suivront. Regardez plutôt la truie, au milieu du troupeau.

C'est elle qu'ils protègent, elle est blessée, laissez-moi approcher...

Un valet lui tend le canivet, Croquemaille réussit à prendre la patte de la bête, le canivet à la main. Les mâles l'entourent en grondant.

— Tei ! tei ! tei ! lance le valet à voix douce. La bête tourne un moment sur elle-même, puis se couche sur le flanc, comme un chien. D'un geste rapide du canivet, Croquemaille dégage les silex aigus qui s'étaient plantés, comme des sangsues, entre les sabots. La corne s'est émoussée, le pied saigne. Dès qu'elle est soulagée, la bête se relève pourtant, la poix tiède et gluante que Croquemaille a étendue sur la plaie lui permet de marcher. Elle avance lentement, dans la bonne direction et le troupeau la suit en une longue cohorte, sur le sentier moussu.

Toute la journée le troupeau trottine sur les pistes recouvertes de feuillée. Un jour encore, il a passé Auxonne, sans qu'aucun incident trouble la marche. Il se dirige sur Argilly, pour faire halte au bois de la Vieille Oreille, à deux ou trois lieues de Beaune. De là, il prendra tranquillement la piste de Château-Chinon, en s'enfonçant dans la montagne, par Dracy-Saint-Loup.

Le bois de la Vieille Oreille attend les porchers. Ils y ont dormi cent fois sur des lits de fougères, à l'abri des tentations de la plaine, où les vendanges, à cette saison, attirent irrésistiblement les rôdeurs, les chemineaux, les mendiants, les journaliers sans travail et les valets qui désertent les troupeaux. Le vin de Beaune fait rompre bien des contrats et défaillir les vocations. Les Lorrains veulent cacher tout leur monde dans le bois. Mais Huguenin dresse bientôt l'oreille. Il a entendu le cri insistant et plaintif de la chouette, repris par le hurlement des chiens.

— Je n'aime pas cela ! dit-il.

— Du diable ! ajoute Croquemaille dont le cheval tremble comme une feuille, il va falloir se mesurer avec les loups avant peu.

— Creusons des fossés, dit Viardot, et enfermons le troupeau.

— Trop tard, il ne nous reste que le temps d'allumer des feux.

Croquemaille fait tendre aux valets des filets retenus

par des cordons attachés aux arbres. Il donne des ordres, comme à la bataille. Les hommes allument bientôt une douzaine de feux, en une vaste circonférence, tout autour du troupeau. Les porcs se blottissent les uns contre les autres, terrorisés par le feu.

Les chiens veillent, les hommes aussi. Ils ne dorment pas de la nuit. Les loups attaquent à l'aube. C'est leur fâcheuse réputation.

— Ils sont loin encore, dit Pierre Mas, le valet. Mais il ne lâchent jamais le troupeau.

— Brûlons les étapes, dit Viardot, nous ne sommes pas si loin de Beaune.

— Nous avons encore le temps d'avancer. Mais il faut préparer les torches et les flambeaux. Il faut aussi battre les chaudrons car ils craignent le bruit plus que tout ; et, naturellement, il faut presser les bêtes.

— Crois-tu que nous n'allons pas beaucoup perdre, dit Huguenin, en présentant à la foire des animaux exténués ?

— Mieux vaut des porcs maigres que des porcs mangés aux loups.

Les hurlements des chiens interrompent le dialogue : dans le piège à loups imaginé par le valet Pierre, un véritable labyrinthe de palissades et de fossés, une louve affamée s'est jetée sur la truie malade, aux sabots usés, que l'on avait sacrifiée à la survie du troupeau. Tous les porchers ont accouru, c'est l'hallali. Le valet Pierre a sorti son arbalète. Croquemaille la lui arrache, vise lui-même la louve : un vireton suffit pour l'étendre, raide morte.

Les chiens se précipitent, nul ne peut les retenir. Les porcs courent aussi, mais au lieu de tourner en rond dans l'enclos qu'on leur a réservé, ils le franchissent en une masse noire et boueuse, ils se précipitent à l'opposé de la piste de Beaune, et foncent vers la Saône. Personne ne peut arrêter le troupeau en folie qui a senti l'odeur du loup. Croquemaille a sauté sur son cheval mais la rosse est paralysée par la peur. Les marchands sont au désespoir. Ils grimpent aussi vite qu'ils peuvent sur les mulets, et suivent les porcs qui dégagent, sur leur passage, une poussière épaisse. Les chiens les rejoignent, les dépassent, comme s'ils étaient talonnés par les loups. Déjà les porcs sauvages se sont jetés dans les eaux claires de la Saône. Ils nagent côte à côte, île noire et mouvante. La rosse de Croquemaille, les ânes, les mulets, tous sont à la Saône, rejoints par la meute des chiens affolés.

La fraîcheur de l'eau calme le troupeau qui s'ébroue bientôt à terre. Croquemaille ne perd pas son sang-froid. Il s'agit à tout prix d'empêcher les bêtes de dévaster les labours et les vignes de la vallée. Les marchands se lamentent et crient à la ruine. Les valets, rudement chapitrés, établissent un barrage de cordes et de branchages le long de la grève. Les chiens sont rappelés. Un enclos de fortune est bientôt établi, qui empêche les porcs de s'égayer.

— Partons vite, dit enfin Huguenin, et gardons-nous de sonner la trompe et d'alarmer les villageois.

— Il ne faut pas revenir à la Vieille Oreille, dit Croquemaille. Les loups nous y attendent peut-être. Prenons par la lisière sud, et gagnons Beaune par Argilly.

Il faut longtemps encore pour que le troupeau reprenne sa route. Les bêtes les plus faibles — ou les plus lourdes — sont engluées dans la rive de la Saône, elles pataugent dans la boue, s'enfoncent dans la vase. Les porchers les hissent avec des cordes attachées aux branches des saules. D'autres, sur des barques vermoulues, gaulent les baigneurs retardataires.

— Ne nous hâtons pas trop, dit le Troyen Rebillart. Les bêtes doivent reprendre souffle. Que nous importent ces gros bonnets de vignerons. Ils sont riches comme des chanoines !

L'horizon s'éclaire sur les berges de la Saône. Le jour s'éveille avec une paresse encore estivale. Les collines beaunoises, dans le lointain, sont d'un bleu très doux. Le troupeau s'est mis en marche, sans tambours ni trompettes. Croquemaille est en tête, avec le Troyen Rebillart.

— Nous avons Bagnot à notre droite, dit-il, et Chocelle à notre gauche. Regardez les villageois : ils partent au travail ! Ceux-là vont vendanger les vignes.

— Attention à la débauche. Vous êtes sûr de vos valets ?

— Il faut entrer au plus vite dans les bois d'Argilly. Nous y referons le troupeau. Un bon mois de glandée leur fera du bien, avant de prendre la route de la montagne. Croquemaille ne répond pas. Il n'a que faire de la solde des marchands. Il ne veut ni aller à Beaune ni à Château-Chinon, mais bien à Chalon, pour des raisons qui ne regardent que lui.

Il jette un œil sur ses chausses crottées, sur son cheval affamé, sur son épée rouillée. S'est-il assez empêtré dans la caravane des porcs ?

— Bah ! se dit-il, un sac de pistoles est toujours bon à prendre ! et il rejoint Rebillart qui l'avait devancé de plusieurs encolures, montant un bidet troyen fort convenable.

— Il me semble, lui dit-il, que je vais reconnaître la route vers Chocelle. Ces paysans armés de fourches ne me disent rien qui vaille.

Il pique des deux, s'éloigne au petit trot vers le village, rencontre plusieurs groupes de vendangeurs, ils le toisent avec méfiance, observent avec attention son équipement d'homme de guerre. Croquemaille, impavide, poursuit son chemin, intrigué par un groupe d'hommes en armes qui s'assemble sur la place du village. A deux cents pieds, il saute de cheval, attache sa rosse au porche d'entrée d'une vigne, se drape dans sa cape couleur de muraille, et marche lentement, ouvrant l'œil.

Une ferme isolée l'accueille à droite du chemin. Les poules blanches caquettent en un concert matinal qui réveille, chez le vieil écorcheur, un instinct de rapine. Il en verrait bien une douzaine accrochées à la selle de son cheval. Il entre dans la ferme, sans crier gare. Une femme en cotte pousse un cri.

— Tue dieu la belle ! vous voilà seule, que fait donc votre mari ?

— Il est au village avec les autres, glapit la fermière affolée. Mais qui êtes-vous donc ?

— Que voilà des jolis tétins, ils sont chauds comme nids de poule. — Il la serre vivement contre lui.

— Comment te nomme-t-on ?

— Clérote, mais laissez-moi, je vous prie.

Elle réussit à se dégager. Il repart à l'assaut, plonge sur elle, la manque, s'enfonce la tête la première sur un lit clos dans un épais duvet dont les plumes volent en gerbes. Furieux, Croquemaille se redresse, la moustache garnie de duvet de canard.

— Tu me le paieras, Clérote ma mie.

Cette fois, il la prend par le bras, la traîne dans la cour, la hisse sur le muret.

— Qui sont ceux-là ? Que préparent-ils ?

Elle éclate de rire.

— Je l'avais bien compris tout de suite, que vous étiez un soldoyeur. Rengainez votre épée, l'écorcheur. Ceux-là ne doivent pas vous inquiéter. S'ils ont des piques c'est pour la procession.

— Quelle procession ? demande Croquemaille, méfiant, en bousculant la belle.

— Tiens donc, celle de Bacchès !

— Tu veux dire, Bacchus ?

— Non, Bacchès, maudit ignorant de Lorraine, gardien de pourceaux. Laisse-moi ! tu sens le verrat à plein nez.

Penaud, il la laisse aller, elle rentre dans la ferme, retire du feu la marmite de soupe, lui en sert une écuelle, sachant que l'écorcheur est plus pacifique quand il a le ventre plein.

— Tu es plus rusée qu'une oie. Si tu m'as trompé, gare !

— Tu ne connais pas saint Vernier ?

Elle se signe.

— C'est le saint qui fait le bon vin. On l'adore au début des vendanges. Maintenant. Et ceux-là se préparent pour une belle procession, comme à Beaune. Ainsi dans cinq jours, tout sera dans la cave, mais il faut faire vite : ni raisin vert ni raisin qui vire. Le bon pinot n'attend pas.

— Moi non plus. Raconte-moi un peu ce Bacchès...

— Il a un char tout décoré de fleurs, avec un fût pour s'asseoir, tout nu, avec des feuilles de vigne aux bons endroits. Ceux que tu vois avec la pique sont les vendangeurs de l'escorte. Bientôt ils laisseront la pique pour porter les filles, qui ont des corselets de feuilles de vigne. As-tu toujours aussi peur ?

Croquemaille est trop occupé à vider son écuelle de bois pour répondre à ses insolences.

— L'année dernière le duc Philippe est venu en personne. Il a enlevé une des filles et lui a fait un beau garçon. Quelle dot elle a reçue !

Clérote rêve et Croquemaille tend l'oreille.

— Tu dis que le duc Philippe est de la partie ?

— Pas aujourd'hui, compère ! Il est trop occupé dans les Flandres. Si c'est lui que tu cherches, il te faut trouver un bon cheval !

— A force de parler de vendanges, tu me donnes soif. N'as-tu pas quelque pinte de ce pinot ?

— Si fait, mon beau seigneur, j'en ai une outre pleine. Je vous la donne à une condition.

— Laquelle ? fait Croquemaille en lissant sa moustache.

— Que vous partiez sur-le-champ, pour ne plus revenir, vous ni vos semblables. Nous n'avons que faire ici des Armagnacs.

Bousculé, poussé dans la cour par la robuste femelle, Croquemaille est happé, en sortant, par la procession de saint Vernier. Les hommes chantent à gorge déployée. Les filles qu'ils portent à bout de bras lancent des fleurs. Le guerrier n'ose protester, ni punir la fermière pour ses insolences. C'est avec soulagement qu'il attache son outre de vin à son cheval, pour retrouver le chemin de la forêt.

— Les Bourguignons sont de rudes gaillards, pense-t-il, mais leurs femelles sont pires.

Quand il revient dans la forêt, brandissant sa prise de guerre, les marchands lui font grise mine.

— Nous sommes tous invités aux vendanges, tonne-t-il en guise d'excuse. Les bans sont publiés à Chocelle. On nous attend.

Aigrement, le vieux Huguenin décline cette offre : les porcs d'abord. Pas question de s'en distraire. C'est, bien sûr, l'avis du petit Viardot et de Rebillart le Troyen. Mais les valets, les porchers ont tout entendu. Les plus jeunes d'entre eux ne peuvent résister à l'appel du vin et des filles.

— Vous n'aurez pas votre dû si vous allez cueillir le raisin, gronde Huguenin.

— Que si ! répliquent les porchers. Sinon, vous serez abandonnés. Nous irons nous plaindre aux autres marchands, pour trouver de meilleurs contrats.

— Avez-vous perdu le sens ? dit le Troyen sentencieusement. Savez-vous qu'en Bourgogne, on ne passe rien aux vendangeurs : ils travaillent comme des bêtes jusqu'à la tombée du jour et se lèvent avant l'aube.

Croquemaille intervient pour empêcher la fronde des porchers.

— Constituons plusieurs équipes, dit-il, nous nous relaierons au troupeau. Je veux bien vous donner trois jours de plus que prévu au contrat, si vous laissez Viardot et les plus jeunes danser aux vendanges.

Un immense cri de joie salue ses paroles. Les jeunes porchers se précipitent à la source, suivis par Viardot et Croquemaille. Ils se déshabillent à la hâte et plongent dans l'eau froide en hurlant des chansons de Lorraine. Croquemaille, prudemment, reste en chemise, de crainte de prendre froid dans ces climats nordiques. Il se contente de se raser de frais et de décrotter ses chausses. Car il n'est pas question d'abandonner au village les gardiens du troupeau. Il s'est fait confier la mission de les ramener sains et saufs.

L'enthousiasme des jeunes gens se calme très vite quand ils arrivent, presque en courant, à la place du village. Les vignerons y sont réunis, les traits tirés, le regard anxieux. Le vignier Poussot a été commis par les autorités pour ouvrir les bans de vendanges. Ce n'est pas une mince tâche : selon le temps, les premiers ou les derniers appelés sont plus ou moins favorisés. Si la pluie menace, il faut travailler même de nuit, à la lueur des torches. Le raisin ne doit pas pourrir. Guillemin Riche et Edmond Borguin sont inquiets. Certes ils ont des labours, et pas seulement des vignes, mais seul le vin leur rapporte de l'argent. Ils ont de quoi faire reposer dans les chais trente, quarante ou cinquante muids de vin : cela représente beaucoup de sous d'or.

Le tirage est fait, les équipes sont réparties sur les parcelles. Une vive agitation pousse garçons et filles vers les chemins de vignes. Les porchers sont ensemble, sous la houlette de Croquemaille. La sonnerie des cloches a rythmé le départ. Les journaliers chantent à tue-tête, scandant à coups de sabots sur la route : « J'ai vu le loup, le renard et le lièvre... J'ai vu le loup, le renard cheuler... (1)

_____

1. Cheuler signifie chanter à la lune.

C'est moi-même qui les ai rebeuillés (1)... » Le jeune Viardot, qui ne comprend rien à la chanson, cherche les filles du regard. Elles sont restées au village pour préparer le repas, elles les rejoindront plus tard. Pour l'heure, un rude travail attend les compagnons. Les voilà dans les vignes, le dos courbé, ou la hotte sur les reins. Croquemaille, rapidement épuisé, annonce bruyamment, par un juron sonore, l'arrivée des pucelles quand le soleil est monté droit haut ciel... Les coiffes légères virevoltent dans les rangées aux grappes lourdes. Le jeune Borguin sifflote « Larigo... tirlarigo, larigo, larigo... », et tire le cotillon des filles qui poussent des cris effarouchés.

— Attention, leur dit-il, celles qui laisseront des grappes sur la treille auront droit à la pellée.

Les porchers se redressent, éméchés. Ils ont déjà beaucoup bu aux outres suspendues au bât des ânes. Ils lorgnent les pucelles qui déposent avec soin les grappes pulpeuses dans leurs larges paniers. Trois lurons se saisissent d'une des filles : elle a oublié des grappes, elle doit subir la pellée. Son visage tout barbouillé de jus de raisin, elle est embrassée simultanément par les trois drôles. Viardot se précipite, abandonnant sa tâche. Il est brutalement repoussé et Croquemaille doit intervenir pour que les villageois ne lui fassent un mauvais parti.

Les jeunes gens abandonnent, gambadent auprès de la pucelle, tournent autour d'elle comme des fous, en chantant la chanson du loup, du renard, et du lièvre.

Rassuré, Croquemaille porte sa lourde hotte, en soufflant comme un bœuf, jusqu'au fond de la vigne où les charrettes attelées attendent. Il y revoit Clérote, malmenée par les jeunes gens. Mais ils n'ont pas le droit de la toucher : elle est femme mariée. Si elle a oublié des grappes sur la vigne, c'est au mari de sévir. Elle proteste en vain. Le laboureur s'empare d'une grappe et lui fait gicler le jus sous ses jupes, dans un tonnerre d'éclats de rires. Ulcérée, Clérote s'empare d'une pioche et donne des coups de manche à tous ceux qui approchent. Croquemaille se retourne à temps. C'est sa hotte bourrée de raisin qui prend les coups.

1. Rebeuiller signifie rouler des yeux de bœuf pour effaroucher quelqu'un.

Mais déjà les jeunes gens sont repartis. C'est à celui qui attrapera le premier le Baccanat, le Bacchus sculpté, représenté en joyeuse posture, qui orne la plus haute vis du pressoir. Guillemin Riche, plus grand et plus fort que les autres, s'empare de la statuette, devant lui les filles se sauvent en courant, car elles n'ont pas le droit de refuser le Bacchus. Des courses folles annoncent la fin de la journée. Elles se poursuivront tard dans la nuit.

Croquemaille cherche en vain la Clérote. Elle a disparu. Les hommes rentrent au village, harassés par la longue journée de vendanges. Les porchers sont introuvables, disséminés dans les vignes avec les filles. Croquemaille prend le parti de regagner aussi le village, pour les attendre. Il est lui-même harassé, n'étant point fait pour porter la hotte. Quand il arrive sur la place, les villageois entourent un messager, venu de la ville, qui s'apprête à leur parler. Un long silence se fait, car l'homme est revêtu de la livrée ducale. Malgré sa fatigue, Croquemaille presse le pas.

« Notre duc, dit le messager, vient de remporter ses plus belles victoires en Hainaut, Brabant et pays de la Frise. Il devient prince des Pays-Bas bourguignons. Longue vie au duc, longue vie à la duchesse ! »

Des acclamations ponctuent ses propos.

« Le héraut de Dijon, villageois et villageoises, a fait savoir que le duc Philippe annonce sa prochaine venue au château de son aïeule, Marguerite de Flandre, feu notre duchesse, et qu'il viendra lui-même en son clos de Germolles lui rendre les honneurs d'une vendange qu'elle avait elle-même baptisée. »

Croquemaille tire un paysan par la manche.

— Où est Germolles ?

— Pardi ! C'est pas loin d'ici. Mauvaise affaire, pour sûr. Pauvres gens de Germolles...

— Me diras-tu ?

— Les ducs ne plaisantent pas avec leurs vendanges. L'an dernier un de nos jeunes a été bastonné quasiment à mort pour avoir mêlé du gamay au pinot. Il risquait de pourrir toute une cuvée...

Le vigneron hoche la tête, circonspect... si ce n'est pas le bâton, dit-il, ce sont les amendes qui pleuvent sur nos têtes... Pauvre Germolles !

— Si le duc est à Germolles, se dit Croquemaille, Copillon y sera aussi. Holà les drôles !

Il repart sans plus attendre, menaçant les porchers des pires sévices. Il n'a plus de temps à perdre. Ils doivent regagner la forêt dare-dare : d'autres que lui garderont les porcs sauvages, dans le bois de la Vieille Oreille.

CHAPITRE 2

Le taureau de Germolles

Le cortège ducal est à Chalon. Il n'a pas encore pris la route de Germolles. Il attend, depuis une heure, les gabarres qui glissent sur la Saône. Le duc bout d'impatience. Mais il ne veut pas faire son entrée dans Germolles sans le taureau blanc des Flandres.

Un taureau royal, éclatant de vigueur et de santé, avec des yeux doux et clairs. Il a suivi la route des marchands de vin d'Auxerre, quand ils rentrent du plat pays : la mer jusqu'à Honfleur, puis la Seine et l'Yonne. A Auxerre il a quitté sa barque pour grimper sur une robuste charrette à quatre roues, bâchée, qui le protège de la pluie et du vent. Il a atteint la Saône au moment où elle quittait son lit. Majestueusement, il a descendu le fleuve. Debout sur sa gabarre, il a dominé la grande nappe liquide aux reflets métallisés qui a envahi les champs et noyé les bosquets. Il s'est cru dans les polders, glissant parmi les saules aux vieux troncs vermoulus comme des pattes de mammouths resurgis de la vase préhistorique.

Dressé sur le pont de la dernière gabarre chamarrée, semblable au bœuf Apis naviguant sur le Nil, le taureau des Flandres approche de Chalon. Une énorme buse, juchée dans une touffe de gui, assiste à ce déploiement de faste, impassible, tandis que de grands oiseaux blancs se confondent avec la frange d'écume qui baigne l'horizon.

Dans cette oasis de verdure, la ville de Chalon se détache soudain, comme une île flottante démesurément agrandie. Les maisons basses s'enfoncent dans les eaux. Pour voir passer le taureau, les bourgeois sont venus en barques. Les sept églises paroissiales carillonnent ensemble. Les quais et le Port-Villiers sont submergés, seuls flottent les moulins, véritables arches de Noé. Du haut de la tour de l'Horloge, un menuisier arrête sa besogne et demande à ses compagnons le sens de ce déploiement de faste...

— C'est le duc, lui dit-on. Il veut redonner vie aux foires de Chalon, et croiser les vaches de Germolles avec son grand taureau blanc.

Le charpentier scrute l'horizon, aperçoit le cortège ducal arrêté près d'un appontement de fortune, vite monté pour dominer la crue. Du haut du beffroi, la plaine miroite, éblouissante. Sur les contreforts des montagnes, le compagnon montre au jeune homme le village de Germolles, perdu dans les lointains bleutés.

— C'est là qu'ils vont se rendre.

— En gabarre ?

— Tu n'y songes pas. Par la route, en convoi. Le taureau retrouvera sa charrette.

Le jeune homme réfléchit. Si le duc va à Germolles, il ne s'arrêtera pas à Chalon.

— Tu ne connais pas Germolles, dit le compagnon. Le château est admirable. Pour nous autres, horlogers, il vaut le détour. Le vieux duc a jadis récupéré le jacquemart des halles de Courtrai, dans les Flandres, il l'a fait transporter à grands frais à Dijon. Mais la duchesse Marguerite, son épouse, a loué une charrette géante à quatre chevaux pour déménager de Lille une horloge portative et la transporter dans son château de Germolles. Elle y est encore. Tu peux la voir, c'est une des merveilles du duché.

Copillon n'a d'yeux que pour le taureau. La gabarre est maintenant amarrée, à quelques toises du beffroi, sur l'appontement de fortune. Avec mille précautions, les valets débarquent l'animal. Ils le font grimper dans une charrette brillamment décorée. Sa grosse tête massive est ornée de guirlandes, des fleurs pendent à ses oreilles et à sa queue. Il est caparaçonné comme un cheval de tournoi. Refusant de grimper dans la charrette, il grogne et s'ébroue. Il faut une douzaine de valets pour lui faire doucement violence.

Car le duc surveille. Il est planté à cheval, en tête du cortège immobilisé. Il veut s'assurer que le taureau blanc ne subit aucun préjudice. Il y tient comme à la prunelle de ses yeux. Les cris de la foule parviennent jusqu'au beffroi.

— Noël ! Noël ! Longue vie au duc, longue vie à notre bon duc !

L'homme est grand, large d'épaules, mince de taille. On voit de loin son chaperon orné d'un rubis. Il salue d'un geste harmonieux et sourit sans doute aux femmes, à son habitude. Le jeune compagnon distingue nettement derrière lui les chevaliers de sa maison. Il peut reconnaître les hauts seigneurs dont certains viennent d'être promus dans l'ordre de la Toison d'or. Jean de Vergy et le maréchal de Toulongeon, qui ont remporté, sur René de Lorraine, la victoire de Bulgnéville, et les frères de Croy, Jean et Antoine, et les deux Luxembourg, Jean et Pierre. Quand il aperçoit Jean de la Trémoille le jeune homme, précipitamment, descend du beffroi. Le vieux compagnon tente en vain de le retenir. Copillon la Futaye — c'est bien lui — dévale quatre à quatre les escaliers de pierre et se retrouve sur la place. En courant il rejoint les badauds qui se pressent autour du cortège. Il veut à tout prix s'y intégrer.

Il a quitté tristement son maître, le duc René de Bar, enfermé dans la tour sinistre de Dijon. Les souvenirs de cette prison l'assaillent : le duc vit dans une grande pièce de 35 pieds de long sur 25 de large. Sans doute a-t-il une vue exceptionnelle sur Dijon, la ville aux cent clochers, sur les toits pentus aux tuiles vernissées. Mais toutes les ouvertures de la tour, depuis sa tentative malheureuse d'évasion, sont garnies de treillages de fer. Impossible de s'enfuir. Les chevaliers lorrains, qui occupent deux salles attenantes, ont tout essayé. Ils sont dévoués jusqu'à la mort au jeune duc René qui s'est ruiné pour payer leur rançon. Mais ni Erard du Châtelet ni Jean de Rodemack n'ont encore trouvé le moyen de préparer un nouveau plan d'évasion. Tout ce qu'ils ont pu imaginer est de rétablir le contact avec l'allié du duc, le roi de France Charles VII, en envoyant à Chalon Copillon, l'écuyer de René, qui doit y rencontrer Croquemaille, l'ancien écuyer du grand Barbazan, mort à Bulgnéville. Croquemaille serait en contact avec la cour de Chinon.

Copillon se souvient de la visite faite la veille par le duc de Bourgogne Philippe à René son maître. Manifestement, Bourgogne cherchait à surprendre par sa mansuétude. Le puissant duc d'Occident, sûr de sa force et de sa fortune, s'inclinait devant son jeune adversaire et lui proposait le pardon. La noblesse lorraine bouillait d'indignation devant cette comédie. Quoi ! le duc n'avait-il pas ruiné toutes leurs familles ?

— Vous serez personnellement mon hôte, disait Philippe à René. Je veux que nous nous voyions constamment. Vous êtes, me dit-on, un remarquable joueur d'échecs.

Les Lorrains avaient été déçus de voir René montrer au duc les peintures qu'il avait fort bien réussies, représentant, sur des vitraux, Jean sans Peur et l'ancêtre Philippe le Hardi, les grands-ducs de Bourgogne. Philippe avait promis de placer les vitraux dans la chapelle des Chartreux.

— Je vous présenterai Jehannot le Flamant, maître Van Eyck, vous vous entendrez fort bien...

Copillon revoyait en songe les visages des seigneurs, changés en statues de sel, et la réserve soudaine de René, glacé par le regard gris, très dur, du vainqueur de Bulgnéville. Non, certes, la réconciliation n'est pas possible. Ces maudits Bourguignons, qui ont livré Jeanne aux Anglais, sont des ennemis jurés.

Copillon voit le duc parader devant le taureau blanc, recevoir les hommages du clergé et des autorités de Chalon. L'immense cortège immobilisé s'impatiente. Les charrettes sont nombreuses. L'une d'elles attire son regard. Tirée par quatre chevaux blancs, richement décorée, elle a belle allure. Copillon distingue les armes de Croy. Il se rapproche vivement, sans se faire remarquer, et se met en position de surprendre le dialogue des nobles personnes qui sont à l'intérieur de la charrette bâchée.

Il reconnaît une voix de femme, douce à son cœur, celle de Jeanne de Croy. Il l'a découverte au palais ducal ; elle était la voisine de René. La jolie princesse accompagnait en Bourgogne son oncle Jean. Il avait pris la route de Dijon, à la suite du duc, après le chapitre de la Toison d'or qui s'était déroulé à Bruges, en l'église Saint-Donat. La jeune femme était veuve, son mari, un noble chevalier, était mort, noyé dans le Rhône, lors de la bataille d'Authon. Copillon l'avait maintes fois surprise, quand elle posait pour Jehannot le Flamant, blonde comme les blés d'Artois. Son sourire ravissait le peintre qui s'acharnait à le fixer, sur le panneau de chêne bien sec, enduit de craie. Avait-elle assez admiré ses cornues de cristal, ses coupelles de couleur, ses fioles aux parfums mystérieux qu'il enfermait avec soin dans son coffre portatif ? Copillon, très ami du jeune fils de la dame, le petit Guillaume, ne manquait pas une occasion de s'introduire dans son intimité, sans risquer de lui parler, fasciné autant par sa beauté que par la magie du peintre. Il n'osait respirer quand le peintre offrait à Jeanne une poudre ocrée dont elle s'enduisait les mains, de longues mains, fines et blanches, qui blondissaient sous la poussière de l'ambre. Ses yeux d'un bleu profond s'animaient insensiblement quand le peintre évoquait la pierre philosophale qui avait, disait-il, la couleur du rubis. Elle avait rosi de bonheur en le voyant recouvrir son portrait de ce vernis magique qui rendait l'œuvre indestructible.

— C'est la reine des roses, disait de Jeanne le duc Philippe, et je l'aurai dans mon jardin.

La suffisance du duc avec les femmes faisait la joie des chevaliers lorrains. Copillon les avait vus rire aux éclats au récit du prêche que le Bourguignon avait dû subir à Chalon, de la part de l'évêque Jean Germain. Pour le saint homme, la Toison d'or sentait le soufre et les exploits de Jason n'étaient pas un idéal pour un prince chrétien : on « jasait sur Jason », et le duc en était vert de rage. Il n'aimait pas que l'on rie de ses conquêtes, fussent-elles féminines. Qu'il eût autant de femmes que le brave Jason le flattait. Il avait dû faire livrer à l'évêque huit grandes tapisseries des Flandres tissées à Tournai pour se faire pardonner...

— Il faut que je mette fin à son veuvage, disait-il de Jeanne de Croy. Cette beauté un peu triste doit oublier son mari. Doit-elle se sacrifier à sa mémoire ? Folie orientale !

Mais Jeanne est sourde à ses appels et ne voit pas ses regards appuyés. Quand elle joue du luth, songe Copillon, elle est belle comme Mélusine, la fée des bois de Lorraine.

Il se souvient des premières paroles, flamandes, de sa chanson préférée « Mijn Hert... », jamais il n'a rien vu de plus beau que les mains de Jeanne sur le luth. Un tel trésor serait-il réservé à la rapacité du Bourguignon ? Pas plus que les chevaliers lorrains, Copillon ne peut l'admettre. Il s'approche de la charrette dorée, recouverte d'une bâche aux couleurs des Flandres. Il ose jeter un regard à l'intérieur, en soulevant légèrement la bâche vers l'arrière. Il aperçoit Jeanne, assise en face de Van Eyck. Son oncle Jean est à cheval à ses côtés, ainsi que son jeune garçon, Guillaume, qui joue du pipeau pour passer le temps. Jeanne est surprise par la mélodie rustique, elle s'étonne.

— Qui vous a donc appris cet air de berger ?

— C'est Copillon, madame, dit l'enfant, l'écuyer du duc René.

A cet instant précis, on entend des cris autour de la charrette. Une bousculade. Deux gardes en armes poursuivent un jeune homme blond.

— Un espion, hurlent-ils, arrêtez l'espion ! Sus à l'espion ! A la garde, à la garde !

Jeanne ouvre le rideau de la voiture, se penche au-dehors. Jean aussi s'informe.

— Il était derrière la charrette, il vous espionnait !

Les badauds s'écartent, pour ne pas prendre de coups de piques. Le jeune homme, essoufflé, ne peut s'engager dans la foule, il est repoussé. Les gardes vont s'en emparer.

— Copillon, crie le jeune Guillaume, c'est Copillon !

— Votre joueur de pipeau ? demande Jeanne. Est-ce possible ?

L'enfant est déjà à terre, il a sauté de la charrette, pris Copillon par la manche ; le Lorrain se précipite, il s'engouffre sous la bâche. Jean de Croy a vu le manège. En souriant, il pousse son cheval tout contre l'ouverture de la charrette, barrant la route aux gardes.

— Monseigneur, disent-ils, cet homme est un espion.

— Dispersez-vous, mes braves ! il est à moi ! N'ayez aucune inquiétude, je m'en charge.

Copillon, dans la charrette, est mort de honte. Il se tient à genoux, les yeux baissés, implorant son pardon. Jeanne le relève, d'un geste de sa blanche main. Guillaume le fait asseoir à côté de lui, en face de Jeanne et de Van Eyck, qui rit aux larmes de l'aventure. Il connaît fort bien Copillon, qui ne cessait de s'attarder dans son atelier.

— Eh bien ! mon jeune espion, qu'as-tu donc surpris ? lui dit-il.

Copillon est trop ému pour oser répondre. Il lève les yeux sur Jeanne qui sourit avec indulgence. Et cette seule hardiesse le fait rougir jusqu'aux oreilles.

— Nous voilà complices, dit-elle en abaissant le rideau de la bâche. Vous êtes notre prisonnier, jusqu'à Germolles.

Le discours du duc a dû prendre fin, car le convoi s'ébranle. Jean de Croy a repris sa place en tête parmi les grands seigneurs de la suite. La charrette grince et s'arrache lourdement au sol boueux, tirée par ses quatre chevaux blancs.

— En gage, ajoute Jeanne de Croy, nous vous condamnons à nous jouer au pipeau vos jolis airs de Lorraine...

Plus de deux heures sont nécessaires pour franchir les deux lieues entre Chalon et Germolles. Le convoi avance avec lenteur après Châtenoy-le-Royal, à travers la forêt de Marlou. Les pluies diluviennes ont détrempé le sol. Les lourdes charrettes, embourbées, doivent être dégagées par des attelages de bœufs. Il faut grimper les premières pentes de la côte de Bourgogne. Le duc et ses chevaliers, en tête du cortège, doivent souvent faire halte. Ils ne veulent entrer dans Germolles qu'en compagnie du taureau blanc et lui font escorte.

A grands renforts de coups de fouet, les bêtes tirent les charrettes vers le haut de la butte. De là, on peut apercevoir le cours enchanteur de l'Orbise, qui serpente jusqu'au pied du château. Les vignes du coteau sèchent leurs dernières grappes brunes au soleil couchant, sous un ciel laiteux qui laisse voir les lointains bleutés des montagnes boisées. Enfin, surgissent au bout du chemin les deux tours coiffées en poivrières du château de Germolles, sommées de bannerettes aux armes de Bourgogne.

Avant d'arriver au château, le convoi s'éternise dans les rues du village. Entre les maisons aux toits pentus de chaume, on a tendu des banderoles, des guirlandes, qui sont comme des arcs de triomphe. Les élus de la communauté villageoise attendent le duc pour lui faire hommage ; les maisons sont fleuries, décorées, d'aspect joyeux. Le duc est satisfait. S'il tient à montrer Germolles à sa noblesse flamande, c'est qu'il est fier de l'œuvre de son aïeule, qui a réalisé dans ce coin de Bourgogne la plus savante des fermes ducales. Elle a pris soin d'y planter des vignes dont le vin doit faire pièce à celui de Beaune, alors inégalé. Elle a multiplié les roseraies et le sol qui conduit au château est jonché de pétales de roses de septembre. Les troupeaux de moutons concentrés près de la rivière sont le résultat de croisements très étudiés entre les races anglaises et espagnoles, les meilleures d'Europe à l'époque. Elle a toujours rêvé de croiser les robustes vaches de Bourgogne, bonnes travailleuses mais laitières moyennes, avec celles des Flandres : le taureau blanc qui vient du Nord réalise ce rêve.

Il plonge dans la stupeur les vilains qui ont revêtu leurs plus beaux atours pour honorer le duc et lui souhaiter longue vie.

— Gras et gros comme il est, dit l'un d'eux en riant sous cape, comment pourra-t-il arranger nos vaches ?

Personne ne lui répond. Il ne fait pas bon sourire au passage du convoi ducal. Les gardes ont réveillé l'enthousiasme de plus d'un à coups de fouet. On regarde l'animal dressé sur son char comme un caprice de prince. Mais pas une voix ne manque aux longs vivats qui saluent le défilé de la noblesse.

Le taureau blanc a franchi le pont-levis qui donne accès au château de la duchesse Marguerite. C'est une grande ferme fortifiée, plutôt qu'un château féodal, une belle bâtisse aux murs solides, bien percée de fenêtres à l'italienne et surmontée d'un grand nombre de cheminées. La cour d'honneur est noire de monde quand le taureau fait son entrée majestueuse, précédant les chevaliers. Les vilains ne peuvent s'empêcher de pouffer de rire, quand on le sort de sa charrette. L'animal meugle et s'ébroue, il agite fortement sa queue, comme pour éloigner les mouches. Il faut une douzaine de valets pour le persuader de prendre pied à terre.

Devant lui, au pied de l'escalier d'honneur, la singulière silhouette pourpre d'un ecclésiastique de haut rang, venu pour accueillir le duc. Il était depuis une semaine l'hôte de

Germolles, et si le duc Philippe avait fait le détour, ce n'était pas seulement pour faire étalage de sa passion agronomique. Il voulait aussi rencontrer l'envoyé du pape, celui qui se flattait de faire la paix entre France et Bourgogne, le cardinal Albergati.

Le duc et le cardinal entrent dans le château, précédant les grands seigneurs qui entourent les nobles dames, Jeanne de Croy est au premier rang. Elle découvre avec admiration, en bas de l'escalier, les statues de Marguerite, maîtresse de céans, et du vieux duc Philippe, grandeur nature, œuvre de l'imagier Claus Sluter. Assis au milieu d'un troupeau de moutons, ils semblent accueillir leurs hôtes. D'instinct, Copillon, qui s'est faufilé avec le petit Guillaume dans le cortège, ôte son bonnet, rendant au sculpteur le plus inattendu des hommages.

Il se sent tout à coup pétrifié : autour du duc Philippe souriant, très à l'aise dans son pourpoint serré à la taille, ont pris place deux personnages impressionnants, les grands maîtres de la Bourgogne. Copillon reconnaît l'un d'entre eux, c'est le vainqueur de Bulgnéville, le vieux maréchal de Toulongeon, dont le visage buriné, marqué de rides, couronné de cheveux blancs semble défier le temps. Mais il ne sait pas identifier le deuxième personnage, qui parle au cardinal Albergati. L'homme d'Église l'écoute avec le plus grand respect. Il est grand, massif, trapu, il a la mâchoire carrée et les oreilles puissantes. Son front bombé, surmonté d'une coiffure austère, inspire le respect. On pourrait le prendre pour un abbé s'il n'avait l'air dur, presque arrogant, des gens au pouvoir. Instinctivement Copillon se retire, pour se dissimuler dans la foule. Guillaume, qui a surpris son manège, lui glisse dans l'oreille le nom de cet important personnage, qui semble lui faire peur : c'est le nouveau chancelier de Bourgogne, messire Nicolas Rolin d'Autun.

Au comble de l'émotion, Copillon parvient à dominer ses nerfs, il se faufile le long du mur, en direction de la cheminée. Sans se faire remarquer, suivi par le bambin blond qui ne le quitte pas d'une semelle, il va s'asseoir par terre au pied d'un pilier, derrière un groupe sculpté. Ainsi peut-il passer pour un parent de Guillaume. Il entend des bribes de conversation. Rolin, le chancelier, fait reproche aux routiers de maintenir l'état de guerre, que Bourgogne souhaite ardemment abolir. « La guerre coûte cher, monseigneur, dit-il au cardinal-légat, et les routiers plus encore. »

Copillon tend l'oreille. Il entend les noms maudits de Chausse de Sérac, de Blanchelaine, capitaine des Bretons, ou du redouté Fortépice. Maintes fois Croquemaille, son vieux compagnon, a prononcé devant lui ces noms avec respect. A l'évidence, ils sont la prochaine cible du duc de Bourgogne.

— Comment parler de paix, dit à voix forte Rolin, quand ces gens tiennent campagne, soutiennent le comte de Clermont qui, l'année dernière, est parti de Château-Chinon pour mettre à sac nos terroirs. Une trêve avec les gens du Bourbonnais s'impose.

Copillon remarque l'air contrarié du maréchal de Toulongeon.

— D'ailleurs, indique Rolin, le duc le veut.

— On a déjà conclu une trêve, lance Louis de Chalon, prince d'Orange, un fidèle allié de Philippe. Belle trêve, en vérité, qui m'a obligé à faire charroyer la bombarde « Prusse » de Saint-Jean-de-Losne jusqu'à Chalon et à fabriquer des boulets. Tous les seigneurs de Bourgogne se rapprochent, quand ils voient le prince d'Orange prendre la parole. Copillon est atterré : ils le soutiennent, ils froncent le sourcil, ils veulent poursuivre la guerre. Thibaut de Rougemont est le plus excité.

— Comment peut-on parler de trêve avec des ennemis aussi déloyaux ? lance-t-il.

Et Rolin peut bien voir qu'il est soutenu. Derrière lui Jean Noblet et les Neufchâtel approuvent. Leurs regards noirs sont fixés sur le chancelier.

— Messieurs, le duc le veut.

Copillon voit les grands seigneurs de Bourgogne réduits au silence. Le duc lui-même approche, se détournant de la conversation du cardinal-légat.

— Place, dit-il, pour la plus belle dame de notre palais.

Galamment, il offre la main à Jeanne de Croy qui se dirige en compagnie de son oncle vers la grande cheminée

où le bois pétille, réchauffant la pierre jaune de Bourgogne.

Le chancelier Rolin détourne la tête : les aventures du
duc coûtent cher au trésor. N'a-t-il pas déjà promis à
Antoine, l'oncle de la belle, le poste de grand chambellan
et nommé son frère Jean gouverneur du Hainaut ? Les
deux Croy ont guerroyé pour Bourgogne, c'est vrai, à
Crespy, à Melun, au château de Dommart qu'ils ont pris
d'assaut. Ils ont belle mine et grande prestance, des hommes de guerre en pleine force, l'œil vif, le sourcil dru,
épais, largement arqué. Rolin les regarde avec méfiance.

— Avez-vous vu ? dit Jeanne au duc en désignant le bas-
relief de la cheminée ? C'est un necker.

— Encore une œuvre du cher Claus Sluter, petite cousine, dit le duc Philippe. Comment avez-vous dit ? Un necker ?

— Un petit génie familier, qui porte bonheur, comme
les grillons de Provence.

— Pas du tout, tranche le chancelier Rolin, qui veut
être désagréable. C'est un alchimiste, bonnet pointu, robe
longue, silhouette rougeoyante au-dessus des flammes.
Prenez garde, monseigneur, ces gens-là engagent votre
avenir, sous prétexte de le décrire, et je ne suis pas sûr
qu'ils ne jettent des sorts, comme des vulgaires sorciers de
village...

— Vous devriez, dit Jeanne de Croy qui trouve insupportable le ton sentencieux du chancelier, commander à
notre cher Jean Van Eyck un grand tableau sur l'alchimie.
Il excelle en tout.

— Vos désirs sont des ordres, ma chère Jeanne, dit le
duc, en bravant le regard courroucé de Rolin. Il fait signe
à Jehannot le Flamant, qui admire le groupe sculpté de
Sluter, et Copillon perd la suite de son discours. Il se rapproche, en sautant d'un pilier à l'autre, de l'endroit où le
chancelier Rolin parle désormais avec le cardinal-légat.

— Nous avons beaucoup trop à craindre pour la sécurité du duc, monseigneur, pour ne pas rechercher ardemment la paix. Mais en même temps nous ne pouvons désar-
mer Bourgogne. Nos ennemis sont vigilants : le Baudricourt en Lorraine, le comte de Clermont en Bourbonnais,
et le petit roi de Bourges, n'attendent que l'occasion de
tomber sur nos terres. Le duc a eu beaucoup de mal à

maintenir son héritage flamand. Il est le maître à Gand, il ne veut pas perdre Dijon.

— Sa sainteté le pape, réplique le cardinal, est sensible aux plaintes de la maison de Lorraine, qui en appelle devant l'empereur Sigismond. Si la cause est portée devant le tribunal du Saint-Empire romain germanique, Bourgogne risque de perdre. Le duc a intérêt à faire la paix, au moins avec Lorraine. La duchesse Isabelle est tenace ; elle sortira son mari, coûte que coûte, de sa prison dijonnaise.

— Il ne tient qu'à lui d'en sortir. Nous attendons la rançon.

Copillon serre les poings de rage, sans attendre la suite du discours dont il ne comprend pas tout le sens. Il ne sait pas qui est Sigismond, et n'a jamais entendu parler du Saint-Empire, dont pourtant Lorraine dépend. Il veut sortir du palais, gagner la campagne, tâcher de retrouver Croquemaille, qu'il devait rencontrer à Chalon. Mais il est clair que les entretiens de paix auront lieu ici même, à Germolles. Croquemaille l'aura sans doute appris ! Il faut descendre au village pour avoir des nouvelles. Le seul endroit convenable pour entendre parler de Croquemaille n'est-il pas l'estaminet ?

Sortir du château n'est pas une mince affaire. Il est gardé comme une prison par une centaine d'hommes d'armes qui multiplient les rondes et défendent l'entrée du pont-levis. Impossible, en apparence, de franchir les douves et Copillon n'a pas, bien sûr, de laissez-passer.

Il sort de ses chausses une corde légère, attache à son extrémité un crochet qu'il a pris soin d'emporter avec lui. Il s'agrippe à la base d'une de ces cheminées monumentales que feu la duchesse Marguerite a fait construire sur le toit, copiant les modèles flamands. La cheminée, qui semble aussi fragile qu'une porcelaine, va-t-elle résister ? Copillon n'a guère plus de vingt ans, il n'est pas lourd, il est agile comme un chat. Charpentier, il a appris à marcher sur les toits. De son observatoire, il repère les enceintes et les bâtiments : par le toit de la chapelle, à gauche du corps principal, il doit pouvoir parvenir jusqu'au long collier flanqué à l'entrée par l'une des tours rondes qui dominent le pont-levis. Tout près de la tour, trois ormes grimpent presque jusqu'au toit. Il est possible en sautant d'une branche maîtresse, de se retrouver en contrebas, dans le verger.

Copillon passe à l'action ! Il se laisse glisser au ras des tuiles rouges du grand toit, longe en souplesse jusqu'au pignon en prenant pied sur le rebord des gouttières. En s'aidant de la corde et du crochet, il se hisse sur le toit de la chapelle et de là saute sur le cellier. Le temps d'éviter le regard indiscret d'une patrouille, il est déjà au milieu des pruniers. Il ne peut résister au désir de goûter quelques pommes rouges et les dernières prunes accrochées aux branches. Il sait, d'expérience de Lorrain, qu'elles sont toujours les plus sucrées. Il est dérangé dans ses agapes par un formidable vivat qui vient du champ voisin. Précautionneusement, car les gardes, du haut du chemin de ronde, peuvent l'apercevoir, Copillon se dresse par-dessus le muret du verger et regarde dans le champ. Ce qu'il voit le rend perplexe. Les paysans hilares excitent de la voix et du geste le taureau blanc des Flandres. Celui-ci a quitté son enclos, à mi-côte, pour rendre visite aux vaches bourguignonnes du champ voisin. Les clôtures sont trop faibles pour le retenir. De son train puissant comme celui d'un bœuf de labour, il perce les haies, emporte les palissades, bouscule les valets qui tentent de l'arrêter.

— Vindieu ! la belle bête ! dit un paysan à Copillon. Si la duchesse Marguerite pouvait la voir, elle serait à la noce.

Habitué aux polders et aux prés salés, le taureau des Flandres se fraye un chemin dans les haies du pacage, puissamment, lentement. Il lorgne les vilains qui l'acclament, comme s'il avait l'habitude d'être un véritable héros. Ses cocardes et ses guirlandes ont été arrachées par les épines des bouchures. Il avance toujours, sûr de son effet, soufflant de temps à autre de tous ses naseaux pour reprendre son rythme, quand un obstacle l'oblige à forcer sur ses cornes pour dégager sa route.

Copillon s'est joint au groupe dense des curieux. Il n'y a pas que des vilains. Les femmes et les filles aussi sont de la partie. Elles ne sont pas les dernières à agacer la bête. Une jeune fille prend même le risque de s'approcher, par-derrière, pour lui placer un bouquet de roses entre les cornes.

Les garçons rivalisent pour exciter l'animal, en lui chantant, tout près des oreilles, des refrains du pays. Pour les éloigner le taureau donne, de temps à autre, de violents coups de queue.

— La Marguerite, reprend le vieux paysan, en fixant Copillon. Dieu ait son âme ! Elle n'aimait que les vaches et les moutons. En ai-je porté pour elle, de Saint-Jean-de-Losne à Chalon, des tuiles de Montot pour son château ! Savez-vous combien elle me payait ? Trois sous du jour, une misère ! Tant de petits losanges à fleurs de lys et à croix de trèfle ! Eh bien ! jamais un sou d'étrennes.

— Tais-toi donc ! Mangin, gronde une paysanne, les prés ont des oreilles.

— Tu ne m'empêcheras pas de dire que la vieille était d'une ladrerie effroyable : jamais un sou d'étrennes. Mais pour acheter des moutons, elle ne regardait pas à la dépense. Celui-là fait pareil avec son taureau.

— Ce n'est pas toi qui payes...

— Voire... On verra à la Saint-Jean...

— En tout cas, reprend la vieille, celui-là fera leur affaire, aux vaches du duc. Si toutefois elles peuvent vêler, car il est deux fois gros comme elles... Faudra leur ouvrir le ventre pour que les veaux passent, pour sûr...

Le taureau s'est approché des vaches rousses tachées de blanc qui le regardent avec surprise, mais sans crainte. L'une commence à meugler, les autres l'imitent. Les paysans se déplacent en suivant la marche du taureau, l'encourageant de la voix et du geste. La bête méprise les rouquines qui l'accueillent en meuglant. Elle marche pesamment vers une autre vache, qui lui tourne le dos, occupée à brouter la haie qui longe la rivière.

Avec une surprenante audace, le monstre des Flandres lève brusquement ses pattes avant, saute sur la roussette surprise par l'assaut, qui tient ferme sur ses positions. Sous les vivats formidables de la foule, le taureau prend la place et s'y maintient, alors que la vache sent ses pattes défaillir et s'écroule dans l'herbe fraîche, le mufle en avant, demandant grâce. Le Flamand ne lâche rien. Il accompagne le mouvement de Roussette. Que pourrait-il faire d'autre ? Il n'a plus la liberté de s'en aller. Les vilains battent des mains, des joueurs de pipeau s'approchent, et les tambours et cors du cortège ducal. Un concert s'improvise, les filles se mettent à danser, déplaçant l'ordonnance de leur jolie coiffe.

— A la bonne heure ! gronde le vieux Mangin. Jamais j'aurais cru que celui-là était capable de se dresser sur une rouquine...

Les gardes approchent, et les valets d'écurie. Du château, le duc alerté donne des ordres. Il s'inquiète pour son champion, il exige qu'on le libère.

Les paysans organisent la corvée d'eau froide. Les cuveaux, depuis la rivière, passent de main en main. Rien ne peut dissuader le gros taureau des Flandres. Il attend négligemment que la nature fasse son ouvrage, et qu'elle le libère enfin. Les seaux d'eau froide le rendent furieux, il donne à la vache des coups de sabots redoutables pour s'en défaire. Les manants n'arrêtent pas de l'asperger, sous les ordres brutaux des sergents. Rien n'y fait, il se couche sur le flanc, impuissant à se dégager, souffrant désormais comme une vache en gésine.

Soudain sa queue s'agite, il reprend courage. Copillon voit un jeune enfant blond s'approcher sans peur de la bête et lui glisser dans son oreille immense « Letz im, letz im ! » Le taureau le regarde de ses gros yeux vitreux, puis, lentement, il se détache... la foule applaudit le jeune garçon : il devient le héros du jour, l'enfant miracle. Le duc Philippe, qui est venu sur place, le prend dans ses bras pendant que les vachers s'affairent autour du monstre épuisé. C'est Guillaume, le fils de Jeanne de Croy.

Copillon décide de retourner avec lui au château, profitant de l'émotion générale. Car si Croquemaille avait été dans Germolles, à coup sûr il n'aurait pas manqué le prodigieux exploit du taureau d'Ardenbourg.

CHAPITRE 3

Les cochons noirs de Château-Chinon

Après les vendanges, Croquemaille avait bien l'intention de fausser compagnie aux maîtres-porchers, après s'être fait solder. Ils grimperaient seuls à Château-Chinon pour vendre le troupeau. Ils n'avaient plus besoin de lui. Il avait appris, en effet, que les Bourguignons avaient placé des garnisons nombreuses dans les places de Lucenay, Chissey, et qu'ils tenaient les environs immédiats de Château-Chinon. Ils étaient déjà, peut-être, de nouveau maîtres de la place. Ainsi, pas de risque de routiers ni de grandes compagnies. Les seuls ennemis des porcs étaient les loups.

Les marchands lorrains ne l'entendaient pas de cette oreille.

— Rien à faire ! avait dit Huguenin le Barbérat. Vous ne partirez qu'au terme de votre contrat. Vous vous êtes engagé à nous protéger, sinon à nous convoyer. Par saint Fiacre, vous avez signé ! J'ai acheté plus de vingt boisseaux de farine et beaucoup d'outres de vin pour remonter les pentes du Morvan. La paisson du bois des Vaux est à moi. Le gîte d'étapes est prévu au bois de Dracy-Saint-Loup. Tout est paré. La route d'Autun et de Château-Chinon nous attend. Vous n'avez pas le droit de nous abandonner.

— Sauf si j'ai d'autres obligations ! répond Croquemaille embarrassé.

— Il fallait y songer avant de signer. Nous devons être à Château-Chinon, non pour la foire de Saint-Denis bien sûr, mais pour celle de décembre. Vous n'ignorez pas qu'il faut parcourir onze lieues de grimpée difficile d'Argilly à

Autun. Quatre jours de route au moins, peut-être cinq. Je ne veux pas que mes pourceaux perdent leur « engras ». Nous prendrons le temps qu'il faudra et vous viendrez avec nous, foi de Barbérat, si vous ne voulez pas que je vous dénonce au syndic des porchers. Vous ne pourrez plus alors vous faire gager par personne.

— Donnez-moi mon dû, lâche Croquemaille d'un air sombre, et laissez-moi partir, je dois rejoindre Chalon sur l'heure.

— Vous n'en avez pas le droit.

Le marchand, rejoint par son collègue, le jeune Viardot, et par le Troyen Rebillart, se fait pressant. Viardot, qui aime Croquemaille, le supplie de ne pas les abandonner aux hasards de la route. Rebillart lui offre une bourse d'or, qui n'était pas prévue dans le contrat. Huguenin prend le parchemin signé dans son sac de voyage...

— Un contrat qui n'est pas respecté est un parjure. Vous irez en enfer.

— J'irai pour bien d'autres raisons, dit Croquemaille, en riant à gorge déployée. Mais l'émotion du jeune Viardot l'arrête un instant.

— Ne craignez rien, lui dit-il, des chevaliers aussi redoutables que les sires de Joigny et de Couches, de Chastellux et de Praeles tiennent les places qui dominent la montagne. Vous n'avez rien à redouter. Mais si vous tenez à ma présence, donnez-moi deux jours : j'ai affaire à Chalon ou peut-être à Germolles.

— C'est impossible, dit Huguenin. Nous devons partir dès l'aube, pour être au marché de Château-Chinon en temps voulu.

Croquemaille était bien décidé à leur fausser compagnie : sa mission d'abord. Pourtant, il ne voulait pas être parjure.

— Je vous tiens quitte de ma solde, leur dit-il, si vous me dégagez de ma parole. Laissez-moi la reprendre, j'en ai besoin.

Le Troyen sagace comprend que la situation est sans issue : cet homme va s'en aller. Il s'avance alors et se plante devant Croquemaille, qu'il toise de ses petits yeux vifs, perçants sous la broussaille grisonnante de ses sourcils.

— Vous êtes mal informé, lui dit-il. Je tiens d'un maître

valet qu'un redoutable chef de bande fait campagne autour des places du Morvan. Sa réputation n'est plus à faire ; il n'est que trop connu des vilains. Il a ravagé le Beaujolais, il s'en prend maintenant au Morvan. Ses hommes font paître leurs chevaux dans le blé en herbe. Ils abattent les chaumières pour se chauffer avec les poutres, ils jettent le grain et le vin dans les rivières. Ils tuent les gens pour le seul plaisir de voir couler le sang. Aussi peuvent-ils nous tuer et prendre le troupeau tout entier. C'est eux qui vendront à Château-Chinon.

— Quels sont ces routiers ? demande Croquemaille, méfiant.

— Guerre sans feux ne vaut rien, dit leur chef, non plus qu'andouilles sans moutarde. Voilà les gens auxquels vous nous abandonnez.

Croquemaille réfléchit pesamment. Il n'a pas entendu parler de déplacement d'Armagnacs dans la région. Ils étaient, aux dernières nouvelles, du côté de Lagny.

— Vous ne me croyez pas, sans doute... Ils ont déjà Charlieu comme quartier général et sont en mesure de menacer Bourgogne. Ils sont appuyés par le comte de Clermont.

— Vous voulez dire, le fils du duc de Bourbon prisonnier des Anglais ?

— Parfaitement. Clermont est tout heureux d'avoir reçu le secours de leurs lances.

Croquemaille est étonné de la science militaire du marchand troyen. C'est vrai, l'homme en sait long. N'est-il pas pour lui vital d'obtenir les renseignements qui lui permettent de voyager en sécurité ?

— On dit même que ce capitaine de compagnie est si bien placé en Bourbonnais qu'il épouserait la sœur du comte, la jeune Marguerite. Un marchand de Cusset me l'a assuré. Le contrat serait déjà passé. Ainsi nous allons rencontrer des soldoyeurs qui ne sont pas les hommes de Clermont, mais bien les routiers engagés pour tuer et piller tout ce qui est à Bourgogne. Songez-y.

— Comment s'appelle votre foudre de guerre ? demande Croquemaille, que les renseignements du Troyen commencent à indisposer.

— Je vais vous le faire dire par mon informateur. Ainsi

ne douterez-vous pas de ma parole. Il l'a appris au village dans la journée d'hier, et m'en a fait part aussitôt.

Il appelle Jean, le premier valet porcher, qui accourt, et lui demande le nom du capitaine de compagnie.

— C'est Rodrigue de Villandrando, répond Jean. On le dit connétable des Armagnacs.

Villandrando ! Croquemaille tombe du haut mal... Il est si cruel que son nom, en Gascogne, est devenu un proverbe. Froid, calculateur, follement ambitieux, mais droit et inflexible avec ses hommes, un parfait chef de bande. Croquemaille le connaît bien : il vient de Castille et serait, dit-on, descendant des seigneurs de Biscaye. Il a servi longtemps sous Amaury de Séverac, capitaine rouergois aux ordres du comte d'Armagnac. Diantre !... Villandrando n'est plus un Espagnol, c'est un Armagnac. Il est fort comme un bœuf et adroit comme un ours. Ses compagnons sont appelés malandrins, ou cotereaux. Ils inspirent la plus grande terreur. Tous sont des déserteurs, des bannis, des chevaliers sans armes qui, la veille, paysans, se sont fait remarquer au combat par leur adresse à la lance. Le capitaine ne leur demande que de savoir jouter, frapper d'estoc et de taille, et obéir au doigt et à l'œil. Combien sont-ils ? Jean ne peut répondre. Trois cents, cinq cents, mille ? La troupe est nombreuse, si l'on en juge à la quantité de vivres et de fourrage qu'ils saisissent dans les environs.

Après la mort de Séverac, qui devait finir étranglé sur ordre du comte d'Armagnac, Croquemaille savait bien que les bandes de Villandrando pouvaient être grossies démesurément. Tous les routiers d'Armagnac s'étaient ralliés à lui. Ils étaient partis sous sa bannière, en 1429, pour rosser le prince d'Orange qui combattait pour Bourgogne et voulait prendre le Dauphiné au roi de France. Les routiers avaient gagné la bataille d'Authon et rendu à Charles VII un service signalé. Rodrigue de Villandrando avait caracolé, triomphant, dans les rues d'Orange. Pour le royaume, qui venait de perdre Jeanne d'Arc, c'était une consolation.

Ce que Croquemaille ignorait totalement, c'était l'ambition de Villandrando dans les provinces du Centre : depuis l'année passée, il multipliait les incursions en Basse-Auvergne, dans le Velay. Il était arrivé en Bourgogne : cela n'avait rien d'invraisemblable, aussitôt après la bataille de Lagny, où ses routiers avaient fait merveille. Après ses victoires, il avait été fait comte de Ribedieu et son alliance avec le comte de Clermont, son mariage avec la fille du duc de Bourbon semblaient lui promettre le plus bel avenir.

Encore une canaille couronnée, se disait Croquemaille, à qui personne n'avait jamais offert la moindre baronnie. Sans doute fait-il sa cour à Charles VII comme tous les intrigants du royaume. Il doit être lié, pour sûr, au La Trémoille. A ce titre, sans doute, il menaçait Bourgogne. Le roi de France n'avait pas le choix de ses alliés.

Si Villandrando menaçait Château-Chinon, les marchands étaient en danger. Car les routiers en guerre ne respectaient aucun usage. Ils louaient leurs lances au roi, mais pillaient ses villes et ses villages.

— Peux-tu me prouver que tu dis vrai ? demande brusquement Croquemaille au valet Pierre.

— Les malandrins de Villandrando sont, à l'heure qu'il est, maîtres de Château-Chinon. Et je puis vous décrire les nouvelles armes du comte, leur maître.

Croquemaille, qui les ignore et ne veut pas l'avouer, fait un geste noble de la main, qui apaise toutes les inquiétudes des marchands.

— Va pour Château-Chinon, dit-il, ajoutant, à part soi : je ne serai pas fâché de retrouver le vieux Rodrigue.

Ils partent à l'aube, pendant que la nuit maintient encore dans l'obscurité les marches de la montagne... C'est tout à coup l'hiver dur et âpre, avec le vent sifflant qui s'engouffre dans les défilés, et les arbres changés en statues de sel. Les ruisseaux sont gelés, la terre dure comme du bois. Heureux Lorrains, qui ont fait provision de faines et de glands pour leurs troupeaux : les cochons sauvages ne pourraient, de leur groin, détacher une bogue du sol glacé, transformée par le sel en oursin, elle leur déchirerait la gueule.

Les loups hurlent dans les lointains et l'écho reprend

leurs plaintes. La fumée se détache avec peine des rares
cheminées de chaumières isolées en haut des falaises. Le
troupeau traverse un désert.

La colonne fait front, elle peine dans les montées, les
bêtes soufflent et s'accolent pour se donner du courage. La
neige en flocons denses adoucit le décor. Les cochons de
queue s'attardent sur son tapis moelleux, ils se grattent et
retroussent les babines de plaisir. Ils ont pourtant hâte de
rejoindre le troupeau, de crainte des loups, petites taches
noires sur l'immense piste blanche.

Les hommes sont recouverts de pèlerines de capucins,
Croquemaille a enfilé ses chausses en peau de mouton.
Mais le froid griffe les visages et engourdit les poings.

— S'il gèle de nouveau, mon épée va se fendre, peste
Croquemaille.

Son cheval souffre aussi. Il le bouchonne de temps en
temps avec de la paille qu'il tient au sec dans un sac. On
arrive enfin à la halte. Les animaux ont soif, ils lèchent la
neige et, rentrant aussitôt leur langue, se précipitent à la
suite des chiens quand ceux-ci ont repéré le gîte de paisson, en lisière de la forêt, une grande chaumière trapue,
dont le toit a la forme d'un capuchon gaulois. Les hommes
franchissent le seuil ; vite au feu ! Les flammes lèchent la
cheminée, l'odeur de lard grillé sent bon. Les valets n'ont
pas le temps de se désaltérer, ils doivent remplir l'auge
pour les bêtes et les cochons noirs se ruent, les bousculant
jusqu'à les faire tomber, pour arriver les premiers dans la
rigole creusée dans le bois.

Le lendemain, quand ils reprennent la route, l'effet
d'accoutumance ne simplifie pas cependant la tâche de
Croquemaille, dont le cheval avance de plus en plus difficilement sur le sentier pentu de la montagne. Le vieux
soldoyeur est transi de froid ; sa moustache pend lugubre-
ment, la forêt lui paraît plus hostile encore qu'elle n'était
la veille, les arbres sont écrasés par le poids de leurs branches. Les sapins ploient sous la neige. Les sangliers affamés suivent le troupeau, comme pour se faire accepter.
Mais les valets détournent les fauves, qui risquent d'éven-
trer les chiens de leurs défenses aiguës.

Le quatrième jour, on fait halte au bois de Dracy-Saint-
Loup, non loin d'Autun. Le troupeau a bien avancé, le
froid a stimulé sa marche. Ils attaquent enfin la longue

côte — la dernière — qui doit les conduire à la ville forte
de Château-Chinon. Le soleil brille et la surface glacée de
la rivière se craquèle, se fendille, chaque fois qu'une branche morte y tombe. Sous les milliers de pas des porcs
noirs, la piste devient, avec la neige molle, une traînée
boueuse et sale. Derrière le troupeau, des nuées de petits
oiseaux accourent en essaim pour picorer le sol remué et
se réchauffer au crottin des mules.

Huguenin suggère que l'on n'entre pas par la porte
Notre-Dame. Sur le donjon du château, on n'aperçoit
aucune bannière, ce qui semble démentir les informations
du valet Pierre. Il n'est pas utile de se faire remarquer en
longeant les remparts, pour que le troupeau, à l'arrivée,
soit cueilli par les routiers. On décide de prendre par la
porte Saint-Christophe.

Les porcs font une entrée mouvementée. Quatre cents
boules noires rapides et musclées franchissent en se bousculant le pont-levis de la forteresse, sous l'œil amusé des
gardes. Ils sont attendus : une sorte de conduit à parois
isolantes les accueille à la porte pour les canaliser vers la
rue Notre-Dame jusqu'à la place du Marché. A l'entrée du
foirail, ils se pressent contre un semblant d'écluse qui
arrête le flot noir pour le répartir ensuite. Les bêtes sont
comptées, on vérifie leur sceau, on les dirige vers les
enclos qui les attendent.

La neige fond sous leurs sabots quand ils s'installent
dans les recoins aménagés sur le foirail, dont le sol a été
garni de paille. Ils grognent de plaisir et réveillent, par
leur agitation, par le bruit des pattes qui grattent le sol, des
groins qui heurtent les planches, ceux qui sont arrivés
depuis la veille, et se sont écroulés, assoupis. Un effroyable
concert remue la ville, et fait hausser les épaules aux bour-
geoises qui sortent de la messe et considèrent la foire aux
porcs comme une insupportable épreuve dans la vie de la
cité.

Une auge gigantesque fait le tour de la place, contour-
nant les installations, pour fournir aux bêtes, sans qu'elles
aient à sortir de leur enclos, la nourriture et l'eau. Au
centre du foirail, les marchands discutent près d'une
vieille borne usée par le temps, représentant le dieu gaulois Belenus. Là, les éleveurs négocient leurs troupeaux.
De la paume, ils tapent sur l'épaule de Belenus, pris à

témoin de l'heureuse conclusion d'un marché. Il n'est pas nécessaire d'aller chez le notaire...

Pendant que les marchands sont affairés à rentrer leur troupeau, Croquemaille scrute le sommet du donjon, pour deviner si la garnison est amie ou ennemie. Soudain les trompettes annoncent l'ouverture de la foire. Sur la tour, l'oriflamme est hissée... aux couleurs de Bourgogne.

Furieux, Croquemaille part à la recherche de maître Jean, le valet qui lui avait annoncé la prise de la ville par les écorcheurs d'Armagnac. Il ne le trouve pas. Il cherche les marchands. Ils sont en discussion animée près de Belenus : impossible de les distraire. Le vieux Huguenin a pris au collet un certain Desgorris, qui lui doit de l'argent. Il ne lui a pas payé les cent porcs achetés à la dernière foire. Il prétend qu'ils étaient malades, qu'il n'a pas pu les vendre. Desgorris est un rude gaillard, carré d'épaules, fort en gueule, qui proteste bruyamment de sa bonne foi.

— *Les langaieurs* ont examiné vos porcs, hurle-t-il. Ils en ont trouvé une bonne dizaine de ladres.

— Au syndic ! au syndic ! hurle Huguenin, pendant que Viardot bouscule Desgorris qui, de rage, arrache son chapeau de feutre et le jette derrière lui, dans une sorte d'arène de sable entourée d'une palissade.

— Fais donc voir ta langue, lance Viardot, puisque la ladrerie du porc se communique à son maître, tu dois être bien malade.

Fou de rage, Desgorris enlève sa blouse, jette au loin ses sabots, le regard fixe, les cheveux dans les yeux, il fonce sur le jeune Viardot qui saute par-dessus la palissade et le défie de venir l'y rejoindre. Desgorris, ce colosse, forçant la barrière, entre dans l'arène comme un taureau furieux. Croquemaille s'approche, pour compter les points, ayant déjà oublié sa querelle. Les autres marchands accourent, les badauds, et même les femmes qui sortent de l'église. Les gens croient que les premières joutes sont commencées, ils se pressent autour de la palissade, encourageant les lutteurs, prenant des paris.

Un marchand bourguignon jette dans leurs pattes des porcelets enduits de graisse, selon les règles du jeu. Les lutteurs doivent s'efforcer de les prendre dans leurs bras, tout en s'affrontant. Les animaux grognent, foncent vers la sortie. On colmate très vite la brèche ouverte par le colosse, on repousse les porcelets noirs, puants de graisse, dans le sable. Viardot trébuche et tombe. Desgorris se jette sur lui, l'écrase de son poids, lui prend le bras pour le tordre. Un porcelet le mord cruellement au mollet, lui arrachant des cris de douleur. Viardot en profite pour se relever. Il s'efforce de prendre dans ses bras le deuxième porcelet, mais celui-ci lui échappe, laissant sur ses chausses d'épaisses traces de graisse jaunâtre. Furieux, Viardot prend l'animal par la queue et le fait tournoyer en l'air avant de le catapulter dans le ventre de Desgorris qui chancelle.

— N'attends pas ! lance Croquemaille, qui suit passionnément le combat, assomme-le ! Il est à toi !

Viardot réunit ses gros poings et frappe la nuque de son adversaire comme avec une massue. Mais Desgorris a des ressources de force inépuisables. Il s'écroule dans le sable, étouffant un porcelet qui pousse des cris aigus. Il parvient sans trop de peine à se relever, brandissant au-dessus de sa tête l'animal presque asphyxié.

La foule trépigne de joie. Il a gagné la joute. Le premier, il a brandi le porcelet au-dessus de sa tête. Il s'agit bien de cela ! Desgorris prend l'animal sous le bras, pousse Viardot dans la palissade en le chargeant de toute sa masse. L'autre a les reins presque brisés par sa chute. Desgorris en profite pour tirer sur sa ceinture, et introduire le porcelet dans ses chausses. La foule hurle de joie. Le goret pousse des cris d'effroi qui percent les oreilles... Viardot n'a d'autre solution que de se défaire de ses chausses, à toute allure. Pratiquement nu, sous les quolibets des vieilles femmes qui maintenant l'insultent, il bondit avec une souplesse méritoire sur le dos de Desgorris qui, se croyant déjà vainqueur, salue la foule avec complaisance. De ses bras vigoureux, il entoure le cou de taureau de son adversaire et serre pour l'étrangler. Le colosse, pris au dépourvu, suffoque.

— Ne le lâche plus ! hurle Croquemaille.

Le porcelet valide essaye de mordre Viardot. Croquemaille le tire par les pattes arrière pour le retirer de la lice.

— Tricherie, crie la foule !

Mais Desgorris demande grâce, en faisant tournoyer ses grands bras. Viardot ne lâche pas prise. Il lui fait promettre de tenir son contrat. Devant cent témoins, Desgorris jure de se conduire en honnête compagnon.

— Fais-le répéter ! lance à Viardot le Troyen Rebillart.

Dès qu'il a repris son souffle, Desgorris tente d'échapper à la prise. Il va se dégager quand Croquemaille, sournoisement, lui porte dans le bas du dos un coup à assommer un bœuf.

— Arrêtez-le ! hurlent les badauds. Ils sont de mèche ! Ils sont complices !

Viardot a repris l'initiative. De nouveau il étrangle l'immense Desgorris dont le visage, d'abord rouge vif, tourne au gris.

— Pends-le par les pieds ! fais-le rendre gorge ! crie Croquemaille.

Viardot place son genou entre les reins de Desgorris, et le force à plier sous la prise. L'homme tombe à genoux. Le Troyen s'approche. Il lui fait répéter, à haute et intelligible voix, dès qu'il a repris son souffle, qu'il respectera son contrat.

Les porcelets ont profité de l'ouverture de la palissade pour s'enfuir. Une course singulière s'engage autour du foirail, avec pour participants tout le public de la joute improvisée : les bêtes éclaboussent de boue et maculent de graisse les robes des femmes et les chausses des personnages officiels, le syndic et ses assistants, qui entrent dans l'enceinte pour faire procéder aux premières ventes. Croquemaille, excité comme un jeune porcher, se prépare à participer au jeu quand il est abordé par un inconnu dont le regard est aigu comme une lame.

— Suivez-moi, je vous attendais ! Je suis le bâtard de Chalon.

Suivant le bâtard mystérieux, Croquemaille s'efforce d'éviter la foule emportée, qui poursuit les pourceaux. Les porcelets, grognant d'aise de retrouver leur liberté, ont déchaîné un tintamarre étourdissant dans tous les enclos du foirail. Les porcs crient, grondent, foncent la tête la première dans les palissades assez sommaires qui ferment leurs abris. Ils parviennent à les forcer, en chargeant ensemble.

Des centaines de bêtes se poursuivent désormais sur la place, grouillent et grognent dans les jambes des badauds qui essayent en vain de se soustraire à cette charge imprévue. Les porcelets sont les meneurs de l'immense troupeau, ils passent comme des flèches devant Croquemaille et le bâtard qui n'ont d'autre ressource que de se précipiter sur la borne de Belenus. La horde noire bouscule l'éventaire d'un marchand de peaux et de bonnets et les porcs sont affublés de manteaux de mouton qui les aveuglent, qu'ils roulent dans la boue pour en faire des loques informes. Les marchands hurlent en donnant des ordres contradictoires aux valets. Le troupeau pousse devant lui les femmes sorties de la messe. Pour courir plus vite et se mettre à l'abri, elles ont retroussé leurs cottes, à l'hilarité générale. Croquemaille veut venir en aide au syndic des Foires, homme d'âge respectable, tout de noir vêtu, coiffé d'un grand chaperon, qui cache ses cheveux blancs. Plein de dignité, le syndic est resté devant Belenus, au centre du foirail. Croquemaille lui tend le bras, pour qu'il puisse se réfugier sur l'épaule du dieu gaulois. Mais le bâtard l'entraîne.

— Vous n'y pensez pas, lui dit-il. Croyez-vous qu'il ne risque pas de me reconnaître ? La ville est de nouveau à Bourgogne, ne l'oubliez pas, les soldoyeurs aux gages de Clermont ont dû partir à l'aube.

Ils fendent la foule et se retrouvent en lisière de la place.

— Nous devons d'abord sortir de la ville, dit le bâtard.

Ils n'ont aucun mal à franchir la porte Notre-Dame : les porcs sauvages les ont précédés, en se ruant sur le pont-levis. Les hommes se confondent à la troupe des porchers qui excitent les chiens et poursuivent le troupeau en hurlant, pour tenter de l'arrêter.

Une fois hors des murs, le bâtard longe, de l'extérieur, le rempart de Château-Chinon et conduit Croquemaille dans une tuilerie abandonnée, où l'attendent trois chevaux et un serviteur.

Le gîte est aménagé. Des litières ont été rassemblées à l'intérieur, de la paille en abondance, pas de feu, pour ne pas éveiller l'attention.

— Il nous faut coucher là, dit le bâtard. A l'aube, un sergent de Clermont viendra nous chercher.

— Où allons-nous ? demande Croquemaille, inquiet.

— Les ordres sont changés. Vous ne devez pas établir tout de suite le contact avec l'émissaire de René. Vous comprendrez demain.

Le serviteur prépare un repas froid, qu'il sert dans deux plats d'argent, sur une table improvisée. Il tend à Croquemaille du vin de Beaune dans des gobelets armoriés. Le jambon d'Auxerre fait merveille pour calmer les appétits.

— Que va devenir Copillon ? demande à voix haute Croquemaille, se reprochant aussitôt d'avoir parlé, car il ne connaît pas ce bâtard de Chalon.

— Ne vous inquiétez pas pour votre ami. Il est prévenu par nos agents de Dijon. Il vous attendra. Il est du reste à rude besogne, car il a suivi le duc à Germolles, où se débattent des matières fort graves.

— Où allons-nous demain ?

Le bâtard vide son gobelet, éloigne le serviteur qui se poste à l'entrée de la briqueterie, pour faire le guet, non sans avoir dissimulé les chevaux couchés à l'intérieur de la bâtisse sur de bons lits de paille sèche.

— Nous allons chez ma tante, dit-il, très simplement.

Croquemaille se gratte le menton, au comble de la perplexité. Il est fait davantage pour charger en bataille derrière son vieux maître Barbazan que pour le métier d'espion ou d'agent secret. Il se demande si le personnage assis en face de lui n'est pas un imposteur.

— Comment m'avez-vous reconnu ? lui dit-il brusquement. Savez-vous qui je suis ?

— Vous êtes l'écuyer de feu Barbazan et je vous ai reconnu à l'épée que vous portez au côté depuis Bulgnéville. Je sais que c'est la sienne.

Croquemaille respire. Il se sert, sans façon, un second gobelet de vin et ne pose aucune question. Le bâtard parle seul.

— Ma tante, dit-il, est Jeanne de Chalon-Tonnerre. Je compte dans mes ancêtres directs Jean de Chalon, tué à Crécy, et Jean, dit le chevalier vert, fils du Chalon fait prisonnier avec le roi de France, à la bataille de Poitiers. Mon père Louis le deuxième, fils du chevalier vert, était folle-

ment amoureux de Jeanne de Perellos, qu'il a enlevée
alors qu'il était déjà marié.

— A qui ? demande Croquemaille, que les adultères des
nobles intéressent peu.

— A une La Trémoille, parbleu ! La sœur de Georges, du
tout-puissant Georges. Voyez ma situation !

Croquemaille ne voit plus rien du tout. Les mystères des
amitiés et des hostilités entre familles nobles lui ont toujours paru insupportables. Mais le nom de La Trémoille lui
fait dresser l'oreille. Il s'agit bien du puissant ministre de
Charles VII.

— Nous sommes les ennemis jurés de Bourgogne,
poursuit le bâtard. Le duc Jean sans Peur, furieux de
l'inconduite de Louis, mon père, a fait saisir toutes les
terres en sa mouvance qui nous appartenaient. Le château
familial de Tonnerre a été incendié, les places de Tanlay et
de Noyers ont été confisquées.

— Vous êtes donc le fils de Louis et de cette de Perellos ?

— Absolument, dit le bâtard, je n'ai pas été légitimé, et
mon seul secours dans la vie est le château de ma tante.
Nous y allons demain.

Croquemaille passe une nuit agitée. Le mystérieux personnage ne lui inspire qu'à demi confiance. Le bâtard a
fini par lui dire qu'ils allaient retrouver, chez sa tante sur-
nommée la dame de Bon Repos, Georges de La Trémoille
lui-même. Autant retrouver le diable en personne. Il se
souvient que Barbazan lui avait expliqué, avec des larmes
dans la voix, que la Pucelle avait été en fait abandonnée
par le roi de France lui-même : sur les conseils de ce La
Trémoille, il ne l'avait pas suivie, après le sacre de Reims,
sur la route de Paris. Croquemaille a aussi entendu dire
que Georges de la Trémoille avait un frère confident du
duc de Bourgogne. Voilà l'homme qu'on veut lui faire
rencontrer. Piège ! Artifice ! Trahison, peut-être ! Il se
tourne et se retourne sur sa litière de paille, pendant que le
bâtard ronfle comme une cheminée enneigée.

Pourtant, il doit lui faire confiance. Le haut personnage
qu'il doit rencontrer est le serviteur direct du roi Charles
VII. Ce qu'il prépare ne peut être que dans la volonté du

roi. Le bâtard de Chalon n'a pas l'air de le porter aux nues.
Sans doute a-t-il même de la haine pour ce La Trémoille
qui cherche à le déshériter. Le devoir est clair : que les
seigneurs se combattent, se trahissent, se détestent et
s'entre-tuent n'empêche pas de penser qu'ils sont au service du roi. Croquemaille, à son lever, n'a plus d'hésitation. Il suivra ce bâtard, quoi qu'il arrive.

Encore mal éveillé, il longe les murs de la briqueterie,
pendant que le bâtard ronfle encore. Il risque un œil à
l'extérieur, cherchant le serviteur. Les chevaux sont là,
sellés, prêts à partir. Mais l'homme a disparu. Croquemaille fait quelques pas, en direction de Château-Chinon.
Il distingue une grande animation sur le rempart. Des
cavaliers entrent dans la ville, les trompettes sonnent sur
les tours. Il juge prudent de réveiller Chalon.

Tous les deux se risquent à proximité de la porte Notre-
Dame. Sans doute la place craint-elle une nouvelle attaque
des Armagnacs.

— Notre voyage en sera facilité, dit le bâtard.

— Rien n'est moins sûr.

Un homme court vers eux, essoufflé, c'est le serviteur
qui annonce une grande nouvelle :

— Le maréchal de Toulongeon vient de mourir. C'est
jour de deuil en duché de Bourgogne.

CHAPITRE 4

Les vendanges sanglantes de Saint-Bris

La mort de Toulongeon, le vieux baroudeur de Bourgogne, met le duché en état de siège. Philippe craint que ses ennemis, enhardis par la nouvelle, n'attaquent l'une après l'autre les places qui gardent le duché vers le nord, Auxerre et Avallon en particulier, mais aussi, dans le Morvan, Château-Chinon. Les courriers se suivent sur les routes, les patrouilles autour des villes, les mouvements de troupes d'une place à l'autre. Aussi Croquemaille et le bâtard de Chalon ont-ils beaucoup de mal à traverser la montagne sans encombre pour aller d'une traite, en crevant les chevaux, de Château-Chinon jusqu'à Ligny-le-Châtel, où se tient la dame de Bon Repos.

Ils sont passés au pied de Vézelay la glorieuse, ils ont traversé Auxerre, ils sont en vue du château carré, trapu, flanqué de quatre tourelles d'angle et d'un colombier : une grosse ferme fortifiée plutôt qu'une place d'armes. La tante du bâtard les accueille avec courtoisie, mais sans grâces particulières. La vieille dame aux lèvres serrées, aux cheveux poivre et sel, semble préoccupée. Dès son arrivée, le bâtard est introduit dans la grande salle où le couvert est mis. Croquemaille ne peut y avoir accès, n'étant pas de noblesse. Les hommes réunis là complotent sous les ordres et l'autorité de Georges de la Trémoille.

Croquemaille, à qui l'on a servi un repas frugal dans sa chambre, songe à s'endormir quand il entend des éclats de voix, des jurons, bientôt des cris, des bruits de tables renversées et de vaisselle brisée. Il se lève en toute hâte, ceint son épée et se faufile dans les couloirs, pour aller aux nouvelles.

La comtesse Jeanne passe devant lui, hagarde, pour grimper dans sa chambre. Il voit bientôt sortir, blême de rage, le bâtard de Chalon.

Celui-ci fait un signe aux serviteurs qui se précipitent vers lui.

— Que l'on selle mon cheval. Je ne veux pas dormir sous le même toit que les assassins.

Il entraîne Croquemaille dans son sillage.

— Venez, nous partons. Il faut rejoindre Amboise cette nuit même.

— Monseigneur, lui répond Croquemaille, je vous le dis tout net, au risque de vous déplaire, je ne puis vous suivre. Vous venez me chercher à Château-Chinon, vous me faites parcourir des dizaines de lieues sans étapes pour m'annoncer que vous partez à Amboise... Je suis au regret de vous dire que mon devoir est de repartir pour Germolles et de rétablir le contact que vous m'avez fait rompre...

— Comprends-tu, tête de bois, que le roi lui-même est abusé par ce fou... il faut le voir d'urgence et lui expliquer...

— Lui expliquer quoi ?

Le bâtard est au comble de l'exaspération.

— Que La Trémoille veut faire enlever et sans doute assassiner le chancelier Rolin, butor. Cela te suffit-il comme explication ?

Croquemaille n'est nullement convaincu. Il ne peut pas croire que les hauts seigneurs présents dans la salle se prêtent à une telle forfaiture. Il a aperçu Christophe d'Harcourt et l'archevêque de Reims, Renault de Chartres. Il a vu entrer en retard dans la salle Guillaume de Rochefort et Guillaume de Châteauvillain qui cherche toujours de l'argent pour payer sa rançon après être tombé, avec tant de braves Bourguignons, entre les mains de Fortépice le routier et des Armagnacs... Non, Croquemaille ne peut pas croire ces hommes décidés à l'assassinat.

— Sais-tu le pire, lui dit le bâtard de Chalon ? Le drôle a entrepris d'enlever à Saint-Bris, tout près d'ici, le cardinal, légat du pape, qui se rend, venant de Germolles, à la conférence de paix d'Auxerre. Enlever un légat ! il est prêt à tout, même à déposséder ma tante, qui sait ? peut-être à l'assassiner, elle aussi...

Croquemaille voit la vieille femme descendre de sa chambre en vêtements de voyage.

— Es-tu prêt ? je te suis. J'abandonne la place. Nous y reviendrons en force.

Querelle nobiliaire ! se dit Croquemaille. Il est clair que ces gens-là confondent leurs affaires et celles de la France. Mais il a retenu que les gens de Germolles se rendaient à Auxerre, pour y rencontrer les ambassadeurs du roi Charles VII et peut-être ceux des Anglais. A quoi bon retourner à Germolles, puisque les envoyés du duc — et parmi eux, sans doute, Copillon — sont sur la route de la vallée de l'Yonne ?

Il laisse partir le bâtard de Chalon et la dame de Bon Repos. Si ceux-là abandonnent leur château, c'est que La Trémoille a vraiment le pouvoir de diriger un complot et peut-être une guerre. Comment aller contre les décisions du roi Charles ?

Il attend la fin de la conférence. Les seigneurs sortent, les uns après les autres, l'air préoccupé. Le dernier est manifestement le ministre royal. Il a l'assurance et le tranquille cynisme des favoris au pouvoir. Croquemaille se souvient des beaux jeunes gens qui entouraient le duc René, lui conseillant, en toute folie, de charger le premier à Bulgnéville. Ils sont assurément de la race de cet homme empâté, sûr de lui, seul capable de prendre les décisions qui engagent ici l'avenir du royaume.

Il toise le soldoyeur de son regard rapide.

— Vous êtes Croquemaille. Bienvenu parmi nous ! Ne vous éloignez pas. J'aurai besoin de vous dans les heures qui suivent. Pour aller à Saint-Bris.

Croquemaille est stupéfait d'être reconnu par un homme qu'il n'a jamais rencontré. Il se sent immédiatement mobilisé pour le service du roi et ne regrette plus d'avoir laissé le bâtard partir seul. Il ne croit pas à ces histoires d'enlèvement. Il connaît les Bourguignons. Le cortège ducal ne sera pas composé de porteurs de quenouilles mais de braves : ils seront là, les Beaurevoir, les La Roche, les Saint-Phalle et les Saint-Bris, tous prêts à en découdre pour protéger les ambassadeurs. Tranquillisé, il s'assoupit dans la salle des gardes.

Un bruit de bottes le réveille. Entourant La Trémoille, les seigneurs sortent du château. L'un d'eux, Châteauvillain, fait signe à Croquemaille :

— En selle ! nous partons pour Saint-Bris.

Une trentaine de cavaliers, armés jusqu'aux dents, ont pris la route de Saint-Bris-le-Vineux. La traversée des bois les inquiète : les écorcheurs rôdent en lisière. Ils décident d'arborer le pennon fleurdelisé, pour impressionner les drôles. Il ne s'agit pas d'être attaqué avant d'avoir rencontré la bande de Fortépice.

— Je croyais le pays aux mains de Villandrando, dit Croquemaille à son voisin.

— Il est reparti dans le Velay, lui répond-il. Il ne reviendra que pour se marier avec la fille du comte...

— Qui est donc ce Fortépice ?

— Le plus dangereux des écorcheurs. Mais nous avons besoin de lui. Qui d'autre peut attaquer les Bourguignons dans ces parages ?

Croquemaille est déçu : il s'attendait, avec Villandrando, à revoir des Gascons. Dieu sait quels hommes emploie ce Fortépice... Il fronce les sourcils à l'entrée du défilé de Villeneuve-Saint-Salves qui ouvre, entre deux forêts, la route d'Auxerre. Les écorcheurs peuvent avoir tendu une embuscade. Il n'est pas sûr que le pennon du roi de France les impressionne : ces gens-là ne songent qu'à tuer et à piller, ils n'ont pas de parole. Les hauteurs de Villeneuve-Saint-Salves sont couronnées de chênes blancs, enrubannés de lichens, qui tendent leurs branches, comme des Pierrots lunaires, vers des charmilles de grives endormies. A la lisière de la forêt, les chevaux foulent de leurs sabots des chaumes, des pâtis, des champs de b l é
moissonnés. Le défilé est franchi sans encombre. Ils évitent Auxerre, prennent à main gauche la route de Montallery qui suit le cours de la Sinotte. Ils la franchissent à gué pour gagner Chitry. De là, ils seraient presque en vue de Saint-Bris si le village n'était caché, tapi, incrusté au creux d'une hotte rougeoyante de toutes les feuilles de la vigne et des cerisiers. L'alouette a lancé son premier cri. On peut croire que la cloche va sonner, que la vie va reprendre à Saint-Bris : il n'en est rien. L'escorte du duc de la Trémoille entre dans un village mort.

Le site de Saint-Bris est redoutable. Les maisons en escaliers, les rues étroites et sinueuses, les murettes qui se succèdent, montant à l'assaut des pentes recouvertes de vigne sont autant d'obstacles pour l'assaillant. L'église forte est au centre, c'est-à-dire au creux. Construite par le bienheureux saint Germain, elle a bénéficié des largesses des évêques d'Auxerre. Ses cloches portent loin. Elles ont sonné le tocsin, pour l'arrivée des écorcheurs ; depuis, elles sont muettes. Pas de guetteurs sur le haut clocher carré, les échoppes sont désertes, souvent fermées.

— Je n'entends pas de marteau sur l'enclume, ni le grincement des couteaux sur la meule, dit Croquemaille. Sont-ils tous morts ?

— A moi les Gascons ! lance-t-il d'une voix tonitruante. Nul ne lui répond. Pas la moindre odeur d'ail ni de pied de cochon grillant au feu dans les maisons. Pas de fumée aux cheminées... Les enseignes se balancent, lugubres, le long des ruelles.

Soudain, un cavalier ! Un homme juché sur un vilain roncin. Le regard fuyant, le sourcil broussailleux. Il croise l'escorte sans s'arrêter, pressé de disparaître. A son teint olivâtre, Croquemaille reconnaît un Castillan de Villandrando. L'escorte poursuit sa route à travers le village, faisant halte devant l'église. Croquemaille lui fausse compagnie, poursuivant l'Espagnol qui a mis des grelots à la queue de son cheval. Il met pied à terre, quand il le voit entrer dans une maison en apparence déserte. Plaqué contre le mur, il regarde à l'intérieur. Il n'aperçoit pas la moindre chandelle. La maison est vide.

— Mordious ! Où est-il passé ?

Prudemment, il entre. Un envol de poules et de canards ponctue son arrivée. Deux oies embusquées près de la cheminée vide de toute cendre poussent des cris stridents, donnant l'alarme.

— Je vous tords le cou, maudites femelles, gronde Croquemaille embarrassé qui a tiré son épée du fourreau.

Rien ne vient. La maison retombe dans le silence. Croquemaille sort, fait le tour du groupe de masures. Elles sont toutes vides. Le roussin de l'Espagnol est attaché à un anneau, attendant patiemment son maître.

Soudain, d'un soupirail, un bruit étouffé monte jusqu'à la ruelle. Croquemaille tend l'oreille. Il lui semble percevoir des appels au secours, comme si les gens qui les lançaient étaient tombés au fond d'un puits.

Il rentre dans la maison de l'Espagnol et la fouille de fond en comble. Pas la moindre trace de vie. Il ouvre les placards, les coffres, soulève la paille dans l'étable. Là il aperçoit une dalle de pierre avec un anneau. Un manche de pioche et il la soulève. Un escalier étroit s'enfonce dans le sol. En contrebas, une faible lumière filtrante et des cris étouffés.

— Nous y voilà ! Les habitants de Saint-Bris sont réfugiés dans leurs catacombes.

Il retire ses bottes pour ne pas faire de bruit et descend les marches une à une, le poignard à la main. Il tombe dans un cellier immense entièrement voûté et d'abord ne distingue pas l'intérieur. En s'habituant progressivement à la demi-obscurité, il avance à quatre pattes, comme s'il se traînait. Des corps sont frileusement agglutinés les uns aux autres. Des hommes et des femmes endormis. Plus loin, contre un pilier, également endormis, des gardes en armes. Croquemaille se faufile entre les futailles, qui sont autant de barricades, dans la rue centrale de cette ville souterraine. Un véritable labyrinthe s'offre à lui. En quelques instants, il ne sait plus où se situer, il est incapable de retrouver son escalier. Les caves tournent autour de la ville, se succédant les unes aux autres, selon le tracé exact de l'enceinte. Il y fait une température très supportable et le sol recouvert de sable atténue les bruits, étouffe les sons. Les corps allongés sont évidemment ceux des habitants prisonniers. Mais pourquoi les maintiennent-ils dans les caves ?

Une vieille femme, réveillée, regarde Croquemaille sans mot dire. Sans doute le prend-elle pour un écorcheur. Il s'approche d'elle lentement et lui parle avec douceur. Elle roule des yeux effrayés, se garde de répondre. Comme il insiste, elle réveille son mari endormi auprès d'elle en lui mettant la main sur la bouche, pour qu'il ne puisse parler.

L'homme tiré de son sommeil dévisage Croquemaille avec terreur. Il n'est pas plus bavard que sa femme. Pour toute réponse aux questions de Croquemaille, il réveille à son tour son voisin, qui dort caché derrière une énorme futaille. Croquemaille est stupéfait. Dans la demi-obscurité de la cave, il vient de reconnaître Copillon.

— Mordious ! lui dit-il, je te cherche depuis huit jours. J'ai remué toute la Bourgogne.

— Je suis allé à ta rencontre, à partir de Germolles, répond le Lorrain. Mais sur la route de Château-Chinon, je suis tombé sur la bande de Fortépice. Je les ai suivis jusqu'ici. Ils me prennent pour un vignier de Saint-Bris.

— Dieu nous ait en sa garde, dit Croquemaille. Que font ceux-là dans cette cave ?

Progressivement, les villageois captifs ont ouvert les yeux et se sont rapprochés.

— Ils n'ont qu'une idée : en sortir. Fortépice les maintient captifs pour les contraindre à faire les vendanges. A son seul profit. Ils s'étaient tous dispersés dans les bois, à l'arrivée des écorcheurs. Il a organisé une véritable chasse à l'homme. Ils ont été enchaînés deux jours. Puis ils ont promis de travailler et de ne pas s'enfuir.

— Une promesse faite à un écorcheur est nulle et sans valeur, dit un des prisonniers. Je suis le fils de Mathey le tonnelier, rue au Change. Nous voulons nous enfuir vers Auxerre, où nous avons des amis. Votre prix sera le nôtre, messire, dit-il à Croquemaille, dont la mine d'homme de guerre le rassure.

— Ils ont brûlé la langue de ma femme au fer rouge, parce qu'elle demandait à sortir, dit un autre. Allez voir Huguenot le Sansonnet, à Auxerre. Il vous paiera un bon prix si vous nous aidez.

— Tous les villageois sont là, sauf les morts, dit Copillon. Car beaucoup ont été branchés dans les bois.

— Combien d'hommes de guet ?

— Ils ne gardent que les entrées principales, celle qui est sous l'église, et celle de la porte d'Auxerre. Le jour, ils sont plus nombreux. Mais il n'y a pas de ronde avant six heures.

— C'est plus de temps qu'il n'en faut, dit Croquemaille. Où se tiennent Fortépice et ses hommes ?

— Dans la grande bâtisse en dessous de l'église. Une maison de maître vignier.

— Je vais m'y rendre, pour créer une diversion. Mais auparavant j'aurai rendu la sortie libre.

— Ne prends pas de risques, dit Copillon. Si tu échoues, ils seront tous tués.

— Si vous êtes pris comme espion, dit un vigneron, ils vous arracheront la langue et les oreilles.

La perspective de retrouver immédiatement la liberté provoque chez les prisonniers des réactions contradictoires. Les femmes demandent qu'on les laisse dans les caves. Elles sont incapables de marcher en forêt. La captivité les a épuisées et, de toute façon, les enfants ne pourront pas suivre.

— Si vous restez ici, dit Mathey, vous serez toutes massacrées. Ils ont montré ce qu'ils pouvaient faire. D'ailleurs si nous rentrons pour eux le raisin, nous ne serons pas quittes. Ils voudront tirer rançon de nos biens, de nos terres, de nos outils de travail. Les gueux seront éliminés, puisqu'ils ne rapportent rien.

— Rappelez-vous, dit une vieille femme. Ils ont attaché des enfants sur un bûcher. Ils ont détruit, par jeu, les tuiles de nos toits. Quand ils partiront, ils empoisonneront les puits en y jetant des charognes. Il faut sortir, et vite.

Croquemaille, à tâtons, fait le tour de la cave. Il entend des gémissements dans un coin sombre.

— Pitié, messire, un peu d'eau. Une femme supplie, elle a plusieurs enfants en bas âge allongés sur la paille autour d'elle. Prenez celui-ci et sauvez-le ! Il ne survivra pas.

Elle lui tend un petit corps chétif, entouré de bandelettes. L'enfant a les yeux ouverts, mais il n'a plus la force de crier.

— Milledious ! dit Croquemaille à voix haute, il ne sera pas dit que nous laisserons crever ces braves gens. Ce Fortépice est un bandit, un maure, un barbaresque. Il faut les faire sortir, réveille-les tous, Copillon, et qu'ils se tiennent prêts dans l'escalier le plus éloigné de l'église. Je me charge du reste.

— Mais quand nous reverrons-nous ?

— A la grâce de Dieu ! Ceux-là d'abord !

Copillon prête main-forte à Croquemaille pour éliminer les gardes de l'escalier. Ils sont proprement étranglés sans avoir proféré un son. Croquemaille sort tout seul et se dirige en faisant beaucoup de bruit, hurlant à pleins poumons une chanson de Gascogne, vers la maison carrée du maître vignier. Il la reconnaît aux nombreux chevaux de l'escorte, maintenus sous bonne garde contre la façade.

— Armagnac ! crie notre homme pour entrer sans encombre. C'est un passeport discutable.

— De quelle bande es-tu donc ? lance un garde de Fortépice. Crois-tu qu'on entre ici comme dans un moulin ?

— Drôle, je rentre ici naturellement, sans avoir besoin d'autre recommandation que ma bonne mine. Si tu y vois un inconvénient, tire ton épée !

— A la garde, crie l'autre qui redoute une agression.

Croquemaille est bientôt entouré d'une douzaine de gaillards à mine suspecte, barbe mal rasée, bonnet de laine enfoncé jusqu'aux yeux, la ceinture garnie de poignards.

Les cavaliers de l'escorte ducale se précipitent pour secourir Croquemaille qui hurle : « A moi saint Denis ! » en faisant tournoyer l'épée étincelante de feu Barbazan. Le combat s'engage, acharné, bruyant. Croquemaille, par ses hurlements, domine le tintamarre.

— A moi les Gascons, crie-t-il aux gardes qui sortent nombreux de la maison carrée.

Mais il ne reconnaît pas l'accent de Lectoure dans les glapissements des écorcheurs surpris en plein sommeil et qui se frottent les yeux en saisissant leurs piques. Assurément ceux-là n'ont jamais bu le rosé du Béarn, ni mangé le foie des oies. Ils ont des mines de Castillans, ou les accents incompréhensibles des Bretons. Peut-être même certains d'entre eux sont-ils anglais : il y a plus d'un déserteur dans l'armée du régent Bedford...

Le vacarme est tel que la porte de la maison s'ouvre à deux battants, projetée en avant par des coups de bottes. Un colosse se campe à l'entrée, les mains sur les hanches, observant le combat. Ses hommes le fixent, attendant les ordres. Croquemaille, l'apercevant, le salue de son épée.

— A qui ai-je l'honneur ?

Fortépice ne répond pas. Le combat a cessé instantané-
ment. Derrière lui, le duc de la Trémoille attend, embarrassé. Châteauvillain plisse les yeux sans rire, mais son
regard exprime la plus vive satisfaction. Quelqu'un dans
son escorte oserait-il tenir tête au capitaine écorcheur ?

Fortépice roule des yeux courroucés. Ses hommes font
le dos rond. Ils redoutent ses célèbres colères, qu'il ne
contrôle pas. Il est capable de trancher d'un coup d'épée
la tête de son meilleur lieutenant, s'il estime qu'il n'a pas
obéi point par point à ses ordres. Bec d'aigle, mâchoire
carrée, regard vif comme la foudre, l'homme est impressionnant de force.

— Qui es tu ?

La question tombe comme le tonnerre.

— Croquemaille, messire capitaine, pour vous servir,
répond le Gascon sans se déconcerter.

— Est-il des vôtres ? demande Fortépice à La Trémoille ?

— C'est l'ancien banneret de Barbazan. Il est des
nôtres.

— Un fier-à-bras, commente Fortépice avec mépris.
Servir un homme qui a passé huit ans de sa vie dans la
prison anglaise parce qu'il avait donné sa parole de ne pas
s'échapper, c'est faire la guerre en rêveur. Viens avec moi,
mon garçon.

Il entraîne Croquemaille, dûment suivi par quatre gardes, devant le pressoir du village.

— Il a fallu trente chênes pour le construire, lui dit-il.
C'est un des plus beaux de Bourgogne. Il contient cent
soixante livres de fers et de boulons. Pour presser, il faut
tourner cette vis. Regarde : la masse du bois se soulève,
elle est prête à écraser n'importe quel obstacle. Et si l'obstacle, c'était toi ?

Un énorme éclat de rire accueille les paroles du capitaine.

— Il y aurait du sang de Gascon dans le raisin de Saint-
Bris. Quelle aubaine pour les buveurs anglais.

Les yeux de Croquemaille flamboient. Le duc de la Trémoille n'ose lever le regard vers lui. Il se tient tapi dans
l'ombre du capitaine.

— J'ai là quatre cents hommes prêts à vous prendre
tous, scande Fortépice, et à vous jeter sous les chênes du

pressoir. Il ne restera rien, monseigneur, de votre belle noblesse, je vous en donne ma parole, si celui-là ne me fait pas publiquement ses excuses.

— J'ai mille excuses à vous faire, messire capitaine, répond Croquemaille Barbazan à voix très haute. Pour m'être trompé. Car je croyais ici retrouver des amis. Et je n'ai devant moi que des hommes sans foi ni loi.

— Mercédès ! hurle Fortépice.

Une vieille femme approche, sortant de la maison sombre où elle vient d'allumer un feu.

— Dis-moi s'il doit mourir.

Les chevaliers qui entourent La Trémoille mettent instinctivement la main à la garde de leur épée. Si Fortépice veut exécuter Croquemaille, le duc ne pourra l'en empêcher. Ils mourront tous, écrasés par les quatre cents écorcheurs.

La vieille revient, avec un brasero qu'elle allume devant la maison.

— Lis dans le cœur de bœuf !

Le sort de la guerre est entre ses mains, et aussi la vie de Croquemaille. Pas un soldoyeur ne pipe mot. Tous regardent avec passion le manège de la sorcière, qui ne quitte jamais l'écorcheur.

— Fais saigner le cœur du bœuf, si tu ne veux pas finir au bûcher.

La vieille s'affaire. Une servante lui tend une petite perche flexible, qui sert de tourne-broche. Elle prend le morceau de viande sanguinolent et le place à bonne hauteur, au-dessus des cendres. Sur une roue mobile elle tourne et retourne sans cesse le cœur de bœuf, pour l'empêcher de noircir et de se racornir. Enfin le muscle se rétracte sous l'effet de la chaleur. Il saigne. Les écorcheurs se sont rapprochés. Ils connaissent la signification du rite. Le cœur saigne ! La vieille pique la viande avec une aiguille, qui suit le mouvement de rotation du muscle, fixant ainsi le destin, comme le soleil de son ombre fixe l'heure sur le cadran solaire. Là où l'aiguille s'arrête, le sort sera jeté. Le cœur saigne toujours, et l'aiguille tourne. Quand elle s'arrête enfin, Fortépice, sans plus attendre, entre dans la maison.

— Il a la vie sauve, dit-il au duc de la Trémoille. Le sort en a décidé. Mais je ne veux plus le revoir sur ma route.

— A la garde ! A la garde ! hurle un écorcheur sur la tour de l'église. Les prisonniers se sont enfuis ! Ils ont gagné la forêt !

Des hommes en armes sortent en même temps des souterrains, ils courent dans tous les sens sur la place de l'église. Fortépice, de nouveau, se campe devant la maison carrée, faisant sonner la corne d'Allemagne. Des centaines d'hommes sortent de terre, attendant les ordres.

— En chasse, hurle le géant. Ramenez-les morts ou vifs !

— Si vous êtes à l'origine de cet exploit, glisse La Trémoille à Croquemaille, vous m'en répondrez sur votre tête. Restez auprès de moi !

Les hommes de Fortépice se sont rapidement égaillés dans la forêt. Mais ils doivent descendre de cheval, pour escalader les pentes boisées qui entourent Saint-Bris. Ils ont constitué des patrouilles, qui battent et rebattent les bosquets. Elles ne trouvent rien. Soudain, un sergent accompagné d'un horrible chien jaune, hurle pour rabattre les écorcheurs : le chien a trouvé une trace. Les hommes se précipitent. Le chien se faufile dans d'effroyables massifs de ronces, et dans les forêts de fougères. Il arrive enfin au pied d'une petite chapelle abandonnée dont la porte est aussitôt enfoncée.

La chapelle est vide. Au loin, la trompe d'Allemagne sonne encore, comme pour l'hallali. Le maître est impatient d'en finir. Les écorcheurs savent qu'ils ne doivent pas rentrer les mains vides. L'écorcheur au chien jaune, qui répond au nom de Blanche Épine, essaye en vain d'entraîner l'animal. Il reste obstinément devant la chapelle en aboyant sans cesse.

— Fouillons encore ! dit Blanche Épine. Ils s'acharnent, bousculent l'autel, renversent les statues de saints.

— Les tombeaux, dit un autre.

Au sol, on ouvre les pierres tombales. L'une d'elles ne sent pas la poussière ni le moisi. Blanche Épine ressent l'appel d'un air frais. Il appelle à l'aide du fond de la tombe, une trappe conduit à un escalier.

— Ces maudits Bourguignons ont creusé des souterrains partout, dit-il à son camarade Brou de Noix. La col-

line en est truffée. Sonne la trompe, ils se sont enfuis par
là.

Aussitôt les patrouilles arrivent, on allume des torches.
Les écorcheurs, rampant dans le souterrain délabré, but-
tent soudain dans l'obscurité contre des masses humaines
allongées sur le sol : des femmes, qui n'ont pas pu suivre.
Ils passent sans s'arrêter, poursuivent leur marche le dos
courbé. Brusquement le souterrain fait un coude. Une
volée de pierres les accueillent. Ils sortent les arbalètes.
Des cris fusent de l'obscurité. Les fugitifs sont entassés
dans le goulet du souterrain. Ils ne peuvent aller au-delà :
le boyau est crevé, la terre s'est éboulée par l'ouverture,
bouchant tout. Les écorcheurs n'ont plus qu'à les cueillir,
ce qu'ils font sans ménagement.

Copillon est parmi eux. Il se laisse enchaîner et ramener
au village, sans protester. Fortépice accueille les prisonniers. Les journaliers sont mis à part et pendus sur-le-
champ : à quoi bon sauver des gens de rien ? Les femmes
et les enfants sont conduits au cellier, attendant leur sort.
Quant aux hommes, ils restent enchaînés sur la place. Croquemaille, qui rôde autour d'eux, a vite fait d'abandonner
La Trémoille pour venir en aide à Copillon.

— Que fais-tu, misérable ! hurle Fortépice qui a surpris
son manège.

— Messire capitaine ! Cet homme est au duc René ! J'en
réponds sur ma vie.

— Ta vie ne vaut pas cher.

— Pourtant vous me l'avez laissée. Il doit repartir à
Dijon, pour donner à son maître un message de la plus
haute importance. Sur l'épée de Barbazan, je vous jure que
je vous dis vrai.

— Soit, je te le donne. Mais ceux-là auront droit à un
traitement spécial, et je veux que tu en sois témoin.

Les hommes sont bientôt attachés, pieds et poings liés,
aux branches du grand chêne qui domine la mare de Saint-
Bris.

— A mon signal, dit Fortépice, ils vont tomber dans la
mare. Ceux qui en réchapperont auront la vie sauve.

L'arbalétrier lâche son carreau. La corde du premier
pendu est rompue. L'homme tombe lourdement, fait des
bonds dans l'eau pour gagner la rive. A trois mètres du
bord, il coule.

Deuxième carreau d'arbalète : un autre corps tombe. L'homme crie ! Il va mourir. « Courage ! père ! je viens ! » Un enfant s'est détaché des prisonniers du cellier. Il se précipite dans la mare, bravant les flèches. Il nage vers son père qui se débat comme il peut. Il le prend par les poignets et le tire au rivage. Des vivats montent du village. Même les écorcheurs applaudissent. Croquemaille et Copillon se sont précipités vers l'enfant.

— Messire, dit Croquemaille, il faut faire grâce !

— Accordé, dit Fortépice, qui fait un geste aux arbalétriers. Comment t'appelle-t-on ?

— Jacquemin Perrenet, c'est mon nom.

— Méfie-toi ! dit la sorcière qui s'est approchée parderrière de Fortépice. C'est un maudit bâtard, il te fera du mal. Et sa mère plus encore.

Fortépice demande à la voir. La vieille la lui désigne du doigt : c'est sa servante. A l'évidence, le regard appuyé qu'il jette sur la belle indique suffisamment que le capitaine lui ferait bien un second bâtard.

— Prends garde ! lui dit encore la sorcière. Personne ne peut t'empêcher de l'avoir, mais elle fera ton malheur.

— Disparais tout de suite si tu ne veux pas que je jette ta carcasse dans la mare.

La vieille s'enfuit, avec la jeune servante. Copillon assiste, les yeux humides, à la sortie des femmes et des enfants du cellier. On leur a retiré leurs chaînes. Les écorcheurs les poussent, du bout de leurs piques, vers la route d'Auxerre.

— Qu'ils meurent de faim dans les bois, dit Fortépice. C'est tout ce qu'ils méritent.

— Ma place est avec eux, dit Copillon à Croquemaille. Fais selon ta conscience, mais je ne resterai pas un jour de plus avec ces assassins.

CHAPITRE 5

L'hôtel du Royal Écu

L'hôtel du Royal Écu à Auxerre fleure bon la cire d'abeille et dans les offices flotte un parfum d'anis confit. Maître Colin Bouredun, dit Colin d'Enfer, attend ses illustres hôtes et prétend veiller à tout. On n'a pas tous les jours un duc et un cardinal dans son auberge.

Colin d'Enfer est à l'affût depuis trois semaines, il a eu le temps de se préparer. Il sait que les Armagnacs bloquent toutes les places de l'Auxois, qu'ils repoussent lentement les Bourguignons. Ils sont maîtres de Noyers, et remontent le cours du Serein. On lui a dit qu'ils voulaient assiéger la forteresse de Montréal, qui commande l'accès du Morvan... Mais il a confiance. C'est dans la bonne ville d'Auxerre que viennent les ambassadeurs de la paix. Ils seront là.

Les marmitons et pinteurs de bière se sont bien renseignés au palais. On attend effectivement le duc et le cardinal. Les tapis sont épousttés, les tapisseries sont aux fenêtres. On a sorti la vaisselle d'or. Des feux immenses réchauffent les cheminées.

Colin d'Enfer a fait trier ses bougies et ses tourteaux de suif pour nantir les lanternes au seuil de sa porte. Dans la rue défilent déjà, heurtant le pavé de leurs éperons, les soldoyeurs de renfort, qui traînent leur cheval par la bride.

— Rajoutez des lits, hurle Colin. J'en veux trois par chambre.

Il pense aux valets d'écuyers, aux gens de l'escorte anglaise — les plus exigeants sur le service —, aux innombrables jeunes clercs qui doivent accompagner le légat, aux damoiseaux de France. Ceux-là ne seront pas logés au palais, ils viendront chez lui...

Un convoi de vivres fait son entrée dans la ville.

— C'est bon signe, ronronne maître Colin, flattant familièrement la cotte d'une serveuse de cervoise. Les mules sont aux armes de Jean de Vergy. Voilà du bon grain de Champagne, de quoi soutenir un siège.

— Décidément ces messieurs sont là pour longtemps...

Il en sourit d'aise, part aux cuisines, surveille les filles qui préparent les gaudes [1]. La farine de millet coule à flots, les moules sont graissés. Les servantes aux bras nus font rôtir la farine pour lui donner le goût du fumet, puis elles brassent la pâte dans le cuveau, jusqu'à perdre le souffle. Maître Colin ne peut s'empêcher de s'approcher pour goûter à la bonne pâte fraîche. La fille robuste lui tape sur les doigts, du revers de la main.

— Ne touchons pas, messire, aux gaudes des milourds. Elles vous rapporteront plus qu'à moi.

Furieux, Colin fonce sur les marmitons, se fait ouvrir les viviers, juge la réserve de poisson insuffisante. Il envoie dix hommes dans la Cure, avec des lignes et des filets, pour pêcher le brochet. Il repousse un valet qui vient lui offrir la carpe.

— Vous ne pouvez le refuser, messire, lui dit le premier cuisinier. C'est l'usage.

— Je connais les usages mieux que toi, butor. N'oublie pas que mon père était déjà l'hôtelier du duc Jean. J'embauche celui-là sans qu'il m'offre la carpe des nouveaux serviteurs. Il lui suffit de me promettre d'être muet comme une carpe, et de ne rien révéler de tout ce qu'il entend sous mon toit.

Le jeune beurrier stagiaire jure tout ce que l'on veut. Colin n'ignore pas que toute la ville d'Auxerre est truffée d'espions. Dans sa propre auberge, à l'évidence, les deux camps se surveillent et se trompent par agents opposés : ils fourmillent assurément jusque dans les cuisines, ainsi va Bourgogne, et ce n'est pas sa faute...

---

1. Crêpes confectionnées jadis avec de la farine de millet grillé.

— Allumez le grand feu de sarments dans la cheminée, dit Colin, ils ne doivent pas être loin.

A peine ses ordres sont-ils exécutés qu'il est dans les écuries, pourvoyant à la nourriture des chevaux, faisant prévoir des stocks d'avoine et de fourrage. Il s'assure des réserves de viande, demande si l'on a prévu le bœuf salé du duc, son plat favori, et de la fine fleur de froment pour le pain de bouche. Puis il vole de nouveau vers les filles. Les lingères sortent des toiles de couleur pour couvrir les panetières. Elles préparent des sacs en canevas pour mettre le linge en paquets. Une toute jeune servante, qui répond au nom de Nicolette, prépare spécialement pour les seigneurs des plats décorés de poires longues et fermes, les poires d'hiver de Bourgogne.

— Je vais te donner de l'hypocras pour y faire baigner quelques poires. Il est temps. Je sens qu'ils arrivent. Jean le Long est aux nouvelles. Est-il revenu ?

Personne ne répond. Le courrier n'est pas rentré. Maître Colin appelle le rôtisseur, Tirecoq, et lui recommande le feu doux, le feu de chêne pour le bœuf du duc. Pour les andouilles, rien que les brandons. A la cave, il vérifie les fûts de vin de Beaune et de Chablis. Il a un faible pour le pinot vermeil d'Auxerre, qu'il ne peut s'empêcher de goûter.

Dans la cour, à l'arrière de l'auberge, les filles sortent les châtaignes, les confitures de mûres et de coings, les amandes, le miel, et l'anis confit.

— J'ai oublié la moutarde ! hurle Colin. La moutarde !

Une fille lui répond, du fond du cellier. C'est Riotte, la plus mâtine des servantes de l'auberge. Dans le grand mortier, elle pile la graine et la mêle au verjus.

— Très fin, très fin, lui dit Colin. C'est ainsi que l'aime notre duc. Les poulardes doivent être rissolées à la moutarde. Je veux que tu transpires à écraser ta graine autant que Tirecoq à rôtir ses chapons.

Maître Colin revient dans la salle d'hôtes, satisfait de l'ordonnance. Tout est prêt. Il donne des ordres pour qu'on décore les tables de feuilles et de fruits quand Jean le Long, le courrier, fait son entrée dans l'auberge.

— Ils ne viendront pas aujourd'hui, dit-il simplement.

Sur la route d'Auxerre le chancelier Rolin, en tête du cortège ducal, soupire de soulagement. Il tire les courtines qui le protègent de l'extérieur dans sa voiture capitonnée, confortable et rapide. Son attelage de quatre chevaux avance au galop, fouetté par le cocher impassible. Ils viennent de franchir le défilé rocheux, étroit, en suivant l'ancienne voie romaine qui s'incurve au pied de la citadelle de Montréal, la porte de Bourgogne. L'à-pic de deux cents pieds est impressionnant, la muraille est lisse, noire, tendue comme peau de bête, elle défie les tirs d'arbalètes ou de couleuvrine. Les hourds et les courtines de Montréal permettent d'épier la campagne à 20 lieues à la ronde. Les fossés sont assez profonds pour décourager les écorcheurs.

Où pourrait-on les arrêter, si Montréal est toujours entre les mains de Bourgogne ? Le cardinal Albergati a risqué un œil et respiré en reconnaissant, au donjon, la bannière ducale ! ils arriveront à Auxerre sans encombre.

Le chancelier a toute confiance dans le nouveau chef de l'armée, Pierre de Beauffremont, qui a remplacé Toulongeon ; on lui a bien dit que les écorcheurs projetaient de l'enlever avec des complicités à la cour, tout près du duc. Qu'importe ! il a quatre cents hommes d'armes de Jean de Vergy et une solide escorte. Le complot, s'il est exécuté, sera une bonne occasion pour se débarrasser des traîtres : les La Trémoille, par exemple, Georges le Français et Jean le Bourguignon, les de Thil, Joigny, Lourdin de Saligny, Oudot de Cussigny... Rolin sait bien que tous ces hauts seigneurs ne lui pardonnent pas de porter, lui, bourgeois, la ceinture de soie noire à boucle d'or et l'armure niellée d'argent. Ils ne lui pardonnent surtout pas d'être économe des deniers publics. Les femmes sont ses ennemies... la duchesse Isabelle de Portugal, qui a ruiné Dijon pour son mariage (quinze chars de tapisseries, dix harnais de joute, trois carrosses, une litière, vingt-trois chariots d'apparat !). La duchesse de Guyenne, sœur de Philippe, dont l'époux Arthur de Richemont dilapide le douaire ! La jeune Agnès, son autre sœur, qui a épousé Charles de Clermont, enfin Anne, mariée au duc de Bedford : un beau mariage, certes, mais qui oblige à l'alliance anglaise... et aussi la nièce du duc, la belle Jacqueline de Bavière, qu'il a fallu poursuivre jusqu'en Hollande... Il est temps de faire la paix, si l'on veut ramener l'ordre dans le duché : les sœurs du duc sont intenables...

Le cortège est en vue d'Auxerre. Il a su éviter les places tenues par les Armagnacs pour se rapprocher de la ville en suivant le cours de la Cure. Après Arcy, la campagne était libre, la route ouverte, pas d'écorcheurs à l'horizon, pas de surprise possible. Le convoi s'était avancé sans hâte. Rolin avait réfléchi soigneusement à la possibilité d'un complot. Il connaissait bien ces jeunes Bourguignons impétueux comme Châteauvillain. Ils pouvaient trahir le duc par intérêt ou par passion. Mais pouvaient-ils combattre aux côtés d'un Fortépice ? Les capitaines de compagnie étaient instables, égoïstes, ils ne faisaient cause commune avec le dauphin Charles que par goût du pillage, ils pouvaient se ruer sur Dijon en groupes dispersés, non se rassembler pour livrer bataille. S'emparer du duc, pour venger derechef l'assassinat d'Orléans ? Une idée d'Armagnac, aussi peu politique que possible. Décidément les comploteurs n'avaient aucune chance. Pour les réduire définitivement à l'impuissance il fallait traiter quand il en était temps encore. Même si Bedford et les Anglais étaient hostiles.

Avant d'entrer dans la ville, le chancelier Rolin se remet à sa correspondance. Son secrétaire prend sous sa dictée, dans la voiture secouée par les ornières du chemin, les lettres pour Dijon, pour Bruges et pour Besançon. Rolin s'efforce de fixer son attention sur sa tâche quotidienne. Il a en main toutes les affaires du duché et ne peut se permettre une faiblesse. Pourtant la menace du complot le taraude. Comme s'il oubliait, dans son raisonnement, un détail essentiel...

— Les Armagnacs sont à Saint-Bris, dit Jean le Long au maître aubergiste Colin, qui s'est enfermé avec lui pour lui demander de faire son rapport.

— Que me dis-tu là ? Je le sais bien ? Crois-tu qu'ils ne soient pas aussi dans Auxerre ? En ai-je assez aperçus, de ces faux moines, de ces mendiants aux yeux louches, de ces acheteurs de bétail qui ne savent pas le prix d'un cochon, de ces merciers colporteurs dont le sac est plein de dagues, tous des *espies*...

— La Marotte, qui sert chez vous, a sa sœur prisonnière d'un écorcheur à Saint-Bris. Leur capitaine s'appelle For-tépice. Il ne veut pas la lâcher.

— Qu'y puis-je, maroufle ?

— Elle a fait savoir à sa sœur, pour qu'elle le répète, que les Armagnacs préparent un complot. A Montréal, ils se sont infiltrés, tout en laissant, en apparence, la ville au duc. Ils attendent le cortège et enlèveront, sur la route, le cardinal, le duc et le chancelier Rolin, pour les rançonner. Ils ne feront ensuite qu'une bouchée d'Auxerre et tous accourent à la curée : le comte de Clermont, Villan-drando, et les Bretons de Blanchelaine.

— Il faut aussitôt prévenir le bailli, dit Colin.

Il sort en toute hâte, suivi de Jean le Long. En arrivant au palais, il aperçoit le bailli, sur le seuil, s'inclinant jusqu'à terre devant un personnage qui descend de carrosse, en robe noire, la mine austère. C'est Rolin. Aussitôt les personnalités l'entourent, la foule accourt, les soldoyeurs de l'escorte, fourbus, braquent leurs piques pour éloigner les curieux. L'arrivée du cortège n'a rien d'une réception joyeuse. On attend le carrosse ducal, il faut faire place, et l'on craint des troubles. Les gardes de la garnison se pré-cipitent. On double les sentinelles sur les remparts. Rolin salue le bailli, le cardinal fait à son tour son entrée. Le duc arrive enfin, sous les vivats. Rassurés, les gardes lèvent leurs piques. Jean le Long murmure à l'oreille de son maî-tre.

— Ne faudrait-il pas prévenir le chancelier ?

— Pourquoi ? grogne Colin. Pour lui donner des nou-velles fausses ? Tu vois bien qu'ils ont franchi Montréal, et qu'ils sont arrivés !

— Et si les routiers devaient attaquer à Auxerre ?

— Tu rêves...

Les vivats retentissent : le duc est entré dans le palais, aux côtés du cardinal. Colin voit le chancelier parler à voix basse à un capitaine en armes. Aussitôt les soldoyeurs grimpent sur les marches et font obstacle à la foule. Des mesures de sécurité sont prises. Les badauds sont impi-toyablement chassés de la place, la ville est fermée, comme si l'on s'attendait à un siège. Les habitants d'Auxerre rentrent chez eux l'inquiétude au cœur. On leur avait parlé d'une rencontre de paix et voilà les ambassadeurs pris dans une souricière : jamais les guetteurs n'ont été plus vigilants en haut des tours : comme s'ils s'attendaient à un coup de main.

Maître Colin se hâte de rentrer dans son auberge. Heureusement, il a ses provisions de bouche. Il n'est pas sûr que les convois de vivres entrent désormais facilement dans la ville. Les écorcheurs les arrêteront, à moins que Vergy ne vienne rapidement à la rescousse, de Champagne, avec toutes ses forces. Colin n'est tout de même pas trop inquiet : si Auxerre a la guerre, elle a aussi le duc, et tout sera mis en œuvre pour défendre la ville ou pour la dégager. Après tout, la guerre est le destin des ducs. Celui de Colin est de nourrir leur cour et la tâche est immense... De nouveau les marmitons s'affairent, dès que reparaît le maître, à l'hôtel du Royal Écu. Les voyageurs descendent des charrettes, les cavaliers dirigent leurs chevaux à l'écurie. Les invités s'installent dans les chambres, la salle d'hôte est pleine de gens harassés qui demandent aux servantes de la cervoise fraîche.

Jean le Long se penche à l'oreille de maître Colin.

— Deux hommes arrivent. Il faut les cacher.

— Que me contes-tu là ? Donne-les plutôt au bailli.

— Ce qu'ils ont à dire est précieux. Il y va de la sécurité de Bourgogne. Ils viennent de Saint-Bris.

Fortépice ne décolère pas. Il enrage d'avoir manqué, par la faute de ses partenaires, l'embuscade de Montréal. Les nobles Bourguignons ne s'étaient pas ralliés au mouvement ; ils avaient au contraire prêté main-forte au duc pour qu'il passe sans encombre. Dans le défilé avaient sonné les trompettes d'argent des Saint-Phalle, des Beaumont et des Duplessis. Les loyaux, les inconditionnels du duc lui avaient ouvert la route. Comment les attaquer, alors que Villandrando, pris de la folie des grandeurs, ne voulait pas risquer sa compagnie au nord de la Loire ? Il ne s'intéressait qu'aux affaires d'Anduze, d'Alais ou d'Avignon. Impossible de le faire combattre contre Bourgogne dans le nord ! Fortépice l'avait attendu en vain à Noyers.

Pourtant, avec le comte de Clermont et le duc de la

Trémoille, il avait en main la situation, il pouvait fondre sur Auxerre, bousculer la garnison du duc, prendre les négociateurs en otages. Avec mille soldoyeurs, il pourrait attaquer par surprise ces pourceaux qui font ripaille.

Mais il a la tête ailleurs. Il ne veut pas quitter Saint-Bris sans s'assurer de sa vraie conquête : la femme qu'il a prise avec lui et qui le défie jour et nuit, la mère du héros de Saint-Bris, la jeune servante dont les yeux sont aussi vifs que les châtaignes quand elles sortent de la bogue. Elle lui tourne le dos, elle lui noue une boule de nerfs dans la gorge qui l'empêche de boire et de respirer. Il se retourne la nuit, réveillé en sursaut, pour s'assurer, quand il a fait de mauvais rêves, qu'elle est toujours à ses côtés. Il ne veut pas qu'elle s'éloigne de lui ; s'il osait, il l'attacherait.

Il ne peut s'expliquer ce goût très violent et subit qu'il a de la drôlesse. Sans doute se reconnaît-il dans son jeune fils. Il était, il y a plus de trente ans, quand il s'appelait Jacques d'Espailly, un de ces bâtards au cœur fier, au courage à toute épreuve, hardi comme les coqs de Bourgogne. C'est, à n'en pas douter, l'exploit du fils qui lui a fait jeter les yeux sur la mère, qu'il avait dans son entourage sans l'avoir jusqu'ici remarquée. Pourtant on distingue sous son corsage sale, un sein si blanc qu'on pourrait le découvrir et en farder la pointe, comme le font les dames de cour. Mais le moyen, pour une fille, de montrer ses charmes au milieu des loups ? Les hommes regardent, à la dérobée. Fortépice a dû en faire fouetter plus d'un. Autre signe fâcheux : il s'en prend à ses soldoyeurs de son goût excessif pour Mangeotte. Il en a honte, il se sent coupable.

Elle n'a pas trente ans, il en a quarante-cinq. Grâce au sire d'Ancy, elle a obtenu un colombier pour la ferme qu'elle tient avec son mari. Fortépice lui a laissé la vie sauve, mais il l'a fait disparaître en l'envoyant très loin vers le nord, aux limites du comté de Champagne, avec d'autres villageois. La belle est libre, elle est à lui, il ne supporte pas que les hommes la regardent. Elle vit enfermée dans la maison de Saint-Bris, sous la surveillance de la sorcière Mercédès.

Celle-ci observe la taille de sa prisonnière avec attention chaque matin. Où a-t-elle appris que Fortépice voulait faire un enfant à sa captive ? Elle l'a surprise sortant la nuit dans les ruelles du village pour chercher de la scille dans les coins humides. Mercédès connaît bien la scille, une herbe appelée « nombril de Vénus » qui permet de recevoir l'homme sans avoir d'enfants, d'être prise sans être grosse. Elle a vu la Mangeotte se préparer elle-même des potions de vin doux et d'héliotrope. Allons donc, elle ruse, elle gagne du temps... Mercédès n'en est qu'à demi satisfaite : si Fortépice avait tout de suite ce qu'il désire, il repartirait en guerre et oublierait la belle.

Il n'en est rien. Le voilà rivé à Saint-Bris-le-Vineux comme avec des fers. Il passe une partie de la journée enfermé avec Mangeotte, et naturellement toutes les nuits. Il ne boit plus, le soir, avec ses lieutenants. Les hommes, sans ordres, font ce qu'ils veulent. Il leur arrive de ricaner sur son passage quand il sort, suivi de la belle, pour prendre l'air dans les bois. Il a fait seller pour elle une jument blanche, il exige qu'elle marche au pas de son cheval et qu'elle soit constamment botte à botte. Mangeotte doit monter comme un homme, il la fait habiller en chevalier : ainsi, lui dit-il, les hommes seront-ils plus vite habitués à sa présence et finiront-ils par la respecter.

Car il ne supporte pas leurs regards derrière sa nuque, quand il part avec Mangeotte. Il sait parfaitement qu'ils rient de sa faiblesse. Un capitaine d'écorcheurs ne peut prendre femme, il ne peut être fixé en rien. Ils ont désapprouvé qu'il fît grâce à tous les hommes du village et qu'il lâchât les femelles, sous prétexte que l'enfant avait été courageux. Un routier n'est pas un chevalier : il vit de crime et de pillage. Fortépice est sur la mauvaise pente : Villandrando aussi a pris femme et ses hommes l'ont abandonné : mais c'était la fille du comte de Clermont. Fortépice n'a qu'une vilaine.

Plus il les sent hostiles, plus il a envie de défendre sa conquête. Si elle lui fait un aussi bel enfant que le jeune Jacquemin, il saura les imposer au monde entier, il s'en flatte. Qu'a-t-il besoin d'une femme pour s'anoblir ? Quand il aura pris Dijon, les baronnies tomberont d'elles-mêmes, comme poires blettes, il n'aura qu'à choisir. Celle-là n'est-elle pas digne de figurer à la table d'un seigneur ? Si d'Ancy l'a laissée partir, c'est qu'il ne l'a pas jugée à sa vraie valeur. Plus les nuits passent, plus il lui trouve de mérites.

Elle ne cherche pourtant pas à lui plaire, elle le repousse plutôt, autant qu'elle peut. Elle le fuit et ne l'embrasse qu'à regret. Elle trouve tous les prétextes pour refuser le baiser. Elle se détourne quand il approche, elle prétend être rebutée par son haleine trop forte, par la méchante odeur qui lui vient du fond de la gorge. Elle ose le lui dire sans qu'il proteste. Commencerait-il à la respecter ?

Il n'avait pas un regard pour elle, quand elle préparait avec Mercédès le brasero des séances de magie. Regarde-t-on une servante ? Est-elle flattée de son succès, heureuse d'avoir dominé le maître des loups ? Il ne le semble. La Mangeotte n'a qu'une idée : sortir du piège, avec son fils. Elle veut à tout prix protéger l'enfant qu'elle élève depuis douze ans avec une passion exclusive. Coucher avec Fortépice est pour elle un sacrifice, pas une satisfaction.

Il ne peut comprendre qu'elle ne soit pas comblée de partager son lit, sa table et sa fortune. Il lui a laissé entendre qu'elle aurait sa part du butin, quand ils auraient pris ville, et qu'elle serait riche, très riche. Elle n'a pas eu le moindre sourire, le plus petit abandon. Elle ne l'a jamais remercié, quand il lui a donné des bijoux pris aux dames de la ville dans l'attaque des convois marchands. Très étonné, Fortépice rencontrait pour la première fois une femme qui n'était intéressée ni par sa force et son pouvoir ni par ses rapines. Soupçonnant la cause de cette indifférence, à force de l'observer et de lui poser mille questions, il avait fini par comprendre qu'elle n'aimait dans la vie que son fils. Il n'en concevait que plus profondément le besoin de lui en faire un autre.

Elle repoussait l'idée de toutes ses forces et s'acharnait à protéger son corps avec toutes les recettes utilisées par les villageoises, elle ne se couchait jamais sans placer sur sa poitrine, bien à plat, un petit crucifix dont elle prétendait qu'il lui portait bonheur. Il était en réalité destiné à empêcher la fécondation. Il lui arrivait fréquemment, de jour et de nuit, de sortir de la chambre pour faire ses ablutions dans un grand cuveau d'eau froide qu'elle faisait constamment renouveler par la duègne, folle de rage d'être obligée de la servir. Fortépice trouvait étrange cette manie de se laver sans cesse ; il ne pouvait manquer de lui reconnaître un certain charme quand elle montrait, en sortant du bain, son jeune corps ferme et rond tout ensemble, lisse et blanc comme le tronc d'un bouleau.

Il n'avait eu aucune méfiance quand elle avait exigé, à la tombée de la nuit, de faire dresser une table dans la chambre, qu'elle avait elle-même décorée de branches de houx et de boules de gui. Fortépice n'avait pas posé de questions. Elle s'était parée avec soin, avait brossé ses longs cheveux châtains, qui, une fois dénoués, recouvraient ses épaules. Elle s'était même fardé les lèvres et les joues. Fortépice n'aurait pas juré qu'elle n'avait pas placé au-dessus de ses yeux noirs de la poussière de charbon pour aiguiser encore son regard. Ses épaules étaient nues dans une robe improvisée, une sorte de drapé de lin blanc arrangé dans un drap de luxe, dont les dentelles traînaient à terre. Elle avait autour du cou les parures volées aux dames, et des aigrettes blanches dans les cheveux. Elle avait accueilli le soldoyeur comme une reine resplendissante aux lumières des flambeaux. Quand il avait pris place derrière la table savamment dressée par ses soins, il se sentait comme un seigneur recevant en son château.

L'illusion était telle que Fortépice buvait en se servant du hanap et coupait avec soin les chapons, au lieu de les dévorer à belles dents. Il essuyait à la dérobée les reliefs égarés dans sa moustache, qu'il lissait pour se donner une contenance et veillait à ne pas trop boire, pour être à la hauteur de la situation. Il croyait élégant de se nettoyer les dents avec la pointe d'un couteau, pour ne pas imposer à la dame cette haleine désastreuse dont elle lui faisait constamment reproche. Elle feignait d'être sensible à ses attentions et lui tendait elle-même, de ses doigts potelés, les menues friandises qu'elle avait fait préparer, pruneaux à l'armagnac et noix enduites de sucre, et qu'elle plaçait délicatement sur ses lèvres ; le banquet était un enchantement. Fortépice était grisé, ému, prêt aux confidences et aux abandons.

Mangeotte avait fait servir, au dessert, un vin de Champagne d'une exceptionnelle qualité. Elle l'avait malignement poussé à boire, tout en ayant l'air de l'en empêcher, en lui faisant manger force gâteries. Le géant, qui n'en avait pas l'habitude, avait sans cesse la gorge sèche. Pour le distraire et retarder l'heure de l'extinction des chandelles, elle était sortie de la chambre pour reparaître dans une autre robe plus audacieuse encore : un châle de pourpre aux franges dorées, sous lequel elle était nue. Elle avait à la main un tambourin et dansait gracieusement en chantant une sorte de mélopée très douce, dont elle n'avait pas retenu les paroles. Elle l'avait apprise, jadis, en voyant au village les spectacles de gitans.

Fortépice n'en croyait pas ses yeux. Il était soudain plongé dans une sorte de rêve oriental, comme les chevaliers qui étaient allés, dans les temps très anciens, aux croisades. La belle était-elle un peu sorcière, pour déployer ainsi les mirages les plus étincelants dans une maison bourgeoise de Saint-Bris-le-Vineux ? Il frappait dans ses mains en cadence, l'encourageant à poursuivre, et tâchait de la prendre par la taille quand elle passait à proximité. Mais elle sautait, légère comme un chat, et reprenait plus loin la chanson rythmée par les sonnettes irritantes du tambourin, qui crispaient les nerfs du géant.

Le vin de Champagne ayant pacifié son cœur, il s'était laissé entraîner tard dans la nuit et n'avait gagné la couche que dans un état d'extrême lassitude. Il avait été fort surpris que Mangeotte prît soin de l'éveiller tendrement, comme si elle tenait, pour la première fois, à son étreinte. Ainsi, dans son imagination, avait-il vécu une merveilleuse soirée d'épousailles. Il l'avait aimée avec douceur, comme elle semblait le souhaiter, et elle lui avait manifesté, à son immense étonnement, sa reconnaissance en lui posant, avec légèreté, ses lèvres sur la bouche. Du coup, Fortépice avait sombré dans le sommeil.

Elle l'avait éveillé, quand l'aube pointait, et lui avait fait boire un grand verre de vin chaud avec des épices. Dans le breuvage, elle avait broyé une herbe calmante. Câline, elle était revenue sur la couche en désordre, feignant de réveiller le maître à dessein pour obtenir de nouveau ses hommages. Déjà épuisé par l'effort précédent, Fortépice s'était laissé convaincre. Que peut-on refuser à un démon aux yeux de châtaigne dont le corps est si doux au toucher ? La dernière charge du héros avait été fatale. Il était tombé lourdement sans pouvoir l'achever.

Mangeotte avait attendu patiemment qu'il ronfle avec régularité. Puis elle s'était glissée hors de la maison, enfilant un épais manteau de laine. Sur la place endormie du village, deux silhouettes l'attendaient.

Copillon tenait par l'épaule le jeune Jacquemin, fort pour son âge, carré et robuste, armé d'une épée trop longue pour ses jambes et d'une dague dont la poignée d'or brillait sur son justaucorps. Quand le Lorrain avait voulu partir avec les gens du village chassés par Fortépice, la Mangeotte avait su le convaincre de rester quelques jours de plus ; elle comptait sur lui pour une mission très spéciale : sauver son fils.

Copillon s'était volontiers laissé attendrir. Sans doute pensait-il à ses propres enfants, qui n'avaient plus de mère, et qu'il avait dû laisser dans son village de Lorraine. S'il n'avait eu, pour les sauver et les élever, la robuste Catherine, il serait aujourd'hui mort de chagrin. Il devait aider cette femme dans la peine. L'exploit du jeune garçon l'avait enthousiasmé. Il faut, se disait-il, sauver au moins celui-là.

Sa mère voulait qu'il fût recueilli, à la ville, par des amis sûrs. Copillon n'était pas en peine : il saurait le faire admettre dans l'entourage du duc René. Dans quelques années, le jeune homme serait un estimable compagnon ; il avait montré qu'il avait du cœur, en bravant les brutes pour sauver son père adoptif.

— Vous-même, avait-il dit à la Mangeotte, pourquoi ne partez-vous pas avec nous ?

— Il vous tuerait. Je dois rester. Mais je vous donne Tournebroche.

Une silhouette était sortie de l'ombre : une sorte de bossu difforme, avec des yeux vifs et perçants dans un visage niais. Il tenait en laisse trois mules chargées de bagages.

— Il sait où vous conduire, vous pouvez vous fier à lui. Il connaît toutes les entrées d'Auxerre.

Copillon avait son plan : par Auxerre, il gagnerait Clamecy en remontant, de nuit, le cours de l'Yonne. De là il retrouverait les routes du Morvan qu'il connaissait bien. Il n'avait nul besoin du gnome difforme pour réussir son entreprise et comptait bien convaincre l'enfant de le suivre. Mais son premier objectif était de l'amener à Auxerre, chez la sœur de la Mangeotte. Après, on aviserait.

Elle avait longuement serré son fils dans ses bras.

— Ce qui peut m'arriver, lui avait-elle dit, ne doit pas vous inquiéter. Sauvez-vous, je vous l'ordonne.

Elle lui avait remis, pour qu'il se fît reconnaître s'il en avait besoin, la petite bague en or aux armes d'Ancy qu'elle ne quittait jamais. Le jeune homme avait dû accepter de la porter à son plus petit doigt, car il avait déjà des mains de bûcheron. Quand le jour commença à poindre, ils étaient cachés dans la lourde barque qui les conduisait tranquillement à Auxerre.

Ils étaient arrivés à bon port, bravant les gardes du bailli. Tournebroche les avait abandonnés sur le quai, assurant qu'il les retrouverait plus tard, et les confiant à un jeune guide de huit ans. Ils avaient ainsi pu s'introduire, profitant de l'animation du repas de midi, dans l'auberge du Royal Écu. On les avait cachés dans l'immense cellier de maître Colin et la sœur de Mangeotte devait bientôt les prendre en charge. Au soir couchant, ils s'étaient inquiétés de Tournebroche. On leur avait dit qu'il ne fallait plus l'attendre : les exempts du bailli l'avaient arrêté en chemin.

S'il s'était attardé, c'était en réalité pour assurer le profit de son voyage. Il se présentait comme un marchand mercier, « petits paniers, petit mercier », conduisant au marché ses bonnets de dentelle, ses peignes en os, ses colliers en bois, ses chausses de futaine, ses dés à piper et ses belles pâtenôtres en or. Mais les exempts n'étaient pas dupes. Ils avaient fouillé les paniers. Ils contenaient de vrais lingots, de belles briques pesantes, bien dissimulés sous des piles de lingeries. Les sauf-conduits remis par la Mangeotte n'avaient en rien permis au drôle de s'échapper. Tout son chargement était saisi ; on avait fait subir aux lingots l'épreuve du feu. Les exempts s'étaient vite aperçus qu'il s'agissait de barres de plomb recouvertes d'une pellicule d'or. Les jours de Tournebroche étaient comptés : il serait jugé et condamné à Dijon comme faux-monnayeur. Le bailli avait l'habitude : ils pullulaient dans le Morvan.

Auparavant, il devait parler. Le lieutenant Jean Moreau s'en occupait personnellement. Pourquoi s'intéresser à ce faux mercier, qui n'avait pour tout bagage, outre l'or de pacotille, qu'un sifflet, une dent de blaireau et une étoupe de laine ? Même les deux écus d'or qu'il portait sur lui étaient faux. Il fallait jeter le drôle au cachot, et le laisser mourir de faim.

Mais le lieutenant avait son idée : l'homme avait été blessé dans les guerres, il avait une patte folle. Il pouvait avoir des renseignements à donner. Les gens d'Auxerre en étaient friands. N'était-il pas envoyé par un des capitaines d'écorcheurs qui s'apprêtaient, disait-on, à fondre sur la ville ? Il ne fallait rien négliger.

Aussi le malheureux Tournebroche fut-il soumis à la torture. Assis et enchaîné soigneusement sur un siège de fer, il regardait avec terreur les coins qui allaient lui broyer les chevilles et les genoux. Son visage se fendait de rides comme un vieux parchemin, son regard devenait terreux, des perles de sueur froide recouvraient son front.

— Serrez-le, vous autres ! dit un gaillard au torse nu, qui avait commencé l'interrogatoire en jetant quelques coups de fouet au visage de la victime. Il faut qu'il nous dise le nom de ses compagnons. Allons, serrez ferme, que j'entende ses vieux os craquer !

Le martyre du pauvre homme faisait peine à voir. Il avait hurlé d'abord, puis gémi lentement, continûment, avant de perdre le sens. On l'avait réveillé en lui jetant des seaux d'eau glacée au visage. Il ruisselait sous la douche, s'ébrouant comme il pouvait. Il entrevoyait, au-dessus de lui, le visage buriné de ses tourmenteurs. Il en voulait à Mangeotte, qui l'avait mis dans ce mauvais cas. Il avait prononcé son nom, et celui du seigneur d'Ancy, sans convaincre les exempts qui voulaient lui couper la langue, pour propos impies. Un aussi honnête seigneur mêlé à une affaire de fausse monnaie !

Le lieutenant avait insisté fermement pour qu'on le laisse parler, faisant desserrer les coins. On lui avait tendu une éponge imbibée de poiret, pour qu'il puisse se rafraîchir et faire sa confession. Un prêtre était arrivé au moment opportun.

— Tu vas mourir si tu ne parles, et aller droit en enfer.

— Je m'appelle Jean Boclote, commence-t-il d'une voix imperceptible, et j'ai servi chez Jean Girard, capitaine de Chablis.

— A la bonne heure, un Armagnac !

— J'étais à Cravant, poursuit Tournebroche, avec Trigneuse, le compagnon d'armes de Fortépice.

A ce nom maudit, l'un des bourreaux avance une torche pour brûler les pieds du malheureux. Mais le lieutenant le cloue sur place et poursuit l'interrogatoire.

— A l'heure qu'il est, Fortépice se rapproche d'Auxerre pour escheler la ville, avec le héraut du dauphin et un certain du Bourg.

— Qui est ce du Bourg ?

— Je l'ignore. Mais le sieur de Guyenne, le héraut du dauphin, le tient en grande estime. Il est accompagné par Colinet, compagnon du sieur de Villère. Colinet et Guyenne sont ici même, dans la ville. Ils s'y sont introduits clandestinement.

— Où devais-tu les retrouver ?

Tournebroche ne veut plus parler. Il feint de s'évanouir. On lui balance de nouveau un seau d'eau au visage. Il ne se réveille pas.

— Au diable, dit le lieutenant. Aurait-il passé ?

Un des exempts, cruellement, lui vrille sa dague dans le gras de l'épaule. Le malheureux hurle à la mort.

— Voyez comme il respire. Il est même prêt à chanter.

— Vas-tu nous dire où tu dois les rencontrer ?

— Au Royal Écu.

— Chez Colin le traître. Je m'en doutais. Donne-moi le mot de reconnaissance.

Il faut de nouveau vriller la pauvre chair de Tournebroche pour qu'il lâche : pied tors !

— C'est toi qui vas t'y rendre. Nous allons te soigner, t'habiller, te dorloter. Nous pourrons même te payer. Voilà un acompte.

Il lui lance une bourse d'écus.

— Et ceux-là sont des vrais. Mais il faudra tout nous

dire. Sinon, tu seras jeté aux rats du cachot. Ils adorent les Armagnacs.

— Avant de partir, dit Tournebroche que l'on a libéré, je vous demande une grâce : remercier vos hommes.

— Accordé ! dit le lieutenant avec amusement.

Le gnome se redresse, se masse lentement les reins, retrouve peu à peu son équilibre en s'appuyant d'une main à la colonne de l'entrée. Il choisit une canne garnie de clous de fer abandonnée près de la porte, vise soigneusement la tête burinée de son tourmenteur et lui balance, à la volée, la canne à travers le visage. L'homme s'écroule, ensanglanté, sans piper mot. Il tombe évanoui. Le lieutenant impose aux autres de laisser faire. Trois assesseurs du bailli sont ainsi étendus comme des lapins, le visage déchiré par les clous. Alors seulement Tournebroche daigne sortir de la geôle, la tête couverte d'une cagoule.

A Saint-Bris Fortépice vient d'être averti du départ des deux fugitifs.

— Je te l'avais bien dit, hurle Mercédès la sorcière, que cette femme était une peste fourmilière !

Il ne veut rien entendre mais les gardes reconnaissent à l'éclat glacé du regard qu'il est au bord d'une de ses célèbres colères.

Croquemaille surgit, s'informe, entend les glapissements de la vieille duègne qui demande que l'on branche subitement la Mangeotte et que l'on lève le camp. Il se pétrifie, attendant la décision du chef. Celui-ci part brusquement, entre dans la chambre tel un tonnerre, sort aussitôt en traînant derrière lui, plus morte que vive, la Mangeotte.

— Pourquoi as-tu trahi ?

Elle ne répond rien, mais son regard est si chargé de haine qu'il en est profondément remué. Ainsi il a pu se laisser prendre à ce point-là ! Pire : il est encore pris, il n'ose réagir. Ses hommes attendent. Ce grand Armagnac le guette. Soudainement, il se décide.

— Faites enfermer cette femme au cachot jusqu'à demain matin. Celle-là, dit-il en désignant Mercédès, sera enchaînée dans le cellier. Nous partirons à l'aube. Préparez les chevaux et les mulets. Vous avez trois heures pour charger les vivres, assurer vos armes, harnacher les montures. Pas de charges inutiles. Le butin sera lourd, là où nous allons.

Des vivats ponctuent ses paroles. Les hommes retrouvent leur capitaine. Mais Croquemaille ne s'y trompe pas. Il sait qu'il a perdu la face. Un rien d'hésitation avant la décision montre toute l'étendue de l'emprise de cette femme. Il se plante devant Fortépice, la main sur la poignée de la dague.

— Je suis à votre disposition.

L'autre le regarde à peine. Il continue à donner ses ordres. Trigneuse devra prendre la tête de la première colonne et attaquer Dijon. Lui-même franchira les étapes difficiles qui conduisent à Châtillon, pour tromper l'ennemi. Il fera marcher Clermont, et, s'il le trouve, Villandrando. Il méprise désormais Auxerre, et veut frapper le duc au nid. Deux mille eschelleurs expérimentés permettront de prendre par surprise la capitale, puisque l'ennemi les attend au nord. « Il est battu d'avance », songe à part lui Croquemaille.

Fortépice s'est approché de lui.

— Je vous garde, lui dit-il, pour la bonne bouche. Pour une mission d'honneur.

Un langage aussi insolite dans la bouche de l'écorcheur rend Croquemaille méfiant.

— Prenez Mangeotte. Je ne puis la garder avec moi. Les hommes attendent tous que je la fasse brancher avant de partir. Vous êtes le seul qui puissiez comprendre à quel point je l'aime.

Il ne dit plus mot, la gorge serrée par l'émotion. Croquemaille se garde de l'interrompre.

— Son fils est parti avec votre ami Copillon, et l'un de mes agents. Ils devaient rencontrer à l'auberge du Royal Écu des envoyés des autres compagnies. Vous devez retrouver ce Tournebroche, boiteux, bossu, soi-disant mercier et marchand de bonnets. Demandez à voir l'hôte du logis de l'Heaume, et faites avec les doigts le signe des piques croisées. Mais surtout, sauvez cette femme et répondez-moi sur votre honneur.

Croquemaille arrache son pourpoint, montre ses cicatrices, et jure sur le sang du Christ qu'il se fera tuer pour mettre la Mangeotte en sécurité et retrouver l'agent de l'écorcheur. Fortépice l'embrasse, comme s'il lui donnait l'accolade. Les hommes sont désormais liés par des liens plus forts que ceux du sang.

Fortépice se charge de libérer lui-même la Mangeotte. Il se glisse comme un vautour dans la cave, muselant de la main le visage du garde.

— Tais-toi et ne bouge pas ou je t'étrangle ! lui dit-il.

Il appelle la Mangeotte, elle ne répond pas. Il s'avance à tâtons dans l'espace très sombre, titube sur la jeune femme tapie au fond de la cave, traquée comme une renarde. En le voyant approcher, elle se redresse brusquement et va se cacher à l'opposé, derrière un pilier. Tout doucement, il s'en approche, en lui parlant à voix basse. Elle se laisse enfin prendre, il la soulève dans ses bras puissants et continue de lui parler à l'oreille. Croquemaille ne peut l'entendre, mais il voit la Mangeotte se détendre peu à peu, essuyer ses larmes, secouer ses cheveux. Soudain elle s'écarte de lui et lui dit quelques mots, les yeux dans les yeux, des mots durs, décisifs, que le géant encaisse comme des carreaux d'arbalète. Croquemaille tremble. Si elle le défie trop fort, il va la tuer.

Il s'en garde bien. Comme un fou, il hurle de joie. Elle vient de lui avouer qu'elle n'avait pas réussi à éviter d'être prise, et qu'elle porte un enfant de lui : une vie contre une vie. S'il veut avoir celui-là, il faut qu'il sauve l'autre, celui qui s'est enfui avec le grand Lorrain blond.

— Menteuse, fourbe, traîtresse, Mangeotte je t'aime ! crie l'écorcheur.

Croquemaille entre précipitamment : « Messire, on vient ! Calmez-vous ! »

Mais l'autre continue à bondir, à danser, à sauter. Il porte dans ses bras la jeune femme et la dépose aux pieds de l'Armagnac.

— Elle est à toi. Tu m'en réponds sur ta vie et sur ton honneur. N'oublie pas !

— Si tu ne tiens pas parole, dit la Mangeotte en le regardant droit dans les yeux, je me tuerai.

Mais déjà Croquemaille l'a chargée avec précaution sur la selle de son cheval. Fortépice ne les perd pas des yeux, quand ils disparaissent sur la route d'Auxerre, dans les rougeoiements de l'aube.

CHAPITRE 6

Il y avait une fontaine

Tous veulent prendre la route de Dijon : Fortépice, qui s'est réfugié à Maisey, non loin de Châtillon, avec le gros de ses forces. Copillon et le jeune Jacquemin, pour rejoindre le duc René ; Croquemaille et la Mangeotte, qui veulent les rattraper et bientôt le duc en personne, vite las des parlotes d'Auxerre, où les ambassadeurs s'enlisent dans les discours sans effets.

Pourtant la menace pèse sur Auxerre, où l'on s'attend au siège des écorcheurs. A l'auberge du Royal Écu, l'agent Tournebroche, retourné par les Bourguignons, rencontre, comme prévu, Colinet et le sieur de Guyenne, héraut du dauphin. Jean Rabustel et Jean de Saulx, qui dirigent la police du duc, tirent de cette entrevue des renseignements précieux sans avoir d'abord besoin d'arrêter ou de torturer personne. Ils savent que « des gens vont faire bonne besogne et prendre Dijon ». Ce sont les propres paroles du héraut, fidèlement rapportées par Tournebroche, alias Nicolas Boclote... Le danger n'est donc pas sur Auxerre, mais sur la capitale de Bourgogne. Il faut se hâter, prévenir les autorités, prendre les mesures nécessaires.

On n'hésite pas à arrêter Colinet et le héraut, et l'ordre vient de haut : du chancelier Rolin lui-même. Les traîtres doivent dire tout ce qu'ils savent. Ils sont soumis au supplice du feu et de l'eau. Colinet meurt pendant l'interrogatoire mais le héraut parle. Pour les dernières révélations, les plus importantes, il a exigé la présence de Rolin.

Celui-ci a donc abandonné, comme le duc, la confé-

rence d'Auxerre. Avec une faible escorte il est parti de
nuit, à cheval, brûlant les étapes. Quand il a vu, au petit
matin, le jacquemart se dresser sur l'église Notre-Dame, il
ne pouvait dire, en conscience, si la ville était encore à
Bourgogne ou aux Armagnacs. Il a remercié Notre-Dame
d'avoir pu revenir assez vite, et d'avoir été prévenu à
temps du danger. Il a fait des prières à sainte Bénigne et à
saint Philibert.

Il s'est déplacé très vite, pour se rendre à la prison
ducale, dès qu'il a su qui l'on interrogeait. Le héraut
Guyenne n'est pas un mince gibier, il faut l'écouter attentivement. Par lui, Rolin connaît les moindres détails du
complot avorté, le rôle de La Trémoille, ses aboutisse-
ments et ses contacts à Dijon, les complicités dont il a
bénéficié. Il va pouvoir prévenir le péril et l'exploiter poli-
tiquement. Il boit les paroles du supplicié : pour lui, elles
sont d'or.

Il peut montrer au duc la liste des conjurés : les évêques
et archevêques, les ducs et les comtes, les aristocrates
félons, les nobles compromis. Le jeu de La Trémoille est
percé à jour. Les Jouvelle, les Joigny, les Lourdin de Sali-
gni, barons de Bourgogne ayant rejoint le camp des Armagnacs, ne peuvent plus faire illusion. Désormais, ils sont
ennemis et considérés comme tels. Rolin est surpris
d'apprendre qu'à la rencontre de Ligny-le-Châtel, les
archevêques ont eux-mêmes suggéré de prendre Dijon par
surprise : cela veut dire que l'archevêque de Reims a
l'intention de retirer très simplement son duché au duc
Philippe. La nouvelle est d'importance.

Rolin en apprend bien d'autres : les Armagnacs ont été
convoqués et soldés pour la prise de Dijon au moment où
le dauphin Charles négocie pour faire son entrée dans
Paris et s'entend avec l'évêque de Troyes, Jehan Hanne-
quin, pour empêcher le ralliement de la Champagne à la
Bourgogne. A l'évidence, le roi de France a lancé une
offensive générale.

Rolin réagit très vite. Le plus urgent est de mettre la ville
en état de défense. Sans consulter le duc, il réunit les responsables militaires et les entraîne, à cheval, dans une
visite générale des fortifications. Les remparts sont pleins
de trous, d'éboulis, d'écueils. Les murailles ont des aspérités qui facilitent les escalades. Aussitôt des ordres sont

donnés, des équipes de maçons se mettent au travail.
Rolin constate que les chemins de ronde, en haut des remparts, sont presque au niveau des immenses tas d'immondices qui obstruent les fossés et forment des terrasses
naturelles. Il les fait vider, curer, restaurer en mobilisant
des centaines d'habitants soumis à la corvée exceptionnelle. Il exige que les fossés soient recreusés et que le
niveau des eaux sales soit au moins de six à sept pieds...

Le chancelier fait aussi percer des ouvertures latérales
dans les remparts, des canonnières qui permettent des tirs
d'enfilade pour les arbalétriers et couleuvriniers. Des sail-
lies sur le bord des douves doivent servir de points de mire
aux tireurs.

Il cligne des yeux, allonge le bras, donne des ordres
rapides et parcourt ainsi tous les remparts, stimulant les
énergies. Partout des hommes en armes prennent position. Un système de guet est mis au point, avec des miroirs
réflecteurs sur les tours détectant, depuis les campagnes
lointaines, l'arrivée des troupes d'assaillants.

Le chancelier songe à la mort subite de la jeune
duchesse Anne, qui s'était beaucoup dévouée, dans Paris
occupé par les Anglais, aux malades de la peste. Que
l'épouse du duc de Bedford, régent de Grande-Bretagne,
quitte le monde aussi vite augure mal de l'alliance
anglaise, moindre mal, car Rolin aurait voulu faire la paix
avec le royaume. Mais comment convaincre les archevêques de renoncer à la guerre ? Ces hommes d'église sont
naturellement belliqueux. La mort des hommes ne leur
fait pas peur : ne vont-ils pas au paradis ? Rolin songe à se
concilier les bonnes grâces du duc en faisant construire en
mémoire d'Anne un hôtel-Dieu dans Dijon.

— Bah ! se dit-il, cela peut attendre. La guerre d'abord,
et la défense. Pour l'hôtel-Dieu, nous le construirons à
Beaune. Le terrain est beaucoup moins cher !

Fortépice passe la revue des hommes disponibles dans
la grande forêt de Châtillon. Il s'apprête à descendre sur
Dijon où le gros de ses troupes se prépare à l'attaque et
fabrique les échelles. Valette et Trigneuse sont à pied
d'œuvre, ils comptent sur la surprise. Par les vallées du
Serein et de l'Armançon, ils vont faire descendre vers le

sud-est les troupes concentrées à Mussy, Chablis, Cravant et Juilly. Jean Girard, le capitaine de Chablis, est le spécialiste des longues échelles qui permettent d'escalader les plus hauts murs. Bertrand de Trigneuse et Lebourg de Mascaran sont fin prêts. Ils vont à marche forcée et crèvent les chevaux. Quant à Fortépice, il vient de donner l'assaut et de brûler de fond en comble le château de Maisey. Il songe à partir vers le Sud pour prêter main-forte à ses compagnies même s'il ne peut être assuré — une fois de plus — du concours de Rodrigue de Villandrando. Il a confiance : la prise de Dijon n'est qu'une question d'heures. Il fera caracoler son cheval dans la cité des ducs. Qui lui refusera alors de lui marier la Mangeotte ?

Il donne ses ordres rapidement, ne voulant pas être en retard pour le butin. Il divise les écorcheurs en lances, comme des chevaliers. Lui-même sera à la tête de la longue colonne de chevaux et de mules qui prend la route de l'invasion. Pas un Bourguignon ne fait obstacle. A croire qu'ils sont tous concentrés sur Auxerre. Fortépice rit sous cape : son piège a fonctionné.

Il n'a pas jugé bon de consulter les hommes du dauphin Charles. A quoi bon mettre ce La Trémoille dans la confidence ? Un duc gras n'est pas bon pour la guerre. Celui-là ne peut qu'intriguer, nouer les aiguillettes, retarder les coups de main, trahir par imprudence ou par calcul. Au diable les officiels ! Villandrando ne s'en est jamais soucié, pour faire la guerre en Provence. S'il avait compté sur le prince d'Orange, il ne serait jamais entré en Avignon.

La guerre se fait avec des professionnels. Seule la surprise emporte la décision. Les grands du passé le savent. Un Du Guesclin n'a mis les Anglais en péril que pour avoir respecté la règle des routiers : secret et rapidité dans la décision et dans l'action. Cette fois, Fortépice tient la victoire.

Sous les frondaisons de chênes de La Roche-Chambain, il se prend à rêver. Pourquoi ne se ferait-il pas nommer connétable de Bourgogne ? Maître de Dijon, il pourra remonter vers le Nord, avec toutes ses forces. Le secours de Vergy ne permettra pas aux Bourguignons enfermés dans Auxerre de lutter sur les deux fronts : Français au nord, Armagnacs au sud ; d'autant que, s'il sent la victoire définitive, Villandrando et tous ses Gascons se mettront forcément de la partie. Les Anglais ? Ils sont bien trop occupés au nord. Les Normands, les Picards leur mènent la partie dure, en organisant des embuscades pour leurs courriers et leurs convois dans tous les bois. Ils sont las d'une occupation qui coûte plus qu'elle ne rapporte. Fortépice mesure toute l'importance de son action : elle peut décider du sort du royaume. Cela mérite-t-il récompense ?

Piquant des deux, il part au galop. Les lances le suivent comme elles peuvent, les convois de mulets piétinent, prennent du retard. Un tourbillon de poussière dissimule les routiers qui foncent, joyeux, à la suite du capitaine, jetant des torches dans les meules de foin et brisant au passage les barrières des villages. Une cavalcade effrénée traverse les bourgs, répandant la terreur, pas un cavalier ne s'arrête en parcourant les rues désertes. Il n'est pas question de s'attarder, tous veulent être à l'hallali. Ils poussent des hurlements sauvages dans Magny, dans Semond, dans Villaines, sans rencontrer âme qui vive : les gens se sont enfuis, à leur approche, dans les bois.

Les chevaux sont bientôt fourbus, assoiffés. Épuisé, Fortépice, toujours en tête, s'arrête à la fontaine de Duesnois, au sortir de la grande forêt. Il est surpris par la pureté de l'eau, et n'ose y faire boire son cheval. Quand il se penche, il croit y voir le visage de la Mangeotte. Les lances autour de lui s'arrêtent. Il faut attendre le ravitaillement. Les hommes en profitent pour s'emparer des volailles qui caquettent aux alentours, ils poursuivent les oies, leur tordent le cou, organisent le bivouac. Fortépice a toujours les yeux fixés sur l'eau miraculeuse. Il ne lève pas la tête, ne répond pas à ceux qui le questionnent. Les écorcheurs n'osent le déranger, redoutant sa colère. Appuyé des deux mains sur la margelle, il a la nuque baissée, comme s'il priait.

— Le voilà qui supplie la Notre-Dame ! dit un des soldoyeurs. C'est mauvais signe ! Il n'est pas sûr de sa victoire.

A peine a-t-il parlé qu'il désigne à son voisin un grand oiseau noir qui tournoie dans le ciel, comme s'il cherchait une proie.

— Un busard ? lance un écorcheur.

— Sûrement pas ! les ailes sont trop courtes. Ni un vautour ni un aigle.

— Alors, un faucon ?

Fortépice a surpris le dialogue. Il lève à son tour vers le ciel ses yeux gris et se rend compte instinctivement que l'oiseau est venu pour lui. De fait, les ailes noires tachées de bleu planent et se rapprochent en cercles concentriques. L'oiseau a pour point de repère la fontaine.

— Faut-il l'abattre ?

— Gardez-vous-en bien, répond Fortépice. C'est un geai. Je le reconnais. Tournebroche l'a dressé à porter des messages. Que personne ne bouge.

L'oiseau fond comme une pierre au risque de s'abîmer dans l'eau de la fontaine, puis se redresse avec grâce à trois mètres, se perchant sur l'épaule du capitaine. Les soldoyeurs sont toujours immobiles. Fortépice lui-même n'a pas un geste. Il attend que l'oiseau se niche au creux de son épaule, rassuré d'avoir trouvé un nid. Puis il dégage de l'anneau d'or qui entoure sa patte un document soigneusement roulé qu'il déplie avec précautions.

Son visage change de couleur. Tournebroche l'avertit que les lances de Trigneuse ont échoué : elles n'ont pu emporter les remparts de Dijon. Le chancelier Rolin était prévenu par les aveux du héraut Guyenne.

— Maudit animal, qui n'apportes que de mauvaises nouvelles, gronde l'écorcheur qui chasse le geai avec violence. Trahison ! trahison ! Nous sommes peut-être poursuivis ! Les espions du duc sont partout ! En selle, camarades ! Il faut revenir à Châtillon.

Les lances s'ébranlent lourdement. Les hommes sont furieux, déçus, amers. Ils regardent Fortépice d'un œil méfiant. Un capitaine qui ne conduit pas sa troupe au pillage est vite discrédité. Celui-là n'a plus le droit de se tromper.

Il sait que Tournebroche s'est échappé des geôles bourguignonnes et qu'il doit être à sa recherche, porteur de nouveaux renseignements. Mais il ignore le sort de la Mangeotte. Cette angoisse est si intolérable qu'il prend la décision de quitter avec une lance le gros de la troupe pour se jeter à sa poursuite. Il veut bien tout perdre, sauf l'amour.

Copillon examine avec attention l'entaille au pouce
dont souffre le jeune Jacquemin. Il a voulu essayer une
arbalète au camp des écorcheurs. La pointe d'un carreau
l'a blessé. Sur le moment, il n'y a pas pris garde, mais
l'entaille, au cours du voyage, s'est infectée. Des traînées
rouges remontent jusqu'au poignet, les chairs sont tumé-
fiées et prennent une teinte blafarde.

Ils ont quitté Auxerre par barque, comme prévu, pour
remonter l'Yonne jusqu'à Clamecy. Jacquemin a tenu à
ramer, pour ne pas laisser Copillon seul devant l'effort. Ils
se sont épuisés à remonter le courant de l'Yonne, très vif à
cette saison où elle est grosse des eaux abondantes du
Morvan.

Personne n'a pu les rejoindre et Croquemaille, qui est à
leur poursuite, ne peut soupçonner leur itinéraire, même
s'il connaît bien les pistes du Morvan pour les avoir fré-
quentées avec les porcs. Assurément Copillon n'emprunte
pas les mêmes chemins. Il a pris la route de l'est, dans la
direction de Vézelay pour rejoindre au plus tôt la région de
Beaune.

Même s'il a acheté des mules pour faciliter le voyage, il
n'a pu le rendre confortable au jeune garçon qui souffre de
plus en plus de sa blessure. Il ne se plaint pas, mais son
visage a les traits tirés, il marche difficilement, la fièvre
risque de l'affaiblir. Copillon a ramassé en chemin des
sauges pour tâcher d'atténuer la douleur. Il lui a enduit la
main d'huile de cade mélangée au suint de mouton, selon
la recette des bergers.

Jour après jour, l'état de Jacquemin se détériore, la
main gonfle, et l'enfant ne peut bouger le bras. Il faut
s'arrêter dans un village, tâcher de trouver un barbier
pour opérer. Mais tous les villages sont déserts, et quand
les villageois sont encore là, ils se barricadent dans leurs
maisons et n'ouvrent à personne. Copillon se met à détes-
ter ces fermes de pierre ocre si peu hospitalières, à regretter les gens de Rigny et de sa Lorraine. L'enfant a des
sueurs froides, il ne parvient pas, même en allumant dans
le bois un feu d'enfer, à le réchauffer.

Il multiplie les compresses, sans résultat. La main gonfle de plus en plus, la blessure a le plus inquiétant aspect.

Va-t-il l'ouvrir lui-même ? Il hésite. Il doit bientôt confectionner, avec son manteau, une civière improvisée tirée par les deux mules attelées de part et d'autre, car l'enfant ne peut voyager que couché. Il n'a plus la force de se tenir en selle.

Jacquemin a la fièvre, la nuit il délire. Non loin de Vitteaux, ayant parcouru plus de dix lieues dans la journée, Copillon décide de frapper à la porte d'un presbytère. Le curé, un vieil homme mal vêtu, pas rasé, l'accueille avec sympathie. Il le fait asseoir près de l'âtre où brûle un bon feu. L'enfant est aussitôt couché, tout habillé, sur une paillasse de paille propre. Il s'endort dès qu'il a bu du lait chaud.

— Vous ne pouvez pas aller plus loin, dit le curé. Il ne supportera pas le voyage. Restez là aussi longtemps qu'il sera nécessaire. J'ai peur, ajoute-t-il, si Dieu ne prend celui-là en sa sainte garde, qu'il n'en ait plus pour très longtemps.

Copillon se signe et tombe à genoux, faisant une longue prière. Le prêtre prie à ses côtés, invoquant la Vierge.

— Où sommes-nous, mon père ?

— A Boussey, sur la route de Dijon. Vous en êtes à sept ou huit lieues.

— Y a-t-il un barbier ?

— Vous n'y pensez pas. Il faudrait aller jusqu'à Dijon. Vous ne pouvez vous le permettre. Mais nous avons non loin d'ici, à Nan-sous-Thil, une fontaine miraculeuse. C'est là que Dieu peut le sauver. Elle a guéri des mourants. La miséricorde de la Vierge est grande pour les enfants.

— Il est si courageux, mon père, dit Copillon en étouffant ses sanglots. Je le porterai moi-même sur mes épaules, comme un mouton, et s'il guérit je fais vœu de construire un jour pour la Vierge une chapelle en mon village.

— D'où êtes-vous, mon fils ?

— De Rigny, en Lorraine. J'ai là-bas un garçon qui m'attend. Il ressemble à celui-là.

Pieds nus devant l'âtre, Croquemaille se réchauffe les orteils en les massant soigneusement. La Mangeotte

détourne son regard. Les pieds du soldoyeur sont mons-
trueusement sales ; il est vrai que les odeurs qui sortent de
ses chausses ne parviennent pas à recouvrir celles du millet qui grille joyeusement dans la poêle.

Croquemaille a forcé sans plus de façons la porte d'une
ferme, sur la route de Dijon. Il est entré comme chez lui,
en demandant le gîte et le couvert. Les deux paysannes
n'ont pu protester. Il était déjà installé, assis à la table
d'hôte, faisant signe à Mangeotte de le suivre. Il a demandé
du cou d'oie farci et du vin rosé, ce qui a plongé les pauvres femmes dans la stupéfaction. Elles lui ont offert des
omelettes et des gaudes.

— Toujours des gaudes ! a dit Croquemaille. Ces dam-
nés Bourguignons ne connaissent donc que cela !

Mais la Mangeotte s'est approchée, gourmande. Son état
la met sans cesse en appétit. Elle a des envies de potée aux
choux, de lard fumant. Pour elle, les femmes se sont affai-
rées, remuant bruyamment les étains et les cruches, sans
doute pour alerter les voisines, car la mine du grand Armagnac ne leur dit rien qui vaille et elles n'aiment pas son
accent. Mais la petite est de chez elles, assurément. Il faut
l'aider.

L'une des vieilles a battu la farine de millet avec un œuf
et de l'eau, elle a pris un pincée dans la boîte à sel, soigneusement fermée par une chevillette. Elle a frotté une
couenne de lard sur une plaque ronde, à même le feu, puis
elle a laissé couler la pâte qui s'est mise à frire en répandant une odeur légère, savoureuse, celle des gaudes. Mangeotte les a dévorées avidement en buvant le lait chaud des
vaches à peine traites. Sans demander son reste, elle s'est
aussitôt endormie devant l'âtre.

Croquemaille demande une goutte pour digérer. Les
femmes sortent un petit tonnelet, souvenir du temps où les
hommes étaient encore à la maison, au lieu d'être pris par
les guerres. L'Armagnac se sert une large rasade et se prépare à s'endormir dans un coin de la salle quand il entend,
au-dehors, un bruit de bottes.

Il n'a que le temps de saisir son épée. Des soldoyeurs de
Bourgogne ont repéré les chevaux à l'entrée de la ferme.
Ils ont décidé de fouiller la maison. Ils sont quatre, armés
jusqu'aux dents.

— A qui êtes-vous ? disent-ils à Croquemaille en faisant irruption, l'épée et la dague au poing.

— Je ne suis à personne, répond l'Armagnac, et suis prêt à vous en rendre raison.

Il attrape à pleines mains l'énorme banc de chêne de la ferme et le jette avec force dans les jambes des agresseurs. Les deux premiers titubent, poussant des cris affreux. Croquemaille a dû leur briser les tibias. Mais les deux autres lui sautent dessus. Mangeotte, réveillée en catastrophe, pousse des cris qui attirent tout le voisinage. Les vieilles se sont cachées derrière la vache, à l'étable. La fenêtre est grande ouverte. On aperçoit des ombres qui s'approchent, et s'éloignent aussitôt. Pas un voisin n'ose intervenir ; Croquemaille est seul à faire front.

Il saute sur le rebord de la fenêtre. Il a aperçu, de l'intérieur, la grande corde passée sur une poulie qui sert à hisser les sacs de grain au grenier. Il s'empare des deux extrémités de la corde, se les enroule autour des reins, les noue à sa taille, et fonce sur les agresseurs les deux pieds en avant. Ils le reçoivent, l'un après l'autre, en plein visage, sans pouvoir réagir, car Croquemaille est déjà à l'autre bout de la pièce. Ils se reprennent, se retournent, et chargent à nouveau pendant que les deux premiers agressés se relèvent très péniblement.

Croquemaille esquive, ils s'aplatissent contre la paroi. L'Armagnac saisit un maillet de paysan, pourvu d'un long manche de bois. Il frappe sur les casques des deux hommes à terre comme un sourd. Ils retombent assommés. Quant aux deux autres, ils sont atteints d'un double coup de maillet dans les tibias et plongent en avant, rejoignant leurs confrères. Le soldoyeur n'a plus qu'à les achever en frappant à la nuque. A ses pieds, les Bourguignons sont en tas.

— Bravo, dit la Mangeotte. Je suis heureuse de voir que nous n'avons pas été suivis.

— Vous pouvez vous reposer. Ceux-là ne troubleront plus votre sommeil, grommelle Croquemaille, qui se dit, à part soi, que la donzelle manque de reconnaissance.

L'enfant délire, au petit matin. Le curé fait chauffer de l'eau pour faire des compresses sur sa main boursouflée, méconnaissable, qui commence à noircir. Il gémit faiblement quand on lui trempe le bras entier dans un cuveau d'eau chaude. Il ne peut supporter aucun effort.

Pourtant, il faut le conduire à la source. Le curé a recruté quatre hommes forts dans le village, des bouviers solides qui ont confectionné une litière portable. Ils l'ont garnie de paille bien propre. Les femmes ont fourni des couvertures, et bassiné la couche. L'une d'elles a déposé un petit crucifix en haut du brancard, pour protéger l'enfant pendant son voyage.

Avec d'infinies précautions, les femmes chargent son corps sur la litière. Pour lui éviter toute souffrance, elles ont délicatement enveloppé sa main dans une peau de mouton qui la protège du froid. Car l'air est vif sur le parcours. Au pied de la butte de Vélogny, un vent aigre souffle par rafales, venant du Nord. Une sorte de procession s'est organisée spontanément autour du malade. Le curé en tête, précédant les quatre gaillards qui portent l'enfant. Les femmes sont autour, des cierges allumés à la main, chantant des hymnes pieux, puis des cantiques spécialement destinés à saint Martin, le guérisseur universel de la Bourgogne, le maître des mille sources du Morvan, de la Côte et des grands bois.

Comme l'enfant demande à boire, on s'arrête avant Clamerey, pour lui donner de l'eau bénite. Copillon pense qu'il lui faudrait plutôt un cordial. Il place sur ses lèvres un morceau de sucre récupéré au fond de son sac, qu'il a trempé dans le marc. Jacquemin, pour le remercier, le regarde avec des yeux de chien battu. Mais les couleurs lui reviennent faiblement.

Ils longent la forêt, où les épineux encore touffus ne parviennent pas à cacher la nudité des espèces caduques. De hauts murs de houx et de buis géants entourent la route et forment par endroits une voûte. Les cantiques y résonnent comme dans les bas-côtés d'une cathédrale. Ils s'arrêtent au moulin de Braux dont la grande roue tourne joyeusement sous les eaux bouillonnantes de l'Armançon, et Copillon, soudain, a froid dans le dos.

« Comment pourra-t-il résister, se dit-il, quand on plongera son membre malade dans l'eau glacée ? » La campagne avoisinante est blanche de givre. Les feuilles vernissées du houx se détachent avec une netteté cruelle contre les murs blancs du moulin.

— Prions, dit le curé.

Et la mélopée reprend, au pas lent du cortège. Les gens du moulin se sont joints au groupe, qui gravit maintenant les pentes du sanctuaire. L'enfant est dans l'inconscience. Il ne voit pas ce qui se passe autour de lui. Il a fermé les yeux, vaincu, et les femmes l'ont soigneusement bordé avec les couvertures pour qu'il ne prenne pas froid. Les hommes chantent plus bas maintenant, comme s'ils portaient un corps en terre.

La côte de la montagne est rude. Les bouviers sont essoufflés. Ils portent une gourde de vin à leurs lèvres pour se donner du courage. En contrebas, le village de Nan-sous-Thil s'éveille. Les hommes qui partent aux champs se signent en voyant passer la procession. Les participants ont en main des branches de gui, des rameaux de buis, ils sont bientôt rejoints par les femmes et les enfants de Thil, qui s'attendent à un miracle, à en juger par la ferveur de ceux qui entourent les brancards.

Le curé s'arrête dès qu'il franchit le seuil de la clairière, comme à l'entrée d'une église. Il récite une prière particulière, reprise en chœur. Autour du sanctuaire, au flanc de la colline, une nuée d'oiseaux s'envole, des mésanges bleues et noires, des chardonnerets, des serins à col jaune, des rouges-gorges et de curieux oiseaux blancs venus d'Égypte, les vanneaux, qui ont une sorte de huppe derrière la tête. Le curé s'avance, seul, vers la source. Copillon fait signe aux brancardiers de suivre. Ils restent immobiles, les yeux au ciel. Le curé fait un signe de croix, de sa main qui tient un rameau, et s'agenouille au pied de la source en se frappant trois fois la poitrine. On chante de nouveau, pour l'accompagner.

Soudain, miracle : le jeune Jacquemin se dresse sur sa couche, frappe un des bouviers à l'épaule, demande à marcher. Copillon se précipite. L'enfant le supplie du regard. Il veut aller seul.

Les femmes se sont mises à genoux, les hommes retiennent leur souffle. Jacquemin s'avance vers la source où le curé l'attend, les yeux fermés, profondément recueilli. Copillon se glisse vers la muraille. Le vrai miracle est là : l'eau qui suinte ne descend pas de la montagne, elle sort de la terre et bouillonne, elle développe une épaisse vapeur qui fond le givre et brise la glace. Des bulles de gaz jaillissant de la profonde crevasse remontent à la surface.

A la hâte, Copillon dégage la main et le bras de l'enfant. Il le soutient pendant qu'il plonge son membre douloureux dans l'eau chaude. Il a un rictus de souffrance. La foule entend un cri terrible, celui de l'exorcisé dont le démon quitte le corps. Une fois, deux fois, Copillon plonge le bras de Jacquemin dans la source. L'enfant serre les dents pour maîtriser sa douleur. La main devient rouge brique, elle semble gonfler encore. Puis elle perce. Brutalement, la plaie s'ouvre, le pus jaillit. Le curé chante plus fort, un *Gloria in excelsis*, repris en chœur par les fidèles.

— Il est guéri ! Le miracle a eu lieu ! Saint Martin est là ! Saint Martin est là !

Les vilains s'aplatissent à terre, louant saint Martin, criant des hosanna ! des gloire à dieu ! Les femmes accourent, elles veulent voir, toucher le miraculé. Copillon les écarte comme il peut. La plaie n'a pas fini d'écouler sa pourriture. Il faut la vider jusqu'au fond. L'enfant est habitué à la température de l'eau. Il se laisse faire sans impatience. Copillon, d'un coup de canivet, a tranché dans sa chemise de toile, dégageant aussi l'épaule, il lui recommande de se pencher sur la surface de l'eau, pour baigner son bras jusqu'au cou.

Sur l'ordre du curé, on l'a replacé sur le brancard. Les femmes l'ont déshabillé, pour frotter le haut de son corps avec de l'huile camphrée. Les couleurs reviennent progressivement sur son visage. Il est clair que l'enfant est sauvé. Les oiseaux reviennent près de la source, les enfants dansent autour de la civière.

— Maintenant, dit le curé à Copillon, il faut qu'il prenne du repos, pendant quelques jours.

— Où pourrions-nous aller, répond Copillon ? Nous ne connaissons personne qui puisse nous accueillir.

— Allez donc voir les moines de Fontenay. Ils me connaissent.

Malades, malandrins et malfaiteurs n'hésitent pas à y demander l'asile. Au moment même où Jacquemin revenait à la vie dans les eaux bouillonnantes de Nan-sous-Thil, le heurtoir du portail de l'abbaye résonnait sous les coups frappés par Croquemaille. Pour mettre cette femme à l'abri des soudards, il ne voyait que la maison de Dieu.

La grande bâtisse de Fontenay n'était pas d'aspect très accueillant. Sa façade austère et régulière, son clocher trapu, puissant, dominant une armée de hautes futaies, tout respirait la grandeur, la force, la majesté. Avec la Mangeotte à ses côtés, épuisée par les longues marches et furieuse de n'avoir pas retrouvé son fils, il essaye d'entrer.

— Nous ne recevons pas de femme en cet endroit, dit le frère portier qui a enfin entrouvert l'huis de la porte.

— Du moins pouvez-vous me faire entrer, moi, répond Croquemaille, en bombant le torse.

Le moine dévisage l'Armagnac. Son examen ne doit pas être très satisfaisant car il referme l'huis.

— Passez votre chemin. Vous trouverez bien une auberge dans les environs.

Furieux, Croquemaille frappe de nouveau le portail, cette fois avec le pommeau de son épée, en jurant comme un Gascon. Le frère montre son crâne rasé, pour le faire taire.

— Cette femme attend un enfant, dit enfin Croquemaille. Vous n'allez pas la laisser mourir dans la forêt. Au nom de Dieu, ouvrez !

— Je vais consulter l'abbé, répond le frère portier, prudent.

Ils attendent un long quart d'heure, dans le froid de la nuit tombante. D'épuisement, Mangeotte s'endort presque sur l'épaule osseuse de l'Armagnac. Elle est brusquement réveillée par le tintement clair de la cloche. La porte s'ouvre. Ils sont introduits dans la place. Sauvés.

Le cloître est irréel. Ses lignes pures, découpées par la pleine lune, sont d'un autre monde. En plein décembre, des roses s'épanouissent autour des fines colonnettes. Mangeotte s'arrête un instant. Le parfum des roses, concentré dans le petit espace de pierre, est envoûtant. Les yeux bleus très purs du moine la fixent, achevant de la déconcerter. D'une bourrade affectueuse, Croquemaille la remet dans le chemin du monastère. On les conduit

dans une grande salle où crépite un feu de chêne. Pour des
voyageurs épuisés, c'est le Paradis. Croquemaille doit
remettre ses armes au frère, et ne peut obtenir d'autres
vivres que du pain et de l'eau ; mais il est si épuisé qu'il
s'endort devant l'âtre, sans plus se préoccuper de Mangeotte.

Elle s'est levée au petit matin, pour prier. Entendant les
cloches et les matines des moines, elle a trouvé seule le
chemin de la chapelle, traversant de nouveau le cloître
miraculeux. A l'aube naissante, il se peuple d'ombres avec
ses colonnes géminées sculptées qui projettent leurs ner-
vures sur les murs encore sombres, avec ses chapiteaux
ocre et dorés qui luisent d'abord faiblement, puis resplendissent aux premiers rayons. Tout prend vie dangereusement. Mangeotte tombe en arrêt devant une femme saisie
par le diable qui l'entraîne en enfer. Qu'avait-elle fait ? De
quoi était-elle coupable ? Brusquement elle a envie de se
confesser. Le chœur de la chapelle est illuminé par les
feux du soleil qui s'éparpille en gerbes d'étincelles d'un
rouge profond et d'un bleu lapis-lazuli sur le sol trans-
formé en pâquis. On pourrait, se dit-elle, recueillir des
pétales de lumière. Derrière le chœur, sous la coupole, la
Vierge lui sourit. Mangeotte s'agenouille et tombe en prières.

— Marie, petite Marie, fais que je retrouve mon fils...

Elle dépose un cierge au pied d'une statue de bois,
représentant la Vierge recueillie, recevant le message de
l'ange. Se confesser, avouer ses relations coupables avec
l'écorcheur..., mais comment demander un prêtre, dans
cette impressionnante assemblée d'hommes tonsurés ?
Elle prend le parti de se cacher derrière un pilier. Personne, jamais, n'entendra ses plaintes, elle est rejetée,
abandonnée, peut-être maudite... Plutôt que de devenir
une fille d'étuves, elle préférera errer dans les bois,
puisqu'elle n'a plus ni maison, ni mari, ni foyer... Pourvu
que l'enfant qu'elle porte ne soit pas l'enfant du diable !
Pauvre petit être qui peut naître avec des pieds fourchus...
des pieds de bouc ! Sans doute faudra-t-il l'exorciser,
comme on a fait à Jeanne Souton, au village, quand elle a
couché avec les Armagnacs.

Seule la Vierge peut la comprendre et l'aider, et peut-
être l'absoudre. Après tout, l'enfant qu'elle porte n'est pas

du péché. Elle a dû subir l'écorcheur pour sauver son autre enfant, celui qui l'a quittée pour partir avec le grand Lorrain et qu'elle sent en danger. C'est encore pour lui, et non pour elle, qu'elle prie la « régente souveraine » avant de retrouver Croquemaille, qu'elle réveille brutalement en lui pinçant le nez.

— Vous ronflez comme un sanglier !

Il peste mais se résigne à suivre les ordres sans les discuter. Il sait qu'elle ne trouvera pas le repos tant qu'elle n'aura pas eu des nouvelles de son fils. Il s'harnache très vite et tous les deux prennent congé des frères. Les voilà de nouveau en forêt, traversant les bois pour gagner Chalon.

— C'est le port d'attache de Copillon, lui dit-elle. Je suis sûre qu'ils y sont déjà arrivés.

Ils avancent à belle allure, longeant les bords de la Lochère qui serpente et bouillonne en même temps, comme souvent les rivières bourguignonnes à la saison d'hiver, quand elles sont grosses des torrents qui ravinent les montagnes. Mangeotte veut coucher le soir même à Vitteaux, éviter Dijon, descendre directement à Chalon par Beaune. Au bois de la Corne aux Cerfs, ils font halte. Ils passeront la nuit dans une hutte sur cette butte et se laisseront descendre, au petit jour, jusqu'à Vitteaux. Croquemaille ne tient pas à être arrêté par des patrouilles ducales, car Vitteaux n'est qu'à une dizaine de lieues de Dijon et la garnison a dû être renforcée. Les chevaux, dans la clairière, tendent le museau vers un sorbier des oiseaux dont les fruits mûrs, en ombelles au bout des branches, les tentent par leur belle couleur orangée. Ils font du feu et s'apprêtent à se reposer. Peuvent-ils savoir qu'au pied de la butte, suivant la Brenne, deux cavaliers s'avancent vers l'abbaye dont ils viennent, Copillon et le jeune Jacquemin ?

La nuit porte conseil : Croquemaille s'est bien juré, au lever du jour, d'abandonner la fille dès qu'elle aura rejoint Chalon. Il n'a nulle envie de vivre caché en pays bourguignon, il veut reprendre la guerre aux côtés des Armagnacs. La fille en sûreté, il sera délié de son serment.

La forêt est embrumée. On ne distingue pas clairement

les formes. Par contre, les voix sont nettes et Croquemaille tend l'oreille : des hommes s'avancent sur le sentier, tirant leur monture par la longe. Ils cherchent manifestement leur route. Il les entend jurer en espagnol.

— Des écorcheurs, à coup sûr !

Vite, il réveille Mangeotte et la bâillonne pour qu'elle ne dise mot, lui écrasant les lèvres de sa large main. Les hommes passent sans les voir, à dix mètres d'eux. Mangeotte se dégage d'un coup de reins.

— C'est Copillon, crie-t-elle, je le reconnais !

Elle se précipite vers le groupe de cavaliers. Puis elle s'arrête, pétrifiée : l'homme de tête est Fortépice.

Malgré le chaperon noir qui dissimule son visage, elle est sûre de son fait, c'est bien lui : ses yeux cruels percent le brouillard. Il se hâte de la prendre dans ses bras, de la serrer à l'étouffer. Les hommes de l'escorte s'écartent, indifférents.

— Ma belle renarde, je t'ai enfin retrouvée...

Comprenant que ces retrouvailles risquent de se prolonger, Croquemaille rentre dans la hutte et s'allonge, bien emmitouflé dans son manteau. Fortépice abandonne son cheval, ses armes, son armure de guerre, et, prenant Mangeotte par la taille, il l'entraîne dans la forêt. Elle découvre ses cheveux, les dénoue tout en marchant, court dans les taillis, comme si elle voulait lui échapper. Mais sa démarche est lourde, elle avance difficilement dans le bois cotonneux. Pourtant elle se guide vers la lumière, vers les rayons du soleil qui se lèvent, et Fortépice la suit de près. Il la prend dans ses bras quand elle accroche une racine du pied. Il regarde autour de lui. Perdu... Va-t-il appeler ? Il s'en garde. Là-bas, à dix mètres, un feu... Des charbonniers, qui font cuire des châtaignes pour leur déjeuner, en buvant du lait de chèvre. Ils partent sans demander leur reste quand Fortépice leur lance un florin.

La Mangeotte s'assied à croupetons devant le foyer. Fortépice ranime le feu, cherche lui-même des brindilles, des fagots. Une bonne chaleur ravive les joues de la jeune femme. Quand il s'assied auprès d'elle, elle se blottit contre son épaule. Il ne se rappelle pas qu'elle ait eu dans le passé un seul geste aussi tendre.

— Sais-tu faire griller les châtaignes ? lui demande-t-elle en souriant.

Elle le tutoie. Avec la mémoire infaillible des amoureux, il se dit que c'est aussi la première fois. Il prend une poignée de châtaignes, les jette sur la plaque de fer au-dessus du foyer.

La bonne odeur met la Mangeotte en joie : elle frappe des mains, coupe une tige d'arbuste, pèle l'écorce avec soin et pique les châtaignes avec l'extrémité. La peau craquelante s'ouvre bientôt. Elle s'y brûle les doigts avec des mines de chatte échaudée. Le fruit tiède et gonflé, blond comme les épis, reste dans sa paume. Fortépice le mange, et lui embrasse tendrement le creux de la main.

Elle a enlevé ses chausses, car le feu répand une bonne chaleur. Fortépice la caresse avec tendresse, sans vouloir la brusquer. Ils en oublient les châtaignes, qui craquent dans le brasier l'une après l'autre, pétaradant joyeusement. Mangeotte rit aux larmes, mais une escarbille saute jusqu'à son corsage. Elle se dresse en sursaut, s'ébroue. Fortépice la saisit dans ses bras et la dépose, à l'intérieur de la cabane, sur un lit de paille et de faines.

C'est elle qui délace son pourpoint, quand ils sont allongés côte à côte. Elle découvre en riant l'épaisse broussaille qui cache son torse aux arêtes vives, aux muscles durs. Elle frotte son visage tout contre son poil, l'entourant de ses bras, comme elle ferait d'un animal. Fortépice se laisse faire, sans oser intervenir. Chacun des gestes de la Mangeotte le plonge dans l'étonnement, puis dans l'extase. Soudain son jeune corps se cabre, elle se redresse, anxieuse, inquiète, et les rides se dessinent sur son front.

— Il faut partir, lui dit-elle. Je dois retrouver Jacquemin.

Presque de force, il l'oblige à s'allonger de nouveau :

— N'aie aucune inquiétude. Mes hommes ont pisté Copillon et l'ont découvert. Il marche avec ton fils en direction de Chalon. Ils y seront ce soir, et je connais l'adresse du charpentier de marine qui les accueille. Tu peux le retrouver si tu le souhaites, je t'y ferai conduire.

— Jure-le-moi sur le Christ ! lui dit-elle en arrachant le pendentif qu'elle porte autour du cou, comme un talisman.

Il s'exécute en souriant, avec une telle facilité qu'elle perd confiance dans la valeur du serment.

— Je te le jure, lui dit-il, sur la tête de celui-là. Il s'est penché sur le ventre de Mangeotte, comme s'il cherchait le premier battement de cœur de l'enfant. Es-tu satisfaite ?

Elle est rassurée, car elle devine que Fortépice tient à ce fils qu'elle porte en elle (il n'imagine pas un instant qu'il pourrait avoir une fille) plus qu'à ses oreilles ou ses yeux. Rien ne s'oppose plus à son abandon : elle se laisse aller dans ses bras. Pour une fois, il la prend avec douceur, comme un damoiseau. C'est à son tour d'être surprise. Il ne l'a pas accoutumée à ces égards.

Elle s'est redressée pour retirer de ses cheveux les brins de paille, les bribes de mousse et les toiles d'araignées. Elle se peigne avec lenteur, et il regarde ses épaules rondes, le creux délicat de ses reins, le renflement encore discret de son ventre, l'arrondi émouvant de ses cuisses. Il resterait là un siècle, immobile, avec le seul plaisir de la voir.

— Je suis las de ce pays, lui dit-il. Viens avec moi, j'abandonne tout. Partons pour la Sicile. Il y a là-bas de vastes fiefs à prendre. Tu aimeras le soleil chaud du Sud, les nuits sans nuages et les matins sans brume. Là-bas les oiseaux chantent même la nuit, tout au long de l'année, et le blé pousse même l'hiver.

Elle ne répond rien, mais s'éloigne imperceptiblement. Avec une certaine hâte, elle se rhabille sans lui faire l'aumône d'un regard. Va-t-elle partir ? L'a-t-il déçue ?

— Ils t'attendent, lui dit-elle en désignant les soldoyeurs. As-tu déjà pris Dijon ?

Il baisse la tête, comme s'il était coupable. Son silence l'irrite. Quoi, messire Fortépice passe les vilains au fil de l'épée, force les femmes et pille les villages jusqu'aux ruches et aux caves et joue maintenant les amoureux frileux ? Si elle l'aime, c'est sur une échelle le premier à percer la muraille.

Elle lui échappe d'un geste brusque, sort de la cabane.

— Je suis de ce pays, lui dit-elle. J'aime les châtaignes, le brouillard et la soupe aux poireaux. Je ne déteste pas d'avoir peur des loups. Le soleil me brûle la peau et m'aveugle. Je ne te suivrai pas.

— Tu me suivras quoi qu'il arrive, répond Fortépice qui a retrouvé à la fois ses vêtements et sa résolution. Quant à celui-là, dit-il en lui caressant le ventre, il couchera à sa naissance dans la bonne ville d'Avallon dont tu seras maîtresse, je te le jure.

CHAPITRE 7

Les eschelles d'Avallon

Fortépice rejoint au galop les places fortes des écorcheurs. Il décide de se rendre d'abord à Noyers, pour y conférer avec son lieutenant Bertrand de Trigneuse. A sa grande surprise, les portes de la place forte lui restent fermées. Il a pourtant crié le mot de passe, indigné que les sentinelles ne l'aient pas reconnu. Trigneuse a-t-il engagé de nouveaux routiers ?

Il remonte à cheval la rue haute qui conduit à la citadelle. Aucune animation. Les soldoyeurs doivent être aux caves, il n'en voit aucun sur les remparts. A l'entrée du donjon, on lui croise les hallebardes, on lui montre les clous. Il s'emporte. Les gardes n'ont pas l'air de comprendre son langage.

Enfin la trogne d'un sergent connu de lui, Courteheuse, apparaît au créneau, pour disparaître aussitôt, malgré les signes d'impatience qu'il lui adresse. Va-t-on lui fermer le pont-levis ? Indigné, il met son cheval au trot, fait le tour du donjon. Sur les bords du Serein, les hommes campent. Le coteau en pente, truffé de petites maisons à toits de chaume est devenu un gigantesque bivouac. Combien sont-ils ? Mille ? Deux mille ? Pas un ne l'acclame, ceux qui le connaissent détournent les yeux. Excédé, il envoie rouler dans le Serein, d'un coup de masse d'armes, un brigand du nom de Blanche Épine. L'homme patauge en hurlant dans les eaux sales. Ses compagnons l'aident à sortir, sans un regard pour Fortépice.

Il poursuit sa route et grimpe les pentes du château, bien décidé cette fois à entrer. Le pont-levis est dressé. Il hurle pour qu'on l'abaisse. Enfin Trigneuse paraît, entouré de quelques sergents. Il accueille Fortépice avec raideur et lui fait signe de le suivre dans la salle des gardes.

Une douzaine d'hommes, tête nue, y sont rassemblés. Ils ont l'épée au côté. Pas un ne salue quand Fortépice fait son entrée. Trigneuse ne lui offre pas de s'asseoir. Fortépice va droit à la cheminée, saisit un brandon, enlève son gantelet et hurle :

— De par Dieu, que le diable me trahisse si je vous ai manqué !

Il prend le brandon incandescent dans sa main et serre, grimaçant de douleur, jusqu'à ce qu'il ouvre de nouveau sa main, profondément brûlée, pour jeter à terre la cendre noircie et le charbon écrasé.

Impressionnés, les sergents se rapprochent. L'un d'eux lui lance :

— Ton serment supporterait-il aussi le fer rouge ?

De ses yeux gris impassibles, Fortépice le toise, il arrache la manche de son pourpoint, défiant l'homme.

Celui-ci prend le fer rougi dans la cheminée. Il s'approche du capitaine. Une insupportable odeur de chair grillée se répand dans la pièce. Fortépice reste droit comme un chêne. Les muscles de son cou torturés ressortent, aussi noueux qu'un cep de vigne. Les rides de son front se creusent et lui donnent un masque effrayant. Mais il reste ferme dans ses bottes d'acier. Sa bouche reste muette, son bras immobile.

Un sergent se précipite pour répandre un onguent sur la plaie, qu'il recouvre d'un bandage. Le capitaine vient de reconquérir sa compagnie.

Trigneuse lui tend un verre de cordial et boit avec lui.

— Les nôtres sont arrivés enchaînés à Avallon. Ils ont été faits prisonniers sous Dijon. Demain a lieu l'exécution publique de notre ami Piedtort.

— Pauvre Tournebroche, lâche Fortépice.

— Il sera plongé dans une marmite d'eau bouillante. Tous les autres seront jugés et exécutés sur-le-champ. Le prévôt veut faire un exemple. Le duc de Bourgogne crie vengeance.

— Il faut agir. Qu'as-tu prévu ?

— J'ai recruté mille soldoyeurs.

— Où les as-tu pris ?

— Dans les bandes du comte de Clermont. Il n'est pas fâché de s'en débarrasser. Ils viennent de Suisse, ou d'Allemagne, et n'entendent pas notre langue. Mais ils sont très bons au combat.

— Quand attaquons-nous ?

— A l'aube. Avallon est la plus forte position de la frontière nord de Bourgogne. Il est à mi-chemin entre la vallée de la Cure et celle du Serein. Par la Cure on peut gagner Auxerre en traversant Vézelay, Armenton et Cravant. Par le Serein, on va de Noyers vers Chablis, vers le Royaume, et de Noyers par Montréal, vers le duché. Ainsi Avallon est à la fois la porte de France et celle de Bourgogne, puisqu'elle est la pointe avancée du Morvan.

Trigneuse, de la pointe de sa dague, dessine la place sur la table d'hôtes. Avallon a un château solide, bien défendu, et les remparts dominent au sud la vallée du Cousin. Ce n'est pas par là qu'il faut attaquer : l'abrupt est infranchissable. Mais nous pouvons arriver par le nord, ou par l'est.

— Les échelles sont-elles prêtes ?

— Nous en avons deux bonnes douzaines. Mais je crois que nous n'en aurons pas besoin. Ce n'est pas comme à Dijon, nous ne sommes pas attendus.

La place d'Avallon est une véritable fourmilière humaine. Certains ne se sont pas couchés, pour être sûrs de bien voir le spectacle. Ce n'est pas tous les matins que l'on fait subir à un Armagnac le supplice du chaudron.

Le malheureux Boclote, dit Tournebroche, dit Piedtort, est amené en charrette ouverte sur le lieu de son supplice. Les rues étroites et sinueuses qui conduisent à l'église sont noires de monde. On ne peut plus avancer. Les hallebardiers ont dû employer la force pour fendre la foule et faire la route à la charrette. Dans les maisons aux pignons pointus qui bordent la place, les curieux se pressent aux fenêtres. On voit des drôles à califourchon sur les gargouilles à tête de chimère de l'église Saint-Lazare. Ni la neige, qui commence à tomber, ni le vent aigre du Morvan ne découragent le public. Il en veut pour sa peine. Les tambours ornés de crêpe battent sinistrement quand le malheureux est débarqué. Il peut à peine marcher. La torture lui a enlevé l'usage de ses jambes. Les aides doivent le soutenir pour qu'il accède à l'escalier de bois décoré aux armes de Bourgogne, qui conduit à l'estrade. Derrière lui, d'autres charrettes se frayent un chemin jusqu'au centre de la place. Une bonne centaine de soldoyeurs d'Armagnac y sont entassés, enchaînés, rasés, torses nus. Ces soldoyeurs de Fortépice sont les prisonniers de Dijon. On veut qu'ils assistent, sous les huées de la foule, au supplice de leur compagnon. Pendant la traversée des ruelles, ils sont injuriés, frappés à coups de bâton. Des femmes hurlent en se précipitant sur eux pour leur arracher les yeux. Les écorcheurs ne sont pas populaires et les gardes doivent fréquemment les dégager. Du haut des pignons, on leur jette des immondices qui recouvrent les charrettes. Les enfants leur tirent des pierres. On voit une vieille femme très maquillée, probablement une prostituée, larder l'un des prisonniers d'une longue canne à bout pointu. La foule demande qu'on les pende immédiatement par les pieds au-dessus d'un bûcher, ou qu'on les écartèle.

Les abords de la place sont soigneusement fermés par des barrières. Deux haies de gardes armés de longues piques sont postées devant chaque rue. Il ne peut y avoir de surprise. Le héraut du duc de Bourgogne est maintenant sur l'estrade. Une trompette d'argent fait le silence. Il va parler. En ce mardi vingt du mois de décembre de Notre Seigneur, va être condamné et exécuté publiquement le sieur Nicolas Boclote, assassin et faussaire.

L'eau bout dans l'immense chaudron, pendant que la foule acclame le héraut, souhaite longue vie au duc, et demande qu'on lui présente le visage du condamné. Le bourreau le prend par les épaules, lui arrache sa cagoule et le présente aux quatre points cardinaux pour que tous puissent le reconnaître, ou du moins l'apercevoir. Les chantres de l'église cathédrale attendent, en robe de lin, le moment de chanter la gloire de Dieu après le supplice.

Le bourreau ne semble guère pressé. Il prend tout son temps pour procéder à l'ultime préparation du condamné, dûment dévêtu, et de nouveau présenté à la foule qui crie : « A mort ! Vive Bourgogne ! » On vérifie ses liens, on

lui passe un bâton entre les épaules pour l'obliger à se
tenir droit pendant que le confesseur s'approche de lui. Il
lui présente un crucifix en lui demandant d'avouer publiquement ses péchés et de faire acte de contrition.

L'homme ne profère pas un mot. Il roule des yeux exorbités, cherchant, dans les flocons de neige, un signe du ciel
qui lui permette d'échapper au supplice. Quand il abaisse
le regard, le bourreau se saisit de lui, le confesseur s'éloigne. L'homme est hissé par une sangle au-dessus du chaudron. Rien ne peut l'empêcher de mourir.

A cet instant décisif, un oiseau tombe du ciel, un gros
oiseau noir qui n'est ni un aigle ni un corbeau : c'est le geai
de Tournebroche, qui vient saluer son maître une dernière
fois. Il s'acharne sur le bourreau, cherche ses yeux pour y
planter son bec. Un assistant accourt aussitôt, pour éloigner l'animal. La foule trépigne d'impatience. Comme si
le geai avait donné le signal, deux cents hommes, au son
de la trompe d'Allemagne, se précipitent sur les piquiers
qu'ils neutralisent en les égorgeant aussitôt. Sur la place le
désordre est indescriptible. Les écorcheurs surgissent de
partout, abandonnant les pourpoints à la croix rouge de
Bourgogne qui leur avaient permis d'entrer. Les gens se
pressent de fuir, marchant sur le corps de ceux qui ont
trébuché. Les hurlements des femmes accentuent la panique. Les écorcheurs assomment et piquent, avancent en se
frayant un chemin à la masse d'armes. L'un d'eux a grimpé
sur l'estrade, assailli le bourreau. Ils sont maintenant une
douzaine à libérer Tournebroche. D'autres glissent la
corde du palan sous le chaudron et le renversent. L'eau
bouillante se répand sur les premiers rangs de la foule.

Les autorités, débordées, se réfugient dans l'église.
Aucun secours ne peut leur parvenir, car les écorcheurs
ont bouclé toute la place, laissant évacuer la foule pour se
rendre maîtres de la ville. Partout, la surprise est totale.
Les hommes de Fortépice se sont introduits dans la cité
par une porte secrète, grâce à la complicité d'une vieille
femme. Sa maison était à cheval sur les remparts. On
l'avait détruite mais on avait négligé la cave. Elle en gardait la clé. Trois cents hommes portant la croix de Bourgogne s'étaient introduits de nuit. Ils s'étaient postés à

proximité des points stratégiques. Seule la citadelle pouvait leur résister.

L'église, où les notables s'étaient réfugiés, était à leur merci. Le bedeau sonnait le tocsin. Les bourgeois y avaient trouvé asile, porteurs de coffres et de cassettes contenant l'or, les bijoux, parfois du blé. Fortépice ne voulait pas violer le lieu saint. Il se contentait de le faire garder, pour arrêter tranquillement les assiégés.

Il s'était hâté de mettre le feu à la grange aux chevaux, pour empêcher la garnison de s'enfuir. La surprise était totale, et les soldoyeurs n'avaient même pas tenté de résister. Croquemaille avait reçu, au nom du roi, leur reddition.

— Nous sommes les Armagnacs, criait-il tête nue, les serviteurs du roi de France. Avancez, canailles de Bourguignons, et jetez bas les armes !

Il donnait en même temps des ordres pour que l'on ferme les portes de la ville, afin d'empêcher les bourgeois et les sergents de s'échapper, et les capitaines de revenir avec des renforts. Croquemaille était partout à la fois. Il grimpait le premier aux échelles pour s'emparer de la tour Beurdelaine qui résistait encore. Il empêchait les hommes de jeter les défenseurs du haut des mâchicoulis, hurlant qu'il fallait les faire prisonniers. On obtiendrait rançon plus grande... A la tour de l'Escharge, Trigneuse faisait merveille. Maître de la place, il interpellait Croquemaille en gascon, jetant en l'air son chapel de fer. Du haut des tours, les trompettes sonnaient, incitant à la reddition générale. Les soldoyeurs de Bourgogne se rassemblaient dans la cour de la citadelle, prêts à subir la captivité, demandant grâce aux écorcheurs.

Un groupe de moines envahissait la place.

— Aux cuveaux, criaient-ils, le monastère brûle.

On tirait encore sur les remparts des carreaux d'arbalètes et les lances s'entrecroisaient sur le chemin de ronde. Des acharnés poursuivaient le combat. Il fut interrompu dès que les cris des moines annoncèrent le feu : si le monastère était en flammes, toute la ville pouvait brûler. Les trompettes lanceraient le sauve-qui-peut ? Où serait la victoire des écorcheurs, s'ils ne parvenaient à rassembler le butin ?

— Faites quérir le prévôt, même s'il est dans l'église !
hurlait Fortépice, et sa voix dominait le vacarme.

Au sommet de la côte, un noir panache de fumée sortait
du toit du monastère. Des hommes tonsurés, en robe de
bure, les pieds nus, se passaient les cuveaux qu'ils remplis-
saient à la fontaine, en bas de la côte. La chaîne comptait
une centaine de bras. Le prévôt, libéré sur l'ordre du capitaine, avait réuni ses hommes et rassemblait, selon l'usage,
les filles publiques pour leur faire éteindre le feu. Les
écorcheurs sortaient des caves, éméchés, la trogne luisante à la lueur des flammes, pour voir les filles dépoitrail-
lées s'intégrer dans la chaîne. Ils donnaient de la voix pour
les encourager. Mais les hommes du prévôt les tenaient à
distance, protégeant les diablesses ou stimulant leur zèle
d'un claquement de fouets.

Toutes fripes dehors, fardées comme des poupées, elles
sortaient des bordeaux les yeux hagards. Le seau de cuir en
main, elles s'approchaient courageusement du brasier
pour y jeter l'eau aussi loin, aussi fort que possible. Près
des flammes, la température était proprement infernale.
Les filles ne pouvaient y rester plus de quelques minutes,
aussi la chaîne tournait-elle sans cesse, et elles reculaient
en ordre comme les grains du chapelet sous les doigts du
capucin. Elles avaient bientôt des cendres dans les cheveux, de la suie au visage, elles toussaient, s'étouffaient,
respirant avec peine, soufflant comme soufflet de forge.
Pas une n'abandonnait. Les moines faisaient le signe de
croix en passant devant celles qui, dans l'effort, avaient
déchiré leur corsage, poursuivant les seins nus leur besogne. Les écorcheurs ne s'en plaignaient pas. Hilares, ils
applaudissaient à tout rompre les ribaudes dont les cottes
n'étaient plus qu'oripeaux pour épouvantail. Parfois l'un
d'eux n'y tenait plus. Il se précipitait sur la chaîne, au
risque de se faire éborgner par les moines qui protégeaient
les filles en brandissant des piques. Mais ils ne pouvaient
empêcher le soldoyeur éméché d'enlever la fille comme
une brebis en la portant sur ses épaules, pour l'entraîner
sur le rempart où d'autres l'attendaient. Les compagnes
poussaient des cris aigus, la chaîne s'interrompait un instant mais reprenait bien vite sous les malédictions scan-
dées par les moines.

— Diantre ! dit Croquemaille, pourquoi les hommes ne participent-ils pas à la lutte contre l'incendie ?

— Tu veux rire, lui dit un écorcheur. Seuls les moines et les putains peuvent approcher du diable. Et le feu, c'est le diable !

« Les clés de la ville viennent d'être remises au capitaine Jacques d'Éspailly par le sire de Douéllot, prévôt de la ville d'Avallon. Ordre est donné aux soldoyeurs de monter la garde devant chaque maison, après l'avoir fouillée et vérifié qu'elle ne recèle aucun corps de troupe ennemi. Il ne sera fait aucun mal aux habitants d'Avallon, la ville doit héberger gracieusement les soldats du capitaine d'Éspailly et les bien traiter. Le prévôt s'est engagé à verser, pour qu'il ne soit fait aucun dommage aux populations, la somme de sept cents saluts d'or. »

Un cri de joie féroce emplit la place à cette nouvelle, annoncée par le héraut d'Avallon. Noël ! Noël ! crient les soldoyeurs pour exprimer leur satisfaction. Ils repartiront les poches pleines d'or... Se croyant déjà riches, ils se précipitent dans les tavernes pour commander du vin, et du meilleur. Les bondes des tonneaux sautent. Les moines épuisés qui viennent d'éteindre le feu les rejoignent et, oubliant toute réserve, se jettent sur les pichets d'étain remplis à ras bord.

Au château le prévôt est reçu avec tous les égards par Fortépice. Le capitaine d'Éspailly ne lui cache pas qu'il est désireux d'obtenir des bourgeois, aussi vite que possible, la contribution exigée. Le prévôt lève les bras au ciel.

— Les bourgeois ? Ils se cachent. Ils sont terrorisés. Il faudrait les recueillir dans l'église.

De tous les coins du palais, les domestiques se mettent en train. Ils sortent des caves où ils étaient cachés, allument le feu dans la cheminée, disposent les chandeliers sur les tables, balayent les grandes dalles du sol recouvertes de paille. Dans ce désordre, le prévôt semble perdu, il ne reconnaît plus sa maisonnée. Il parvient péniblement à rallier quelques coursiers.

— Pouvez-vous les faire accompagner, capitaine, pour qu'ils convoquent ici sur-le-champ les notables de la ville ?

Fortépice fait un signe aux soldoyeurs. Ils partent, pique au poing, décidés à en finir très vite. Le prévôt leur a ordonné de commencer par l'église. Il les a fait accompagner du héraut, seul autorisé à pénétrer à l'intérieur de l'édifice, qui bénéficie du droit d'asile. Pas question d'en expulser les bourgeois.

Quand ils reviennent, une heure plus tard, c'est avec un tout petit nombre d'hommes valides : deux marchands de bestiaux, un notaire et le patron de l'auberge du Grand Cerf.

— Bouchez toutes les portes et recherchez les souterrains qui permettent de sortir de la ville, crie aussitôt Fortépice qui flaire une supercherie. Ces bougres-là se terrent et ne veulent pas payer. Qu'avez-vous trouvé dans l'église ?

— Ceux-là en viennent, dit le sergent. Ils prétendent que les autres ne sont pas des bourgeois, mais des vilains réfugiés des environs.

— Que sont devenus les riches ? Prenez garde, je vais faire fouiller toute la ville.

— Laissez-moi faire, messire, intervient Croquemaille. Il faut commencer par fouiller les caves. Elles sont immenses et peuvent cacher toute une armée, plus grandes encore que celles de Saint-Bris, bien connues des soldoyeurs de Fortépice. Le danger des caves est qu'elles contiennent des fûts, mis en perce par les hommes. La poursuite s'en trouve fortement ralentie.

Croquemaille, qui garde son sang-froid malgré l'abus du pinot d'Avallon, jure à pleine gorge sous les voûtes en ogives. A la lueur des chandelles, sa haute silhouette décharnée projette des ombres terrifiantes sur les murs blanchis à la chaux. Il parcourt toute l'étendue d'un immense cellier, fouille les moindres recoins. Il ne trouve rien. Pas âme qui vive. Pourtant, derrière le pressoir, il aperçoit des chausses qui dépassent. Un homme est allongé, ronflant paisiblement. Croquemaille le réveille.

— Où sont passés les autres ?

Le dormeur est un pauvre garçon d'écurie. Il ne s'est pas rasé depuis huit jours. Hirsute, pâle, décharné, il ne parvient pas à articuler un mot. Pour lui dégourdir la langue, Croquemaille lui met la tête sous une bonde, le vin qui coule ruisselle sur sa poitrine. Il finit par en boire une gorgée, puis une autre. Il se redresse, et les couleurs lui reviennent au visage.

— Ils sont partis, dit-il, bien avant votre arrivée. Ils sont loin, maintenant, pour sûr.

Les cris d'un soldoyeur alertent Croquemaille.

— Par ici capitaine, j'entends des voix de femmes.

— Tu mens, canaille, hurle Croquemaille. — Il secoue l'homme comme un prunier. — Parleras-tu ? Par où sont-ils sortis ?

Il approche une torche de la barbe du malheureux, qui commence à grésiller. Pris de terreur, il fait signe qu'il va les conduire.

Dans le coin le moins éclairé de la cave, une trappe, sous un tonneau qu'il faut quatre hommes pour déplacer. En toute hâte, Croquemaille soulève la dalle de pierre. Un escalier étroit. Des cris étouffés à trente pas. Il descend pesamment et sa rapière encombrante brinqueballe contre les parois crayeuses. Avec la lumière lui parvient un bruit de clapotis. Les bougres ont pris le large sur des barques à fond plat. Impossible de les rattraper : le Cousin les conduira à la Cure, et la Cure à l'Yonne, ils sont sauvés.

— Par saint Sébastien, hurle Croquemaille, je vais les faire larder de flèches. A la garde, toutes les arbalètes aux créneaux.

Il remonte lourdement l'escalier, se précipite au-dehors, grimpe sur la tour. Les hommes de guet le voient approcher, essoufflé, les joues creuses, les jambes flageolantes.

— Tirez, que diantre !

— Sur qui, demandent les arbalétriers ? Voulez-vous tirer les canards ?

Les barques, très adroitement, glissent dans les angles morts, tout au pied des remparts. Il faudrait se pencher à l'extérieur des murs pour les apercevoir. Quant à les poursuivre à cheval, autant renoncer ! Le cours de la rivière est sinueux, elle serpente dans une suite de défilés, au pied de parois abruptes.

— Il nous reste le vin, dit Croquemaille. Pour la rançon, elle s'est envolée.

Le Gascon n'ose pas faire son rapport à Fortépice. La déception du capitaine risque de le porter aux dernières extrémités. Il peut tout simplement brûler Avallon, détruire la ville de fond en comble. Il peut aussi rançonner le prévôt, après l'avoir torturé pour qu'il donne les caches des trésors. Après tout, ces bourgeois n'ont sûrement pas emporté toutes leurs richesses dans leurs barques.

A ce point de ses réflexions, il s'apprête à descendre de la tour Beurdelaine quand une barque attire son attention : conduite par un seul rameur, elle manœuvre, à contre-courant, pour se placer au pied d'une maison misérable d'aspect, creusée dans la roche, dont l'accès est sur le fleuve. Les écorcheurs sont entrés dans la ville grâce au souterrain d'une maison semblable, qui avait une entrée à l'intérieur de l'enceinte. Un arbalétrier tend son arme. Croquemaille l'arrête du geste et se précipite dans l'escalier, appelant à l'aide. Il court comme un loup famélique d'une maison à l'autre, à hauteur de la barque suspecte. Il ne trouve aucune issue.

— Milledious ! hurle-t-il, ils vont encore nous échapper !

Son sang ne fait qu'un tour, il se débarrasse de son pourpoint, faisant apparaître son torse maigre et velu, tout couturé de cicatrices, ne gardant que ses chausses et son poignard à la ceinture, il confie son épée à un soldoyeur.

— Sais-tu nager ? dit-il à un jeune gaillard dont la moustache blonde lui inspire confiance.

L'autre ne répond pas, car il n'entend pas sa langue. Mais il comprend. Arrachant très vite ses vêtements, ne gardant pour arme qu'une dague qu'il serre entre ses dents, il plonge tout nu dans la rivière, du haut des remparts.

— Ces Allemands n'ont pas peur de l'eau froide, gronde Croquemaille, qui ne peut faire moins que de plonger à son tour, sous l'œil ironique des soldoyeurs castillans, trop fiers pour se déshabiller ainsi en public, trop méprisants pour se lancer dans des exercices acrobatiques qui leur paraissent peu dignes d'un véritable homme de guerre.

Son terrifiant plongeon a conduit Croquemaille directement au fond vaseux de la Cure, dont il se dégage à grand-peine. Sa moustache, pleine de fange, l'empêche de respirer. Il arrache à pleines mains les longues herbes qui se sont plaquées sur sa tignasse. Respirant profondément au-dessus de l'eau sale, il avise, à quelques pieds devant lui, l'Allemand nu qui lui fait des signes : il a trouvé l'entrée de la maison ; la barque a accosté le long d'un ponton minuscule. Elle est vide. Le rameur a dû sauter à l'intérieur de la maison, pour prendre livraison de ses passagers. Nageant sans faire de bruit, Croquemaille et l'Allemand se rapprochent, grimpent sur le ponton par un rétablissement. La dague au poing, ils se précipitent à l'intérieur, hurlant comme des loups à l'attaque.

Devant eux, trois hommes d'âge et d'embonpoint, terrorisés, en habit de voyage, des sacs très lourds à la main. Le conducteur de la barque a un coffre à serrure sur le dos. Il s'apprêtait à sortir : Croquemaille, d'une forte poussée, le jette à terre avec son chargement.

Pétrifiés, les voyageurs ne bougent plus, ne parlent pas, ne protestent pas quand l'Allemand s'empare de leurs sacs et les place dans le fond de la pièce, soigneusement alignés. Il arrache son épée au rameur, menace de la pointe de son arme le cou des voyageurs qui demandent grâce dans une langue inconnue, probablement italienne.

— Ne parlez-vous pas le français ? demande Croquemaille.

— Si fait, monseigneur, protestent-ils. Mais nous sommes étrangers, et nous voulons regagner notre pays.

— Nous sommes génois, et marchands de laine, dit un autre. Nous sommes tout à fait disposés à payer notre passage. Nous avons déjà payé celui-là très cher.

L'Allemand se précipite sur le passeur, le fouille, extrait de sa ceinture une bourse en velours pleine d'écus d'or.

— A la bonne heure, dit Croquemaille. Nous pouvons discuter, entre gens de bonne compagnie.

Oubliant sa nudité, la vase qui recouvre son visage, ses cheveux qui lui tombent dans les yeux et l'eau sale de la Cure qui a trempé ses chausses, il s'assied sur un fauteuil comme s'il était à la table du roi.

— Prenez place, messeigneurs, et causons. A combien estimez-vous votre liberté ?

— Je m'appelle Jacomo Justiniani, dit le plus âgé des marchands en enlevant son chaperon de velours piqué d'une fibule d'or. De ses manches sortent des dentelles au point précieux, ainsi que des rubans de couleurs délicates. Le pourpoint de velours brodé fait loucher d'envie le Gascon, qui le déshabillerait sur-le-champ s'il osait. Quant à l'Allemand, il regarde fixement les poulaines en cuir ouvragé, incroyablement pointues.

— Nous allions chercher de la laine à Bruges, dans les Flandres, dit maître Jacomo.

— Naturellement, l'interrompt Croquemaille, vous transportiez des fonds pour cet achat.

— Nullement, nullement, monseigneur. Nous autres marchands nous méfions trop des malandrins pour circuler avec des espèces. Nous avons, pour les foires, une comptabilité de doit et avoir. Chaque année, nous apurons les comptes sur place.

— Alors vous avez de la marchandise ? demande Croquemaille avec convoitise.

— Pas davantage, elle est livrée par bateau, directement dans les Flandres. Les transports maritimes sont plus lents, mais plus sûrs, et d'ailleurs nous les assurons.

— Du moins pouvons-nous vous rançonner. Vous ne repartirez que si vous nous faites parvenir une forte somme. A vous de la trouver.

— Quelle injustice, soupire Jacomo. Nous ne sommes que des intermédiaires. Nos patrons sont à l'abri, dans leurs palais de Gênes ou de Florence. Nous ne sommes pas Carlo Renonchini, ni Antonio de Rabata. Vous pourriez les rançonner de belle manière, car ils sont immensément riches. Mais nous sommes pauvres, et sans bagages.

— Ouvre les sacs, gronde Croquemaille !

L'Allemand comprend à demi-mot. L'un des sacs, le plus gros, contient une zibeline, fourrure précieuse, qui vaut son poids d'or. L'Allemand en cache sa nudité, superbe dans la peau de bête. Les Italiens se lèvent en protestant.

— Ces martes sont destinées à la duchesse Isabelle. Vous ne pouvez y toucher. C'est un sacrilège.

— Les duchesses bourguignonnes n'ont pas besoin de fourrure, tranche Croquemaille, celle-là est de bonne prise. Poursuivons l'examen. L'Allemand ouvre un autre sac. Il contient, soigneusement pliés et protégés par des sacs de toile vulgaire d'admirables draps et parures de dentelle.

— Ne touchez pas à mes « panni largi », glapit un des marchands. Ils sont pour la fille du seigneur Baldo, qui dirige l'Arte della Lana à Firenze. Je les ai payés une fortune, ils viennent des Flandres.

— Je suis sûr qu'ils plairont à la femme du capitaine d'Éspailly, dit Croquemaille péremptoire, qui ouvre la parure avec ses doigts sales.

Jacomo, malgré son embonpoint, se jette aux pieds du Gascon.

— De grâce, monseigneur, laissez-nous partir. Je vous offre ma fibule en or. Voyez ses perles fines, elle vaut une fortune. Je vous donne ma bague, celle que je voulais offrir à la fille de Bartolomeo... C'est un diamant, un vrai, un diamant taillé, en rosette, dont les femmes sont folles.

Il sort le bijou d'une doublure bien dissimulée à l'intérieur de ses chausses. Croquemaille se précipite sur lui et fouille, l'un après l'autre, tous ses vêtements. Il ne trouve qu'une bourse en chevreau contenant des pièces d'or à l'effigie de Jean de Médicis.

Il fait signe à l'Allemand de fouiller la barque, sur l'appontement. L'autre donne des coups de masse d'arme, et revient triomphalement avec une sorte de parchemin. L'arrière de la barque était constitué de planches mobiles. Un système d'ouverture permettait de faire glisser les planches l'une sur l'autre, dissimulant une cachette.

En apparence, rien d'intéressant sur le parchemin. Croquemaille le parcourt d'un œil désabusé : pas de plan de forteresse, ni d'itinéraire. Pas de cession de territoire. A l'évidence, les marchands ne sont pas des espions. Il a fait quérir le notaire pour évaluer les bijoux. Le vieil homme lui apprend qu'ils valent une fortune. Quant au document, le notaire est perplexe. Il ne parvient pas à l'identifier.

Les marchands, enchaînés, sont conduits à la citadelle où Fortépice donne ses ordres pour la suite des opérations : Pierre de Beauffrémont, connétable de Bourgogne, est près de Châtillon-sur-Seine. Il peut accourir très vite s'il a des nouvelles d'Avallon. Il faut mettre la place en état de défense. Le capitaine a fait combler les issues, rechercher toutes les sorties secrètes vers la rivière. Les sentinelles sont en permanence dans les tours. Les grosses arbalètes de rempart, construites en corne, montées à l'aide de tourniquets, sont placées dans les axes de tir essentiels, près

dés portes. Des viretons empennés avec des plaques de
bois sont prévus pour des arbalètes plus légères, que les
soldats épaulent avec soin, dès qu'ils repèrent une cible
suspecte sur la rive opposée du Cousin. Deux douzaines
d'hommes s'affairent autour de la grosse bombarde. Sans
anse ni tourillon la « redoutée », qui mérite bien son nom,
est encastrée dans deux énormes poutres supportées par
quatre roues. Les écorcheurs ne manquent pas de boulets.
Ils en constituent d'étranges tas coniques. Les marchands
italiens roulent des yeux effrayés en assistant à ces préparatifs de guerre. Ils se plient en deux avec humilité devant
Fortépice quand on les fait pénétrer dans la salle des gardes.

Le capitaine les dévisage, examine soigneusement leurs
vêtements, leurs chaperons. Il observe attentivement les
bijoux que Croquemaille a déposés sur la grande table.

— Bonne prise, dit-il. Il ne faut pas les relâcher. Ils
doivent valoir leur pesant d'or. Nous les garderons en otages, au cas où les Bourguignons viendraient nous assiéger.
Ils nous permettraient de sortir la tête haute...

Croquemaille lui montre le parchemin énigmatique.

— Buvons avec eux. Le vin de Beaune délie toutes les
langues.

Devant l'âtre, les tournebroches ont placé des agneaux,
des porcelets dont l'odeur appétissante attire les convives.
On enlève les chaînes des Italiens, on les invite à s'asseoir.
Fortépice préside le repas. Il a fait demander quelques
ribaudes et la table a plaisante allure. Le prévôt et sa
femme, invités, ont des mines de martyrs. Ils attendent
visiblement le retour des Bourguignons. Le notaire ne
cesse pas de scruter le dessin du parchemin. Il a soudain
une illumination.

— Messire capitaine, lui dit-il, je crois que j'ai trouvé.
Ces hommes ne sont pas des espions, mais des marchands
d'un très haut rang. Ce parchemin est une commande de
tapisserie, qui doit toucher un maître tapissier d'Arras ou
de Lille. Sans doute s'agit-il de Pierre de Los.

A ce nom les marchands lèvent la tête. Le petit homme
vient de les identifier. Pierre de Los ne travaille que pour
les plus riches Florentins. Sa renommée est internatio-
nale. Sans doute cette commande est-elle destinée aux
Médicis eux-mêmes car la finesse du dessin est telle

qu'elle doit être l'œuvre d'un grand peintre florentin. Ils transportent à Lille un modèle italien. La tapisserie, une fois exécutée, sera acheminée par transport maritime.

— Ils sont riches, très riches.

— Sans doute, messire, et je ne vois pas ce qu'ils pouvaient faire à Avallon.

— Le prévôt pourrait peut-être nous éclairer, suggère Fortépice de ses yeux gris, à moins qu'on ne chatouille les pieds de ces nobles seigneurs ou qu'on les pende du haut de la citadelle, la tête en bas, dans le Cousin.

— Je puis répondre pour eux, messire, il n'est pas nécessaire de recourir aux menaces : ils étaient à Avallon parce qu'ils venaient marier leur fille à un seigneur d'Auxerre. De leur vie, ils n'ont emprunté les routes de terre pour se rendre en Flandres.

— Et de notre vie, dit Jacomo, nous ne les reprendrons, j'en fais serment.

Fortépice passe à son doigt la bague au diamant, place la fibule sur son pourpoint de cuir, sans autre forme de procés. Les monnaies d'or sont jetées dans le coffre du trésor de guerre, qui n'est pas très bien rempli. Le capitaine sait que ses hommes, déçus, n'attendent pas l'ordre de pillage pour se précipiter dans les maisons désertes. Le seul espoir de butin est la rançon que l'on pourrait imposer à ces marchands. Ils peuvent être de la plus grande utilité, selon l'évolution de la guerre. Les eschelles d'Avallon ne lui ont pas fourni de plus belles prises.

— Mets-les au frais dans les caves, dit-il à Croquemaille. Faute de grives, on mange des merles.

CHAPITRE 8

Le maître à l'arbolier [1]

— Tu les lui remettras de ma part.

Fortépice tend à Croquemaille le diamant et la fibule en or qu'il a pris aux Italiens. Croquemaille fait la grimace. Il n'a aucune envie de servir encore de chaperon à l'écorcheur, de prendre soin pour lui de l'infatigable Mangeotte, qui n'est jamais où on l'attend. Le siège d'Avallon lui avait rendu son moral de guerrier. Il comprend que Fortépice, maître de toutes les places de la frontière nord de Bourgogne, devient un pion important de la guerre continentale que se livrent France, Angleterre et Bourgogne. Sa place est avec le capitaine, pas avec son amoureuse.

Fortépice enrage de lui voir si peu d'enthousiasme. Il lui tire affectueusement l'oreille.

— Rassure-toi, je ne te demande pas de rester auprès d'elle. Une lance veille sur sa sécurité. Cinq de mes meilleurs soldoyeurs. Il n'est pas question qu'elle voyage. Dans son état, elle doit rester dans cette ferme forte de Vignes, où elle est en sécurité. Tu trouveras Vignes facilement : c'est un petit village, sur la route d'Époisses. Nous tenons Noyers, Montréal, bientôt Montbard tombera. Si Villandrando me prête enfin main-forte, nous damerons le pion au maréchal de Bourgogne. Mais il faut que tu m'apportes aussi ton concours.

Croquemaille dresse l'oreille. Va-t-il lui demander de prendre une ville ? Époisses, par exemple, serait une proie tentante. C'est une des rares places qui soit encore aux mains des Bourguignons et la garnison ne doit pas être

1. Mât de halage.

trop importante. Le capitaine lui ferait-il enfin confiance pour conduire seul une opération ?

— J'ai besoin de toi de toute urgence. Toute la richesse du duc Philippe vient des Flandres. As-tu vu ces marchands italiens ? S'ils deviennent si riches, c'est qu'ils commercent avec les Flandres. Il faut couper au duc Philippe la route des Flandres. Il devient alors facile de lui reprendre une à une toutes les places du duché.

Joignant le geste à la parole, il mouche les chandelles postées sur la table, l'une après l'autre. Croquemaille n'en croit pas ses yeux. Il imaginait Fortépice abîmé dans la galanterie, dompté jusqu'au ridicule par la Mangeotte. Mais l'amour lui donne des ailes. Il se voit déjà connétable de France, un nouveau Duguesclin...

— Voilà Lorraine, lance-t-il en plaçant un énorme saucisson sur la grande table. C'est une barrière naturelle entre les Flandres que voilà (il les figure par des coques de noix) et Bourgogne que voici : il allonge, pour représenter Bourgogne, une longue andouille refroidie qu'il dispose très exactement dans le sens des coteaux qui dominent la Saône. Pour représenter le fleuve, il répand une large trace de vin de Beaune sur la table.

Croquemaille se repère comme il peut dans ce tracé géographique original. Il comprend que celui qui tient Lorraine est le maître du jeu. Voilà pourquoi, se dit-il, il fallait à tout prix gagner la bataille de Bulgnéville. Car les conquêtes d'un Fortépice sont fragiles. Il a contre lui les soldoyeurs de Vergy, qui viennent de Champagne, et les troupes réglées de Bourgogne, qui sont basées sur la Seine, beaucoup plus au nord, du côté de Châtillon : ainsi pris entre deux feux, le capitaine n'a pas une chance de survivre s'il n'est soutenu, au sud par le comte de Clermont, au nord par les Lorrains.

— Mais les Lorrains sont en prison, objecte Croquemaille. Le duc René se morfond dans la tour ducale. Comment pourrait-il reprendre campagne ?

— Tu oublies Baudricourt, maudit Armagnac, et son complice Robert de Sarrebruck, très important pour la route des Flandres ; avec ces deux compères, nous pouvons mener la vie dure à Philippe. Mais il faut qu'ils accourent à la victoire. Dis-leur que nous sommes maîtres des places, que nous attendons qu'ils se montrent. Tudieu ! nous tenons Philippe si tu les décides à marcher.

— Je n'ai aucune confiance dans Baudricourt, il nous a trahis à Bulgnéville.

— S'il n'était pas parti un peu tôt, j'en conviens, du champ de bataille, il ne serait pas en mesure de nous aider aujourd'hui. Tu verras ce Baudricourt coûte que coûte. Tu feras taire tes ressentiments. Tu n'auras pas de mal à le convaincre. Il te suffira d'énumérer les places dont nous nous sommes déjà rendus maîtres. Dis-lui que la chute d'Auxerre, malgré Vergy, ne saurait tarder : j'en fais mon affaire.

Tant d'assurance impressionne Croquemaille. L'idée de rejoindre la Lorraine, où la grande Catherine, sa femme préférée, l'attend depuis de longs mois, lui fait plaisir au cœur.

— Prenez avec vous ce Copillon. Vous le trouverez sans peine à Chalon. Il s'est chargé du fils de Mangeotte. Mais je suppose qu'il l'a mis en lieu sûr. De Chalon, vous remonterez la Saône sans difficulté. Les barques sont nombreuses. Prenez cette bourse comme viatique (il lui tend les pièces d'or à l'effigie des Médicis). Quand vous serez dans les montagnes des Vosges, suivez le cours de la Moselle : elle vous conduira chez Baudricourt.

Fortépice fait un signe au garde. Deux des quatre marchands italiens sont introduits dans la salle, dont Jacomo. On leur a retiré leurs chaînes. Ils ont leurs manteaux de voyage.

— Ces deux-là vous accompagneront. Je n'ai pas grande confiance en eux et je ne suis pas sûr que leurs bijoux ne soient pas faux. Mais ils se sont engagés à vous remettre au port de Chalon une importante somme en pièces d'or. Vous la convoierez jusqu'en Lorraine. Elle sera la preuve, pour Baudricourt, de l'efficacité de notre cause. Grâce à cet or, il pourra lever des piquiers et des archers. Si les Italiens ne tiennent pas parole, tuez-les.

Voilà de nouveau Croquemaille sur les routes du Morvan. Il s'efforce, sans attirer l'attention sur ses compagnons de voyage, de rejoindre Autun pour descendre sur la vallée de la Saône. Il ne veut pas être repéré par les espions du duc de Bourgogne, aussi évite-t-il de coucher dans les auberges. Il force les pauvres marchands italiens à dormir la nuit dans les bois, en étant au mieux abrités par des baraques de charbonniers. Ils grelottent et croient leur dernière heure venue quand l'aube glacée les réveille, frileusement pelotonnés l'un contre l'autre, sous l'haleine des chevaux. Croquemaille s'est procuré à Avallon un superbe Aragonais qui tient la route, comme un Ardennais. Les Italiens se sont laissé pousser la barbe. Avec leurs yeux noirs et perçants, on pourrait les prendre pour des Castillans, s'ils n'avaient la panse replète et la démarche lourde. Ils mangent, aux étapes, des châtaignes et de la soupe au lard et se croient revenus au temps où les montagnards des Apennins poussaient les moutons sur les bords du Tibre, à l'emplacement de la future ville de Rome.

Ils s'habituent pourtant à cette rude vie de primitifs. Un matin, dans le brouillard du Morvan, emmitouflés dans leurs laines d'Angleterre et dans leurs chausses de velours de Gênes, ils sortent prudemment de la cabane où ils ont passé la nuit. Ils ont une vision d'enfer : autour d'eux, à perte de vue, dans la brume où les formes sont indiscernables, ils aperçoivent un moutonnement de porcs noirs. Les fauves les empêchent de quitter leur repaire. Ils éveillent Croquemaille, qui éclate de rire, reconnaissant ses amis lorrains. Il retrouve avec plaisir le Troyen Rebillart et le jeune Viardot.

— Mordious ! leur dit-il. Serions-nous au bois de la Vieille Oreille ?

— Nous n'en sommes pas loin, mon bon Croquemaille.

Huguenin surgit, bougon comme à son habitude.

— Pourquoi donc nous as-tu lâchés sans demander tes gages ? Ils sont toujours à toi. Nous les avons conservés. Mais il faut nous suivre et nous protéger jusqu'en Lorraine.

— Vous savez très bien, lui répond Croquemaille en riant, que mon contrat s'arrêtait à Château-Chinon. Les circonstances n'ont pas voulu que je puisse vous revoir pour me faire payer. J'accepte de grand cœur votre bourse, maître Huguenin. Mais je ne crois pas que mes compagnons voudraient vous suivre sur les pistes de Lorraine.

— Qui sont ceux-là ? demande le Troyen, soupçonneux.

— Des compagnons d'Ulysse, répond Croquemaille pour faire de l'esprit. Des cyclopes qui n'ont qu'un œil. Je dois les convoyer jusqu'à Chalon. De là, ils rejoindront leur pays et je serai libre.

Vite remis de ses émotions, Jacomo le Génois, toujours soucieux de bonnes affaires, interroge Huguenin sur les conditions de la transhumance. Le Lorrain répond avec prudence : il énonce assez de chiffres flatteurs pour que son activité soit jugée payante ; il ne les gonfle pas, pour rester crédible. L'Italien calcule, à l'évidence, le profit d'un investissement dans les porcs noirs, lui qui, en Toscane, a placé beaucoup d'argent dans les troupeaux de moutons.

— La ville de Nancy est-elle si développée que vous puissiez vendre autant de charcuterie ? lui demande-t-il.

— Nos jambons et notre lard sont réputés dans toute l'Allemagne, répond avec suffisance le marchand Huguenin.

L'Italien, pour se rendre compte de l'importance du troupeau, décide de sortir du refuge, avance dans la masse des porcs. Il est guidé par Huguenin, à grand renfort de coups de bâton.

— Tu vois, dit le jeune Viardot à Croquemaille. Tes compagnons s'habituent. Vous pourriez nous suivre jusqu'en Lorraine.

Croquemaille est tenté. S'ils peuvent l'attendre deux jours, le temps qu'il prenne livraison, à Chalon, de l'argent des Génois et qu'il les dépose en lieu sûr, il pourrait rejoindre les longues pistes des porcs noirs et voyager dans l'incognito le plus total. Mais Copillon le suivra-t-il dans ces conditions ? N'a-t-il pas d'autres projets ?

Il n'a pas le temps de réfléchir : le malheureux Jacomo est emporté dans une charge de porcs noirs. Il court en criant comme un diable perdant son chaperon, sa bourse, et laissant voir, dans ses chausses béantes, les pans de sa chemise également déchirée. Les porcs s'acharnent à le repousser vers une mare puante, où ils ont coutume de s'ébattre. Les Lorrains se tiennent les côtes. Croquemaille intervient trop tard. Quand il arrive à portée d'homme, l'Italien est déjà tombé dans le noir cratère, il s'y enfonce jusqu'aux cheveux. Peu soucieux de pénétrer à son tour dans la mare gluante, Croquemaille lui tend une branche noueuse de chêne et lui crie de s'y agripper. Il a les yeux bouchés par la vase et n'y voit plus clair. Un valet compatissant se déshabille, malgré le froid très vif, avance en chausses dans le purin, prend l'homme aux épaules et réussit à l'extraire du fond de boue où il s'enfonce. L'Italien pèse lourd. Croquemaille lance une corde au valet, qui s'y arrime solidement. Les deux hommes sont hissés jusqu'au bord. L'Italien presque inanimé est déshabillé prestement, on le lave à grande eau glacée, on le frotte avec des brosses à porcs. Sa peau rougie, égratignée, retrouve apparence humaine. Un peu de couleur lui vient au visage. Il ouvre les yeux prudemment. On lui jette de nouveau un seau d'eau, pour nettoyer les cheveux et les sourcils pleins de vase.

L'homme est gras, il respire difficilement. On le voit remonter sa main à son cœur.

— Vous allez le tuer, dit Croquemaille. Il faut le réchauffer d'urgence.

On l'approche du brasero où brûle un bon feu de brindilles. On réchauffe des chausses de laine près de la flamme. Viardot fait bouillir un peu d'eau dans une écuelle d'étain, pendant que Huguenin approche de la bouche du marchand une gourde de cordial. L'homme y trempe ses lèvres et crache. L'alcool lui brûle la gorge. Il en reprend un peu, demande à son compagnon de l'eau de mélisse et du sucre. L'autre Italien s'active.

Quand Jacomo a la force de s'asseoir, les valets l'habillent en porcher. On lui passe une chemise de bure grossière, épaisse, revigorante. Viardot le masse avec la plus grande fermeté. Quelqu'un lui donne une peau de mouton. Il a des chausses déchirées de coureur de forêt. Il aperçoit un des valets qui s'efforce de nettoyer, avec une dague, le bijou qu'il portait au cou, au bout d'une chaîne. Jacomo n'ose interrompre son manège, il n'a pas un mot de protestation. Croquemaille s'approche, et les autres marchands : la pierre est grosse comme un œuf d'ajasse [1]. Les hommes retiennent leur souffle.

1. Œuf de pie.

Avec la lame du stylet, le valet en décape la plus grande surface, puis il s'efforce de nettoyer les arêtes saillantes, en grattant légèrement pour faire tomber la vase séchée. Brusquement la pierre se fend, s'émiette, et tombe en morceaux.

Les Italiens détournent la tête, sans un mot d'explication. Les Lorrains ont compris, ils s'éloignent. Croquemaille prend Jacomo par le collet :

— Sont-elles fausses, aussi, celles que tu as données à Fortépice ?

— Hélas ! Jacomo roule des regards désespérés, comme s'il appelait à l'aide son compagnon. Pouvez-vous imaginer que nous transportions des fortunes en bijoux quand nous voyageons dans des contrées aussi incertaines ? Ce sont des copies ! Les originaux sont à Florence, en lieu sûr, dans nos coffres.

Croquemaille est de plus en plus sceptique sur l'utilité de sa mission : aura-t-il le sang-froid de tuer ces deux-là de ses mains, s'ils ne lui fournissent pas à Chalon la rançon promise, ou s'ils le payent en fausse monnaie du Morvan ? Puisque celui-là est déjà habillé en porcher, pourquoi ne pas les prendre avec le troupeau, partir avec eux directement pour la Lorraine, en intimant à Copillon l'ordre de les rejoindre par ses propres moyens à Vaucouleurs ? Il est probable qu'ils ont des correspondants à Nancy. C'est là-bas sans doute qu'on pourrait les faire payer, pas à Chalon, en terre bourguignonne, où ils trouveront facilement des appuis. Ne dit-on pas que ce damné nouveau pape de Rome est dans le parti de Bourgogne ?

Croquemaille hésite. Mais les Italiens, qui se réchauffent dans la cabane, ont des yeux reconnaissants. Ils lui font signe de les rejoindre.

— Je vous dois beaucoup, lui dit Jacomo. Vous m'avez sauvé la vie. Ne vous inquiétez de rien. Votre maître sera payé. Je vois bien que vous ne me croyez pas. Je n'avais que ces bijoux à disposition. N'auriez-vous pas fait comme moi, pour sauver votre vie ?

Croquemaille se redresse, il reprend sa brigantine et son chapel de fer, noue la courroie de son épée.

— Il faut aller à Chalon, tranche-t-il, et vous avez intérêt à vous montrer loyaux.

Les Italiens lui font signe d'approcher. Jacomo tire de sa besace, dissimulé sous une doublure, un petit coffret contenant une douzaine de vrais diamants. Il en choisit un, de la plus belle eau.

— Celui-là est à toi, lui dit-il. Tu l'as mérité. Il vaut cher, très cher. Tu pourras le négocier mais seulement dans une grande ville, Nancy, Paris. Je ne te parle pas de Dijon où tu as trop d'ennemis ! Et maintenant, tu dois nous laisser partir. Marche avec tes compagnons. Tu arriveras tranquillement en Lorraine, et laisse-nous rejoindre Bourgogne. Nous ne pourrons jamais nous entendre avec les Français. Nous les aimons bien, et ils nous rançonnent. Nous avons, nous Génois, passé des accords avec votre duc de Lorraine René, et même avec Charles VII, et voilà comment ses capitaines nous traitent... Même le duc de Milan, le Visconti, est pour les Français. Mais s'ils lui viennent un jour en aide, ce sera pour lui prendre ses fiefs. Vous nous accusez d'être fourbes, et vous vous conduisez comme des brigands.

Croquemaille est impressionné. Ces deux-là connaissent bien la politique du royaume, mieux que lui à coup sûr. Mais il enrage d'entendre des marchands dire du mal du roi de France.

Roulant des yeux terribles, il les lève tous les deux de force.

— Rejoignez vos mulets, croquants ! et ne confondez pas le dauphin Charles avec Fortépice l'écorcheur. S'il vous tond la laine, c'est pour mieux combattre vos amis les Bourguignons. Ne vous méprenez pas. Je vous ai sauvé la vie, c'est vrai. Je n'accepte pas votre diamant, étant de Gascogne, et non de boutique... Sachez bien que je vous tuerai de mes mains, si je vous surprends à trahir.

La caravane a circulé tout le jour. C'est à la tombée de la nuit que les mulets et le lourd Aragonais de Croquemaille, qui répond au nom de guerre de Vulpian, arrivent en vue de Port-Villiers.

— Bon port, bon pot ! lance Croquemaille, faisant claquer sa langue sur sa gorge sèche. J'espère que nous avons rendez-vous dans un endroit frais !

Dans le port de la Saône, les grandes barques dorment aussi paisiblement que les vaches à l'étable. Une petite lumière vacille derrière un carreau, dans la masse sombre d'un atelier de batellerie. Pas d'auberge en vue, pas le moindre estaminet.

— Frappez donc, suggère Jacomo. Vous verrez bien si l'on vous ouvre.

Une jeune femme, en vêtements de nuit, accourt hardiment, une chandelle à la main. Elle n'a visiblement pas peur des étrangers, entrouvre l'huis, comme si elle était habituée à recevoir des voyageurs, des mariniers de passage, de nuit et de jour.

— Faites silence. Un homme est en danger de mort.

Croquemaille se faufile à l'intérieur, suivi des deux Italiens qui ont attaché les mules et le cheval aux anneaux extérieurs de la grande bâtisse. Du fond de l'atelier parviennent des gémissements à fendre l'âme. Croquemaille s'immobilise, croyant reconnaître la voix. Il s'approche doucement, mettant la main à sa dague. Trois hommes entourent la couche où le blessé repose. L'un d'entre eux n'a pas seize ans. Croquemaille l'identifie immédiatement : c'est le fils de la Mangeotte. Mais alors, sur la paillasse... assurément ! il le reconnaît enfin, c'est Copillon.

Le Gascon se redresse, retourne de force l'homme qui est au pied de la couche.

— Me diras-tu, gredin, qui a blessé mon ami ?

La femme intervient, par-derrière, en lui arrachant presque la dague des doigts.

— Toi l'Armagnac, demande-nous plutôt qui l'a sauvé, et fais silence. Tu vois bien qu'on va l'opérer.

— Pouillotte, Pouillotte, murmure Copillon en proie au délire...

Les larmes viennent spontanément au nez du grand soldoyeur. La Pouillotte, c'était la femme de Copillon. Elle est morte seule, en Lorraine, quand ils étaient à la guerre. Il va la rejoindre, pour sûr.

— Nous sommes des amis, lui dit la femme. Mon nom est Guillemote. Celui-là est mon mari, Perreau le Baubet, le meilleur marinier de Chalon.

— Et l'autre ? bougonne Croquemaille...

— Le barbier, pardi ! Mais n'approchez pas, le moindre mouvement le fait hurler de douleur. Il est atteint du haut mal.

Guillemote se signe et se met à genoux pour prier. Croquemaille s'approche de Copillon. Il ne peut le reconnaître. Livide, inerte. Des plaques de sueur dévalent sur son visage, glissent dans son cou, inondent sa nuque. Il a parfois des soubresauts dans les reins. Dès qu'il perçoit un mouvement autour de lui, il sort du drap ses bras amaigris et les met sur son ventre, comme pour se protéger.

— Il est sur la pente de la mort, dit Croquemaille à voix basse.

Les Italiens se sont rapprochés du barbier, qui enlève les vêtements de Copillon avec d'infinies précautions. Il ouvre sa trousse, en sort une petite serpe de vigneron, très propre, à la lame aiguisée. Sans doute se sert-il de la huppe pour trancher, et du bec pour inciser. Jacomo hoche la tête dubitativement... Il tire de son sac un petit pain d'opium de Chypre.

— La douleur risque de l'achever, dit-il au barbier. Donnez-lui un peu de ce suc dans un verre d'eau sucrée.

Le barbier le regarde, perplexe. Est-il sorcier, alchimiste, apothicaire ? Son poil et ses yeux noirs sont d'un Syrien. Peut-être a-t-il des baumes inconnus, qui soulagent.

— Essayons, dit-il, s'il peut avaler.

La Guillemote se charge de lui faire absorber quelques gouttes du liquide.

— Un bon verre d'eau-de-vie de grappe aurait fait aussi bien l'affaire, dit le barbier, qui attend quelques instants pour juger de l'effet du calmant.

— Croyez-vous qu'il va supporter l'incision ? demande l'Italien qui constate avec plaisir que le visage du malade se détend.

— Il faut trancher le bourgeon pourri, comme sur une vigne, et ne pas se tromper à la taille, dit le barbier, péremptoire.

— Hâtez-vous, par le diable, dit Croquemaille, sinon vous n'aurez plus l'occasion d'opérer.

L'Italien hausse les épaules et se tait. Le barbier, sans se laisser impressionner, prépare son intervention. Il dessine sur le ventre de Copillon avec un bâtonnet d'os noir calciné des petits carreaux d'égale largeur. Il repère avec soin l'appendice. Malgré l'opium, Copillon hurle de douleur, quand le bâtonnet s'approche de l'organe.

— Je ne me suis pas trompé, dit l'homme, c'est bien le haut mal.

Il poursuit calmement son dessin, trace les limites, demande aux hommes de l'aider à faire glisser le corps du malade sur des tréteaux, et de lui attacher les membres avec des sangles. Croquemaille proteste contre ce nouveau délai. Il peste quand le barbier exige qu'il se dissimule le visage dans un grand bonnet de laine de batelier percé au niveau des yeux. Mais dame Guillemote s'approche, avec une bassine de cuivre pleine d'eau bouillante. Le barbier y a mis sa serpe à tremper, et ses autres instruments, pendant qu'on installait Copillon sur les tréteaux de bois. Autour de lui on a disposé des bougies en grand nombre, et même des torches, accrochées au mur. Un drap blanc, disposé sous le corps du malheureux patient, reflète bien la lumière. Le barbier est satisfait. Il va pouvoir opérer.

Une fois encore, Guillemote glisse entre les lèvres de Copillon quelques gouttes du breuvage opiacé. Il refuse en effet tout alcool, il crache le marc qu'on veut lui faire absorber. Le breuvage de l'Italien fait merveille : il est presque endormi quand le barbier a fini de se laver les mains.

Dans une petite coupelle, il compte des fils de soie et des tubes de roseau. Il fait flamber à la flamme d'une bougie une aiguille recourbée de matelassier. L'Italien, terrorisé par ces préparatifs barbares, essaye à nouveau de faire boire quelques gouttes d'opium au malade. Trois gorgées passent, puis un gobelet entier. Croquemaille a remarqué l'adresse de Jacomo. A croire qu'il a déjà exercé ce métier.

Copillon est tout à fait endormi quand le barbier verse sur son ventre une sorte de teinture de couleur brun rougeâtre.

— Tenez-vous prêts, dit-il à Croquemaille et au marinier. L'un s'empare des pieds du patient, l'autre retient ses épaules pour que le corps soit bien à plat sur les planches.

D'un coup sec et précis de la serpe minuscule, il entaille l'abdomen du pauvre Copi. Dès que l'incision est faite, il agrandit l'ouverture avec le tranchoir, qui sert de crête à l'instrument. Il frappe et taille juste, et l'appendice énorme, bientôt à jour, explose comme une poire blette qui tombe au sol. Un jet de pus jaillit jusqu'aux poutres du plafond. Instinctivement, Croquemaille se recule, la cagoule glisse autour de sa tête, il n'y voit plus clair et jure comme un palefrenier.

L'Italien s'approche, un drap propre à la main. Le barbier s'en saisit en inclinant la tête pour le remercier. Il découpe dans le drap l'emplacement de la plaie qu'il va refermer, après avoir jeté un œil sur le visage de Copillon toujours endormi, ou inconscient.

— Se réveillera-t-il jamais, songe Croquemaille, qui a retrouvé l'usage de la vue, mettant les trous du bonnet de laine en face de ses yeux. Si jamais tu as manqué ton coup, dit-il au barbier, je t'ouvrirai le ventre à ma manière...

Le barbier hausse les épaules. Il donnerait cher pour qu'on le débarrasse de ce gêneur. Un peu surpris de voir le corps de son patient tranquille, sans convulsion, il interroge des yeux l'Italien. Celui-ci le rassure d'un geste : tout va pour le mieux. Il a soulevé la paupière de Copillon, montré ses lèvres, approché de la bouche un petit miroir ovale : il a survécu.

Le barbier tamponne les lèvres de la plaie avec de minuscules morceaux d'étoffe rassemblés par la Guillemote. Il prend soin de laisser la plaie ouverte, malgré le sang qui se répand un peu partout. Il s'empare alors d'un roseau flexible, long et fin, qui doit assurer l'écoulement du contenu de l'abcès. Avec beaucoup d'adresse, il ligature ensuite la base de l'appendice, et, d'un coup de tranchant de sa petite serpe, il la fait sauter comme un bourgeon de vigne. Puis il verse de la teinture sur les parois ensanglantées, rapproche les lèvres de la blessure avec une habileté de joaillier ou de dentellière, il coud en utilisant ses fils de soie. Il ne ferme pas le tout, mais laisse en place un roseau qui sert de drain, bien calé entre deux points d'aiguille et des tampons de tissus.

Il demande aux hommes de soutenir la tête de Copillon toujours inanimé. L'Italien et la Guillemote viennent en renfort. On le transporte avec beaucoup de soin sur sa couche, où Guillemote a placé des draps blancs et un duvet très chaud. L'opération n'a pas duré plus de trente-cinq minutes.

— Il peut survivre, dit le barbier en se lavant les mains.

Croquemaille n'ose renouveler ses menaces. L'homme est en sueur ; son visage, détendu, indique la plus extrême fatigue. Il a donné le meilleur de lui-même pour sauver une vie. Pour un peu, le Gascon l'embrasserait.

Il retourne auprès de Copillon. Le visage reste blême, mais il est apaisé, sans sueur, sans rougeurs suspectes. Il respire calmement, faiblement.

— Gare à l'infection et à la gangrène, dit le barbier : elle tue plus sûrement que ma serpette.

— N'ayez crainte, dit Jacomo. La pupille se dilate, il va s'éveiller. L'homme est jeune, fort, vigoureux. Il ne faut pas lui donner à manger avant longtemps, et tenir son linge très propre. Il survivra.

— Maître Picot a sauvé l'étranger... La nouvelle se répand le lendemain, de bouche à oreille, dans tout Cha-lon. La chronique de la Guillemote fait le tour des rues marchandes, du pâtissier Antoine Ruffin au drapier Philippe Décousu, rue Saint-Georges. Les cadeaux affluent de toutes les échoppes, pour l'homme qui vient d'échapper à la mort. Pierre Cadot le tanneur a offert une belle bourse en cuir, et Oudot Ily, le pêcheur de la rue Sainte-Marie, a donné à Guillemote un panier entier de poiscaille d'eau douce. Même le cheval de Croquemaille regorge d'avoine, offerte gracieusement par Antoine Pugeau le meunier. Le pâtissier Ruffin s'est surpassé pour décorer un gigantes-que gâteau à la crème, qu'il a envoyé au barbier, en recon-naissance.

Trois jours plus tard, le patient est hors de danger. Il ne délire plus, ne transpire plus, il a reconnu Croquemaille, échangé avec lui quelques mots. Il lui a recommandé l'enfant de la Mangeotte, le jeune Jacquemin. Mais il n'a pas eu besoin de parler : Guillemote lui a rapidement fait comprendre qu'elle prenait le jeune garçon en charge, et qu'il n'irait pas moisir chez le pelletier Mathey ou le notaire Jean de Chivres comme sa mère l'avait souhaité. Il aurait, dans l'atelier de Perreau le Baubet, une éducation plus utile, et l'affection de tous.

Voilà Croquemaille rassuré. Il a fait enfermer les deux marchands italiens dans un réduit que la Guillemote a aménagé au mieux. Ils peuvent se reposer et ne souffrent ni du froid ni de la faim. Le Gascon les considère comme de bonne prise et ne veut pas les libérer tant qu'ils ne sont pas en mesure de remplir leur contrat.

Il a découvert le monde des bateliers : en fait les maîtres de barque, les nauchers, se réunissent tous dans l'atelier de Perreau. Ces hommes remontent la Saône, l'Yonne et parfois la Seine jusqu'à Cravant. Naturellement, ils assurent la liaison avec Lyon et certains descendent même le Rhône jusqu'à la mer. Toutes les langues, toutes les nations se retrouvent parfois sur les quais de la Saône, où les mouettes survolent des sapines chargées de laines et de ballots de peaux, de graines, de briques, de tuiles, de bois du Morvan ou de vin de Beaune et d'Auxerre. Perreau le Baubet sait tout vendre : du sable à mortier, de la chaux et des tuiles. Il loue ses tombereaux pour assurer la correspondance avec les péniches et transporter les matériaux dans les quartiers de Chalon ou dans les villages avoisinants.

Guillemote, dite la Bougerotte, a tout de suite plu à Croquemaille. Son surnom lui vient de sa fonction : connue sur toute la longueur des quais de la Saône pour être la compagne de Perreau le Baubet, elle a la popularité des marchandes de foires. En a-t-elle tenu des buffets aux fruits et aux chandelles, aux pommes et aux noisettes, dans les foires chaudes et les foires froides ? Tous les enfants la connaissent, elle est la providence des mariniers, la hantise des femmes honnêtes, l'obsession secrète des notaires et des apothicaires.

— Allez-vous maintenir longtemps vos Italiens au secret ? demande-t-elle à Croquemaille ? Je vous préviens que je n'ai pas l'intention de les nourrir longtemps. Ils mangent comme quatre et réclament chaque jour plus de vin.

— Vous serez payée amplement, lui répond Croquemaille avec suffisance. Mais gardez-vous de vous laisser caresser par ces enjôleurs. Ils savent y faire avec les femmes. Ils doivent rester au trou, tant que je n'ai pas décidé de les en faire sortir. Tenez-vous-le pour dit.

Il fixe son œil noir sur les ponts de Chalon, sur les tourelles rondes, les toits à poivrière et sur la petite chapelle Notre-Dame des Mariniers, comme s'il attendait une arrivée. Mais personne ne lui fait signe et la Bougerotte hausse les épaules.

— Si vous avez un secret, vous devriez vous confier à Perreau, lui dit-elle. Il connaît tous les marins, de la Seine à Marseille. Lui seul peut vous tirer d'affaire.

Croquemaille n'est pas pressé. Pour reprendre la suite de sa mission, il doit attendre le rétablissement de Copillon. Il n'est pas question de le faire périr de fatigue en lui faisant reprendre trop vite les routes de Lorraine. Les Italiens lui ont juré qu'ils attendaient un convoi venu de Méditerranée. Le retard ne l'inquiète pas trop tant qu'il les tient à sa merci. Il a chargé Jacquemin de surveiller le réduit où ils sont enfermés et l'enfant s'en acquitte avec zèle.

Pourtant, il se méfie. Les étrangers sont nombreux au port : des hommes basanés rôdent souvent autour de l'atelier de maître Perreau. Les Génois peuvent avoir établi des contacts, ils peuvent préparer une évasion. Il est urgent de régler avec eux les comptes. Pourquoi ne pas demander l'aide de Perreau ? Négocier une rançon n'est pas son fort. Un homme habile, disposant de relations étendues dans Chalon pourrait sûrement le conseiller. Mais où trouver Perreau ? Il n'est jamais chez lui...

Sur le port, évidemment ! lui dit la Guillemote ! C'est là qu'il règle ses affaires.

Perreau est introuvable. Quand Croquemaille arrive, en suivant le fleuve, jusqu'à la porte fortifiée dont la girouette à tête de griffon grince au vent du nord, il est pris dans un attroupement qui ressemble à une émeute. Les gens crient, protestent, lancent des injures incompréhensibles.

— Assez de bannes ! A la Saône, les meuniers !

Croquemaille comprend, un peu plus tard, qu'on en veut à ceux du moulin flottant du Prieur Saint-Marcel. Avec les pieux plantés au fond de la rivière pour accélérer le courant vers ses roues, ce grenier en arche de Noé crée des remous, des courants pernicieux, des trous dans l'eau qui donnent des tourbillons. Le pont du duc Jean est aussi menacé. Ses piles résistent difficilement à l'épreuve des crues, et encore moins à l'usure. Quand les meuniers s'en mêlent, c'est la catastrophe, les bateaux sont déséquilibrés ; les moulins des chanoines de Saint-Vincent sont aussi très dangereux, ils paralysent le trafic.

Un accident suscite l'indignation des badauds et des mariniers qui défilent sur le fleuve : une longue barque, plus effilée que les autres, est prise entre deux arches, entre deux moulins flottants. Lourdement chargée de sable, elle risque de couler. Heurtée de flanc par un des moulins à bateau, elle s'est laissé entraîner par le courant, sans pouvoir se redresser ; elle a frappé de plein fouet le second moulin.

— Vite les tombereaux, hurle un homme grimpé sur le moulin blessé, faites entrer les attelages sur la grève et déchargez ! cette sapine va tout emporter.

Croquemaille a reconnu Perreau, c'est lui qui donne des ordres et conduit la manœuvre, relayé par un fustier [1] basané, à la mine patibulaire, qui s'adresse à des équipages manifestement venus du sud.

— C'est maître Comitis, dit un badaud que Croquemaille interroge. Il remonte le Rhône deux fois par an. Pas de chance pour lui : si le pont s'écroule, il ne pourra pas redescendre.

De partout surgissent les mariniers, les nautes, les hommes de peine, les affaneurs [2] du port. Il faut à tout prix sortir le chaland de l'impasse, sans dommage pour la navigation. Des hommes nerveux grimpent sur les moulins flottants, lancent aux mariniers de la sapine empêtrée, des cordes pour l'arrimer, et tâcher de lui faire reprendre le sens du courant. Les hommes ont déserté les chantiers de maître Perreau. Ils viennent aider le patron de leur mieux. Mais la péniche, touchée au flanc, reste immobile comme un animal blessé.

Perreau saute sur une barque, suivi de Comitis, les deux

1. Tonnelier.
2. Transporteurs de ballots.

équipes travaillent ensemble, suivant les ordres hurlés par les maîtres.

— Amenez les gaffes et de la bourre !...

Ceux qui sont à quai se précipitent. Sur la péniche, le naute désespéré lève les bras...

— Nous allons couler, crie-t-il, à l'aide !

Perreau grimpe sur le pont des moulins flottants.

— Tous à bâbord !

Les hommes se jettent dans la sapine blessée, sautant des dizaines d'embarcations qui se sont approchées de son bord. Ils descendent du pont par des échelles de cordes, s'attachent les uns aux autres, constituent une immense chaîne, se ruent sur la paroi ouverte de la péniche et tentent de colmater la brèche avec de la bourre.

— Au commandement, crie Perreau, tous sur le bord !

Ils se précipitent en grappes humaines contre les arceaux. Le bateau grince, mais ne bouge pas. Grimpant en haut du bord, des dizaines d'hommes armés de gaffes poussent en cadence, en prenant appui sur le fond du fleuve. La vase est molle, ils ne peuvent réussir la manœuvre. Les gaffes se brisent d'un bruit sec, quand les hommes insistent trop. Avec des grappins, maître Perreau ordonne une autre opération : des bornes solides qui sont fixées à la pierre, sur le quai, il fait lancer des filins et des cordes, arrimer solidement le bord du chaland. Des charpentiers creusent le haut de la coque pour y faire passer les amarres, elles sont ensuite rejetées vers la rive.

Les hommes de peine se pressent alors pour enrouler cordages et filins autour des treuils, tirant lentement la lourde charge. Peu à peu, le bord du bateau blessé se redresse. Les hommes sautent sur le pont de la péniche, avec des gaffes, pour l'éloigner des piliers et le rapprocher de la rive. D'autres bouchonnent les fissures de la coque, les charpentiers clouent en toute hâte des planches pour recouvrir les fentes.

Perreau n'est déjà plus sur le pont du moulin. Il est à quai, commandant les attelages, d'innombrables tombereaux attelés de bœufs qui viennent recueillir le sable contenu dans la sapine. Des gaillards solides comme des rocs entrent dans l'eau, peu profonde près du rivage, se hissent dans le bateau malade et déchargent le sable à grands coups de pelle d'un seul côté, pour aider au rééquilibrage.

Croquemaille n'a rien perdu de l'incident. Il n'a pas quitté des yeux l'incroyable Perreau le Baubet. Il s'est vivement rapproché de lui quand il commandait la dernière manœuvre, sur le quai. Il le suit comme son ombre, entre après lui, à la fin de l'action, dans la taverne de Ribeaudol à l'enseigne du Plat d'étain. Maître Perreau n'est pas seul : l'homme basané, qui a pris largement sa part dans le sauvetage de la sapine, l'accompagne et lui serre chaleureusement les deux mains : c'est Comitis, le Marseillais.

Croquemaille entre avec toute la discrétion dont il est capable. Il s'installe prestement derrière la table où les deux hommes se sont assis, en leur tournant le dos, dans un recoin mal éclairé de la salle. Il remarque immédiatement un marinier levantin, qui porte des anneaux d'or aux oreilles, une chaîne autour du cou. Il est habillé de couleurs vives et ne perd pas des yeux les deux compères. Croquemaille ne sait s'il les espionne ou s'il tente d'établir avec eux un contact. Avec la maladresse d'un homme qui ne sait pas agir autrement qu'à visage découvert, il courbe le dos, rentre ses épaules et répond à peine à la demande de la luronne, qui lui apporte, sans mot dire, un pot de vin d'Auxerre.

Les deux hommes sont de joyeuse humeur. Ils viennent, en dégageant aussi vite le lit de la Saône, de réussir un exploit. Le Marseillais ne cesse de rire, de plaisanter, d'évoquer, avec son accent chantant, toutes les félicités qui attendent Perreau le Baubet, s'il consent à l'accompagner, dans son nouveau bateau, à Pont-Saint-Esprit.

Ils ont fait une bonne affaire : maître Comitis a remonté le Rhône, avec une cargaison d'alun venu d'Italie, ce produit coûteux, indispensable aux teinturiers. Il a livré aussi force tonneaux d'huile d'olive. Pourtant le Baubet est préoccupé.

— Il n'est pas question que vous repartiez à vide, lui dit-il. Vous devez charger trois tonneaux de bon vin de Beaune pour Lyon. Ils vous attendent, bien cachés dans mon atelier.

Croquemaille sursaute. Que contiennent ces tonneaux-là ? Si les Italiens en avaient bu le vin avant de s'y cacher ?

— Je préfère rentrer à vide, lui dit franchement Comitis, en le regardant droit dans les yeux. Rassurez-vous, je vous verserai votre avance, je connais les usages, et réglerai le vin des péageurs, et les lanternes, et les chandelles. Vous garderez vos tonneaux bien ouillés, et vous trouverez sans aucun doute un nauchier [1] sérieux pour vous les convoyer jusqu'à Lyon.

— Je ne comprends pas votre impatience, insiste Perreau. Pourquoi ne pas charger mes tonneaux ? J'ai fait des promesses au vigneux de Beaune.

— Si je vous disais que je rentre à Lyon, toutes affaires cessantes, pour y prendre livraison d'un *nouveau* bateau, une petite merveille de robustesse et de rapidité. Il m'est livré, ajoute Comitis, par Antoine Magistri en personne, le grand constructeur de Seyssel. Le bateau sort de ses chantiers, sur des plans vendus par les Italiens de Gênes, les meilleurs constructeurs du monde.

Décidément Croquemaille est de plus en plus intrigué. Après les tonneaux, les Génois se mettent de la partie. A l'évidence, on prépare, dans son dos, l'évasion de ses prisonniers.

— L'ingénieur lui-même sera là. Il a fait le voyage en mer pour s'assurer de la navigabilité de son bateau sur le Rhône, le fleuve le plus rapide d'Europe : les Italiens ne laissent rien au hasard.

— Qu'aura-t-il donc de miraculeux, ce bateau ? demande maître Perreau, brusquement irrité.

— Ici, il ne vaudrait rien, répond le Marseillais qui, à l'inflexion de la voix, a immédiatement enregistré l'impatience de son interlocuteur Il est surtout bien adapté aux brassières du Rhône. Il offre une moindre résistance au courant quand il remonte, à cause de sa semi-carène. Pas d'équipe lourde de haleurs, le paradis ! On l'appelle « la *tirade* » c'est vous dire. Mais il est plus long que vos sapines...

Perreau hoche la tête. Il a entendu parler de cette « tirade ». C'est une vraie révolution dans la batellerie : un

---

1. Ou naute, homme chargé de conduire un navire.

fond plat, plus étroit, des flancs plus évasés... on doit gagner gros sur les péages, avec des bateaux de ce type. C'est sur le fond du bateau qu'on calcule la taxe ! Le constructeur italien et le marchand de Seyssel gagnent sur tous les tableaux. Quant à Comitis, il risque de prendre en charge l'essentiel du trafic, pourvu qu'il dispose bientôt de plusieurs barques de cette puissance. Pourquoi ne pas s'entendre avec lui ?

— Allons à l'atelier, lui dit-il. Je vous propose de racheter votre bateau. Vous descendrez la Saône avec Huguenin, le transporteur de vins. Ainsi mes trois fûts pourront-ils faire le voyage comme prévu, sans que vous ayez à me les débourser.

— Le bateau coûte plus cher que les fûts, s'indigne Comitis.

— Les fûts ne seront pas votre seule cargaison, lui dit à voix basse Perreau le Baubet. Vous aurez dans les cales un véritable chargement d'or.

Le Marseillais ne peut dissimuler son inquiétude. Il connaît les risques de la navigation. La guerre entre le royaume et le duché, la présence sur les rives de la Saône de nombreuses compagnies de routiers accroissent les risques. Les marchands étrangers ont été rares cette année aux foires de Chalon. Il n'a pas envie de se faire rançonner.

— Vous voyez le personnage aux boucles d'oreilles dorées qui nous fait face... ne le regardez pas. Il vient de la part des banquiers italiens de Lyon, pour récupérer deux marchands qui se trouvent dans mon atelier. Ils offrent trois fois le prix de votre bateau... Lui-même sera à bord, pour vous protéger.

André Comitis risque un œil. Le personnage ne lui paraît pas du tout rassurant. Certes il a, dans le passé, accompli quelques missions de ce genre, mais sous bonne escorte.

— Il me faudrait quelques coupe jarrets, pour ma propre sécurité. Votre Maure de Gênes ne me dit rien qui vaille.

— J'ai ce qu'il vous faut, tranche maître Perreau le Baubet.

Il le prend par le bras, le conduit à son atelier. Une odeur forte de poix et de résine le signale à deux cents pas.

Le suc du genévrier parfume et rajeunit les vieilles planches. A l'entrée, les bonnes braises du chaudron des calfats [1] mettent de joyeuse humeur : les planches ont autant besoin de chaleur que les hommes. Ils n'ont pu apercevoir, à dix pas, la haute silhouette de Croquemaille qui rase les murs et les suit comme leur ombre. Il attend quelques minutes avant de faire son entrée dans l'atelier. Il prend soin de contourner l'ensemble des baraques de planches où se construisent les bateaux, pour rendre visite au petit réduit où sont enfermés les Italiens. Le jeune Jacquemin le rassure : ils n'ont pas bougé et personne n'a cherché à les contacter. Il a monté bonne garde.

Quand Croquemaille fait son entrée, les compères boivent ensemble force pichets de Beaune, servis par l'accorte Guillemote. Huguenin le nauchier, un Bourguignon jovial, a rejoint les clients : il est à la fois marchand de vin et convoyeur, et entend bien ne rien perdre au voyage. Il a demandé le maximum et, cette fois, Comitis n'a pas discuté : deux florins par tonneau pour le seul transport de Beaune à Chalon, un autre florin pour le chargement, un demi pour l'ouillage. La liste s'allonge, et Comitis accepte encore. On arrive à la coquette somme de 20 florins, seulement pour les frais, sans compter la valeur de la marchandise.

— D'accord, dit maître Comitis.

Le Bourguignon regrette de n'avoir pas demandé davantage. Il flaire un piège. Il demande si quelque écuyer doit les accompagner.

— Sans doute, dit précipitamment maître Perreau. Il est là, devant vous, il ne demande que de nous aider.

Croquemaille, surpris, s'entend proposer des gages pour assurer la sécurité du convoi. C'est un comble. Maître Perreau a-t-il perdu l'esprit ? Ne sait-il pas que les deux Italiens sont ses prisonniers, que c'est à lui d'en tirer rançon ? Le Gascon réfléchit rapidement. Non, le maître à l'arbolier ne peut ignorer le prix qu'il attache à ces deux hommes. S'il lui propose aussi spontanément l'affaire, c'est qu'il entre, il ne sait encore comment, dans son jeu...

_____

1. Calfats : ouvriers qui bouchent avec de l'étoupe les joints d'un bateau et l'enduisent de poix.

— Avec vous, messire, dit Huguenin en s'inclinant jusqu'à terre, j'irais bien jusqu'à Marseille.

C'est au tour de Comitis de s'inquiéter. Il n'a pas mesuré tout de suite les risques de l'entreprise. Ce gaillard, certes, est de nature à protéger la cargaison, dont il ignore encore la nature. Mais n'est-il pas aussi bien capable de se l'approprier sans autre forme de procès ?

— Je vous garantis la loyauté de messire Croquemaille, dit sentencieusement Perreau le Baubet. Il est gagé par mes soins et répond devant moi seul de la régularité de l'entreprise.

Les objections tombent, et l'on visite la galiotte de maître Huguenin, munie d'un étrange arbolier, un mât de vieux chêne de Bourgogne bizarrement tordu, qui supporte une grande voile sale. Il faut être Huguenin pour prétendre pouvoir prendre le courant du fleuve avec un tel rafiot bourré de tonneaux à plein bord. Comitis manifeste quelque inquiétude. Huguenin balaye ses objections.

— J'ai, lui dit-il, la meilleure sapine de la Saône, et je suis le maître à l'arbolier.

Huguenin n'a pu retrouver le chemin de son logis. Guillemote l'a fait coucher au fond de l'atelier, il s'est profondément endormi, plein à ras bord comme une barrique bien ouillée. Ainsi sera-t-il à pied d'œuvre pour appareiller dès l'aube [1].

Perreau le Baubet fait signe à Croquemaille et à maître Comitis de le rejoindre à part, autour d'une table qui lui sert à faire ses comptes. Il leur doit des explications ; autour d'une chandelle, à mi-voix, il expose son plan.

Croquemaille doit tirer rançon de deux marchands italiens riches comme Crésus mais qui n'ont pas à Chalon de répondants sérieux. S'il les laisse sortir, ils iront se donner aux hommes du duc. Lui, Perreau, a trouvé la solution : il a vu Croquemaille dans l'embarras, il est allé demander l'aide du plus puissant financier de la ville, un ancien chaudronnier qu'il connaît bien, un homme assez riche

1. Ouiller : remplacer le vin évaporé dans le tonneau en cours de fermentation par du vin de même provenance.

pour prêter de l'argent au duc lui-même, Odot Molain, le célèbre fournisseur de sel. Molain a mené la négociation en son nom avec un banquier italien de Lyon, correspondant des Médicis de Florence. On lui a fait savoir qu'on ne regarderait pas à la dépense pour récupérer les marchands sains et saufs. On offre de quoi satisfaire aux exigences du maître de Croquemaille, et payer la rançon réclamée par Fortépice. Mais on fournira aussi à maître Comitis l'équivalent d'un second bateau, aussi rapide, aussi fringant que le premier.

— Qui se chargera de la transaction ?

— Croquemaille lui-même, ici présent, avec l'aide de son ami Copillon, s'il le souhaite.

— Il n'en est pas question, dit Croquemaille, j'irai seul, Copillon n'est pas en état de reprendre la course. Mordious ! l'affaire me paraît saine ! Vous me tirez une brave épine du pied, maître Perreau. Puis-je connaître votre propre intérêt dans l'aventure ?

— Disons, mon ami, dit Perreau à voix basse, que ni Odot Molain ni moi-même ne sommes trop désireux de permettre aux gens du duc de Bourgogne de gagner à votre place sur la rançon des Italiens. Et puis, pour parler franchement, j'ai grande hâte de vous voir quitter mon atelier, vous et vos prises de guerre. Que le diable vous emporte !

Croquemaille ne se le fait pas dire deux fois : il fait ses adieux à Copillon, beaucoup trop faible pour pouvoir le suivre. Il pousse devant lui les deux Italiens réveillés en sursaut, qui n'ont eu que le temps de s'habiller à la hâte. Maître Perreau a eu l'idée de mettre en perce les tonneaux d'Huguenin, et de les aménager pour la navigation. Ils sont largement à hauteur d'homme, et les Italiens pourront respirer grâce aux trous percés dans les douelles. Le vieux chêne, il est vrai, garde le parfum insistant du vin de Beaune. Ils seront ainsi rapidement dans les bras de Morphée et de Bacchus réunis. Croquemaille les contraint de gagner leur cabine de navigation improvisée sans la moindre faiblesse, c'est l'épée aux reins qu'ils se recroquevillent en soupirant au fond des futailles. Ils ne sont guère ménagés : on roule les tonneaux sur le pavé, le plus vite possible, pour ne pas attirer l'attention. Ils sont enfouis au plus profond de la sapine. Huguenin est à peine réveillé que le chargement est déjà effectué. Un seul homme veille, sur la proue du bateau : l'Oriental aux oreilles percées.

La barque file, dès l'aube, sur les eaux lisses de la Saône. Maître Comitis, dévoré d'angoisse, n'ose mettre le nez sur le pont. Il reste dans la cabine de planches, sous l'arbolier, emmitouflé dans une lourde couverture, le visage presque caché par un bonnet de nauchier. Le Port-Villiers s'estompe à l'horizon dès que la galiotte prend le vent. Un vol de canards très dense les surprend à droite, au ras du mât.

— Bonne augure, dit Huguenin en se frottant les mains. Le vent est de notre côté. Nous serons vite sur les quais de Lyon.

Grâce à la complicité du vent, ils descendent rapidement la Saône. Ils aperçoivent bientôt, sur la rive droite, un vaisseau fantôme, dans un halo de brume qui l'enveloppe comme une futaine.

— C'est le vaisseau de Charlemagne. On l'appelle *Ile-Barbe*, dit Comitis, que l'air frais du matin a fait sortir de sa torpeur. La légende veut que l'empereur à la barbe fleurie soit venu se perdre sur cette rive herbeuse.

On aperçoit au loin la masse bleutée des monts du Lyonnais qui barrent l'horizon. Un mausolée les domine, comme un trophée sur un char... Il a la forme d'un tumulus à briques rouges avec, au-dessus, un portique circulaire en marbre, à la romaine.

— Le mausolée des deux amants, commente encore Comitis. Ici, Hérode et Hérodiade auraient mis fin à leurs jours. C'est le curé qui le dit.

— Attention au rocher ! hurle Croquemaille. Il va nous démonter.

Mais Huguenin connaît son fleuve. C'est le rocher de Pierrescize qui surplombe la rivière. La forteresse qui le couronne est la vraie porte de Lyon. Qui voit Pierrescize voit la ville ! Nous sommes arrivés, crie le maître à l'arbolier, tendant la voile.

Il faut encore beaucoup de temps avant d'atteindre le port, car Lyon est devenu une ville immense, qui a poussé le long des fleuves comme une chenille sur un mûrier. Les Italiens l'ont enrichie de leurs palais, de leurs banques, de leurs boutiques. Les maisons gagnent sur la rive gauche, le long de la rivière, Saint-Vincent. En silence, la galiotte

passe devant le port Saint-Paul, aux escaliers monumen-
taux. A quelques dizaines de toises du port de Saône,
Huguenin vire de bord. Il veut remonter jusqu'au port des
Augustins, pour prendre terre tranquillement, au pied de
la muraille des Terreaux.

Le port est sale, les berges mal entretenues. Il faut attendre longtemps pour s'acquitter du péage, franchir les
ponts garnis d'échoppes, s'arrimer sous la berge, sous l'œil
narquois des pêcheurs aux lignes innombrables qui
s'emmêlent les unes les autres. Les badauds se concen-
trent, juste à l'avant du pont de débarquement de la
galiotte, autour d'un bateau tout neuf, d'une forme inusi-
tée. Un homme de grande taille, aux traits burinés et basanés, le commande. Il porte des chausses brillantes, à l'italienne, colorées et précieuses, courtes et collantes. Sa
tunique est du lin le plus fin, son pourpoint fourré en peau
de mérinos d'Écosse est broché, rattaché par des aiguillettes de facture sarrasine.

— C'est Antoine, le grand Magistri, crie Comitis au bord
de l'enthousiasme, en faisant des signes de reconnaissance
avec son chaperon.

Le bateau destiné au maître marseillais est éblouissant :
un élancement très marqué, une proue hardie, une silhouette à chavirer le cœur des marins. La courbure, la
qualité et le brillant du bois de chêne vernis, tout est
séduisant dans la *tirade*. D'émotion, Comitis, malgré son
poids respectable, saute à terre avant les autres. Au risque
de se fouler les chevilles, il se précipite dans l'herbe sale
de la berge pour courir à la « tirade ». Il grimpe à bord,
étreint longuement maître Magistri. Puis l'ingénieur italien s'approche, donne des explications :

— L'avant est une fausse étrave, leur dit-il, et le navire a
une fausse quille, ce qui lui permet de naviguer au plus
près du rivage, avec un halage plus léger. Ses varangues [1]
sont plates et son bouchain vif [2].

— Quel bel arbolier [1] ! lance, de sa barcasse, Huguenin,
avec envie.

1. Les varangues (pièces placées à cheval sur la quille) sont plates dans les
familles de bâtiments semi-carénés ou à fond plat. Se reporter au texte de la
thèse en cours de M. Jacques Rossiaud, *le Rhône et la batellerie rhodanienne
au XVe siècle.*
2. Partie arrondie de la coque, le bouchain part de l'angulaire (il est dit
alors vif).

Croquemaille n'a aucune peine à garder son sang-froid :
il peut être ému par un étalon, jamais par un bateau. Le
Gascon est de terre, résolument. Il n'a d'œil qu'au déchargement des tonneaux précieux, qui se fait en urgence,
pendant que les nauchiers admirent le navire des Italiens.
Il n'est pas seul à surveiller la manœuvre : l'Oriental aux
oreilles percées a sauté à quai. Une charrette attend sur la
berge. Elle doit conduire les fûts dans un lieu connu de lui
seul.

Maître Comitis, tout à sa nouvelle « tirade », n'a pas eu le
réflexe de s'intéresser au déchargement. Croquemaille,
sans mot dire, est grimpé sur l'arrière de la charrette,
frappant du pommeau de son épée sur les douelles. On lui
répond faiblement de l'intérieur. Mais il ne peut encore
ouvrir les fûts. Les passagers doivent patienter.

La charrette chemine lentement, à travers les rues
encombrées de Lyon, franchissant les ponts étroits, les
portes gardées de sergents. Le Maure aux oreilles percées
a tous les sauf-conduits nécessaires. Il se dirige avec
sûreté, en homme qui connaît bien sa ville, vers le quartier
Saint-Jean. La charrette s'arrête à l'instant à l'entrée d'une
énorme bâtisse, construite comme un palais florentin.
Croquemaille ne peut poser aucune question. Le Maure a
déjà sauté à terre, parlementant avec les gardiens. La
façade de l'imposante demeure est soignée, composée de
belles pierres bien équarries, percées de fenêtres larges et
croisées. Des fleurs et des tapisseries sur les balcons. Tout
respire la richesse, la sécurité. Tout inspire confiance.

Au signal, les chevaux reprennent leur marche, tirant
leur chargement dans une cour intérieure luxueusement
pavée, qui donne accès à une autre cour, plus modeste,
entourée de cuisines et de celliers. Dès que la charrette a
fait son entrée, la porte du palais est condamnée, on
referme les lourds linteaux de bois, on place des chaînes.
Cinq ou six hommes très bruns, armés de dagues, se précipitent autour des fûts pour surveiller le déchargement,
sans menace apparente pour Croquemaille qui a l'épée au
poing. Les fûts ne sont pas roulés, mais déposés précieu-
sement sur des brancards géants, qui sont ensuite portés à
dos d'homme, à grand renfort de portefaix. On les tire

ainsi jusqu'à l'intérieur d'un immense cellier où ils sont délicatement déposés, devant une cheminée allumée pour la circonstance.

Un personnage d'allure respectable se tient devant l'âtre. Pourpoint de fourrure, chausses précieuses, bottes de cuir souple, sans doute florentines. Son chaperon est d'hermine et les bagues qui ornent ses doigts sont décorées de pierres précieuses. Une large chaîne d'or entoure son cou. Il fait signe au Maure de commencer à ouvrir les fûts, attendant avec impatience la libération des passagers. Croquemaille intervient alors. Il saute d'un bond devant la cheminée, s'empare du vieil homme au pourpoint de fourrure, s'en fait un rempart, ordonne aux hommes de s'éloigner des tonneaux.

— Qui êtes-vous, et comment garantissez-vous l'échange ? dit-il au vieillard en appuyant la lame de sa dague sur son cou. Si vos hommes bougent, je vous tue.

— Du calme, ami, dit la victime qui respire avec peine. Vous n'êtes pas ici chez les écorcheurs. Je suis Bartolomeo Guadi, banquier de Lyon et de Gênes. Mon nom est connu sur la place et les accords seront respectés.

— Avec vos assassins ?

Les hommes armés se sont repliés jusqu'à la muraille. Leurs yeux étincellent à la lueur des chandelles. Manifestement, ils n'attendent que l'occasion d'attaquer.

— Un contrat est un contrat. Je dois assurer ma propre sécurité.

— Demandez-leur de se retirer. Ils garderont les extérieurs. Si l'échange n'est pas régulier, ils pourront m'interdire la sortie. Mais ceux-là ne sortiront pas des futailles tant que vous ne m'aurez pas compté leur poids en or.

Le vieil homme fait un signe. Les spadassins se retirent, remplacés par des valets qui apportent un sac précieux qu'ils déposent sur une table, devant le vieillard.

— Voilà votre rançon. Elle peut vous surprendre. Mais elle est plus précieuse que tout l'or de la ville de Lyon et vous la vendrez sans peine dans les Flandres, où elle est attendue. C'est une tapisserie de Bruges. Sa valeur est du triple de la rançon, et elle est facilement transportable.

— Qui m'en garantit l'authenticité ?

— Moi-même, par le certificat que voilà.

Il lui tend un parchemin, signé de son nom, marqué de son sceau.

— Vous n'auriez pas une chance de quitter Lyon et de gagner la Lorraine avec votre poids d'or. Vous devez me faire confiance. Vous serez payé de vos peines. Mais pour cela il vous faudra rejoindre les Flandres. Vous n'en trouverez pas le prix à Nancy.

— Soit, dit Croquemaille. A mon tour de respecter le contrat.

Il saute sur le haut des barriques, en se hissant sur une courte échelle. Les valets lui prêtent main-forte pour dégager le haut des fûts. Jacomo le premier en sort, encore presque endormi par les vapeurs d'alcool. Son compagnon n'est pas plus brillant. Les deux fûts ont livré les otages. Le banquier s'estime satisfait. Il prodigue les plus grands signes d'amitié aux deux rescapés qui reprennent peu à peu connaissance. Il leur fait boire lui-même de l'eau fraîche, dans des coupes d'argent précieux. Croquemaille se prépare à quitter les lieux, enroulant la tapisserie dans son étui de velours, quand un bruit se fait entendre à l'intérieur de la troisième futaille.

Croquemaille bondit, ouvre le haut du fût d'un coup de hache. Une tête ébouriffée, cherchant l'air, un enfant de quinze ans. C'est Jacquemin, le fils de la Mangeotte. Il a voulu suivre le grand Gascon dans ses aventures.

— Bravo, fils ! dit le Gascon réjoui. En voilà un qui préfère le maître des écorcheurs au maître à l'arbolier ! Viens avec moi, nous partons pour la Lorraine. Et ceux-là ne nous empêcheront pas de passer.

CHAPITRE 9

Les greniers de Chalon

— A l'aide, à l'assassin !

Les cris résonnent dans l'atelier de Perreau le Baubet, où les hommes s'affairent autour d'une sapine mangée par les coquillages. Une femme pousse des cris stridents. Ils se précipitent vers la Saône, pensant d'abord à une noyade.

Il n'en est rien. Le fleuve court tranquille, et les mouettes ne sont nullement troublées dans leur vol. Les cris continuent. Ils viennent de la rive herbeuse, marécageuse, aux roseaux géants. Les calfats se précipitent. Rien.

L'un d'eux a l'idée de grimper, pour se repérer sur la coque de la sapine. De là, il scrute les alentours.

Il aperçoit enfin la femme, assaillie par au moins deux hommes. Elle n'est pas à deux cents pieds. Il siffle entre ses doigts. Les calfats s'arrêtent. Il les guide.

— Vers le pont de pierre ! vers le pont Saint-Laurent !

La femme crie toujours, ce qui permet aux calfats de la découvrir enfin, dans les hautes herbes. Les deux hommes, vêtus de noir, l'ont jetée à terre. Elle a les cottes troussées, les cheveux défaits.

— Une femme en détresse, crie l'un des calfats.

— Regarde, dit un autre, elle est grosse !

C'est vrai, elle rampe dans les roseaux pour essayer d'échapper aux deux hommes, elle a du mal à se redresser, trop lourde pour se lever quand les autres l'ont lâchée pour faire face.

— Que voulez-vous, les amis ? dit l'un d'eux. Depuis quand ne peut-on s'amuser avec une ribaude ?

— N'as-tu pas honte, dit l'un des calfats, un petit brun aux yeux vifs, aux cheveux courts et frisés. Tu ne vois pas qu'elle est grosse ?

L'homme se retourne vers la malheureuse qui s'accroche aux branches de cannabis pour tâcher de se redresser.

— Grosse ? Des œuvres du diable, assurément. Regardez ses cottes, ses vêtements, ses bagues... Ce n'est pas une ribaude ordinaire, mais c'en est une, elle est de bonne prise. On partage ?

L'homme leur offre un collier de perles et de rubis qu'il a manifestement arraché au cou de la malheureuse.

— Femme seule est femme à prendre, on le dit chez nous.

— Chez moi, dit le petit calfat noiraud aux yeux de braise, on respecte les femmes grosses, on les protège dans le malheur. Laissez celle-là !

Les calfats entourent les deux hommes vêtus de noir, qui, pour se dégager, laissent tomber leurs capes. Le petit brun s'est déjà précipité, la tête la première, dans l'estomac de son adversaire, étendu pour le compte dans les hautes herbes. Le deuxième, qui veut intervenir, est aussitôt assailli par les calfats qui le prennent par les pieds et les jambes et le balancent dans la Saône.

— Voilà qui calmera ses ardeurs !

L'autre se redresse, tire une dague de sa botte, fonce sur la femme qui rampe dans les roseaux et lui en tient la pointe sur la gorge.

— Si vous avancez, elle est morte.

Les autres font cercle, sans oser intervenir. L'homme prend la femme sous les bras, la tire devant lui comme un rempart. Il grimpe sur le talus, arrive en haut du quai, dépose la femme sur la terrasse.

— Reculez tous, ou je l'égorge.

Les calfats ne bougent pas. Ils tremblent de rage impuissante en voyant la brute tirer la femme par les cheveux, pour la hisser sur la selle d'un des deux chevaux qui attendent, attachés à un arbre. La tâche est rude, car la jeune femme est lourde. Elle se laisse aller comme un poids mort. L'homme ne peut distinguer la silhouette preste qui s'est glissée derrière le tronc de l'arbre. Il ne voit qu'au dernier moment le gaillard blond dont les grandes mains noueuses serrent sa gorge. A demi asphyxié, il fait signe des mains qu'il demande grâce. Les calfats se sont rapprochés, coupant toute retraite. L'un d'eux a saisi la mule, pour l'attacher à la berge.

— Pendons-le, dit un calfat en saisissant une longue amarre.

Mais le garçon blond l'a déjà désarmé, fouillé, déshabillé. Il lui a enlevé sa dague et sa bourse, qu'il jette aux pieds de la jeune femme prostrée et qui semble évanouie. Il lui rend aussi son collier de perles.

— Qui es-tu, misérable, et d'où viens-tu ?

L'homme retrouve lentement ses esprits. Il fait mine de parler, puis se ravise, comme s'il craignait d'être entendu par la foule des badauds qui maintenant se rassemble autour du groupe.

— Lâchez-moi, dit-il à voix basse, je suis au duc. Et cette misérable est à l'écorcheur Fortépice. Je la suis depuis dix lieues.

En hâte le jeune homme blond se retourne, laissant sa proie aux calfats qui balancent immédiatement l'homme en noir dans la Saône, les pieds et les mains attachés. Il se précipite vers la jeune femme évanouie, abandonnée de tous. Il soulève sa tête, découvre son visage. C'est la Mangeotte, la mère du petit Jacquemin. C'est bien la jeune servante du village de Saint-Bris, il la reconnaîtrait entre mille. Elle vient évidemment chercher son fils.

Il l'assied contre un arbre, et doucement, patiemment, il lui réchauffe les mains et humecte les lèvres de son mouchoir trempé dans du vin. Elle ouvre les yeux, pousse un faible cri de joie.

— Copillon ! Enfin.

Puis elle retombe, évanouie.

Avec les calfats il a confectionné un brancard en tiges de roseaux. La Mangeotte a fait son entrée dans l'atelier de Perreau le Baubet, accueillie avec les honneurs de la guerre. Le maître nauchier se croyait, avec le départ de Croquemaille et des Italiens, débarrassé de ses soucis. Voilà qu'il doit accueillir la femme de l'écorcheur, manifestement grosse et près de mettre bas.

— C'est ma cousine a dit, péremptoire, la Bougerotte.

Je vais refaire la couche de Copillon. Elle s'y allongera pour reprendre des forces. Mets-toi bien dans la tête, maître Baubet, qu'elle restera ici aussi longtemps qu'il le faudra.

Quand on ranime la luronne, à la douce chaleur d'un brasero, elle se dresse en hurlant sur sa couche.

— Jacquemin, où est Jacquemin ? Il n'est pas là ! Que lui est-il arrivé ?

Apercevant sa cousine, qui lui apporte une décoction de menthe et de miel pour la réchauffer, elle la bouscule, fait tomber à terre le breuvage bouillant, sort comme une folle dans la cour en hurlant le nom de son fils. Elle le cherche dans le cellier, sous les pentes du toit, elle parcourt tout le chantier. Les calfats, la croyant de nouveau poursuivie, interrompent un instant leur travail, insultés par maître Baubet.

Elle arrive enfin dans une aile de l'atelier où Copillon, seul, s'est remis à travailler. Depuis un mois il a occupé sa convalescence à reconstituer, d'après le récit de maître Huguenin, la belle « tirade » des Italiens. Avec de la colle de lapin, de la mie de pain durcie et des planches de bois de tilleul très minces et très blanches, il a refait minutieusement, avec tous les détails, le navire à fausse quille et à bouchain vif.

Mangeotte saisit à pleines mains ses longs cheveux blonds et lui tourne la tête dans tous les sens.

— Vas-tu me dire où l'on a caché mon fils ? C'est à toi, à toi seul, que je l'avais confié. Je te tuerai...

Copillon a du mal à se dégager, plus de mal encore à protéger sa précieuse maquette qui vole en éclats quand la Mangeotte le pousse avec une force peu commune pour le précipiter contre l'établi qu'il s'était aménagé, avec des planches et des tonneaux.

— Je te tuerai, si tu ne me dis pas où il est !

— Je n'en sais rien, dit Copillon.

Bougerotte s'est approchée. Avec l'aide du Baubet, elle maîtrise la jeune femme en furie, elle l'oblige à s'asseoir sur une bonne et solide chaise de bois paillée.

— Il a sauvé ton fils de la mort. Tu n'as pas le droit de t'en prendre à lui s'il est parti. Sans lui, il ne serait plus de ce monde.

— Où est il ? Jacquemin ! hurle Mangeotte au désespoir.

Le Baubet fait un signe à sa femme. On ne peut parler à
Mangeotte dans cet état. Il faut, à tout prix, la calmer. Tous
les deux la transportent jusqu'à sa couche et l'allongent.
Guillemote lui fait boire une potion de tilleul assaisonnée
de poudre d'opium, celle qu'a laissée l'Italien. En peu de
temps, la pauvrette s'endort.

— Pourquoi n'as-tu pas retenu le gosse ? dit à Perreau le
Baubet la Guillemote en colère. Il ne fallait pas le laisser
partir.

Le Baubet hausse les épaules. Lui a-t-il demandé son
avis ? Il est parti comme on s'évade, caché dans une
futaille. La Guillemote a eu tort. Il fallait le confier,
comme le voulait sa mère, aux riches de Chalon, au pelletier Mathey, ou mieux, à Jean de Chivres...

Le Baubet a un regard pour le manteau de la Mangeotte ;
en beau drap gris, bordé de vair, sa femme le lui a jeté sur
le corps, pour qu'elle ait chaud au lit.

— Tout cela vient sans doute du butin des écorcheurs,
dit-il en ricanant. Elle en fait partie aussi, sois-en sûre, et
peut-être ce qu'elle a dans le ventre. Je n'aime pas qu'elle
reste là. Si elle veut aller chercher son fils, laisse-la partir.

— Dans son état ? dit Copillon qui s'est rapproché du
lit. Ce serait un crime. Ne voyez-vous pas qu'elle est sans
doute à peu de jours de ses couches. Nous n'y pouvons
rien, maître Baubet. En voilà un qui naîtra au milieu des
sapines !

— Et qui sera baptisé à Notre-Dame de la Pitié. Après
tout, ajoute la Guillemote, la vierge miséricordieuse se
rappellera sans doute que la petite y a fait sa commu-
nion.

Au même instant entre dans Chalon, recherchant
l'hôtellerie du Plat d'étain, un homme en honnête équipage qui vient de Dijon. Il se nomme Bernard Noiseux. Il
vient d'être chargé par le chancelier Rolin d'une délicate
mission.

— Allez à Chalon, lui a-t-il dit, et voyez de près qui nous
vole. Le duc est las de ces notables qui se sont enrichis à

son détriment. Il faut refaire minutieusement tous les comptes.

Bernard Noiseux n'est pas de ceux qui entrent dans une auberge à grand tintamarre. Il a la mine d'un honnête bourgeois, et son équipage est des plus réduits : un valet, qui passe aussi inaperçu que son maître. Mais le bagage est impressionnant : des dizaines de coffres suivent le missionnaire du duc. Ils ne contiennent ni vaisselle ni rançon, mais des registres et des parchemins en grand nombre. Maître Noiseux est un expert !

L'hôtelier est fort marri de voir un si doux jeune homme refuser le vin de Beaune et goûter du bout des lèvres, qu'il a fort minces, sa succulente omelette au lard. Le jeune homme a prévenu qu'il entendait désormais prendre ses repas seul dans sa chambre, et que son valet s'occupera personnellement de son service. Il veut avoir le moins de contacts possibles avec le personnel de l'hôtellerie.

L'hôtelier promet tout ce que l'on veut, pensant, à part lui, que le doux jeune homme est encore quelque espion ; ils sont fort nombreux dans la région. Mais comme il paye d'avance, et rubis sur l'ongle, il ne s'embarrasse pas de soupçons. C'est entendu, Messire Noiseux ne sera pas dérangé.

Rangeant ses registres, le jeune homme se souvient de la conversation qu'il vient d'avoir avec le chancelier, dans son grand cabinet de travail de Dijon, tapissé de livres, encombré de grands escabeaux roulants en bois de chêne. Le chancelier lui a fait promettre la discrétion la plus absolue dans sa mission.

— Les gens de Chalon sont trop riches, lui a-t-il dit. Il faut les mettre à la raison. Oser s'en prendre au duc ? C'est trop fort. Voyez donc tout particulièrement les comptes d'un certain Odot Molain.

Le jeune homme, en souriant, recherche le registre au nom de Molain. Ce qu'il lit le stupéfie. Cet ancien chaudronnier a été, voici plusieurs années, agréé par le duc comme marchand de sel. Il est fournisseur du grenier de Chalon. Mais il fournit aussi Mont-Saint-Vincent, Paray-le-Monial, Charolles, Luzy, Decize, Moulins etc. Il s'est arrangé pour être maître des salines avec seulement deux compères, le Dijonnais Langeolet et l'Autunois Esperon.

— Son compte est bon, dit le jeune Noiseux, je ne peux pas le manquer.

Le valet est entré dans la grande chambre, rangeant toujours les dossiers. Il a quitté sa livrée de voyage et s'est habillé tout en noir, comme son maître. En réalité, cet homme à tout faire est aussi greffier, comptable, commis aux écritures. Il est l'homme des missions spéciales, associé au secret, peut-être aussi, un peu, l'agent de renseignement du chancelier Rolin dans cette affaire. Il est bon d'envoyer toujours deux hommes en mission : le sagace Bourguignon sait que, dans ce cas, ils se surveillent très bien l'un l'autre.

— Il a prêté sept cents francs au duc en 1432, dit l'huissier-comptable. Le duc est ainsi son obligé. Il a aussi prêté plus de deux cents francs à la duchesse Isabelle qui manquait de liquidités. Elle lui a promis de le rembourser sur la recette des aides dans le bailliage de Chalon.

— Mazette ! Elle lui a vendu les aides. Il va posséder toute la ville !

— Il faudra sans doute mener l'enquête à Salins, d'où vient tout son sel, et peut-être dans les Flandres, car le bonhomme est puissant. A la cour ducale, il n'est pas sans soutiens, à commencer par les souverains eux-mêmes ! Nous risquons gros, mon bon Bernard.

Mais il en faut plus pour impressionner le jeune Noiseux, ambitieux de nature, et qui veut faire sa carrière grâce à la confiance de Rolin. Il résume les griefs du chancelier contre Odot Molain : fraude sur le sel vendu. Il n'a pas déclaré au prince toutes les quantités fournies. Vente directe aux consommateurs, sans passer par les grainetiers, ce qui est illégal. Enfin Molain n'a pas hésité à livrer son sel en dehors du duché, violant le contrat des gabelles.

— Nous le tenons à coup sûr, répète Bernard Noiseux. Je vous dis qu'il ne peut pas nous échapper. Nous allons commencer l'enquête à Chalon, aujourd'hui même. Il vient d'y acheter tout un groupe de maisons qui appartenait à la famille Maissey et il dispose dans la ville de complicités nombreuses. Il a sa clientèle, comme un seigneur. Cet homme-là va s'approprier tous les biens des bourgeois ruinés, et de nos braves nobles bourguignons dans le besoin. Avant peu, vous le retrouverez avec quatre quartiers de noblesse qu'il aura achetés à quelque notaire, avec la bénédiction du duc.

— C'est vrai. Il partage déjà des terres à Demigny et à Saint-Vincent avec la famille de Marcilly.

— Vous voyez bien. Pour s'anoblir, les coquins ne vont plus aux croisades, ils rachètent les terres des nobles, en volant le sel du duc.

Bernard Noiseux marche de long en large. Ces complicités locales, dont bénéficie l'homme qu'il doit abattre, le préoccupent. Molain a des alliés partout, connus ou inconnus. C'est à lui de les découvrir. On dit qu'il a pour gendre Jean de Janley, le receveur des bailliages et le grainetier de Chalon, un personnage important de la ville.

— L'homme est violent, il faut se méfier, lui dit son asssistant. Il a frappé du poing le clerc Guillaume de Grave, malgré la sauvegarde ducale dont il jouissait. Rien ne l'arrête quand ses intérêts sont en jeu.

— On dit qu'un de ses plus sûrs partisans est un maître nauchier de la ville, qui possède un atelier de sapines sur la Saône. Il se nomme Perreau le Baubet. Un homme dangereux.

Copillon est là, quand Mangeotte se réveille. Elle a dormi toute la journée et toute la nuit, comme une marmotte. Il n'a pas voulu la laisser seule, elle lui rappelait trop sa jeune femme, la Pouillotte, morte de faim, de froid et de maladie, morte de désespoir après la bataille de Bulgnéville. Il a envie de protéger la malheureuse, de la suivre jusqu'au bout de sa route, d'attendre sa libération.

Au-dehors passent les péniches remplies à ras bord des fûts de Bellefond ou de La Ferté. Les cris joyeux des nochers ne gênent pas Mangeotte. Son réveil est tranquille, progressif, comme si elle revenait d'un autre monde. Pour ne pas la contraindre à ouvrir les yeux, Copillon s'est glissé sur sa couche, tout au long de son corps, lui tenant chaud de sa présence. Elle s'est presque rendormie, pelotonnée à ses côtés, le visage détendu, allongée sur le dos, les bras autour de la tête. Copillon admire ses longs cheveux bouclés, plantés dru et resplendissants de santé. Elle est de la race des filles de Rigny, son village de Lor-

raine, qui peuvent supporter mille morts sans se décourager, pourvu qu'elles aiment et se sentent aimées.

Copillon se plaît dans cet atelier, qui lui rappelle celui
de son grand-père. Il avait appris, tout jeune, à polir les
douelles et à cercler les tonneaux de chêne luisant, où l'on
gardait la bière et le vin de messe. Il savait manier l'her-
minette et le coutre. Il aimait polir les longues planches
des sapines, qui se courbaient en s'arrondissant à la chaleur, comme les douelles Il éprouvait une sorte de joie
tranquille à nettoyer les vieilles coques, à faire tremper les
planches couvertes de mousse, d'algues, de lichens dans
l'eau décapante. Quand chantait le feu des calfats, les
vieux airs de Lorraine lui revenaient en mémoire. Il
retrouvait un bonheur d'enfance.

Dieu lui avait envoyé celle-là. Il devait la protéger. Il
n'avait pu empêcher son fils de courir l'aventure avec le
vieux Croquemaille. Le jeune Jacquemin était de la race
du seigneur d'Ancy, son père. Personne ne pouvait le retenir. Dieu sait quel autre enfant de bâtard la pauvrette cou-
vait dans son sein. Elle était la proie des gens de guerre.

Il n'avait pas envie de la Mangeotte. Prendre femme lui
faisait peur. Mais il était là pour la protéger, pour lui éviter
les coups du malin. Elle avait assez souffert. Quelqu'un
devait veiller sur elle, comme il avait, jadis, veillé sur le
petit Jacquemin mourant de fièvre.

Quand elle avait ouvert les yeux, elle n'avait pu croire à
son bonheur de sentir Copillon allongé près d'elle, sur la
couche. Elle s'était assurée d'être sortie de son rêve en
explorant, de ses mains fines ornées de bagues étincelantes qui ne la quittaient jamais, la tignasse blonde du Lorrain. Il lui avait parlé doucement, lui disant des mots
d'amitié et de tendresse, pour la rassurer. Sa présence lui
suffisait, elle ne posait plus de questions. Petit animal des
forêts et des champs, elle retrouvait les joies de sa vie
d'errante, n'osant parler de peur d'interrompre un bonheur inexplicable. Le grand garçon au corps chaud, au
geste doux, qui n'essayait ni de l'abuser ni de l'asservir, lui
était aussi réconfortant que la bonne chaleur de la vache à
l'étable.

Elle s'endort de nouveau profondément, sans que les
bruits de l'atelier puissent la réveiller. Pourtant les mar-
teaux de bois s'en donnent à cœur joie sur les planches, et

le fer rougi crisse sur l'enclume. Le grincement des poulies et des treuils fait rêver Copillon, qui reste les yeux ouverts, près de la Mangeotte rassurée. De temps en temps, des mouettes égarées poussent des cris stridents à l'intérieur du vaste atelier, heurtant les planches du bec.

Guillemote soulève la tenture du réduit où sa cousine se repose. Elle apporte une tisane de menthe qui sent bon. Copillon la lui prend des mains et la boit.

— Il ne faut pas la réveiller, dit-il à voix basse. Le sommeil lui fait du bien. Elle n'a pas dormi depuis longtemps et l'émotion était trop forte. J'espère qu'elle pourra rester là.

— Autant qu'elle le voudra. Mais je vois que tu veilles sur elle avec attention, dit Guillemote, malicieusement. Rien ne peut lui faire plus de plaisir. Tu as raison, elle ne doit pas partir. Ici, elle ne craint rien. Mon Perreau est aimé de toute la ville, et je connais la Mangeotte : elle n'aime pas les galvachers du Morvan et les montagnes noires ; elle est comme je suis : elle aime les rives du fleuve, bien vertes au printemps, où viennent se cacher les alouettes des blés voisins. Elle peut se cacher chez nous tant qu'elle voudra.

Copillon hausse les épaules : Chalon n'est pas un lieu tranquille, et Fortépice n'est peut-être pas loin.

— Si elle est en danger, dit-il, je pars avec elle en Lorraine. Elle accouchera dans une charrette.

— Elle est mieux derrière nos sapines, gronde la Guillemote excédée. Ne va pas lui troubler l'esprit. Elle n'a que trop envie de repartir, pour trouver Jacquemin. Il faut qu'elle reste ici, le temps qu'elle soit libérée. Perreau est plus fort que tu ne penses. Il est l'ami du grand chaudronnier, Odot Molain, celui qui prête de l'argent au duc. Et les amis de Molain ne craignent rien dans Chalon. Cet homme-là tient toute la ville...

Les chiens hurlent dans la cour de l'atelier. Ils entourent un petit homme vêtu d'un long manteau doublé de fourrure noire, la tête couverte d'un chaperon gris. Il faut croire que les chiens n'aiment pas les exempts, car ils lui mènent la vie dure. Le petit homme se défend en lançant dans tous les sens ses jambes malingres. Il y perd le talon de ses bottes. Les calfats se sont interrompus pour voir le manège. Ils encouragent les chiens de la voix et du geste.

Enfin Guillemote le tire d'affaire. Elle voit bien, au sac précieux qu'il serre sous son bras, qu'il s'agit d'un envoyé de la ville. Il faut le traiter avec égards. Faisant taire les chiens, elle plonge devant lui dans une révérence comique, qui devrait permettre au vieillard d'avoir un aperçu convenable de la beauté de sa gorge. Il a bien d'autres idées en tête. Rajustant son chaperon, respirant plus calmement, il demande aussitôt à voir maître **Perreau le Baubet**.

Il est déjà là, faisant signe à Guillemote, d'un froncement sévère des sourcils, de s'éloigner. Le vieux le reconnaît et lui parle à voix basse. Il l'entraîne rue aux Fèvres, chez le sergent Étienne Calandre. Guillemote les a suivis dans la ruelle, attendant au-dehors. Elle ne peut supporter l'idée que son Perreau coure un danger. De la minuscule ouverture donnant sur la grande salle du logis du sergent, elle a reconnu les hommes présents : l'un d'entre eux est un commis du receveur du bailliage, messire Jean de Janley. L'autre appartient à la maison de Molain, elle en est sûre. Pourquoi Perreau serait-il de ce complot ? Elle veut en savoir davantage, contourne la maison, s'introduit dans l'écurie du sergent, là où dort son cheval. Elle enjambe le corps d'un valet, couché dans la paille, ouvre sans bruit la petite porte qui donne accès, par-derrière, à la maison. Elle doit reculer rapidement et se cacher dans l'encoignure. Le sergent s'est levé, une lanterne à la main, croyant entendre du bruit dans l'écurie.

Il passe devant Guillemote sans la voir, et la conversation reprend dans la pièce. Guillemote, malgré son attention aiguisée par l'angoisse, ne peut en saisir que des bribes : elle entend plusieurs fois le nom de Jean de Janley, elle comprend qu'une menace très sérieuse les a tous réunis en pleine nuit dans la maison du sergent. Souvent le sel revient dans la conversation : quand on parle du sel, en Bourgogne, tout le monde se sent menacé.

— Perreau n'est pas un fraudeur, se dit Guillemote. Pourtant, à la réflexion, il charge aussi du sel sur ses bateaux.

Elle se souvient qu'il a participé une fois aux enchères de l'imposition de la foire chaude, mais il n'a pas fait de bénéfice douteux. Elle a jeté le nez dans ses comptes : tout est régulier. Que va-t-il s'inquiéter ? Jean de Janley, c'est autre chose. Celui-là est un ambitieux, il a pu tremper dans les trafics de Molain. Pas Perreau. S'il se met avec eux, il paiera comme eux, lui qui est innocent.

Elle a envie d'intervenir, d'obliger son Perreau à quitter cette maison maudite. Le bruit reprend. Plus insistant. Des pas, assurément, au-dessus de sa tête. Le sergent va-t-il revenir ?

Il n'entend rien, pris par le feu de la discussion.

— Jean de Janley est sur la sellette, dit le commis en montant le ton. Il compte que ses amis le défendront. Vous avez assez profité de sa charge et de son influence.

— De quoi l'accuse-t-on, demande Perreau ?

— D'avoir fraudé le duc. Pas seulement sur le sel. Aussi sur la pêche. Il n'a pas versé le bénéfice des étangs. C'est Guillaume de Grave, le clerc de notaire, celui que Molain a giflé, qui a levé le lièvre. Il dit que Janley s'enrichit énormément, comme Molain lui-même, de spéculations sur les maisons, les immeubles, les rentes. Il joue l'argent du duc.

— N'est-ce pas la vérité ? demande Perreau.

— On l'accuse aussi de couvrir de son autorité l'usage de mesures fausses. Dans l'hôtel du procureur des gabelles, il y aurait des mesures qui ne sont pas les mêmes que celles des autres usagers.

— C'est une honte, dit Perreau.

— La honte, dit l'homme de Janley, c'est qu'on accuse mon maître de ces ignominies. Et les attaques viennent toujours de la même source : on veut abattre, à Dijon, Molain et Janley. Prenez garde : tous leurs amis sont aussi menacés. C'est pour cela que je vous ai réunis.

— Odot Molain est trop riche, dit Perreau en se grattant la tête sous son chaperon. Il se fait forcément des ennemis.

— Il faut savoir, reprend l'homme de Janley, que deux clercs sont arrivés ce matin même de Dijon. Ils ont des ordres du chancelier Rolin. Ils vont enquêter dans toute la ville, remuer les dossiers, interroger les gens. Ces hommes sont dangereux, il faut les empêcher de nuire.

Guillemote se rapproche encore, pour entendre les propositions de l'envoyé de Janley. Celui-là ne lui inspire nullement confiance. Elle trouve étrange qu'un monsieur aussi important, s'il est menacé, ait recours à de braves et honnêtes gens comme son Perreau dans des circonstances aussi tortueuses. S'il a un service à lui demander, que ne se dérange-t-il lui-même ? Son Perreau n'est pas un homme de main. Il faut que cette longue figure en lame de couteau le sache bien. Elle est prête à intervenir, à créer un incident, pour inquiéter les envoyés des gros bonnets de Chalon. Elle n'en a pas le temps. Le bruit reprend au-dessus de sa tête. De nouveau, elle se cache dans le recoin de la paroi. Un homme, puis un autre, descendent en s'aidant d'une corde du grenier où ils étaient cachés. Ils tiennent leurs bottes à la main, pour ne pas faire de bruit, et se laissent aller en souplesse sur le plancher ; Guillemote retient son souffle. Dans l'obscurité, elle ne peut distinguer les visages. Mais elle remarque leur adresse à quitter la maison sans bruit. Ils sont déjà dans la rue, avec leurs capes couleur de muraille. Guillemote n'y tient plus. Elle se précipite dans la pièce mal éclairée, repousse le sergent Calandre qui veut l'empêcher d'entrer.

— Sauvez-vous tous, leur dit-elle, vous êtes trahis. Toi, Perreau, viens tout de suite, ils étaient deux, au-dessus de vous, dans le grenier. Ils ont tout entendu. Leur rapport est peut-être déjà fait. Ils vont vous arrêter.

Le sergent se précipite à la fenêtre, observant la ruelle. Elle est calme, tranquille. Des porcs et des chiens retournent les tas d'immondices dans le ruisseau. Pas d'autre bruit. La ville dort.

— Vous rêvez, dit Calandre.

— A moins qu'elle n'ait touché son poids en grains pour nous espionner elle-même, dit l'homme de Janley.

— Je vous interdis de parler ainsi de la Guillemote, dit Perreau. C'est une fille honnête. Elle dit ce qu'elle a vu.

Le sergent Calandre a éclairé l'escalier, repéré la trappe ouverte, la corde qui pend.

— Elle peut dire vrai, opine-t-il gravement. A qui étaient ces hommes ?

— Ils peuvent être à qui ils veulent, je m'en vais, dit Perreau le Baubet. Je suis reconnaissant à maître Odot de Molain de tout ce qu'il a fait pour moi. Mais je ne suis ni un fraudeur ni un profiteur. Vous savez où me trouver. Messieurs les comploteurs, bonsoir !

A l'hôtellerie du Plat d'étain, Bernard Noiseux se frotte les mains.

— Ils étaient quatre, me dites-vous ? Le sergent, les hommes de Molain et de Janley, bien sûr, et le quatrième ?

— Il n'a pas parlé, et son visage était recouvert par un chaperon noir.

— Vous ne l'avez pas reconnu. Est-ce pour cela que je vous paie ? Un homme sans visage, me dites-vous ? Point de visage, point d'écus, retournez à l'enquête. Je veux toutes les précisions.

Le coquin repart aussitôt. Bernard Noiseux, dans sa robe de chambre fourrée de vair précieux (son seul luxe : c'est un homme d'intérieur), retourne à ses livres de comptes.

— Rappelez immédiatement ces hommes, dit-il à son commis. Nous avons mieux à faire qu'à poursuivre le quatrième de la partie de cartes. Si nous n'intervenons pas de toute urgence, nous sommes perdus. Notre seule force : les chiffres !

Il jette à terre avec la dernière violence le registre qu'il tient en main.

— Et les chiffres sont incomplets. Vous êtes un misérable, vous n'avez pas songé à vérifier les comptes de ce Jean de Janley. Ses comptes nous échappent, regardez vous-même !

Le commis, pris en faute, se rapproche, penaud, de la table du maître. Il ramasse le registre dont les parchemins se sont égarés sur le tapis. Il les reprend l'un après l'autre, les classe, les consulte.

— Vous pouvez vérifier. Reportez-vous aux affirmations de notre informateur.

— Voulez-vous dire, le clerc Guillaume de Grave, le diffamateur ?

— Précisément. Il a parlé de la tuilerie d'une certaine dame Jeanne, rachetée à bas prix par Janley. Où est l'acte ? Il a disparu.

— Nous ne l'avons jamais eu.

— Et les rentes sur l'impôt des grains, disparues, elles aussi ?

Furieux, Bernard Noiseux s'empare de nouveau des liasses. Il les compulse frénétiquement.

— Tout ce que nous avons là est légal. Ces gens sont associés légalement, ils exercent des charges loyalement.

— En pipant les mesures ?

— En avez-vous la preuve ? On ne tue pas sans preuves, sans chiffres, sans comptes. N'oubliez jamais que nous autres, ministres du duc, ne pouvons être que des assassins légaux. Nous avons tous les pouvoirs, nous pouvons ruiner ou acculer au suicide qui nous voulons. Mais il nous faut des preuves.

Les hommes de main se présentent à la porte de la chambre, et l'étonnement se lit sur leur visage.

— Que faites-vous ici, qu'attendez-vous ? Allez immédiatement à l'hôtel de Janley, munis de ce mandat ?

Il signe brièvement un ordre, sèche l'encre avec une pincée de cendre de bois.

— Légalement, vous dis-je. Vous demanderez à saisir tous les papiers de Janley. Engagez le sergent de la garde ducale à vous rejoindre. Je veux une intervention en force, très rapide.

Les hommes se précipitent. Le commis les accompagne. Ils sont une quinzaine, dont les gardes, à se hâter vers l'hôtel de Janley.

Dans la rue du Vieux-Mazel, la foule est dense, ils ne peuvent avancer sans distribuer des coups de pique et de hallebarde.

— Place, place, coquins !

— Vous ne pouvez aller plus loin, sergent, lance un bourgeois. Le feu vient de prendre à l'hôtel de Janley.

— Le feu, mais le tocsin n'a pas sonné !

Le petit groupe se fraye un chemin jusqu'aux portes de l'hôtel, une belle construction en pierre jaune de Bourgogne. La porte reste obstinément fermée.

— On ne peut entrer, dit un sergent. Il n'y a personne à l'intérieur et le feu gagne rapidement. Il a commencé sous les combles.

La lourde porte de bois aux clous dorés est bien close. Les marchands voisins sont rassemblés dans la rue, hurlant pour demander du secours. Le crieur de la ville est là, s'époumonant pour obtenir le silence. Le sergent s'approche de lui.

— Dites-leur de rentrer chez eux d'urgence et de revenir avec des seaux. Appelez les moines à la rescousse. Faites sonner le tocsin dans toutes les églises de la ville.

— Et informez-vous, ajoute l'homme de Bernard Noiseux, pourquoi les cloches n'ont pas immédiatement sonné. Il s'agit d'un incendie criminel, sergent. Je demande l'aide de la prévôté. Faites cerner l'hôtel. Personne ne doit s'en échapper.

— Qui voulez-vous qui s'en échappe ? répond le sergent. A l'évidence, il est abandonné.

Déjà les gardes forcent la porte à coups de hache et s'engouffrent dans l'escalier. L'hôtel est désert. Les bourgeois surveillent, sur la place, l'organisation des secours. Les moines n'ayant pu venir à temps, les gens du quartier se sont dévoués : ils accourent, avec des seaux d'eau. Garçons pâtissiers de la Grand-Rue, bouchers et charcutiers de la rue Saint-Georges, saute-ruisseau de la rue Saint-Jean-de-Maisel, tous sont de la fête. Ils ne veulent pas manquer une occasion de pillage. Les gardes sont débordés, de toute part des hommes surgissent, sortis des maisons misérables de l'enceinte, ils déménagent les meubles, les tapisseries, les rideaux, tout disparaît en un clin d'œil, à la grande indignation des bourgeois qui houspillent les gardes, impuissants à empêcher le pillage. Les hommes des équipes de secours sont bousculés, les seaux d'eau sont répandus dans les escaliers de l'hôtel, avant d'atteindre les combles, où le feu a pris.

L'homme de Noiseux est parmi les premiers à grimper, à grandes enjambées, dans les étages pour tâcher d'y découvrir des dossiers. Il se couvre le visage avec le pan de son chaperon, met un linge humide sur sa bouche. Ses yeux pleurent, mais il cherche encore. Les lits aux précieux baldaquins brûlent dans les chambres. Il ouvre un coffre, en le forçant : tout est vide. L'hôtel a été déserté sur ordre. Les objets précieux ont été laissés sur place. On voit fondre les services en étain et brûler joyeusement les coûteuses tapisseries. Des malandrins en arrachent des pans entiers, des fragments dérobés aux flammes. Le brasier répand une chaleur croissante. Mal organisés, les secours n'arrêtent pas l'incendie. Le commis de Noiseux grimpe dans une tourelle construite sur l'un des côtés du bâtiment. Elle a échappé au feu. Son escalier conduit à une pièce retirée, où les coffres de fer s'alignent le long des parois. Manifestement, c'est le repaire du maître, la pièce aux secrets, la clé du mystère. Les coffres résistent, leurs serrures à l'italienne défient les dagues et les poinçons. Le commis hurle dans l'escalier appelant la garde. Des hommes viennent au secours. Il leur demande d'évacuer les coffres. On lui rit au nez. Il menace, tempête, ordonne. Il finit par obtenir d'un hallebardier qu'il jette le coffre dans la ruelle, par une ouverture de la tourelle. Le coffre s'écrase après une chute de cinquante pieds, dans les hurlements de la foule. Un tournebroche de la rue Mazel a failli mourir assommé. Le commis a descendu sur les reins l'escalier de pierre en colimaçon. Il s'est relevé péniblement, a fendu la foule pour approcher du coffre. Dans sa chute, il s'est ouvert. Il était vide.

— Le drôle aura transporté ses livres de comptes en lieu sûr, dit Bernard Noiseux à qui l'on fait rapport de l'incendie de l'hôtel. Nous n'avons pas été assez rapides. Mais tout n'est pas perdu. Il faut retrouver le repaire du quatrième homme. Je l'ai identifié. C'est Perreau le Baubet.

Dans l'atelier du maître nauchier, on a vu, au loin, les flammes de l'incendie. Les calfats se sont précipités pour se joindre aux équipes de secours. Ils y sont encore, car tout le quartier est menacé. Le sinistre prend une telle ampleur que toute la population de Chalon est mobilisée.

Perreau le Baubet ne voulait pas bouger. Il a fini par s'y rendre.

— Que dirait-on de toi, si tu n'étais pas présent dans le danger, lui a dit la Guillemote ? Tu donnerais prise à tes ennemis. Ta place est dans la ville, avec les autres maîtres artisans. Je t'y accompagnerais si je n'avais souci de la Mangeotte.

Elle dort encore, malgré l'heure tardive, mais son sommeil est agité. Copillon ne l'a pas quittée. Il est là, sur sa couche, lui tenant la main ; de temps à autre il essuie son

front couvert de sueur. Elle l'appelle dans son inconscience, mêlant son nom à celui de Fortépice, et, naturellement, de Jacquemin. Soudain, elle se met à hurler, un
cri inhumain, strident, interminable.

— C'est le moment, dit Copillon à la Guillemote. Il faut
demander la commère.

La commère est introuvable. Dans la ville en révolution,
elle a disparu. Pendant que Guillemote la cherche, Copillon reste seul avec Mangeotte, qui a repris connaissance,
sous l'effet de la douleur.

— Je t'en prie, Copillon, je veux partir, aide-moi, mets-
moi dans une barque. Cent fois elle répète qu'elle veut
gagner le fleuve. Pour l'apaiser, car elle demande de l'air,
se plaint d'étouffer dans le réduit de l'atelier, Copillon,
avec douceur, la transporte au-dehors et la place sur une
barque toute neuve, toute luisante, que les calfats viennent
de poncer. Il a pris soin de déposer sur le fond de la barque
une paillasse en duvet. La Mangeotte est apaisée. De nouveau elle respire paisiblement. Mais les douleurs reprennent, et les cris stridents sur le chantier désert. La Mangeotte prie, à haute voix, invoque la vierge souveraine,
implore son pardon pour ses péchés. Elle demande à
Copillon de l'aider à s'agenouiller, mais elle ne peut y
parvenir. Elle se plaint d'être dans l'eau, immergée dans
un bain glacé. Copillon glisse une main sous elle, il s'aperçoit que ses cottes sont mouillées. La panique le gagne, il
appelle au secours. Personne ne lui répond.

Mangeotte réalise brutalement. Elle se souvient de son
accouchement précédent. Le moment est venu. Elle veut
se lever, mais les jambes lui manquent. Elle tient serrée
dans sa main celle de Copillon qui brame comme un cerf
aux abois. C'est elle qui le rassure, lui indique les gestes
nécessaires. Une douleur plus forte que les autres lui brise
les reins, comme un coup de bâton. Son cri désespéré
réveille un calfat qui dormait profondément dans la barque voisine, ayant sans doute abusé du vin de Beaune.

— Par saint Georges, dit-il, une femme en gésine dans
mon bateau !

Il regarde Copillon, saisit immédiatement la situation.
C'est un vieux, qui connaît la vie.

— Allonge-la. Elle va passer si nous ne l'aidons pas.

Il allume une chandelle, place une bassine d'eau propre

sur le brasero, purifie à la chandelle la lame de sa serpette. La femme se raidit, elle est en sueur.

— Mets-lui la main sous la nuque, dit le vieux à Copillon, aide-la à pousser.

Enfin la Guillemote arrive, seule, essoufflée.

— Je n'en veux pas, je n'en veux pas ! lui dit Mangeotte dans un souffle. Je ne veux pas d'un démon.

Guillemote, sans mot dire, essuie le visage de la malheureuse et recommande à Copillon de bien la tenir.

— Tuez-moi, dit la Mangeotte, je sens l'odeur du soufre !

— Prie donc, malheureuse, au lieu de blasphémer ! crie le vieux calfat.

Mangeotte, au désespoir, tourne son visage dans tous les sens, comme si elle cherchait quelqu'un. Ses mains se crispent sur celles de Copillon. Elle trouve enfin son regard.

— Ne m'abandonne pas, je n'ai que toi ! lui dit-elle.

Elle fait front, cherchant à se débarrasser de l'enfant de toutes ses forces. Elle s'essouffle, ne parvient pas à hurler sa douleur. Mais Guillemote a repéré l'arrivée du petit. Elle est seule à l'aider, sous les cottes. La tête apparaît, la première, dans une pulsion brutale, si rapide que Guillemote n'a que le temps d'offrir son tablier.

— Retiens le cordon ! pince-le ! crie-t-elle à Copillon.

Celui-ci ne peut se libérer, la Mangeotte, crispée, tendue comme un arc, ne lui lâche pas les mains. C'est le vieux calfat qui tranche le cordon avec sa serpe et le noue comme une amarre de navire. L'enfant crie. Il est robuste, pieds de soldoyeur, larges oreilles de vigneron. Mangeotte s'évanouit, sans un regard pour le bébé. Copillon la ranime, en l'embrassant sur la bouche.

— Il est beau, il vit !

Guillemote l'a saisi, elle le tend, comme un lapin, le prenant par les pieds, la tête en bas.

— Vite, la bassine d'eau chaude !

Le calfat se précipite. Les soins commencent. Les cris de l'enfant se mêlent à d'autres cris. Ceux des exempts qui cherchent Perreau le Baubet. Ils fouillent tout l'atelier, bousculent le calfat, interrogent Copillon. Saisis par le spectacle de la femme en gésine, bousculés par la Guillemote qui les insulte et qu'ils prennent pour la matrone, ils font retraite piteusement dans l'atelier vide.

On a transporté Mangeotte sur son lit, placé son enfant auprès d'elle. Elle a enfin jeté les yeux sur la petite boule de chair vivante, touché ses mains, ses pieds, regardé ses reins cambrés et sa nuque droite, sa tête large et ronde, sa bouche avide. Elle n'a pu résister au désir de lui donner le sein, pour qu'il se calme.

— Va voir Fortépice, dit-elle à Copillon, et demande-lui, pour cette vie que je lui donne, celle de mon autre fils.

CHAPITRE 10

Les Salines de Salins

Où trouver Fortépice ? A l'évidence, il n'est plus dans Avallon. Les routiers tiennent les routes et ne s'endorment pas dans leurs prises. La ville une fois pillée, il faut en prendre une autre. Copillon songe aux confidences de Croquemaille. Fortépice l'a chargé d'entrer en contact avec les seigneurs guerriers de Lorraine, ceux qui peuvent rallier la bannière fleurdelisée, les Baudricourt et les Sarrebruck, ennemis jurés de Bourgogne. C'est vers la Lorraine qu'il faut marcher. Sans doute Fortépice s'en rapproche-t-il. S'il ne le rencontre pas lui-même, il retrouvera Croquemaille.

La route de Dijon et de Langres est trop peu sûre, pour se rendre en Lorraine. Même Fortépice ne peut tenir sur cette ligne. S'il veut se rapprocher des Lorrains et s'éloigner du dauphin de France, il aura pris par Montbard et Châtillon-sur-Seine. Copillon sait que l'écorcheur connaît parfaitement les forêts profondes de ce parcours. Il ne se laissera pas prendre, il évitera les patrouilles des Bourguignons et du sire de Vergy. De Chaumont, il gagnera sans doute le nord, Juzennecourt et Colombey-les-Deux-Églises. De là, par Andelot, il rejoindra facilement Donrémy-la-Pucelle et la forteresse de Vaucouleurs. Si toutefois Croquemaille a réussi à mettre de son parti le sire de Baudricourt. Mais comment celui-ci refuserait-il le renfort de deux mille routiers rompus à tous les engagements ?

Copillon souffre encore de son opération. Les jours de brume, quand le soleil attend midi pour percer, ou les jours de crachin, il reste allongé, en proie à d'intermittentes douleurs. Il n'a ni fièvre ni perte d'humeurs. La petite plaie ouverte par le barbier s'est proprement refermée, sans boursouflure, sans irritation, mais il ne peut prendre le moindre risque. Il veut survivre et rejoindre sa Lorraine. Il veut aussi retrouver le garçon de la Mangeotte. Il le lui a juré sur son lit de souffrance.

Le mieux est d'abandonner les terres de Bourgogne ducale, de franchir la Saône et de circuler sur la rive gauche. Les patrouilles et les passages d'hommes de guerre y sont beaucoup moins nombreux. Le Baubet lui a donné un bon cheval, un roussin du Jura, résistant comme un bœuf, large de croupe et sûr du sabot. Il pourra s'aventurer dans les montagnes en toute sécurité. Il porte assez de vivres dans ses sacoches pour franchir plusieurs étapes sans avoir besoin de s'arrêter dans les auberges, où les espions du duc pullulent. Il est heureux d'être seul et de pouvoir cheminer comme bon lui semble. Pourtant, au fond de lui-même, il regrette, non la Mangeotte dont la sombre destinée lui a toujours inspiré de l'angoisse mais le grand atelier de Perreau le Baubet, avec ses sapines fleurant bon la résine.

Il a calculé sa route au plus juste, pour ne pas être pris de court et gagner la Lorraine dans les meilleures conditions de sécurité. De Chalon, il marchera vers l'est, évitant Lons-le-Saulnier où se trouvent en permanence des cortèges officiels. Par Poligny il gagnera les Salins et, de là, Besançon. Sans doute pourra-t-il faire étape dans la ville forteresse, où les étrangers sont si nombreux qu'il est aisé d'y passer inaperçu. Il prendra ensuite la route du nord, celle des Vosges, qu'il connaît bien. Par Vesoul, il suivra la grande route de Luxeuil, Remiremont et Épinal. S'il arrive sans encombre à Épinal, il est sauvé. Il y retrouvera la Moselle chère à son cœur. Peut-être voyagera-t-il en barque, passant aux hautes eaux devant Châtel et Charmes. Mais là, il devra mettre pied à terre, retrouver une monture pour mettre le cap sur Vézelise et Colombey-les-Belles. Il ne sera pas alors très loin de son petit village de Rigny, où la grande Catherine, la promise de Croquemaille, garde ses deux petits-enfants. Qui sait si l'écorcheur gascon n'y a pas déjà fait retraite ?

Assurément, se dit Copillon, c'est la meilleure route. Elle est peut-être encore enneigée, mais on y rencontre plus de loups que de soldoyeurs de Bourgogne, et Copillon n'a jamais eu peur des loups. Va pour les Vosges !

Il presse sa monture sur la route de Lons. Il songe aux noms que Perreau le Baubet lui a fait apprendre par cœur. Il doit prendre contact, aux Salins, avec les hommes d'Odot Molain qui travaillent dans le sel. Perreau lui a fait jurer de les mettre en garde. Les hommes du duc sont sur leur piste. Odot a disparu de Chalon, il s'est réfugié dans ses terres, ainsi que son gendre Janley, qui a mis le feu à son hôtel pour brûler tous ses comptes. Le parti des Chalonnais est en déroute. Les agents du duc remontent la filière : ils vont arriver aux Salins, où Odot a des complices qu'il faut protéger. Copillon connaît leurs noms : Adam Belin, un forestier des Chemins, et Jacques Bricard, sergent forain de son état et cousin éloigné du Baubet. Ceux-là doivent se charger de recevoir Copillon.

A Bletterans, à quelques lieues de Lons-le-Saulnier, il est brusquement alerté par un convoi qui le dépasse bruyamment. Les cochers fouettent les attelages avec vigueur, les essieux des voitures grincent. Sans doute les portes sont-elles fermées de rideaux qui dissimulent l'identité des voyageurs. Les équipages ne portent pas de livrées et Copillon n'a pu distinguer d'armoiries. Mais il se souvient d'un des attelages. Il l'a vu arrêté devant le grand hôtel du Plat d'étain, à Chalon. Il est prêt à jurer que le voyageur pressé qui vient de le dépasser sur la route de Laon n'est autre que l'agent du duc, l'ennemi juré d'Odot et de Perreau le Baubet, ce Noiseux de malheur qui a déjà mis la révolution dans Chalon. A coup sûr, il poursuit sa guerre.

Copillon décide de contourner Bletterans, pour le cas où le triste sire déciderait d'y faire halte. Il pousse le train de son roussin et marche sur Poligny et Arbois. Il est ainsi sur les pentes encore enneigées du Jura, sur les premiers contreforts de la montagne qu'il va longer jusqu'à Besançon. Au relais d'Arbois, où il demande du picotin pour son cheval, il est accosté par un grand diable au regard franc, qui tend vers lui sa poigne solide.

— Mon nom vous dit-il quelque chose ? Je suis Jacques

Bricard et je viens des Salins à votre rencontre, avec Adam Belin qui nous attend à l'auberge.

— Pensez-vous que les auberges sont sûres ? demande Copillon, en Lorrain méfiant.

— Les routes elles-mêmes ne le sont plus guère. Autant oublier le danger en vidant un pot.

Depuis son opération, Copillon ne boit plus et mange peu. Il suit Bricard qui le conduit à une table mal éclairée, tranquille, au fond de la grande salle. Adam Belin lui plaît immédiatement. C'est un homme des bois, un coureur de forêts. Le colosse blond aurait pu être bûcheron en Lorraine, il a la carrure de Guillot le Bridé, le meilleur ami de Copillon. Il ne serre pas la main, il la broie, avec un bon sourire. Cet homme-là doit être capable de tenir tête à une meute de loups.

A mi-voix, Copillon raconte sa rencontre avec le train mystérieux du personnage venu de Chalon. Il s'aperçoit tout de suite que ses nouveaux amis l'ont immédiatement identifié. Ils s'attendent à la visite de Noiseux, ils le connaissent de réputation. Ils ont tout prévu pour rendre sa mission impossible. Copillon leur donne, avec précision, son signalement. Il leur fait part des intentions de Perreau le Baubet : se retirer, lui aussi, à Salins, dès que Chalon sera calmé, pour participer au mouvement dont ils vont prendre l'initiative.

Un valet aux armes de Lorraine s'est installé à une table proche, et les amis se taisent. Ils ne veulent pas être surpris dans leur conversation. Mais ce Lorrain intrigue Copillon. Il sort, pour faire nourrir son cheval, observe les alentours de l'auberge et l'écurie du relais. Les Lorrains sont en fait cinq ou six, à en juger par leurs chevaux. Les autres ont dû demander des chambres à l'aubergiste.

Copillon se garde de poser aucune question aux hommes de l'écurie. Il rentre dans la salle d'hôtes, sans lever les yeux sur le valet et rejoint ses nouveaux amis. Il leur fait signe de le suivre. Il compte repartir aussitôt.

— Je ne connais pas vos projets, leur dit-il, mais la présence d'un courrier de Lorraine m'intrigue. J'ai long-temps servi le duc René et je ne reconnais pas du tout la figure de ces bougres-là.

Sans mot dire, avec un rien de recul, les deux hommes ont échangé un regard, et dit à Copillon qu'ils allaient

l'accompagner jusqu'aux Salins. Ils prennent la tête, forçant l'allure de leurs chevaux nerveux. Copillon a du mal à
suivre. Il ne comprend pas leur précipitation. Ils s'enfoncent profondément dans les bois de la montagne au nord
d'Arbois. Ils arrivent, au soir couchant, dans une hutte de
charbonniers où ils se retranchent comme dans une citadelle.

— Pas de feu, dit Adam Belin à Copillon. Nous ne
devons pas être vus.

Il siffle longuement dans ses doigts, imite le cri de la
chouette. Des hommes sortent de la forêt, le visage couvert de suie. Des faux charbonniers, à l'évidence.

Copillon, sans le vouloir, se trouve mêlé à un véritable
complot. Les hommes sont nombreux, silencieux. Ils ont
l'air déterminé de ceux qui se préparent à remplir une
mission. Ils ressemblent plus aux écorcheurs de Fortépice
qu'à de paisibles habitants des forêts. Adam Belin les rassemble, échange avec eux de brèves paroles incompréhensibles, dans la langue des Jurassiens. Les hommes s'éloignent, à pas de loups.

— Ils sont chargés de notre protection, dit enfin Belin à
Copillon. Ici, nous n'avons rien à craindre. Les envoyés
des ducs ne peuvent nous rejoindre.

— Des ducs ? quels ducs ? demande Copillon, intrigué.

— Vous avez parlé de René de Lorraine. Ignorez-vous
qu'il est notre ennemi ? Nous sommes ici à la tête d'un
parti de Jacques qui va mener la vie dure, dans les Salins,
au duc de Bourgogne. Ceux qui travaillent au sel, depuis
des générations, comme des esclaves, ne sont pas décidés
à se laisser faire. Odot nous a fourni des armes. Nous
allons nous soulever. Êtes-vous des nôtres ?

— Comment ne le serais-je pas, étant à maître Perreau
le Baubet ? Mais je dois vous avertir que je ne combattrai
pas, quoi qu'il arrive, le duc René dont je reste l'écuyer.

Les autres sourient avec résignation. Ses scrupules les
amusent et les irritent en même temps. Ce blanc-bec fait
siennes les règles des nobles, des chevaliers, des gens de
hautes classes comme s'il était des leurs. N'y a-t-il pas de
quoi rire ? Ne sait-il pas que ces ducs, comtes et barons,
changent de partis comme d'épouses ou de chemises, en
vertu de leurs seuls intérêts ?

Ils invitent Copillon à partager leur repas froid : du jambon fumé et des pommes. Le Lorrain est à son aise. Il aime les pommes vertes, acides et fraîches, qui lui rappellent celles de Rigny. Il sort à son tour d'une besace ses réserves de voyage : du fromage de chèvre bien sec et des noix en abondance. Copillon sait que le fromage et les noix suffisent, avec quelque fruits, pour garder ses forces dans les moments durs.

Les hommes lui offrent de l'eau-de-vie très forte, qui sort des alambics de l'automne. Il refuse avec politesse.

— Décidément, se dit Adam, il a gardé les manières de la cour. On dirait un petit curé.

Ils ne lui en veulent pas de ses bonnes manières, et mangent en silence sans lui adresser la parole. C'est Copillon qui les questionne.

— Pourquoi dites-vous que le duc René est notre ennemi ?

— Tiens donc, dit le forestier. Ne sais-tu pas qu'il est allé à Bruxelles ? Les valets que tu as vus vont les rejoindre, pour sûr. Tu es libre de les suivre, si tel est ton devoir.

Ils échangent un coup d'œil complice, comme s'ils étaient sûrs d'avance de sa réponse. Puis ils lui donnent les explications qu'il demande :

— René n'est pas resté à Bruxelles. Il a rejoint le château de Bohain, où l'attendait Jean de Luxembourg, comte de Ligny. Il lui a vendu son beau comté de Guise pour quarante-six mille livres tournois. Tout le monde le sait à Nancy.

— Si tu étais à Guise, dit Adam, tu aurais déjà changé de maître, et personne ne t'aurait demandé ton avis.

Copillon réfléchit : sans doute le duc réunit-il l'argent nécessaire au paiement de sa rançon. C'est la mort dans l'âme qu'il a dû se défaire de son comté de Guise.

— Sais-tu qu'il marie sa fille aînée, Yolande ?

— Une enfant, dit Copillon.

— Crois-tu qu'ils se gênent, pour marier leurs filles au berceau. La petite Yolande est promise au fils de Vaudémont, Ferry de Lorraine. Elle n'a pas quatre ans.

Copillon ne peut en supporter plus. Ou ces hommes le provoquent ou la vérité est insoutenable ! Que René marie son enfant au fils de son pire ennemi, celui qui l'a contraint à livrer la désastreuse bataille de Bulgnéville, lui paraît monstrueux, inhumain. C'est contraire à l'honneur. Non, René ne peut ainsi bafouer tous ceux qui sont morts pour lui.

— Tu ne connais pas le pire, ajoute Adam. René de Lorraine lève actuellement des soldoyeurs pour faire la chasse aux écorcheurs, en compagnie de Vaudémont.

Le duc aurait-il à ce point changé de camp ? Copillon ne peut l'imaginer. Les écorcheurs sont actuellement les alliés du dauphin de France. Villandrando et Fortépice guerroient contre Bourgogne. Le duc René ne peut à la fois se ruiner pour payer rançon et s'engager aux côtés de ceux qui le ruinent.

— C'est la vérité, dit le forestier, laconique. Tu n'es pas obligé de nous croire. Tu peux vérifier.

Copillon a repris sa route, seul. Les autres ont compris ses scrupules. Ils ne veulent pas lui forcer la main. Ils craignent en outre que sa fidélité au duc René ne l'oblige, un jour ou l'autre, à prendre un mauvais parti ; il devient pour eux un danger, et sera peut-être demain un ennemi.

Copillon est encore plus embarrassé qu'ils ne l'imaginent. Car il a le projet de rejoindre Croquemaille et Fortépice. A coup sûr, le soldoyeur gascon ne tirera jamais l'épée aux côtés de Bourgogne. La mort dans l'âme, il combattra contre René. Copillon devra-t-il affronter son vieil ami de toujours, le compagnon des batailles perdues ? Il est triste à en mourir quand il arrive en vue des Salines.

De nouveau il doit s'arrêter à un relais, avant d'entrer dans la place. Il ne peut manquer à la parole donnée à Perreau. Il doit retrouver et suivre le parti des deux gaillards qui lui ont laissé toute liberté de choix. Le rendez-vous fixé est pour lui une affaire d'honneur. Dans l'immédiat, la révolte des gens des Salines contre le duc de Bourgogne ne met nullement en question sa fidélité au duc René. Peut-être d'ailleurs les informations qu'on lui a données à son sujet ne sont-elles pas exactes. Il ne peut pas croire que le duc parte en guerre aux côtés de ses pires ennemis. Cela ne lui ressemble pas.

Au relais, un autre homme des bois l'aborde et lui

fait signe de le suivre. Il vient de la part d'Adam, pour modifier le rendez-vous.

— Vous ne pouvez entrer actuellement aux Salines, lui dit-il. Les passages sont surveillés étroitement par les guettes du Portier. Un cortège princier est dans la place. Nous vous introduirons de nuit.

Copillon pense toujours au duc René.

— Vient-il de Lorraine, demande-t-il anxieusement ?

— Pas du tout. Ce sont des femmes. Une dame de Croy, envoyée par le duc de Bourgogne à Montbéliard. Elle doit épouser le Prince Noir de Bavière.

Copillon a un pincement au cœur. Ainsi Jeanne de Croy, la très gentille dame de Dijon dont il était, de loin, follement amoureux, est promise par le duc à cet horrible mariage. Il a entendu parler du prétendant, par Jeanne, précisément. Ce Prince Noir est un mutilé. Il a été affreusement blessé au visage dans une bataille. Il a le nez coupé et porte un masque, avec un nez de cuir. Voilà le mari que l'on destine à la jeune femme. Sans doute le duc veut-il se trouver de nouveaux alliés en Allemagne, et s'éloigner encore plus du dauphin de France. On sacrifie Jeanne, une fois de plus, à la politique.

L'homme ajoute que Jeanne de Croy est l'amie de la duchesse de Montbéliard, qui donne à la Bourgogne du fil à retordre, et qu'elle poursuivra son voyage vers cette ville. C'est à Montbéliard, et non aux Salines, qu'elle doit rencontrer son futur mari.

— Y arrivera-t-elle jamais ? dit le forestier avec un bon rire.

L'idée de revoir Jeanne de Croy donne des ailes à Copillon. Il laisse partir l'envoyé des comploteurs et décide d'entrer lui-même dans la ville, en se faisant reconnaître de la dame. Grande est sa naïveté. Les portes des Salines sont jalousement gardées. Le Pardessus a donné des ordres. On appelle ainsi le grand administrateur de la Saunerie. Il s'appelle Mahieu Regnault et ne plaisante pas avec la discipline. Au dernier conseil, dans la chambre des Rôles, il a donné des instructions précises pour faciliter la tâche de contrôle du duc, qui veut reprendre en main les Salines et châtier les coupables d'irrégularités. Il a annoncé la venue de Bernard Noiseux et a ordonné qu'on

lui donne toutes facilités dans son enquête. Il a rappelé
que le souverain de Bourgogne était seul propriétaire des
Salines et que l'exploitation du sel était un droit régalien,
qui ne pouvait appartenir qu'à lui. Les marchands indéli-
cats seraient châtiés avec vigueur.

Aussi le Portier avait-il des ordres stricts pour surveiller
tous les étrangers qui se présenteraient devant les gardes,
appelés guettes : tout convoi, même de sel ou de bois,
devait être minutieusement fouillé. La présence de Jeanne
de Croy dans l'enceinte obligeait à un surcroît de précautions. Guillaume de Gilley, seigneur d'Aiglepierre,
l'homme fort des Salines, devait veiller à la sécurité de son
hôtesse. En se présentant à la porte, Copillon courait le
risque d'être arrêté et peut-être questionné par les argou-
sins du Pardessus.

Il est assez heureux pour s'attirer la sympathie d'un maître moutier lorrain qui contrôle la fabrication des pains de
sel. Il fait croire à cet important personnage qu'il est venu
aux Salins attiré par une jeune femme de l'entourage de la
comtesse. Le maître moutier a toutes les indulgences pour
les entreprises amoureuses. Il est lui-même dur, impitoyable avec son personnel. Il punit lourdement les femmes
qui recueillent les braises de la chaudière à sel, que l'on
appelle les *tirares* du feu, quand elles ne sont pas assez
dures à la tâche. Mais la jeunesse de Copillon, sa gaieté
naturelle, sa tignasse blonde de forestier lorrain lui ont
plu. Il l'a fait rentrer dans un de ces convois, entraîné dans
son antre infernal, où il cuit le sel comme on cuit le pain,
jour et nuit.

S'il a fait entrer Copillon, c'est qu'il se permet souvent
des irrégularités pour le seul plaisir de braver le Pardessus. Un homme qui touche trois cents livres par an de
gages, qui reçoit deux cents livres de suif pour son lumi-
naire, qui prend autant de bois, de charbon, de sel qu'il le
juge bon dans les entrepôts du duc, qui a des chevaux à
satiété, du personnel pour ses moindres besoins, ne mérite
pas l'indulgence. Ses subordonnés n'ont qu'un devoir : le
tromper, comme il trompe le duc, en grattant sur les services, en profitant de la situation pour vendre à son profit,
sournoisement, les pains de sel qu'il accumule. Copillon

bénéficie de la haine que le maître moutier a pour le Pardessus.

Encore faut-il se méfier, une fois dans la place, du portier Perrenot Sauldevigne qui tourne partout, comme un
furet, homme anguille vérifiant volontiers que les « étei-
gnari », les robustes femmes qui jettent de l'eau, à moitié
nues, sur la braise de la chaudière, ne dissimulent pas dans
leur logis quelque amoureux contrebandier. Ses guettes
sont vigilants autour du four. Ils surveillent les moindres
gestes des tirares, quand elles poussent le sel avec leur
rateau pour le faire cuire au bord des chaudières. Elles
doivent faire vite, pour ne rien gâcher. La moindre faute
est sanctionnée.

Copillon s'est joint à l'équipe des hommes qui apportent
sans arrêt le bois, dans des seaux, à l'ouvroir de la chaudière. Il est stupéfait de voir les cheveux roussis des colos-
ses qui le précèdent : ces gaillards n'ont pas peur du feu, ils
le bravent chaque fois qu'ils vident leur seau. Le Lorrain
pourra-t-il tenir longtemps dans cette chaîne ? Il apprend
par ses compagnons que le maître moutier Jean de Germiney, celui qui l'a aidé à entrer dans la place, est un
homme puissant, un maître exigeant, qui brave à l'occasion les ordres des patrons. Il a le redoutable pouvoir de
fixer le prix des quartiers de muire [1], c'est-à-dire le prix du
sel. Copillon commence à se demander si ce personnage
important des Salines n'est pas en relation avec Bricard et
Belin, c'est-à-dire avec Odot Molain. C'est pour démas-
quer les irrégularités, les abus de pouvoir de gens comme
Germiney que le jeune Bernard Noiseux est à pied
d'œuvre. Aussi Copillon a-t-il le sentiment d'être surveillé,
testé, mis à l'écart, en attendant d'être utilisé dans un
combat qui n'est pas le sien. Sans Perreau le Baubet, il
serait déjà parti.

A la première occasion, il quitte la chaîne des porteurs
de bois pour sortir de l'enceinte infernale des fours. Il
respire avec joie l'air frais des montagnes à l'extérieur.
S'efforçant de n'être pas suivi, il prend la mesure de la
place des Salines, où il est désormais enfermé : du haut du
rempart, il aperçoit les lourds chariots traînés par des
bœufs qui apportent jour après jour le bois de chauffe. Le

---

1. Eau sumâtre naturelle que l'on extrait des puits.

déboisement des belles montagnes alentour est inéluctable. Il se souvient qu'il a été bûcheron. Mille arpents de forêt, au moins, sont nécessaires pour entretenir un four d'une telle importance. Il a compris que les fours étaient destinés à chauffer le bouillon saumâtre, pour le changer en un liquide épuré, qui deviendra peu à peu, par cuisson, un pain solide et précieux, aussi précieux que l'or. Les forestiers travaillent sans relâche, la grande saunerie entretient elle-même tous les chemins à perte de vue, les chemins saulnots que Copillon aperçoit de son observatoire. De la ville partent des convois attelés de cinq, six et sept chevaux. Ils sont rapides, pressés, ils apportent le sel en Bourgogne.

Copillon doit se dissimuler, pour laisser passer les guettes qui font la ronde. Les arbalétriers veillent aux remparts. Les guettes accompagnent, à cheval, les convois de sel qui s'éloignent dans la boue des pistes. Copillon évalue l'enceinte à cent quarante toises de long et cinquante de large : une forteresse ! La grande tour pentagonale, où il se trouve, est un véritable donjon. Jouant d'audace, il se renseigne auprès d'un guette, pour savoir où se trouve actuellement la comtesse Jeanne. Il ne l'aperçoit nulle part.

— Elle est dans les caves, dit le guette, avec tous nos seigneurs. Elle visite les puits.

Sans demander son reste, Copillon décampe, poursuivi par le guette trop tardivement intrigué par cet étranger fort curieux. Il longe la tour du Trésor, aperçoit d'autres guettes à l'entrée d'un escalier de pierre. Des gens de Bourgogne, en tenue ducale, entrent et sortent du souterrain. Copillon siffle pour attirer leur attention. L'un d'eux s'approche. Il le réduit au silence, en l'assommant très proprement, d'un coup de galoche bien appliqué. Très vite, il se débarrasse de ses habits rudes de moutier et revêt la livrée du Bourguignon. Est-ce par coquetterie qu'il prend le temps de lisser sa tignasse ébouriffée ? Il n'a pas revu Jeanne de Croy depuis Dijon. Il ne veut pas lui faire peur.

Jeanne a fait un long voyage sur le chemin saulnot. Elle a vu les montagnes du Jura avec plaisir et les premières fleurs timides du printemps dans les prés, perce-neige et primeroses, sauges bleues, boutons d'or. Avec Charlotte, sa dame de compagnie, et son fils Guillaume, elle a traversé la plaine de Rosières et suivi avec amusement le cours de la Furieuse, la rivière qui coule sous les remparts des Salines. Comtesse du plat pays, elle est séduite par les masses sombres des monts du Jura, parées de longues écharpes blanches. Elle a pour coiffe un petit bonnet de linon, propre comme un voilier du Hont et se sent joyeuse d'avoir quitté Dijon, même si elle devine que l'étape de Montbéliard, où elle doit rencontrer son futur mari, sera pénible, peut-être même insupportable. Elle entend profiter de sa dernière journée de liberté, elle enrage d'être sans cesse accompagnée par ces figures tristes de saulniers, de forestiers, de moutiers qui l'obligent à descendre dans les caves, au lieu de profiter du soleil. Le *Pardessus*, le chef des guettes, et le lieutenant de Gilley se croient obligés à faire les honneurs des lieux à une dame qui jouit des plus grandes faveurs à la cour de Bourgogne, qui est alliée à toutes les familles princières : l'oncle de Jeanne, Antoine, ne vient-il pas d'épouser Marguerite de Lorraine ? Elle est la petite-nièce de Vaudémont. Elle sera demain princesse de Bavière. Pour un lieutenant, quel honneur que d'accompagner une telle dame !

C'est aussi un plaisir : dans son manteau de drap gris, la comtesse est ravissante. Ses cheveux blonds lissés, tressés attirent tous les regards, ses yeux bleus, aussi limpides que les eaux de la montagne du Jura, la fraîcheur de son teint de fille du Nord, ses manières simples et son port noble, frappent les hommes rudes peu accoutumés à des visites d'une grâce toute particulière. Le Pardessus a donné des ordres pour que l'on déploie exceptionnellement sur l'escalier des caves le tapis d'honneur qui permet aux pieds menus de la comtesse d'être à l'abri des pavés inégaux, maculés de boue et glissants comme des blocs de glace ; des tapisseries ont été hâtivement tendues sur les parois pour éviter les suintements, les écoulements de l'eau qui sourd des roches. La comtesse s'amuse de voir l'officier s'embarrasser dans son énorme trousseau de clés quand il ouvre la grande porte qui donne accès à la salle voûtée des sources, le saint des saints des saulniers. Son sourire est plus crispé quand elle accède, après une nouvelle descente le long d'un escalier encore plus humide, à une sorte de cathédrale souterraine, immense salle voûtée, froide et déserte. Elle parcourt du regard les piliers qui soutiennent la voûte et frissonne tout à coup, comme si l'endroit lui semblait dangereux. Elle cherche autour d'elle des visages amis, et ne voit pas la moindre trace de chaleur et d'amitié dans les hautes figures des officiels qui l'accompagnent. Ils multiplient les explications, les détails techniques, alignent les chiffres, sans relâche.

Elle ne peut apercevoir le valet en livrée aux armes de Bourgogne qui se fraye lentement un chemin à travers les larges épaules des techniciens du sel. Copillon ne peut approcher, il enrage. Le cortège s'enfonce dans le centre de la grotte, en franchissant les treillis de bois qui la protègent. L'eau jaillit du rocher, en ruisselets qui courent dans des rigoles sculptées. Parfois elle est douce, et parfois salée. Seuls les connaisseurs savent le déterminer. Galamment, un officier s'approche de Jeanne de Croy pour lui demander si elle veut goûter l'eau. Surprise, Jeanne n'a pas le courage de refuser. L'officier tape dans ses mains, demande un verre. Pour Copillon, c'est l'occasion. Il arrache le verre des mains de l'employé des Salines, avec le plateau d'argent. Très digne, il l'apporte lui-même à la comtesse, et tout le monde s'écarte pour le laisser passer.

Elle ne le remarque pas tout de suite, sous sa livrée. Mais son enfant, le petit Guillaume, tire sa cotte et lui glisse dans l'oreille à mi-voix :

— Regarde, c'est Copillon !

Elle lève les yeux vers le valet qui s'avance, portant le verre sur le plateau d'argent. Adélaïde de Gilley, l'épouse du grand officier des Salines, ne s'y trompe pas. Bernard Noiseux, qui a rejoint l'escorte officielle, ne s'y trompe pas non plus : de longues secondes s'écoulent avant que la dame ne prenne le verre. Elle reste ainsi, les yeux fixés sur le jeune homme blond en livrée. Elle ne dit rien, mais son regard est éloquent : ces deux-là se sont reconnus.

— Vous plairait-il, madame, dit solennellement le Pardessus, de goûter à cette eau ?

Il remplit le verre à la rigole d'eau salée, et le présente à Jeanne. Elle le lève très haut en regardant Copillon, muet de stupeur et d'admiration. Elle boit sans hésiter.

— N'est-elle pas d'une délicieuse fraîcheur ? demande le Pardessus sans rire.

Il s'attend visiblement à une grimace de la dame, s'apprête à lui indiquer que cette eau saumâtre est la vraie richesse du duché et que le duc lui-même ne manque jamais une occasion de la goûter solennellement. La comtesse ne fait pas une remarque, son visage reste lisse comme si elle avait bu de l'eau pure. A l'étonnement des assistants, Copillon reprend le verre, à moitié vide, et boit l'eau saumâtre avec passion, en regardant Jeanne qui lui sourit. Un murmure dans l'assistance. Ce valet se croit-il tout permis ? L'étiquette de Bourgogne n'aurait-elle plus sa place dans les grottes ducales ? L'officier offre un autre verre à dame Gilley, qui fait, en buvant une horrible grimace :

— On leur aura donné de l'eau douce, dit-elle à son mari en lui pinçant le bras. Vous avez tous les ménagements pour les dames de la Cour.

Personne n'ose plus faire de remarque à Copillon qui suit aveuglément la comtesse dans la visite du grand puits, enfermé, en bout de salle, dans une cuve de bois. Il est auprès d'elle comme un écuyer, et l'on finit par s'habituer à sa présence.

— Quel noble cœur ! se dit-elle. Il a partagé avec moi le philtre amer. Quelle joie de le retrouver !

Copillon est inquiet. On a fermé, derrière les visiteurs, les grilles de la salle. Noiseux ne le quitte pas des yeux. Guillaume de Gilley accapare l'attention de Jeanne.

— Cette cave, lui dit-il, contient vingt-quatre queues d'eau salée [1].

Copillon regarde avec attention. L'appareil de levée des eaux est phénoménal : une balance gigantesque, appelée griau, a pour montant une énorme colonne de chêne. A l'extrémité de l'une des tiges, les crochets pour fixer les seaux. Ainsi le « saillot [2] » peut-il s'enfoncer, quand le griau bascule, dans le puits à muire. Le fléau se redresse ensuite, par un mouvement de bascule, et vide le seau dans un bassin d'un niveau plus élevé, et le sel liquide, ou muire, peut être transporté jusqu'aux bernes, de vastes granges où se trouvent les fours à bouillir.

Jeanne s'amuse de voir Copillon, à qui désormais le

1. Environ 9 500 litres.
2. Bras du fléau terminé par un seau pour recueillir la muire.

jeune Guillaume donne la main, s'extasier devant la technique des saulniers. Rien ne leur est épargné. Le grand Guillaume de Gilley les a déjà introduits dans une sorte de grand vaisseau souterrain, qui ressemble à un bassin de tannage, où des hommes presque nus poussent les eaux saumâtres dans des chéneaux qui les conduisent directement aux fourneaux.

— Et voici l'enfer où les pains sont bouillis, dit Jeanne.

Son sourire se glace. Elle a rencontré le regard de Bernard Noiseux : celui d'un inquisiteur.

Le four est immense, la chaleur, suffocante. Sur chaque bouche du four, des poêles plates suspendues à des chaînes de fer recueillent le sel qui s'évapore, après la cuisson des muires. Des femmes récoltent prestement la braise, d'autres l'arrosent d'eau pour fabriquer le charbon, précieux dans le séchage du sel. Bernard Noiseux est pris subitement d'une quinte de toux. Cet homme de cabinet n'a pas l'habitude des lieux de travail difficiles. Il faut l'évacuer, avec respect. Guillaume de Gilley, craignant pour son illustre invitée, l'entraîne aussitôt hors de la berne. Ils passent dans une grange où les femmes moulent le sel en poussière, à peine sorti du four. Elles alignent des petits salignons, des précieux pains de sel qui partiront dans les courriers du duc. Mahieu Regnault, le Pardessus, regarde les pains avec convoitise. Il en offre un à la comtesse, que prend Copillon décidément installé dans son rôle d'écuyer.

— Il n'est probablement pas plus difficile de fabriquer de l'or, dit Jeanne en regardant, attendrie, le petit pain ovale que tient à deux mains Copillon.

Celui-ci est au comble de l'émotion. La dame cherche à se rapprocher de lui et lui manifeste de l'amitié. La suivante, Charlotte, lui coule des regards assassins, mais Guillaume est joyeux, et gambade parmi les invités, demandant au Pardessus un pain supplémentaire pour son ami Copillon.

— Vous connaissez sûrement Jean de Bauffrémont ? dit le Pardessus à Jeanne, qui pouffe de rire.

— Pauvre Jean, c'est un fameux chercheur d'or !

— Il en aurait peut-être trouvé, s'il n'avait été dupe d'un certain médecin de Moulins appelé Pierre d'Estaing, qui se disait gentilhomme et proche du pape. Il se faisait fort de procurer à Bauffrémont 50 000 écus d'or par alchimie, et Bauffrémont l'a cru.

— Les grands seigneurs sont souvent les dupes des aigrefins, commente Bernard Noiseux d'une voix à couper au couteau. Mais il arrive aussi qu'ils soient bien conseillés, et qu'on écarte d'eux les indésirables.

La visite se poursuit, et Copillon s'étonne de ne plus avoir rencontré le maître moutier, Jean de Germiney, qui l'avait aidé à entrer dans la place. Ils ont pourtant visité les fours, achevé pratiquement le grand tour des Salines. Le cortège se dirige vers la tour d'honneur, où le repas est préparé. Copillon s'attriste. Il devra, à coup sûr, abandonner Jeanne de Croy. Invite-t-on un valet dans un banquet ? Bernard Noiseux ne le quitte pas des yeux. Il doit se poser la même question. Mais Jeanne se retourne vers Copillon.

— Changez-vous rapidement, mon ami, lui dit-elle, et voyez les valets tranchants. Comme à Dijon je ne veux rien boire que vous n'ayez au préalable goûté.

Il se tient debout, derrière la dame, pendant qu'on apporte les coqs de bruyère, les perdreaux, les oies sauvages et les cuissots de sangliers. Ce déjeuner est délicieux : arrosé de vin d'Arbois, agrémenté de gâteaux et de desserts à la mode de Bourgogne. La comtesse, que ses voisins ennuient fort, ne manque pas de tourner souvent sa jolie tête blonde pour demander à Copillon de choisir ses vins. Il lui semble même qu'elle en boit un peu trop, au risque de se griser. Mais que ne ferait-elle pour échapper à la conversation sentencieuse du Pardessus ou de Guillaume de Gilley ? Les rapports de la dame de Cour et des officiers des Salines ne peuvent être, pour elle, distrayants, même s'ils déploient des trésors d'énergie pour retenir son attention. Bernard Noiseux, en bout de table, perçoit fort bien son manège.

— Elle est amoureuse de ce grand mât de cocagne ! se dit-il.

Mais il n'a aucun moyen de se renseigner sur Copillon. Il ne l'a jamais aperçu. Il ignore la nature exacte de leurs rapports. Il ne peut que s'informer, à la première occa-

sion, pour savoir à qui il appartient. Beaucoup portent la
livrée ducale sans être de ses gens. Ce gaillard blond lui
ménage peut-être des surprises.

Copillon est trop captivé par la proximité de Jeanne,
trop occupé de ses grâces et soumis à son charme pour
s'inquiéter du lourd climat des Salines, et de l'inimitié, de
la méfiance, qu'il a cru maintes fois percevoir entre les
officiers eux-mêmes. Debout derrière Jeanne, il n'a d'yeux
que pour sa nuque gracieuse et ses cheveux aussi fins que
la soie. Il s'extasie quand elle saisit le verre de sa main
blanche aux doigts très longs, pour lui faire signe de goûter le vin. Comment pourrait-il, sans émotion, s'acquitter
de cette mission ? Il rougit jusqu'à la racine des cheveux et
concentre toute son attention pour présenter le verre sans
trembler. Ses énormes mains, plus habiles à manier la
hache, risquent de briser le cristal, à force d'être crispées.
La fin du repas est pour lui un soulagement. Il pourra
respirer, regarder la comtesse sans être observé, échapper
aux regards inquisiteurs de la suivante, aux grossièretés
des officiers des Salines qui, jaloux de sa charge nouvelle,
ne manquent pas de lui lancer des remarques aigres-
douces.

Tous les grands dignitaires ont quitté la table. Soudain
un officier de guettes s'approche du Pardessus et lui parle
à voix basse. Copillon n'est pas loin, il dresse l'oreille.

— Messire, entend-il, on vient de tuer de deux viretons
d'arbalète deux de vos forestiers, et parmi les meilleurs.

— Comment se nomment-ils ?

Bernard Noiseux, qui s'est approché du groupe, et n'a
rien perdu de la conversation, précise, en fixant le Pardessus d'un regard appuyé :

— Ils se nommaient Jacques Bricard et Adam Belin.

CHAPITRE 11

La fontaine salée de Tourmont

La comtesse n'a pu retenir Copillon. Désespérée, elle a pris dès l'aube, en grand équipage, la route de Montbéliard, sans son valet de bouche, occupé à d'autres tâches. Le grand écuyer blond a dû abandonner sa maîtresse.

Il l'a fait à contrecœur, sans un mot d'explication. Mais la dame a compris qu'il s'agissait d'une affaire d'honneur. Elle n'a posé aucune question. Il lui a promis, ainsi qu'au petit Guillaume, de les retrouver peut-être avant leur arrivée dans la place de Montbéliard. Il les rejoindra dès que possible, en forçant les chevaux.

On l'a laissé partir, non sans regretter vivement son absence. Pour Jeanne de Croy, l'approche de Montbéliard est une épreuve. Elle est seule désormais pour l'affronter. Même si, au fond de son cœur, elle garde l'espoir d'échapper à ce funeste mariage, elle sent bien, dans ses moments de désespoir, qu'elle n'aura d'autres recours suprêmes, si elle ne peut supporter cette union, que la fuite et la retraite chez les béguines de Bruges.

A tout prix, Copillon doit avertir Perreau le Baubet du danger extrême qui le menace. La mort des forestiers, aux Salines, n'est pas le fait du hasard. Bernard Noiseux est capable de tout. Peut-être Perreau est-il déjà sous les verrous, les fers aux pieds. Peut-être a-t-on retrouvé son corps dans la Saône. Le parti d'Odot Molain est perdu, sans rémission. S'ils ne se sont enfuis en Italie, ou dans l'Empire, les conjurés sont déjà entre les mains des sbires du chancelier Rolin. Mais Copillon ne songe pas à sa propre sécurité. S'il y a une seule chance de faire échapper Perreau, il doit la courir.

Au grand galop de son cheval, il reprend la route de Lons-le-Saulnier. Après Arbois, il prend à droite vers Montafroid et Tourmont pour éviter Poligny et gagner trois ou quatre lieues sur le parcours. Il est arrêté à Tourmont par un rassemblement extraordinaire de cavaliers en tenue de guerre, qui semblent cerner le village. Sa livrée de Bourgogne inspire confiance, on le laisse passer : il est bientôt pris dans la souricière.

La troupe garde Tourmont. Les soldoyeurs ne sont pas des gens réglés par Bourgogne, ils n'appartiennent pas au maréchal de Bauffrémont. A l'évidence, ils sont des guettes des Salines, des traqueurs de faux-saulniers, ils obéissent sans doute aux ordres du Pardessus.

Copillon, au pas tranquille de son cheval, entre dans le village. Il semble désert. Les auberges sont abandonnées, les enfants ne jouent pas dans les ruelles, les poules, les oies, les tourterelles sont en liberté. Les soldats auraient-ils tué ou déporté toute la population ?

Pourtant les cloches de l'église sonnent joyeusement. Copillon s'approche, attache son cheval, entre dans le chœur. Point de curé, point d'enfants, point de fidèles. Les cloches sonneraient-elles toutes seules ? Il grimpe au clocher : un vieillard difforme, mais très alerte, tire en même temps les quatre cloches, deux cordes à chaque main. Le bruit est assourdissant. Le drôle ne répond pas aux questions hurlées par Copillon. Il fait signe qu'il faut attendre.

Quand il a fini de carillonner, il indique, en montrant sa langue, qu'il est muet de naissance. Mais il fait des gestes véhéments, apparemment joyeux. Copillon ne comprend rien. Il l'entraîne alors sur le rebord de la tour, mettant le pied sur une gargouille. Il lui montre, en lisière de la forêt de Vaivres, un pré d'herbe nouvelle, d'un vert très vif, où la foule s'est rassemblée, une masse de paysans endimanchés. Le bruit des cloches ayant cessé, Copillon se rend compte que les villageois chantent.

Il se précipite à l'extérieur de l'église, grimpe à cheval, prend la direction de la forêt ; dans la petite vallée de l'Orain, toute parsemée des primevères qui viennent de sortir de terre, les paroissiens de Tourmont sont rassemblés en arc de cercle. Une source vient de surgir, miraculeusement, dans le pré marécageux, au pied d'une colline de terre labourable. On a goûté l'eau. Elle est salée.

Spontanément, devant ce trésor, les paysans se sont précipités. Ils ont tous voulu voir, goûter, participer à la fête qui commence. Ils ont dansé des tourdions jusqu'à s'étourdir. Puis le curé est arrivé, en grand équipage, avec croix, statue de Notre-Dame et enfants de chœur. Les chants païens ont cessé, on n'entend plus que des hymnes et des cantiques à la Vierge, qui a permis ce miracle. On y associe saint Martin.

Le premier réflexe de Copillon est de s'agenouiller et de prier. D'autres l'ont imité. On voit des hommes entrer nus dans le trou assez vaste que les paysans ont creusé pour que la fontaine puisse grossir et l'eau se rassembler. Copillon les imite. Il se débarrasse à la hâte de sa livrée de Bourgogne, trop voyante, et laisse apparaître sa cicatrice encore très visible, celle du haut mal. Les vilains s'écartent aussitôt, pour le laisser passer, avec cette crainte superstitieuse de la maladie qui pousse les femmes à se signer. Il pénètre dans la « fontaine », songeant au jeune Jacquemin, l'enfant de la Mangeotte, qu'une autre source avait guéri des fièvres, en chantant à son tour un cantique en l'honneur de Marie. Des hommes, des femmes aussi se dépouillent de leurs vêtements pour se plonger dans l'eau salée qui devient une sorte de fontaine de jouvence. Au loin, les guettes du Pardessus hésitent à intervenir. Le curé, nullement choqué par la nudité des corps, bénit la scène d'abondance. C'est le miracle de Tourmont.

Copillon profite de ce mouvement de joie collective pour prendre les habits anonymes d'un vilain, quand il sort de la fontaine. Ainsi, il passera inaperçu. Il doit quitter ce village au plus tôt, et poursuivre sa route vers Chalon.

Il va se retirer, et sauter sur son roussin, quand le curé lui-même lui frappe sur l'épaule.

— Vous n'êtes pas d'ici. Mais tous les serviteurs de Dieu sont nos amis. Vous êtes solide. Portez la châsse de sainte Radegonde. Cela vous vaudra cent jours de paradis.

Copillon songe à s'enfuir. Mais trois vilains aux larges

épaules le poussent vers les bras de la châsse. On charge
prestement la sainte et les gaillards entonnent les paroles
incompréhensibles d'un hymne dont ils n'entendent pas
eux-mêmes un traître mot. Ils tournent autour de la fontaine, précédés par le curé qui brandit le crucifix. Les
hommes et les femmes suivent, forment un cortège. Le
solide laboureur qui est à gauche de Copillon dans l'attelage sacré de sainte Radegonde le pousse du coude.

— Tu viens des Salines ?

Copillon, sans mot dire, continue à chanter à tue-tête. Il
n'a pas de confidences à faire à cette brute, dont la trogne
ne lui semble pas très catholique. Les sourcils froncés, le
front bas, les rides profondes autour de la bouche, la barbe
épineuse, la moustache en broussaille, non, certes,
l'homme n'inspire pas confiance.

— Les nouvelles vont vite dans les bois. Nous avons nos
liaisons. Tu sais, pour Bricard et Belin ?

L'homme siffle entre ses lèvres serrées, pour imiter les
carreaux d'arbalète.

Copillon ne répond toujours pas. Le curé s'est arrêté au
bord de la fontaine. Il a trempé dans l'eau salée un rameau
de buis, pour chasser les démons obscurs qui risquent de
la tarir, ou de l'enlever aux vilains. Il faut aussi impressionner les hommes et les femmes, les empêcher de venir
s'y baigner la nuit, pour sacrifier aux vieux rites de fécondation que l'Église combat depuis des siècles, parce qu'ils
sont la survivance des dieux païens. Saint Martin et sainte
Radegonde doivent être les maîtres incontestés du lieu. Le
curé bénit encore la source avec une branche de gui, pour
chasser cette fois les démons femelles, les plus redoutables, qui descendent la nuit des pentes boisées de la combe
aux moines, ou encore plus dangereux, des prés Bergeret.
Ces diablesses ne rêvent que de s'accoupler aux hommes
en prenant les traits de leurs épouses pour mieux les abuser. Il faut que le gui les chasse.

Copillon tremble d'impatience, le brancard de la sainte
sur l'épaule. Il avise un vilain qui chante à tue-tête le cantique de Radegonde et lui fait signe de prendre sa place.
Son voisin de gauche lui lance un coup de pied dans la
jambe.

— Tu ne peux sortir d'ici. Les guettes sont partout.

— Je dois partir, grince Copillon avec un rictus peu aimable.

Le villageois s'est éloigné pour laisser passer neuf jeunes filles en chemises blanches. Elles ont des chapelets entre les doigts et bredouillent indistinctement des neuvaines, les yeux baissés, les mains jointes.

— Va-t-on les sacrifier ? se demande Copillon qui prend soudain ces villageois pour des sauvages.

Les jeunes filles s'approchent, on leur tend des écuelles. Elles puisent à la source pendant que les enfants crient de joie.

— Les vierges, dit le voisin de Copillon. Elles vont purifier tout le village, avec de l'eau bénite salée.

Elles sont entrées dans la fontaine, les jambes dans l'eau, les pieds dans l'argile. Les villageois font la queue devant elles, baissant la tête, tendant la nuque. Le curé fait signe aux porteurs de la châsse de la déposer soigneusement derrière les vierges, au bord de la source.

Copillon veut profiter de l'occasion pour s'enfuir. Il est aussitôt entouré d'une meute d'enfants qui crient :

— A la bique ! A la bique !

La bique, c'est une chèvre représentée par une boule de bois. Des trous ont été creusés autour de la source, le jeu consiste à faire entrer la bique dans ces trous qui sont défendus par des enfants munis de bâtons recourbés. Copillon se promène d'un trou à l'autre, hué, chahuté, assourdi par les cris, bousculé par les joueurs, harcelé par les coups de bâton qu'il reçoit dans les jambes.

— Viens boire avec nous, dit le compagnon de châsse de Copillon, en le prenant fermement par le bras.

Le Lorrain songe à se dégager. Mais il aperçoit, à la lisière du bois, les lignes en mouvement des guettes.

— La cérémonie prend fin, dit l'homme. C'est à notre tour de jouer. Nos partenaires approchent.

Les villageois poursuivent le pèlerinage en kermesse. Des paniers d'osier sortent les réserves des chaumières : des jambons entiers que l'on découpe hâtivement, des boules de pain. Certaines vieilles portent des pâtés à la viande, qu'elles ont hâtivement fait cuire depuis le début de la fête. Ils sortent tout chauds du four, fleurant bon le lapin au vin blanc. On allume des feux de joie, où l'on fait griller des andouillettes. Les filles en sabots piétinent, trépignent, attendent les vielleux pour danser.

— Ils ne savent pas ce qui les guette, dit le compagnon aux mâchoires de loup.

La kermesse se poursuit. Les joueurs de vielle et de flûtiaux donnent le signal de la danse. Les jeunes filles se lancent, seules, dans une sorte de farandole, bientôt rejointes par les garçons du village, qui font mine de les enlever, les entraînant prestement au rythme joyeux des sonneurs. Le curé, dépassé, fait signe aux porteurs de châsse de retourner avec lui dans l'église. Sainte Radegonde ne doit pas en voir davantage aujourd'hui.

Quatre vilains aux tempes grisonnantes se dévouent. Ils n'ont pas envie de danser. Ils saisissent les brancards, mais quand ils sont sortis du pré, ils sont arrêtés par les guettes.

— Vous ne pouvez aller plus loin, dit un officier. Personne ne doit quitter la fontaine.

Copillon a vu la scène. Il se précipite à l'opposé du champ, du côté des bois.

— Tu n'iras pas plus loin, dit le compagnon qui l'a suivi. Ils sont encore plus nombreux par là. Suis-moi, c'est ta seule chance.

Il l'entraîne sur les bords de l'Orain, où des barques sont dissimulées dans les roseaux.

— Cache-toi ! Je te dirai quand le moment sera venu de partir.

Copillon, à cent pas, voit les guettes franchir l'Orain. Les villageois sont cernés. Piques en main, fouet au côté, les guettes menacent. Un officier s'approche de la source.

— Oyez, oyez ! de la part de Monseigneur Philippe, duc de Bourgogne et maître de ces lieux. Les femmes et les enfants peuvent rentrer au village. Les hommes doivent rester ici pour la corvée. Une palissade doit être aussitôt dressée autour de cette source ducale. Elle sera comblée dès demain. La corvée durera deux jours. Tous y seront soumis.

Les guettes s'avancent, faisant claquer le fouet. Médusés, les vilains restent cloués sur place. Les filles, les femmes se sont enfuies. Les gosses se sont éparpillés comme une volée de moineaux. Les hommes seuls restent prisonniers.

— Il faut enterrer la source sous l'argile et les épines, a dit l'officier.

Ils ne comprennent pas qu'une telle richesse soit sacrifiée. Ils en veulent au duc de leur dérober un bien naturel, qui est à leur portée, de leur vendre plus cher le sel, de les obliger à l'acheter. Ils savent que leur assemblée a des droits sur ce pré, qu'il est bien communal. L'injustice les révolte. Mais ils n'ont pas le temps de réfléchir : sous les claquements du fouet, ils s'alignent deux par deux pour partir à la corvée.

Soudain le cri de la chouette jaillit des bois. Des jacques surgissent, armés de fourches. Ils sont une centaine, sortant des taillis, sonnant le cor pour rallier les hésitants. Les manants de la corvée se débandent, attaquent les guettes qui jettent leurs fouets pour brandir les piques. Une mêlée confuse s'engage. L'officier des guettes fait sonner le cor de cuivre, pour prévenir les arrières. Déjà des cavaliers se pointent à l'horizon. Ils étaient en réserve, prêts à intervenir en cas de résistance.

Les chevaux se disposent pour la charge, en échelons. Les guettes de pied s'écartent comme ils peuvent. Les blessés rampent jusqu'à la source, pour se protéger dans le trou de glaise. Ils y plongent la tête la première, ayant eu leur ration de coups. Les paysans sortent les serpes, abandonnant les fourches. Certains ont des frondes, avec des billes de pierre. Ils se disposent au hasard des bosses et des taillis, se dissimulant de leur mieux.

Dans les roseaux, Copillon s'inquiète. Il n'a pas de nouvelles du colosse, qui doit être pris par l'action. De fait, il commande la troupe des porteurs de faux, qui s'est approchée sans hâte du cours de l'Orain. Les cris sauvages des officiers dominent le tumulte. Les chevaux sont au galop. De la lance et de l'épée, mais aussi de la masse d'armes, les guettes assomment, percent, piquent tout ce qu'ils rencontrent. Les cris des blessés et des mourants remplissent le pré joyeux où poussaient les jonquilles.

Pourtant les cavaliers sont arrêtés près de la rivière. Les porteurs de faux se sont dressés comme un seul homme, fauchant les jarrets des chevaux. Vingt cavaliers désarçonnés sont tombés lourdement à terre. Les coutiliers ont suivi, avec les dagues aiguisées.

— Saignez-les tous ! hurle le colosse. Qu'ils remplissent de leur sang la fontaine salée !

Les jacques égorgent de leur mieux. Mais les cavaliers se sont ressaisis. Ils ont gravi de nouveau la pente, pour une nouvelle charge. L'officier qui commandait les gens de pied est mort au combat, étranglé par un vilain. Son corps repose dans la source. On lui a retiré ses bottes et son beau casque de métal poli. La charge va reprendre. Les frondeurs cherchent des pierres dans les petits sacs de cuir qu'ils portent à la ceinture. Copillon songe à s'enfuir, le colosse aperçoit les frémissements des roseaux. Il fonce sur lui et lui ordonne de rester en place.

— Le moment n'est pas venu, crie-t-il.

Le galop des chevaux ébranle de nouveau le vallon. Les cris des cavaliers sont assourdissants. Cette fois les manants ne résistent pas. Ils s'enfuient à toutes jambes, proie facile pour les porteurs de piques qui les embrochent par-derrière, comme des volailles, en hurlant. Mais les hommes venus des bois lancent les pierres, se défendent au bâton. Certains s'adossent aux arbres pour résister mieux. D'autres rampent pour achever les cavaliers démontés, aveuglés par les jets des frondeurs. La bataille est confuse et les cavaliers ne semblent pas dominer le terrain, quand une troupe fraîche arrive, par la route de Poligny. A l'évidence, c'est la garnison de la place qui vient prêter main-forte aux guettes débordés.

Cette fois le colosse à mine patibulaire, blessé lui-même au front d'un coup d'épée, aveuglé par le sang qui ruisselle sur son visage, donne l'ordre de dispersion. Les jacques, en toute hâte, avec l'agilité des hommes entraînés aux coups de main gagnent le bois en un clin d'œil. Quand les soldoyeurs de Poligny se présentent sur le terrain, ils n'y trouvent plus que les cadavres ou les blessés qui geignent. Les combattants se sont enfuis.

Le colosse s'est réfugié dans les roseaux. Il a demandé l'aide de Copillon pour se laisser glisser dans la barque à fond plat.

— Je n'y vois plus rien, lui dit-il. Mais la cache est sûre. Attends que les bougres soient partis, pour rameuter les vilains. Il leur faut du monde pour clôturer la source. A ce moment-là, nous filerons.

Ils ont profité de la tombée de la nuit pour se faufiler sur le cours nerveux de l'Orain, en direction de Dôle. Le géant a rassuré Copillon. Ils ne doivent pas descendre très loin. La rivière n'est pas large, elle est dangereuse.

— Je dois rejoindre Chalon, dit Copillon. Au plus tôt.

— C'est pure folie, lui a dit son compagnon. La jacquerie les a tous mis sur les dents. Les places sont en alerte, les routes surveillées. Chalon est une ville assiégée. Les hommes de Dijon fouillent les hôtels, interrogent les habitants. Odot Molain est en prison. Jean de Germiney en fuite. Nous n'avons plus d'organisation. Il faut se disperser, attendre des jours meilleurs.

Copillon est fort surpris par ce discours. Ainsi le pauvre Perreau faisait, sans le savoir, partie d'une sédition organisée, avec des réseaux dans tout le comté.

— Tu t'inquiètes pour Perreau le Baubet, lui dit le colosse, qui décidément est un des responsables. Il est prévenu. A cette heure, il doit être à Lyon, avec son ami Comitis. S'il le faut, il descendra jusqu'à Marseille.

— Et les femmes ?

— La Guillemote et la Mangeotte ? Elles sont restées sur place, sous la protection des calfats. Elles n'ont pas voulu quitter l'entrepôt. Ne t'inquiète pas, les nôtres veillent sur elles. A la moindre alerte, elles sont embarquées, et vogue la galiote !

Copillon se garde de poser d'autres questions. Il ne veut pas en savoir plus. Rassuré sur Perreau, il n'a qu'une hâte : rejoindre la comtesse Jeanne. Il fait arrêter la barque près du bourg de Brainans, où il peut trouver un cheval. Le colosse le laisse partir, non sans lui avoir conseillé de se procurer des habits de ville. Celui des jacques n'est guère rassurant sur les routes.

Le cheval prêté à Brainans par un ami des jacques est une rosse qui le conduit péniblement à Besançon. Il doit prélever quelques pièces sur ses réserves d'or pour reconstituer son équipage dans la grande ville où l'on ne pose aucune question aux étrangers, pourvu qu'ils puissent payer. Il emploie les derniers restes des générosités du duc René pour s'acheter un solide barbe suisse, rustique et sobre, capable de galops prolongés. Il met une certaine recherche dans le choix de ses chausses, qui moulent étroitement ses mollets, et de son pourpoint de couleur vive, à l'italienne, qui convient à un écuyer.

En route pour la prochaine étape, dit-il à son cheval d'un air joyeux, piquant des deux vers Montbéliard, comme s'il abordait une nouvelle époque de sa vie.

Il ne peut rejoindre Jeanne, qui voyage depuis longtemps déjà dans le carrosse aux armes d'Henriette de Montbéliard, tiré par huit chevaux blancs. Quatre hommes d'équipage, deux gentilshommes de pied et quatre valets l'accompagnent, pour l'aider à parcourir les quelques lieues qui la séparent du château.

Le duc le veut, l'empereur le souhaite. La comtesse Henriette n'aime guère Philippe de Bourgogne, mais le maintien de la paix des deux côtés du Rhin est un bien inestimable. Beaucoup des princes et des comtes de la rive gauche ont également des fiefs sur la rive droite : pour eux tous, Philippe et Sigismond l'empereur sont des princes chrétiens qui doivent vivre en bonne intelligence. Les folies de la guerre de Cent Ans, entre Français, Anglais et Bourguignons, ne doivent pas s'étendre à toute l'Europe.

A cinquante ans passés, la comtesse Henriette, veuve depuis longtemps, n'a pas le goût de l'aventure politique. Même si elle déteste Bourgogne (elle est du parti de l'empereur Sigismond) elle ne veut plus de routiers sur ses terres. Elle a eu assez de mal à les expulser. Si le duc et le roi de France parvenaient à faire la paix, ne serait-elle pas de nouveau menacée par les écorcheurs sans emploi ? Elle a engagé un maître arbalétrier et levé des soldoyeurs, à toutes fins utiles. Les seigneurs du voisinage la redoutent. N'a-t-elle pas détruit et mis en pièces, il y a plus de dix ans, les troupes du comte Frédéric de Hohenzollern qui l'avait provoquée et injuriée ? Elle a pris d'assaut, détruit, rasé le château du comte, elle l'a fait enfermer jusqu'à sa mort dans une tour de Montbéliard. Voilà qui crée une réputation.

Il n'est pas question que Jeanne, cette belle étourdie,

refuse la main d'un haut seigneur de Bavière. La comtesse Henriette a trop besoin d'alliés en Allemagne. Elle n'a pas envie de tolérer la moindre résistance de la part de la jeune comtesse. Elle a balayé jadis les objections de Louis, son fils, un grand colosse dur, au regard fou, quand il refusait d'épouser sa femme, pourtant fort riche et grassement dotée en fiefs. Il se disait incapable d'en avoir descendance, tant la dame était sèche. Henriette a réagi avec la dernière vigueur, et Louis a épousé son haridelle.

— Notre rôle est de nous incliner toujours devant la raison d'État et la volonté de Dieu, a-t-elle dit, péremptoire, à son fils. Elle le redira, s'il est nécessaire, à Jeanne de Croy. Celle-là n'a d'ailleurs pas le choix. Elle est riche du prestige de son nom et de l'amitié du duc de Bourgogne plus que de fiefs. Une veuve sans apanage n'est pas en mesure de refuser un prince. Pas plus que son fils, pourtant puissant et fieffé, n'était en position de refuser la main de la riche Mathilde.

Pour recevoir Jeanne, et l'impressionner, elle a pris les dispositions les plus officielles, comme si la belle était déjà mariée. La population de Montbéliard est mobilisée, le clergé, les corps constitués, les corporations. Une pluie de fleurs attend la future épousée et les bannières flottent aux portes. Demain, à l'autre extrémité de la ville, des jeunes filles nues attendront, en tête du même cortège, l'entrée du prince Louis de Bavière selon la coutume du temps : elles figureront l'abondance et la prospérité.

Henriette jette un regard à la fenêtre de sa chambre, sur la ville en liesse qui se prépare pour la grande fête. Elle contemple toujours avec plaisir les courtils de chanvre qui s'accrochent aux pentes des montagnes et les carrés de vigne qui poussent sur les coteaux pierreux. Elle a su faire de ce comté un État prospère, bien géré, où les vilains travaillent heureux. Pour les satisfaire, elle a libéré les main-mortables, encouragé la conquête de terres nouvelles et l'essartage des grandes forêts. Elle est particulièrement fière de ce beau pont de pierre tout neuf, qui enjambe l'Allan, avec sa halle immense et ses maisons de grès. Point de chaumes à Montbéliard mais des toits sûrs aux tuiles vernissées, comme en Bourgogne. Les gens sont heureux dans Montbéliard. Les murailles épaisses les protègent, avec quatre portes solides à ponts-levis. Il faut à tout prix les maintenir en paix, dans l'ombre du donjon.

Les trompettes d'argent sonnent quand Jeanne pénètre dans la ville par la porte de la Rochette, tournée vers Héricourt et la Lorraine. Jean de Franquemont et Renaud de Boncourt d'Asuel s'empressent autour d'elle et caracolent sous les portières de son carrosse. Au pied des tours, la comtesse Henriette, entourée de tous ses enfants, de ses lévriers blancs et de sa maisonnée, est la première à saluer Jeanne, qui a mis pied à terre, escortée de ses beaux gentilshommes. Aucune trace à Montbéliard de l'insupportable étiquette de Bourgogne. L'accueil est chaleureux, spontané. On conduit Jeanne à la chapelle où elle se recueille devant le maître-autel. On l'accompagne ensuite jusqu'à sa chambre, spacieuse dans sa rusticité : dalles de schiste, fenêtre haute qui donne sur la montagne, vaste lit aux colonnes torses et lourde tapisserie au mur de pierres blanches. Le feu de bois pétille, le lit est garni d'un édredon douillet.

A peine a-t-elle lissé ses longs cheveux blonds, arrangé son diadème léger et passé la robe safran qu'on lui a préparée pour la cérémonie, qu'elle est déjà conviée au repas dans la grande salle tout éclairée de mille bougies de cire. Henriette a décidé de l'entraîner jusqu'aux autels dans un train d'enfer, sans lui laisser le temps de respirer. La comtesse a revêtu sa plus belle robe de damas gris, et les dames de sa maison rivalisent d'élégance, dans le chatoiement des étoffes italiennes, vert émeraude et rouge cramoisi. Les grandes manches fourrées de marte corrigent les audaces des décolletés profonds. Les ménétriers, quand les sonneurs de trompettes se sont tus, jouent de la flûte à bec et du pipeau.

— Voilà donc celle qui est promise à l'affreux Prince Noir ! glisse méchamment le comte Louis dans l'oreille de sa femme, engoncée dans une robe verte.

Le regard bleu d'acier du comte suit les gestes gracieux de Jeanne et surveille sournoisement la naissance de son bras, chaque fois qu'il s'échappe de la fourrure des manches. La très perspicace Mathilde, son épouse, ne manque pas d'observer la crispation du visage de son mari. Il ne quitte plus Jeanne des yeux.

Elle est absente de la cérémonie. Elle ne voit ni les gens

ni l'ordonnance étincelante de la table. Pourtant la comtesse Henriette a sorti la vaisselle d'argent et de vermeil, les hanaps, les timbales, les grands plats émaillés ou sculptés. Sur les nappes à dentelles les mets s'accumulent, les pains de fine fleur de farine, les saucières alléchantes. Les valets de bouche ont pris place derrière les invités, un honneur particulier est fait aux ambassadeurs du duc, qui sont placés près de la comtesse, ainsi qu'aux prélats de Bâle et des villes allemandes. Jeanne ne voit rien, n'entend rien. Elle est insensible aux compliments de son voisin Guilbert de Lannoy, chevalier chambellan de Philippe le Bon, trésorier de l'église de Besançon, un riche et puissant seigneur qui lui parle des Flandres et du printemps éblouissant de l'Escaut. Le chevalier ne parvient pas, malgré son talent, à la faire rêver, ou changer d'horizon. Les lèvres immobiles, le regard vide, elle sourit interminablement sans mot dire, heureuse seulement de n'être pas encore en présence de celui qui lui est destiné comme époux.

Les délégués au concile de Bâle, Jean de Fruyn, Robert au Clou, Jean Vivien, l'archidiacre de Beaune, tiennent un discours politique qui lui est totalement étranger. Quant aux fils de la comtesse, ils préparent la chasse à courre du lendemain en évoquant leurs chasses de jadis, comme s'ils parlaient bataille. Thierry de Vautherelet, qui a l'ambition d'être bailli de Montbéliard, est intarissable. La comtesse frémit en l'entendant raconter ses exploits, les cerfs et les biches forcés dans les forêts de Neuveville et de Montvillars. Le récit de Louis de Wurtemberg est encore plus terrifiant : ces messieurs font assaut dans l'horreur. Il chassait, disait-il, un cerf au bois dur, de ceux qui tiennent les fourrés denses, impénétrables. Il l'avait attendu tout le jour à l'assemblée, car il était traqué par les chiens. Mais le cerf n'était point venu, il avait pris la fuite.

Jeanne respirait. Elle n'aimait, dans les interminables histoires de chasse dont les jeunes seigneurs l'avaient toujours abreuvée, que celles qui donnaient sa chance au cerf. Mais Louis de Wurtemberg poursuivait : ayant manqué le cerf, il était tombé sur un ours, qui lui avait également échappé.

— Seules les femmes n'échappent pas au comte ! glissait l'insolent Guilbert de Lannoy dans l'oreille de Jeanne, qui feignait de n'avoir pas compris.

Louis et son frère Ulrich faisaient assaut d'histoires sanglantes de bêtes traquées, de cerfs épuisés par des courses interminables, de chiens éventrés par les sangliers. Mais Jeanne n'entendait plus. Elle était encore plus sourde aux propos des évêques contre les Hussites de Bohême, dont l'hérésie tendait à se répandre en Allemagne.

— Des fers, des supplices, des bûchers ! criait Louis, pour donner la réplique à Jean Vivien, l'archidiacre de Beaune, qui réclamait l'apaisement.

« Décidément, se disait Jeanne, le jeune seigneur de Wurtemberg est bien sot : il veut tout forcer, les Hussites et les cerfs, les dames de cour et les ours... Sont-ils tous ainsi en Allemagne ? »

Le repas prend un tour plus aimable quand la comtesse Henriette fait servir du vin d'Arbois par son échanson Albert. Un joueur de luth s'approche de la cheminée aux cendres rougeoyantes et chante, en se tournant vers Jeanne, *la Belle est au jardin d'amour...* Elle connaît la mélodie, qui lui rappelle son cher mari noyé à Authon, elle en fredonne les paroles « et moi qui suis son amoureux, je ne puis m'approcher d'elle ». Les larmes lui viennent aux yeux. Le comte n'est plus. Que ne va-t-elle le rejoindre, au son du luth, en se jetant du haut de ces fenêtres dans le Doubs ?

Copillon est dans la ville en fête, au quartier des tanneurs. Ils sont nombreux dans Montbéliard, à rendre irrespirable l'air de la ville par leur fructueuse activité. Ils tannent tout ce qu'ils trouvent, sur les rives de l'Allan, des peaux de bœufs, de chèvres, d'agneaux, mais aussi d'écureuils, de fouines, de renards et même de loups. Ils fabriquent des chaussures et des pourpoints, des tabliers et des pelisses. Ils sont riches et joyeux. Les tisserands et les fondeurs, les joailliers et les chapeliers partagent leur bonne humeur. Le vin coule à flots dans les fontaines : un mariage se prépare au château.

Copillon n'a pas réussi à y pénétrer. Il cherche au bourg de la Halle des complicités pour franchir l'enceinte. Mais il est tard, si les jeunes gens dansent encore sur les places, dans les tavernes, les buveurs se sont assoupis. Ceux qui restent éveillés ne répondent guère aux questions des étrangers. Un tanneur fort éméché prend Copillon pour un acheteur de bétail allemand.

— Ce n'est pas jour de foire, mais jour de fête, lui dit-il. Reviens à la Saint-Martin.

Copillon insiste, boit un verre de vin avec l'homme, qui lui paraît habile. Il finit par obtenir une information. On boit moins au château qu'en ville, mais on veille plus longtemps. Les seigneurs se couchent tard.

Copillon ne voit pas où le tanneur veut en venir.

— Qui dit veille dit bougies, dit l'autre. Ils en manquent. Va dans la cour de l'auberge. Un chargement est prêt qui doit monter tout de suite au château.

Le Lorrain se précipite. La voiture part déjà. Il grimpe aux côtés du cocher.

— Service du duc de Bourgogne ! lui dit-il. J'ai la charge de t'aider à décharger ces cierges, et à les placer dans la grande salle.

L'homme, qui s'est beaucoup attardé dans l'auberge, le laisse faire, et fouette son cheval. Copillon doit descendre pour aider la maigre rosse à gravir, avec son lourd chargement, le chemin de pierres inégales qui conduit à la porte du château. Il demande de l'aide, car le charroi n'avance pas. En riant et en chantant, des vilains en fête poussent l'attelage. Ils le poussent si bien qu'il est près de verser. Furieux, le cocher descend, poursuit les drôles à coups de fouet. Les gardes arrivent, hallebarde au poing.

— Service de la comtesse ! hurle le cocher d'une voix pâteuse.

Les gardes vérifient le chargement. Ils fouillent dans les paquets de bougie, ne voient rien de suspect.

— Tu es incapable de conduire cette charrette, dit un garde au cocher.

Il fait signe à Copillon de prendre les rênes. Il n'hésite pas, grimpe sur le siège, laisse le cocher en proie aux fêtards furieux qui lui lancent des pierres. Les gardes poussent le convoi dont les roues grincent sur les pavés. La porte est enfin franchie : voilà Copillon dans la place.

Les gardes le dirigent vers l'arrière du château, dans la cour des communs. Des serviteurs de la comtesse attendaient avec impatience le chargement. Il les aide à transporter les paquets de cierges dans la grande salle, où les ménestrels poursuivent leur concert. Un maître valet s'avise de sa mauvaise tenue.

— Si tu veux donner un coup de main, va t'habiller, lui dit-il. Tu ne peux entrer au château dans cet équipage.

Pour ne pas se faire remarquer, Copillon avait en effet pris les habits d'un compagnon tanneur. Le voilà de nouveau en livrée, prêt à se mêler au personnel de la comtesse. Il brasse les cierges avec ardeur, dispose les bougies sur les chandeliers, non sans surveiller l'assistance. Personne ne remarque son manège, mais il s'est déjà rendu compte que Jeanne de Croy n'était plus de la fête. Sans doute était-elle remontée dans sa chambre.

C'est Charlotte, la suivante, qui le renseigne en maugréant. Bien sûr, la dame était épuisée par le voyage. Elle devait se lever matin pour assister à la chasse à courre. Son futur mari était-il arrivé ? Que nenni... Il viendrait le surlendemain, après la chasse. Tout était prêt pour l'accueillir, si Copillon n'y voyait pas d'inconvénient.

« Vieille buse, se dit le Lorrain, tu la marierais bien à un bouc, pourvu qu'il fût prince. »

Il ne dit mot mais suit de loin la vieille, les bras chargés de cierges. Il grimpe l'escalier, changeant au passage les bougies le long des murs, même si leur mèche est à peine entamée. Il repère l'appartement de la comtesse, redescend dans la grande salle pour attendre le départ des derniers convives.

Le joueur de luth s'exténue. Personne n'entend plus son concert. Les seigneurs veulent être en condition de courir le cerf dès l'aube, les vieux évêques somnolent. Quand ils ont tous rejoint leurs chambres, Copillon grimpe les escaliers, repère les lieux. La fenêtre de la comtesse donne sur le chemin de ronde. Il saute par une étroite ouverture en forme d'œil-de-bœuf, se reçoit avec souplesse sur le sol dallé. Silencieux comme un chat, il se glisse sous la deuxième fenêtre. Se hissant jusqu'à la barre d'appui grâce aux interstices des pierres inégales, il parvient à retrouver son équilibre, mais ne distingue rien à l'intérieur de la pièce à travers les petits carreaux de verre colorés. Étonné de sa propre hardiesse, il passe la pointe de sa dague dans le rebord de la fenêtre. Il doit découper doucement le bois de chêne très dur pour parvenir à soulever le loquet. En prenant mille précautions, il entrouvre la fenêtre et distingue l'intérieur, le lit à baldaquin, l'édredon de couleur claire, la forme allongée de la comtesse. Il n'ose sauter sur le tapis de laine, et se contente de l'admirer.

Ses yeux se sont habitués à la pénombre. Un léger rayon de lune, par la fenêtre entrouverte, éclaire Jeanne qui dort d'un sommeil agité. Elle pousse des soupirs à fendre l'âme, se retourne fréquemment. Une forme se dresse, à côté du lit, pour remettre en place l'édredon que la comtesse, dans sa nervosité, a fait tomber. C'est Charlotte... Copillon, en toute hâte, se plaque dans l'embrasure. Quand il risque de nouveau un œil, Charlotte a disparu. Elle couche au pied de sa maîtresse, sur un duvet étendu à même le sol. Le rayon de lune éclaire les cheveux blonds, l'épaule dénudée. Le petit chien de la comtesse aboie violemment, brusquement réveillé. Mais il se précipite sur la porte, non vers la fenêtre. Copillon saute sur le chemin de ronde, fait le tour de la chambre, rejoint le couloir intérieur. Il aperçoit une ombre qui s'éloigne pour pénétrer dans un appartement voisin. Il ne peut alors la reconnaître. Mais il saura, le lendemain, qu'il s'agit du comte de Wurtemberg.

CHAPITRE 12

La grande chasse de la comtesse de Montbéliard

— Charlotte, dit Jeanne, j'ai fait de mauvais rêves.

Quand la comtesse se lève, à l'aube, pour suivre la chasse d'Henriette, elle ne peut s'empêcher de raconter à sa suivante son épouvantable vision :

— J'étais dans la future chartreuse de Champmol, près de Dijon, avec le vieux duc Jean sans Peur qui me regardait d'un air étrange. Sans doute me parlait-il, mais je ne me souviens pas de ses paroles. Il avait sa dague à la ceinture, scintillante, effilée, redoutable. Derrière lui, mon mari, le pauvre comte, la poitrine ensanglantée. « Fuis, Jeanne ! me disait-il, quand il en est encore temps. » Tu sais, Charlotte, à quel point je crois aux rêves. Prépare nos coffres, nous allons partir. S'ils me poursuivent, je me retirerai au couvent. Je le sens trop bien, Charlotte, le tombeau de Jean sans Peur, c'est la mort.

La servante pleure aux pieds de sa maîtresse, n'ayant plus le courage de la vêtir. Pourtant, dans la cour du château, la meute aboie déjà. Les aides, les valets, les pages sont dans les bois. Le lieu de l'assemblée est fixé, le Maître Veneur a fait son rapport à la comtesse. On n'attend plus que Jeanne.

Avec effort, elle se laisse mettre son habit de chasse. Elle doit être à l'assemblée, sur sa haquenée blanche, en même temps que les autres dames qui suivent les seigneurs et s'apprêtent à admirer leurs exploits. Elle est blême et figée quand elle descend l'escalier, suivie du regard par ce Louis de Wurtemberg qui va conduire la chasse, sur son cheval de feu. Il n'aurait pas donné le signal de départ, s'il ne l'avait vue apparaître. Dans sa tenue de grand écuyer, qu'il a retrouvée pour la circonstance, Copillon l'a identifié. C'est donc lui. Il décide de ne plus le perdre de vue. Un homme qui était prêt, la veille, à forcer la porte de sa dame sera dangereux dans les bois. Mais la vieille comtesse le rassure. Droite et fière sur son cheval de reître allemand, Henriette de Montbéliard semble partir en guerre. On peut aisément courir le cerf quand on a forcé un Hohenzollern !

Elle fait des politesses à un grand jeune homme, tout habillé de neuf, qui doit courir la chasse pour la première fois. Son fils Louis lui en fait reproche.

— Vous auriez pu, ma mère, vous dispenser d'inviter un Vuillemin-Beleverne.

— Il est membre du Conseil des Neuf de Montbéliard depuis 1412. Il deviendra sans doute prévôt et chef de la milice bourgeoise. Cela vous suffit-il ?

— Hélas ! mère, répond Louis, les de Glay, les Blussans et les Clerval disparaissent peu à peu de nos chasses. Ils sont remplacés par des fils de tanneurs ou de marchands de toile.

— Vous savez bien que les grandes familles s'éteignent, faute d'héritiers, quand les hommes jeunes meurent trop nombreux à la guerre. Mais vous exagérez. Nous avons encore, aujourd'hui, avec nous des Franquemont et des Tavannes.

Louis se raidit et sa réponse se perd dans le vacarme des chiens tenus en laisse, au pied du perron du château, par les valets en livrée aux couleurs de la famille de Montbéliard. Ces chiens courants, aux oreilles basses, aux longues pattes taillées pour la course, sont impatients d'en découdre. Les valets ont besoin de toute leur vigueur pour ne pas être entraînés par les molosses.

La comtesse consulte avec une politesse affectée le grand Veneur, comme il est d'usage au départ d'une course.

— Il a plu beaucoup, madame, dit ce personnage avec une pointe de solennité. Il convient de chasser le cerf aux hautes futaies.

Il s'adresse, solennellement, au premier valet qui fait une réponse quasi officielle :

— Avez-vous recueilli des fumées en plateaux ou en torches ?

— En plateaux, messire, en plateaux larges et grands.

— C'est la preuve que le cerf est courable.

Copillon s'est rapproché par curiosité. Il entend la réponse, mais ne comprend rien à cette affaire de plateaux.

— Au début de mai, lui explique un valet, le cerf laisse ses fumées en plateaux parce qu'il mange le blé en herbe. Après la mi-juin, les fumées sont en torches parce que les graminées qu'il broute durcissent.

La découverte des fumées, ce crottin bien spécifique, apprend aux hommes de la chasse bien d'autres choses : l'âge du cerf qu'ils doivent courir, son état de santé. Le cerf dix cors est le plus prisé, mais il échappe bien souvent aux chasseurs. Sa malice peut faire durer la course très longtemps. Il a cent parcours différents, des haltes imprévisibles, des ermitages et des refuges inconnus ou inaccessibles. Non, le cerf n'est pas sans défense.

— On ne le sent pas, poursuit le valet, s'il a sur lui l'odeur des biches. Plus d'un dix cors se frotte ainsi aux femelles, à l'aube d'une chasse, quand il entend les trompes sonner, pour échapper aux chiens. J'en ai même connu un qui s'était frotté aux vaches...

— Par saint Hubert, nous partons, dit la comtesse dans un sourire.

La chasse s'ébranle, au trot, puis au galop, derrière les chiens furieux qui prennent aussitôt la trace. Copillon n'est pas dans les équipages. Il suit à pied, avec les valets ; aussi voit-il se perdre vite dans les taillis la suite colorée et disparaître au loin les cheveux blonds de Jeanne de Croy.

Elle songe à saint Hubert, dont elle a entendu, très petite, la légende miraculeuse. Hubert, maître d'Austrasie, était si passionné de chasse qu'il parcourait, même le vendredi, jour du Seigneur, les grands bois feuillus, ce qui était péché. Un jour où la rosée inondait les chevaux et les feuilles de ses milliers de perles, un dix cors était apparu dans la forêt des Ardennes. C'était la saison où les bourgeons s'impatientent sur la tête des cerfs, les cornes poussent pour sortir sous le pelage plus fin. Les bosses molles allaient se transformer en cornes dures et tranchantes comme des dagues. Tout proche de saint Hubert, un tel cerf frottait sa tête contre le tronc d'un vieux hêtre pour faire tomber la peau qui recouvrait les pointes des cornes. Il prenait tout son temps, sans prendre garde au chasseur. En s'agenouillant pour mieux aiguiser ses bois contre l'écorce moussue, il avait fait tomber une nuée de gouttelettes lumineuses. Quand il s'était relevé, les gouttes étaient devenues perles et s'étaient ordonnées en forme de croix phosphorescente, entre ses bois tout neufs. La légende disait que Hubert s'était aussitôt fait baptiser, saisi par le miracle. Le pape Sergius l'avait sacré évêque.

Jeanne se souvenait de son étoile. Hubert n'avait cessé de parcourir les forêts pour retrouver son grand cerf à la croix de perles. Une étoile était descendue jusqu'à lui et s'était laissée cueillir. Combien de fois la petite Jeanne n'avait-elle pas regardé le ciel du Brabant, levant ses mains pour tenter d'y décrocher les astres ?

Elle est très vite dépassée par le flot haletant des chasseurs. Elle est bientôt presque seule dans la grande forêt, surprise par ce branle-bas matinal, comme une dame à sa toilette. C'est à peine si les oiseaux sentinelles ont eu le temps de prévenir les cerfs et les biches des dangers qui les menacent. Les sabots des chevaux soulèvent sur les sentiers pierreux des gerbes d'étincelles et s'enfoncent dans les tourbières entourées de sapins. Les merles sifflent, affolés, les pies, les geais protestent gutturalement, la guerre est déclarée sous les hautes futaies. Les sangliers se rassemblent en troupes serrées et n'attendent pas le début des hostilités pour prendre la fuite en faisant trembler le sol. Les buissons craquent sous leur poussée.

Louis est en tête de la chasse, tête nue, en pourpoint blanc. Il a partagé les chasseurs en plusieurs groupes, pour repérer plus vite les proies. Les uns sont allés dans les taillis, où la vue est meilleure, se plaçant contre le vent pour ne pas avertir le cerf de leur présence. Les autres ont piqué sur les parcelles de blé, où les cerfs vont viander, pour tâcher de les surprendre. Jeanne a suivi, sans savoir pourquoi, le groupe qui a pris le chemin des charbonnières en pleine forêt, où les cerfs passent pour rôder de très bonne heure. Copillon, à pied, a suivi ceux qui se rendaient dans les grands fourrés, où les animaux se tiennent habituellement. Il s'est ainsi séparé bien involontairement de la comtesse, il a perdu sa trace. Louis sait, par le maître veneur, que la chasse sera de haute futaie. Les cerfs ont les bois tendres. Ils préfèrent encore se tenir à l'abri des arbres et redoutent les taillis trop épais. La course prend la direction du bois de Montevillars où l'on a trouvé des traces.

Le grand valet a assuré Louis qu'elles étaient excellentes : le cerf marche plus large des pieds arrière que des pieds avant. Il est lourd et de bonne venaison. Les brisées ont été déposées, les veneurs ont depuis longtemps repéré les traces. La truffe au ras du sol, pour éviter de perdre la piste, les chiens hurlent, museau bas, s'arrêtant seulement pour laisser aux valets le temps de déposer les branches en « brisées ». Louis a entendu le cri de « créance », il sait que les chiens sont sur la bonne piste, celle qui conduit au grand cerf. Les chasseurs ont corné très fort dans les grands bois, réveillant les renards, les blaireaux et les loups.

Le tintamarre de la chasse s'éloigne et devient lointain pour Jeanne, isolée dans la forêt. Elle se retrouve sur une sorte d'escarpement couronné de noirs sapins, au-dessus d'une prairie que le printemps a émaillée de fleurs, comme une tapisserie. Le soleil inonde les œillets sauvages aux parfums épicés, les gentianes au bleu très vif, les pensées tigrées et les lobelies enflées dont les boutons explosent de joie. Des brindilles chatouillent son visage, sa haquenée, au pas, fait ce qu'elle veut. Elle s'arrête pour humer les lys couronnés appelés *sabots de la vierge*, particulièrement doux à respirer. Jeanne voudrait rester perdue dans les chatons des saules et les branchons de noisetiers qui la fardent de leur pollen.

« Je suis au château de vaine plaisance », soupire-t-elle avec mélancolie. Une marmotte, debout sur ses pattes arrière, la fixe, intriguée, attentive au bruit lointain de la meute. Jeanne se sent accueillie par cette amie inattendue. Elle lui parle d'une voix douce, et la suit dans sa promenade matinale qui la conduit à une cabane abandonnée, perdue dans les sapins bleutés. Au sud, à l'horizon, les cimes encore blanches des dômes, les grandes tables étincelantes du Jura, les pointes orgueilleuses du château de Montbéliard.

La cabane est jonchée de pommes de pin rongées par les écureuils. Deux grosses pierres brûlées témoignent, devant la porte, du passage des bergers ou des braconniers. Jeanne se sent isolée et protégée dans ce refuge, elle entre et s'assoit sur la mousse, pendant que sa haquenée blanche herborise seule, dans les clairières des alentours.

La grande chasse a dû se diviser, car les bruits de meute et les sonneries de trompes viennent des quatre points cardinaux. Il arrive souvent que le cerf, quand il est sur ses fins, essouffle ses poursuivants en utilisant des stratagèmes. Il peut se faire accompagner par un jeune cerf qu'il lâche ensuite dans une prairie, pour détourner les chiens. Lui-même se dérobe en sautant dans les buissons épineux. Quand le grand cerf est pris, sa fin est tragique. Jeanne ne veut pas y assister. Les chiens lui dévorent le cou et les épaules jusqu'à ce qu'il en meure. On le frappe de l'épée et les trompes annoncent aux habitants de la forêt que le roi des frondaisons n'est plus. Le dépeçage est atroce. La meute affamée se jette sur les tripes fumantes. La comtesse se sent trop fragile pour assister à une aussi rude cérémonie. Elle rentrera à la tombée du jour, à la fin de la chasse.

Un bruit de feuilles froissées la fait sursauter. Un renard, peut-être, ou un rongeur. Elle se lève, regarde au-dehors. Une biche apparaît, tremblante, marchant de son pied léger vers la cabane. Elle titube de fatigue et dans ses yeux se lit encore l'effroi de la poursuite. Une écume blanche sort des naseaux palpitants. Jeanne se dissimule dans la cabane. La biche hésite un instant, hume le sol, mais bientôt les aboiements des chiens qui se rapprochent lui font dresser les oreilles. Elle cherche un abri, un refuge, entre dans la cabane comme si elle savait qu'elle pourrait y trouver une aide. Jeanne retient son souffle pour ne pas l'effaroucher. La biche la scrute de ses yeux immenses, puis elle amorce un bond en arrière, dès que Jeanne lui tend sa blanche main.

A cet instant, une corne de chasseur, très proche, précède de peu l'arrivée des chiens. Toute la meute est là, hurlante, autour de la cabane. En toute hâte, Jeanne en a refermé la porte de bois, empêchant la biche de sortir. Tremblante, celle-ci s'est couchée à ses pieds, et ne bouge plus. Elle ferme les yeux, s'attendant à la mort.

Une voix d'homme résonne à l'extérieur, dure, autoritaire. C'est Louis de Wurtemberg. Il a repéré la haquenée de Jeanne, elle ne peut être loin. Un accident, un enlèvement ? Il la cherche et fait taire les chiens. Leur insistance à rôder en aboyant près de la cabane abandonnée est suspecte. Il s'approche, ouvre la porte d'un coup de botte, la dague à la main. Il voit d'abord la biche, et s'apprête à l'égorger quand Jeanne surgit du recoin sombre où elle s'était réfugiée, arrêtant la main armée.

— Honte à vous ! lui dit-elle, de tuer un animal sans défense.

Louis rengaine sa dague, inspecte les lieux. Jeanne est seule. Point de galant, point de comploteur. Il la scrute d'un air méfiant.

— Vous voilà sans défense, comme cette biche forcée. Ne craignez rien, madame, il ne vous sera fait aucun mal.

Du bout de son couteau de chasse, qu'il tire de sa ceinture, il effleure le cou de la biche qui donne des coups de pattes désespérés mais ne peut échapper à son étreinte.

— La chasse vous égare, dit Jeanne avec calme. Voulez-vous m'impressionner ?

— Mes chiens ne lâcheront pas leur piste, dit Louis, tant qu'ils n'auront pas dépecé ce fragile animal.

La trompe sonne, au loin. Furieux d'être engagés sur une fausse piste, les chiens de la meute repartent ventre à terre, de nouveau à la poursuite du grand cerf. Ils abandonnent la biche et Wurtemberg.

— Vous allez perdre la chasse, lui dit Jeanne. Votre meute vous a oublié, c'est grand dommage.

— Je n'ai pas tout perdu, dit Louis, les yeux exorbités, puisque je vous tiens à merci. N'est-ce pas la plus belle des chasses ?

Abandonnant la biche et jetant son couteau, il enlace Jeanne avant qu'elle ait pu proférer la moindre parole. Elle griffe de son mieux les larges mains noueuses qui délacent son corsage sans se hâter, avec égards. Coincée contre les planches de pin de la cabane, Jeanne n'a pas une chance de s'échapper. Elle voit, dans un cauchemar, ses seins paraître nus, frileux, fragiles dans la rude poigne de son tourmenteur. Ses cris ne l'arrêtent nullement. Il rit sauvagement, au contraire, quand elle essaye de lui donner des coups de pied. Il la soulève de terre, la prenant à bras-le-corps, et la jette sans ménagements sur le lit de brindilles, de mousse et de pommes de pin. La biche affolée en profite pour s'enfuir, sans demander son reste.

— Traître, assassin, je vous arracherai les yeux !

Ses cris se perdent dans l'épaisseur des bois. Elle trépigne, frappe le sol de ses talons. Il lui déchire ses cottes et tente de l'embrasser de force. Elle répond à son baiser en lui mordant la bouche au sang.

— Vaine créature ! tu seras bientôt à un homme qui n'a pas plus de bouche que d'oreilles et cela te fera grand bien !

Il couvre son corps de tout son poids, entoure ses poignets fins et lui ouvre les bras en croix. Impuissante, elle tourne son visage vers le sol, comme le faisait la biche, elle attend le déshonneur. Louis de Wurtemberg est-il pris d'un scrupule tardif ? Il relâche son étreinte, se glisse à ses côtés sur la mousse, la tenant seulement par la taille. Il prend sa tête entre ses mains, l'oblige à tourner vers lui son visage.

— Ne vois-tu pas qu'à l'instant où je t'ai rencontrée hier, dans la cour du palais, j'ai compris que tu serais mienne ? Je n'ai pu trouver le sommeil cette nuit, ne pensant qu'à toi. J'y ai pensé si fortement qu'il m'est apparu impossible, ce matin, de continuer à vivre sans toi. Je t'enlève. Nous ne rejoindrons pas la chasse. Tu seras enfermée dans mon château de Riquewihr où tu verras le Rhin à tes pieds jusqu'à la fin de tes jours tant que, de ton plein gré, tu n'auras pas consenti à être mienne.

La comtesse se redresse, tourne dans tous les sens ses cheveux ébouriffés, va pour se lever et s'enfuir, comme la biche ; il la retient par la cheville, et la force à s'allonger de nouveau à ses côtés.

— Vous avez perdu le sens. Oubliez-vous Madame Mathilde, et votre mariage ?

— Il y a des papes pour me défaire de tout cela. Je ne vois que mon bon plaisir et tu es ce que je désire le plus au monde.

De nouveau son regard devient fixe, et ses mains s'agrippent avec force aux épaules de la comtesse. Il n'a pas renoncé, à l'évidence, à ses desseins criminels : le vautour de Riquewihr veut plumer la colombe. Sous l'étreinte sa pauvre tête dodeline, de gauche à droite. Jusqu'où pourra-t-elle résister ? Rien ne peut la sauver dans cette forêt déserte. Il peut à loisir la violenter.

— Copillon ! Copillon ! crie-t-elle en une longue plainte, comme s'il ne servait plus à rien de crier ou d'appeler au secours.

Wurtemberg se redresse, regarde au-dehors. Puis il soulève Jeanne comme fétu de paille. Au lieu de l'agresser, il l'enlève, la couche sur la selle de son cheval.

— Nous serons ce soir sur le Rhin, lui dit-il, et demain dans mon château. Personne au monde ne m'arrêtera. Je me défendrai à l'épée, à la lance, à la dague, à l'épieu s'il le faut, mais personne d'autre que moi ne te possédera.

La biche, la meute, la chasse, tout a disparu autour du bois. Les chiens doivent être à la curée, à moins que le cerf n'ait échappé. Très loin, les cors sonnent la retraite, un temps long, et quatre temps courts. Les sonneurs répètent, pour être sûrs d'être entendus par les chasseurs égarés. Sans doute sont-ils inquiets d'avoir perdu le comte Louis. Peut-être Henriette, sa mère, fait-elle aussi rechercher Jeanne de Croy.

Jeanne ne sent plus son corps. Elle n'ose lever les yeux vers le cavalier qui l'a déposée devant sa selle, comme si elle était morte, le ventre plié sur le cou de la bête. Un sentiment d'angoisse lui noue la gorge. Elle est incapable d'articuler une plainte. Elle se laisse faire désormais sans mot dire, comme si elle n'était plus de ce monde. Soudain le comte s'arrête. Il est suivi par la haquenée de Jeanne. Ce cheval blanc piaffe, hennit, les fait remarquer. Il faut l'éloigner ou l'attacher à un arbre. Le comte poursuit la haquenée, pendant que son cheval poursuit seul sa route, portant Jeanne recroquevillée sur la selle. Elle est si découragée qu'elle ne songe pas à réagir. Le comte n'est pas loin, il pourrait immédiatement la rattraper, si elle cherchait à s'enfuir. Elle a pourtant le sentiment que la main qui saisit la bride du cheval n'est pas la sienne. L'animal fait un écart, comme s'il refusait d'obéir, il ne reconnaît plus son maître. En se redressant brusquement, par un dernier effort de volonté, Jeanne se déséquilibre, elle glisse à terre, se foulant une cheville. Quelqu'un bondit pour l'aider à se relever.

— Copillon !

Elle l'a immédiatement reconnu. Il met un doigt sur ses lèvres. Le comte n'est pas loin. Il a enfin rattrapé la haquenée, peste en l'attachant au tronc d'un bouleau. Il jure en appelant son cheval, qui s'est éloigné d'une centaine de pas. Copillon n'est pas armé. Il tient seulement en main un bâton noueux, très solide. Il se dissimule derrière le cheval de Louis, qui hennit et piaffe d'impatience, comme pour appeler son maître. Louis se précipite, aperçoit Jeanne à terre. Il se penche vers elle, un bras sous ses jambes, un autre autour de ses épaules pour la remettre en selle.

Copillon surgit alors, par-derrière. Il ne prend aucun risque, assomme proprement le comte qui tombe comme une masse, sans proférer un cri. La comtesse de Croy roule aussi dans l'herbe. Elle ne peut se relever, elle n'en a plus la force. La joie d'être libérée, l'angoisse de l'épreuve lui retirent tout courage. Elle souffre de la cheville, ne peut se tenir debout.

Copillon, pendant un long moment, la laisse sur place. Il charge le comte inanimé sur son propre cheval et le conduit dans la cabane. Il prend soin d'emmener les deux montures, pour ne pas être poursuivi. Il sait que l'air frais de la nuit le réveillera dans une heure ou deux. Il dispose d'un peu d'avance pour échapper aux poursuivants.

Il glisse sa gourde pleine de vin entre les lèvres de Jeanne, pour qu'elle reprenne vie, et la dépose avec soin sur la haquenée blanche, prenant garde de disposer sous sa selle une couverture supplémentaire. Il prend pour lui le cheval du comte en se fiant aux étoiles, il sort de la forêt et calcule attentivement sa route. Jeanne est maintenant en mesure de l'entendre.

— Je ne peux partir sans mon fils, lui dit-elle.

— Le comte peut me faire pendre et vous enlever de nouveau. Je vous conduis en Lorraine. J'irai moi-même, cette nuit, chercher le petit Guillaume. Vous serez en sécurité dans mon pays ; de là, nous gagnerons aisément les Flandres.

L'idée de revoir Bruges et Gand amène un pâle sourire sur le visage émacié. Copillon s'arrête, la fait boire à nouveau. Puis il la soulève dans ses bras et la place sur son propre cheval, car elle n'a pas la force de conduire seule sa haquenée.

Ils ne vont pas loin. La nuit tombe. Ils ne peuvent approcher du château. Il est là, à portée, avec ses tours pointues et son donjon massif. La chasse est de retour, depuis longtemps. On aperçoit des cavaliers qui entrent et sortent sans discontinuer, des patrouilles à la recherche de Jeanne et de Louis. C'est seulement au milieu de la nuit que Copillon croit pouvoir agir. Il connaît la chambre de Guillaume et de Charlotte. Il trouvera des complicités sur place.

Dans la demi-obscurité du soir qui tombe, il prend les chevaux par la bride et marche vers la route d'Héricourt. Il doit y chercher refuge, pour Jeanne, en attendant la réussite de son coup de main.

Entre les branches sombres, on aperçoit les derniers rayons du soleil, aux premiers accents du rossignol de la nuit. Un chant religieux remplit la forêt, comme une nef d'église. Au frémissement des lèvres de Jeanne, Copillon s'aperçoit qu'elle prie. La forêt se recueille, pas un bruit qui ne soit tamisé, étouffé, amorti. Les animaux traqués toute la journée se retrouvent dans leur royaume. La nuit va leur appartenir. Jeanne, au comble de la fatigue, a des hallucinations, elle croit voir un oiseau de feu laissant un long sillage doré avant de se poser au faîte d'un hêtre.

— C'est l'oiseau-lyre, dit-elle à voix trop basse pour que Copillon puisse entendre.

— Nous entrons dans le bois des Fayards, lui dit-il. Nous sommes à bonne portée de la route d'Héricourt. N'approchons pas plus, nous pourrions faire de mauvaises rencontres.

Sur une butte dominant la route il installe Jeanne, qu'il fait descendre de cheval, car elle n'a pas la force de s'agripper au pommeau de la selle, pour se laisser glisser à terre. Il doit la prendre dans ses bras, comme une enfant,

et la transporter sur un lit d'herbes sèches qu'il a rassemblées au creux du rocher, dans une sorte de grotte, creusée
peut-être dans la nuit des temps par des hommes très
anciens. Jeanne est si faible qu'elle croit entendre les cloches des Flandres, le grand carillon de Bruges.

— Il sonne, il sonne, dit-elle, c'est pour le baptême de
Guillaume.

De sa gibecière d'osier tressé, Copillon a sorti deux pierres à feu, une tranche de lard, quelques pommes, un rayon
de miel. Il prétend réchauffer le lard dans une gamelle, sur
le feu qui pétille bientôt dans un coin de la grotte. Mais
Jeanne n'a pas la force de manger. C'est tout juste s'il peut
lui faire boire une tisane de menthe au miel qu'il a confec-
tionnée hâtivement, en glanant autour de lui des feuilles.
C'est la chaleur qui lui rend ses forces, et la flamme pétil-
lante. Copillon a rapidement tressé une sorte de paroi de
branchage, pour protéger l'entrée de la grotte et la rendre
invisible de l'extérieur. Puis il s'approche d'elle, lui prend
la main avec tendresse, s'étend à ses côtés pour lui com-
muniquer sa chaleur. Jeanne, insensiblement, se tourne
contre lui, délace ses longs cheveux et niche sa tête dans le
creux de son épaule. Copillon est trop ému pour risquer le
moindre geste. Il s'applique à respirer posément, réguliè-
rement, pour que les battements de son cœur ne le trahissent pas. Il cale ses reins de bûcheron bien franchement
dans la mousse, pour ne pas être tenté de se retourner vers
Jeanne. Il prend cependant sa tête dans ses mains, comme
pour la protéger, et lisse longuement les cheveux blonds
qui descendent en cascade du haut de son front blanc.

« Tes cheveux sont les fils de l'abeille humide », lui dit-il
à mi-voix, mais elle ne peut l'entendre, elle vient de
s'assoupir tout contre lui, et Copillon comprend à la régularité de son souffle qu'elle a trouvé la paix du cœur.

Il n'ose se dégager pour se rendre au château. S'il la
réveille, elle risque de céder à la panique, d'errer seule
dans les grands bois, de retomber peut-être entre les serres
du grand vautour. Insensiblement, il se tourne sur le côté,
pour être prêt, quand le moment sera venu, à la quitter.
Jeanne a-t-elle senti le mouvement ? Ses bras se nouent
autour du cou de Copillon, une main s'égare dans sa
tignasse blonde, elle tend vers lui ses lèvres, dans son
demi-sommeil, attirant à elle la grosse tête à la barbe

piquante. Copillon, très ému, ne desserre pas les lèvres, elle multiplie les baisers sur la bouche, comme si elle embrassait un enfant. Il finit par les lui rendre, étonné de son audace. La pression de la douce main se fait plus forte sur ses boucles plantées aussi drues que les genêts sur le sommet du rocher ; elle presse sa bouche contre la sienne à en perdre le souffle. Copillon n'a plus les moyens de garder sa belle tenue. Il se résigne à l'inévitable, se coule franchement de côté, face à sa dame. Il s'est trop long-temps contenu, pour ne pas laisser exploser son désir. Comme un noyé, il s'accroche à elle ; comme une algue, elle se serre contre lui ; quand leurs corps se mêlent enfin, la forêt devient une autre rive, elle leur offre sa complicité. Ils entendent, mais peuvent-ils vraiment prêter l'oreille ? Les trilles exaltés d'un rossignol et le frémissement des feuilles à son approche. Leur haleine réchauffe les prêles et les mousses, et les pétales des fleurs de pommiers sau-vages, en tombant, leur tressent un voile de noce. La voie lactée est là, toute proche, les protégeant de son escorte scintillante, et le grand chariot poursuit sa course.

Quand l'aube approche, Copillon se rend compte que son hymen se prolonge dangereusement : il faut qu'il soit revenu avant que pâlisse l'étoile du berger : sinon, ils seront pris et tous deux condamnés. Mais il n'a pas le courage de laisser Jeanne ; à peine tente-t-il un geste pour se dégager, la croyant profondément endormie, elle le reprend pour s'accrocher à lui, comme le lierre au tronc. Il n'a plus l'autonomie de son souffle, et ne peut respirer qu'avec elle. Elle exige qu'il la tienne enveloppée dans ses grands bras arrondis autour de son corps, et proteste en sautant comme une carpe hors de l'eau dès qu'il fait mine de changer de position. Elle a glissé, sous sa chemise, sa main très fraîche sur son cœur, pour s'assurer de sa pré-sence, de sa chaleur.

Les oiseaux eux-mêmes sont endormis, chouettes, rossi-gnols, quand il peut enfin se dégager. Pour qu'elle ne s'éveille pas, il a l'idée de faire avancer vers la grotte, avec d'infinies précautions, la haquenée blanche. Il obtient qu'elle s'allonge au fond de l'antre, et qu'elle plie conve-nablement ses pattes pour qu'il puisse constituer une autre couche dans le creux de son grand corps chaud. Sans bruit, il prend Jeanne dans ses bras et l'entraîne tout au fond de la grotte, presque sous le souffle de l'animal. Elle proteste. Ses mains, dans le vide, cherchent sa poitrine et son cou. Il s'étend de nouveau près d'elle, attendant qu'elle s'endorme profondément. La haquenée ne bouge plus, ravie d'être installée à si bon gîte. Copillon espère que Jeanne ne s'éveillera plus, bercée par la respiration régulière de la jument, rassurée par sa chaleur. Il part enfin et prend tout de suite le pas de course.

Quand il est de retour, au petit jour, c'est en compagnie de Guillaume et de Charlotte. La nourrice est mal lunée, mal réveillée, furieuse d'être entraînée dans une aventure. Mais à aucun prix elle n'aurait abandonné l'enfant. Elle l'attend dans la voiture bâchée que Copillon, par prodige, a réussi à sortir de la place, se faisant passer pour un blanchisseur de la ville. Cent nappes précieuses sont sous la bâche, qui ne seront jamais lavées. Dès qu'ils sont arrivés au bas du rocher, Guillaume s'est précipité, à sa suite, pour retrouver Jeanne. Elle n'était plus dans la grotte. Comme des fous, ils l'ont cherchée en tous sens, n'osant l'appeler de crainte de provoquer des mauvaises rencontres. C'est Guillaume qui l'a découverte, en repérant dans une clairière un fin mouchoir de dentelle. Elle était assoupie, inerte, dans un bosquet de bouleaux. Son corps replié frissonnait, ses pieds nus dans la mousse étaient bleus de froid. En hâte, Copillon avait pris son visage entre ses mains, pour voir si elle respirait encore. Ouvrant les yeux, elle lui avait souri. Ils avaient pris aussitôt, dans la voiture bâchée, la route d'Héricourt.

Une surprise les attendait à l'étape. Sagement, Copillon avait décidé de gagner par l'ouest la plaine de la Saône, la traversée des Vosges, dans cet équipage, risquant d'être trop pénible. Ils avaient eu beaucoup de mal à gravir les pentes et à traverser les forêts très froides de hauts sapins noirs, du côté de Villersexel. Ils se croyaient en sécurité, ayant évité la ville de Vesoul, sur la route de Langres. De là, par Neuilly-l'Évêque, Copillon savait fort bien qu'il retrouverait la Meuse près de Montigny-le-Roi. Que lui importait de rentrer chez lui en suivant la Meuse plutôt que la Moselle. N'étaient-elles pas toutes deux belles filles ?

Tout à son amour échevelé pour Jeanne, il avait oublié Mangeotte, Fortépice, et jusqu'à Croquemaille. Il ne se sentait plus investi que d'une seule mission : ramener Jeanne en Lorraine. Il conduisait lui-même la charrette avec le petit Guillaume qui avait voulu se hisser sur le banc, à ses côtés. Les femmes s'étaient aménagé un nid dans les piles de linge du château.

Ils marchaient ainsi sur Neuilly-l'Évêque, songeant à s'arrêter dans la place, qui avait bonne réputation. Cette résidence du prélat de Langres tentait, certes, les écorcheurs, mais ils étaient loin, du côté de Châtillon-sur-Seine ou de Châteauvillain, sans doute aux prises avec les lances de Vergy. Bien qu'il connût Fortépice, et qu'il fût même chargé d'un message le concernant, Copillon ne tenait plus du tout à le rencontrer. Il craignait que le capitaine ne fût tenté de se saisir de la comtesse comme otage, au moment où les princes semblaient se mettre d'accord sur un seul objectif : chasser de leurs terres tous les routiers, éliminer les écorcheurs.

— Ne craignez rien, lui avait répété Jeanne. Dès que nous serons en Lorraine, conduisez-moi à Vaudémont. Mon oncle Antoine s'y trouve. Il a épousé la fille du comte.

Mais Copillon avait passé trop douce nuit pour imaginer avec plaisir le retour de la comtesse Jeanne dans son milieu seigneurial. Il ne pourrait plus la voir, plus l'approcher. Elle serait de nouveau isolée, surveillée, promise à d'autres partis, engagée dans la stratégie des cours. Cette idée lui était intolérable, mais elle ne pouvait s'en rendre compte. Pour elle, le retour à Vaudémont signifiait qu'elle retrouverait des joueurs de luth et des bains chauds. La nuit en forêt l'avait certes grisée et elle ne quittait plus Copillon et son fils du regard, écartant la bâche pour les sentir mieux. Mais elle n'imaginait pas une vie de troglodyte. Au pire, elle pouvait entrer au couvent, non se perdre dans les bois.

— Je n'aime pas Vaudémont, lui avait-il dit. C'est un oiseau de mauvais augure.

Elle riait de ses craintes. Sa tante Marguerite, enjouée, vive, gaie comme une alouette, aimant la danse et la poésie, l'accueillerait avec joie. Quant à son oncle, il avait toujours fait ce qu'elle désirait. Il serait reconnaissant à

Copillon de l'avoir tirée, avec son fils, de ce très mauvais pas. Il n'ignorait pas la brutalité et la dureté de la famille des hobereaux de Montbéliard. Sans doute désapprouvait-il, pour sa nièce, le mariage bavarois imposé au duc par le chancelier Rolin, qu'il haïssait. Non, Jeanne n'avait pas de raisons de s'inquiéter.

— Je vous laisserai à Vaudémont, avait dit Copillon.

Elle riait de ses angoisses. Craignait-il d'être pris au gîte de son ennemi d'hier ? Ignorait-il que le duc René lui-même avait oublié le passé et fait alliance avec son adversaire contre les routiers ? Même si elle détestait ordinairement la cour de Bourgogne et ses intrigues, elle retrouvait tous les réflexes de la grande dame pour protéger son écuyer décoiffé. Elle saurait bien l'imposer aux Lorrains. Déjà elle faisait des plans pour convaincre son oncle de la laisser repartir avec Copillon dans les Flandres. Elle projetait de lui faire connaître son pays, et peut-être de l'installer dans quelque seigneurie de la plaine. Beaucoup tombaient en déshérence et son père lui avait donné les moyens de racheter ce que bon lui semblait.

Au moment où Jeanne rêvait follement d'avenir, la charrette s'était arrêtée brusquement, cherchant abri dans une carrière abandonnée qui bordait la route. Guillaume avait soulevé la bâche, faisant signe à sa mère de ne pas parler.

Attentif, Copillon avait sauté en bas de son siège et s'était plaqué contre le tronc d'un chêne. Il avait discerné au loin, à deux ou trois lieues, le nuage de poussière d'un fort parti de cavaliers. Ils venaient de l'ouest, de Rolampon, peut-être de Châteauvillain. Ils semblaient pressés et le sol n'allait pas tarder à retentir du bruit de leur galop. Il fallait se mettre à l'abri, d'urgence.

Copillon s'apprêtait à dételer pour s'enfuir avec les deux chevaux quand ils furent entourés par cinq ou six cavaliers, des éclaireurs, qu'ils n'avaient pas entendus approcher. Sans doute étaient-ils embusqués dans les bois, ouvrant la route dans ce défilé. Les écorcheurs — ils en avaient la mine —, avaient menacé Copillon de leurs armes. L'un d'eux avait saisi Guillaume, le couchant sans ménagements en travers de sa selle. Un autre avait ouvert la bâche et découvert les femmes, dans un grand rire de triomphe.

— Par le sang bleu ! avait-il juré entre ses dents, que voilà belle agnelle. Le capitaine Fortépice ne dormira pas seul ce soir.

Le gros de la troupe les avait rejoints, Fortépice en tête. En un clin d'œil, il avait apprécié la situation : linge de château, dame de cour, enfant de prince. Il lui semblait même reconnaître le gaillard aux boucles blondes qui conduisait l'attelage. Il l'avait fait encadrer par deux soldoyeurs.

— Je te branche à ce chêne si tu ne me dis la vérité.

— Je ne la dirai qu'à vous seul, avait répondu Copillon en le regardant droit dans les yeux, et sans témoin.

D'un geste, Fortépice cloue au sol les deux hommes qui déjà s'étaient précipités une corde à la main. Les lances s'agglutinent sur la route. Les cavaliers, arrêtés dans leur galop, s'étonnent de voir le capitaine à pied, au bord de la route, en discussion devant une charrette. Pourquoi n'y fait-il pas mettre le feu, après l'avoir pillée ?

— Suis-moi, dit Fortépice.

A pied, il gagne le fond de la carrière, donnant de la botte dans les broussailles pour se frayer un chemin.

— Qui est cette femme ?

— La comtesse de Croy.

— Tu veux dire Jeanne de Croy ? Celle dont Villandrando a tué le mari à la bataille d'Authon ?

— Oui. C'est elle. Et c'était lui.

— Un brave. Son frère est bien marié, en Lorraine. Famille riche, établie en Bourgogne. Bonne prise.

Il détaille Copillon, qui ne baisse pas les yeux. Il cherche manifestement à se souvenir...

— Je t'ai vu. Laisse-moi deviner.

Quand il trouve, c'est une explosion de rage.

— Bien sûr, je me souviens de toi.

Il lui saute à la gorge, lui serrant le cou de ses poings d'acier.

— Tu vas parler immédiatement. Mangeotte ? Où est-elle ? Tu l'as vue, n'est-ce pas ? Tu l'as abandonnée ? Dis-moi où tu l'as laissée. Misérable ! Je t'empalerai, je t'arracherai la langue et les ongles, mais tu parleras !

Un jeune homme s'approche, dans la carrière. Comme un fauve, Fortépice se retourne.

— J'ai dit qu'on ne me dérange pas.

Mais le jeune homme continue à s'avancer. Les ordres ne le concernent pas. Il sait qu'il peut tout se permettre : c'est le fils de Mangeotte. Il a grandi, ses épaules se sont élargies. Son teint hâlé de soldoyeur lui donne belle mine. Il dépasse presque Fortépice en taille, sa voix s'est affermie.

— Pourquoi ne pas le laisser parler, capitaine ! Il ne demande que cela.

Fortépice lâche sa proie. Étouffé, ahuri, les larmes aux yeux, le sang à la tête, Copillon respire fortement pour se remettre. Quand il voit de nouveau clair, il aperçoit Jacquemin, qui se jette dans ses bras.

— Je ne me suis pas trompé, gronde Fortépice ; c'est bien le drôle qui a cru devoir abandonner Mangeotte.

Jacquemin n'a pas oublié le Lorrain qui l'a sauvé de la mort. Il a grande hâte, lui aussi, d'avoir des nouvelles de sa mère. Il n'ose questionner Copillon. Celui-ci se redresse, masse ses reins, déploie ses hautes jambes et toise Fortépice sans ménagements.

— Je suis venu reprendre celui-là, lui dit-il. C'est sa mère qui m'envoie...

— Avec une comtesse dans ton bagage ! Tu me fais hurler de rire !

L'autre porte sa main à sa dague, comme s'il allait le tuer.

— Elle m'envoie aussi vous annoncer que vous avez un fils, et qu'elle veut, en échange, reprendre le sien.

— Mensonges ! J'ai fait fouiller de fond en comble l'atelier de Chalon. Il n'y a plus âme qui vive. Les Bourguignons ont tout tué.

— Ils sont en sûreté. J'ai mis votre fils au monde. J'étais là. Maître Perreau le Baubet, poursuivi par les agents du duc, s'est enfui à Marseille chez maître Comitis. Sa femme Guillemote, la Mangeotte et son fils l'ont suivi, en descendant le fleuve sur une grande barque neuve. Je vous en donne ma parole.

— Marseille ! Pourquoi pas l'Italie ? De tels renseignements ne peuvent pas se vérifier. Mais j'irai la reprendre, dussé-je traverser les mers. Et je garderai celle-là comme otage. S'ils ont fui, c'est pour échapper aux Bourguignons. Les Bourguignons me les rendront.

— Vous n'oserez, messire, porter la main sur cette femme.

— Je voudrais bien savoir pourquoi, gronde Fortépice en se précipitant sur la charrette.

Copillon se jette devant lui, au risque de se faire tuer.

— Parce qu'elle est mienne.

CHAPITRE 13

Le rossignol de Meuse

Copillon a laissé partir Jeanne de Croy vers Vaudémont, sous l'escorte d'une lance d'écorcheurs de Fortépice. Il n'a pas eu le cœur de passer à quelques lieues de son village de Rigny sans aller embrasser ses enfants. Le capitaine lui a promis la sauvegarde de la comtesse, s'il l'aidait à retrouver Mangeotte. Copillon lui a donné tous les contacts de Perreau le Baubet dans les ports de la Saône et du Rhône, ainsi que l'adresse de Comitis le Marseillais à Pont-Saint-Esprit. Fortépice a immédiatement envoyé des soldoyeurs pour rechercher sa femme. En échange il a laissé la charrette rouler vers la Lorraine, non sans regretter la prise.

Malgré sa hâte de connaître enfin ce fils dont il attend beaucoup, le capitaine, à deux journées de route de Baudricourt, doit poursuivre la longue marche qui l'a conduit vers le Lorrain. La trahison présente du duc René, le nouvel allié du comte de Vaudémont et de Philippe de Bourgogne, n'empêche pas les écorcheurs de poursuivre leur rassemblement, pour le compte du dauphin de France, le seul maître qu'ils respectent désormais. Il va sur les terres de ce Baudricourt, puisqu'il n'a pas répondu au message qu'il lui avait fait parvenir par l'intermédiaire d'un soldoyeur gascon, le sieur Croquemaille.

Personne ne sait où trouver Croquemaille, sauf Copillon. Il a autant de raisons que lui de se rendre dans le village de Rigny. Sans doute y a-t-il terminé sa course, ne pouvant poursuivre vers Vaucouleurs. Copillon se doute des raisons qui ont cloué au sol le vieux bourlingueur. Il presse le pas de son cheval vers Rigny, impatient de revoir son clocher.

Dans la petite brume matinale des premiers jours du printemps, il distingue les toits de chaume, entend le bruit familier du moulin à eau, des cris dans l'atelier de son grand-père. Il s'arrête, stupéfait, devant le pont de pierre. Deux enfants pêchent dans le ruisseau : une petite rousse, Jeanne, qui court en sabots derrière son frère Colas. L'enfant fixe Copillon. Il a son regard, pondéré, réfléchi, sa carrure rassurante, sa tignasse blonde.

— Bonjour, Colas, lui dit Copillon en lui tendant les bras.

L'enfant hésite. Le visage de l'étranger lui est inconnu, mais il est souriant. Suçant son pouce, ce qui traduit la perplexité, il s'approche lentement de Copillon, en le fixant droit dans les yeux. Peut-il se douter que le cœur de l'étranger bat plus vite ? Soudain son sourire se fige, il a de l'anxiété dans le regard. L'enfant s'écarte, se retourne, il a peur.

— Colas, mon petit Colas...

L'enfant est déjà parti. Il s'est enfui en courant, suivi par sa petite sœur, qui ressemble, tête coupée, à la Pouillotte sa mère, morte peu après ses couches.

Copillon n'a pas le courage de remonter à cheval. Il se prend la tête dans les mains et pleure en silence sur le pont de pierre. Ainsi son fils ne l'a pas reconnu. Son propre fils, Colas.

Les enfants ont disparu, ils sont aux champs, comme jadis Copillon. Ils jouent dans le ruisseau, poursuivent les oies, gardent les vaches ou les chèvres. Ils reviendront au coucher du soleil, quelle que soit la saison, affamés, les joues rouges, le regard luisant. Copillon parcourt les rues du village. C'est à croire qu'on est jour de fête : la forge de Guillot ne tisonne pas, le Fèbvre [1] a disparu. L'atelier du vieux Lemoine, repris par les frères de Copillon, est ouvert, mais personne n'y travaille. Les vieux et les vieilles ne parlent plus devant les portes, comme au temps jadis. Il faut dire qu'ils sont morts de la peste, pour la plupart. Rigny est un village repeuplé. Il avait été décimé.

Copillon est très étonné de n'avoir pas de réponse,

---

1. Le forgeron.

quand il frappe à la porte de son vieil ami Guillot, dit le Bridé. La sœur de ce dernier, Catherine, a assuré la garde de ses enfants, quand il a suivi, à Dijon, le duc René en captivité. Il pénètre dans la maison déserte. Sur le coffre de bois, un bouquet de fleurs fanées. Sur la desserte, des gâteaux au miel. Un chandelier d'argent aux bougies à moitié consumées. Copillon appelle. Personne ne lui répond. Le grand tablier de cuir de Guillot, le bon géant, est à terre : avait-il dû partir d'urgence ? Les rues de Rigny ne sont pas vides, il y court des oies, des canards et des porcs ; le village n'est pas abandonné, il est déserté, comme si toute la population s'était portée dans un lieu inconnu, pour assister à une entrée de prince, à un cortège royal ou ducal, à la hâte, pour ne rien perdre du spec-tacle.

Copillon revient dans l'atelier des Lemoine. Il flatte une douelle de la main, pour en apprécier le poli. Elle n'atten-dait que l'assemblage, avec ses compagnes, disposées en étoile autour d'un feu qui s'éteint. Les menuisiers aussi se sont enfuis. Une forte odeur de brûlé vient des cuisines ; Copillon se précipite. Après tout, il est chez lui. Ses belles-sœurs sont absentes, pas la moindre fille, pas un enfant. Il ouvre, à la hâte, la porte du four, une lourde porte de fer, dont le loquet est toujours un peu brûlant. A l'intérieur, le pain brûle, la croûte est noire. Il prend la grande pelle de bois et retire du four deux boules calcinées.

Pour qu'une femme de Rigny abandonne ainsi son pain au feu, il faut, songe Copillon, un très grand événement.

C'est le curé qui le renseigne. Le vieux curé de Rigny qui l'a baptisé, marié et quasiment mis au monde. Il a plus de soixante-dix ans et ne peut plus trotter comme un jeune homme. Quand il doit assister un mourant, il prend sa canne, de peur d'arriver trop tard. Il n'a pas cru bon de se déranger.

— Va chez maître Bardin, à Vaucouleurs.
— Le tabellion ?
— Lui-même. Tu y verras beaucoup de monde.

Copillon connaît par cœur la route de la châtellenie. Il n'a qu'à franchir la Meuse, il n'y a pas plus d'une lieue. Il passe devant le château en toute hâte et se présente

devant la belle maison de pierre du tabellion. La place est
envahie. Tous les gens de Rigny y sont venus camper. Les
chiens, les chats les ont suivis. C'est un tintamarre indescriptible. Des joueurs de pipeau et des vielleux se sont
installés pour faire danser les filles. La servante du tabellion, de sa fenêtre, demande du silence et menace d'appeler la garde, si les gens de Rigny ne sont pas plus silencieux. Elle revient avec un seau d'eau et le jette sur la foule
qui hurle de rire. Les gens de Rigny n'ont pas fait une lieue
à pied pour manquer le spectacle. Pour les déloger, il faudrait dix lances de Bourguignons.

Copillon est immédiatement reconnu par les matrones
aux bras solides qui lui font un triomphe. Il est revenu, et
avec lui la fête. Comment ? Il ne sait pas ? Personne ne lui
parle, nul ne lui donne l'information qu'il attend. Les
explications des femmes se perdent dans le tumulte. La
foule attend un événement, comme s'il devait soudain
tomber une pluie d'or, ou que le soleil dût s'éclipser en
plein jour.

Copillon est surpris de ne pas rencontrer sur la place ses
frères, ses belles-sœurs, Guillot ou sa sœur Catherine. Personne de sa famille.

« Que font-ils tous, se dit-il, chez le tabellion ? S'il y avait
eu décès, ils n'auraient pas cette mine réjouie. Le duc
aurait-il fait un legs ? Guillot a-t-il hérité ? »

Il n'a pas le temps de se poser des questions. La belle
croisée de pierre du tabellion, qui enchâssait de précieux
losanges de verres de couleur vole en éclats, comme si elle
avait reçu un boulet de couleuvrine. Les objets les plus
hétéroclites passent par la fenêtre, une écritoire en étain,
un chandelier de cuivre, des ferrets, des chaperons, une
botte en cuir bouilli, une chaise de noyer luisant, un chat
noir qui vient s'écraser en hurlant sur la place. Des cris,
des vociférations, des bruits de lutte parviennent à l'extérieur. La foule, au lieu de retenir son souffle ou de s'enfuir,
éclate de rire, encourage, applaudit, hurle des phrases
incompréhensibles comme si elle approuvait le sac de la
maison du tabellion.

Soudain, par la fenêtre brisée, une silhouette familière
se projette vers la place.

— Par le saint sang, par les mânes de sainte Radegonde ! Il est à vous, je vous l'envoie.

Croquemaille, c'est bien lui, saisit le petit tabellion et le fait tourner sur lui-même comme une toupie dans ses grands bras, au-dessus de sa tête. Les gens de Rigny applaudissent bruyamment.

— Plus vite, plus vite !

— Lance-le-nous, nous te le renverrons, dit une matrone.

Copillon se précipite vers le puits, au centre de la place. Il grimpe sur la margelle, tire son épée, la brandit en hurlant.

— Aux armes ! Vive Gascogne !

Le cri de bataille interrompt le géant. Il fait tourner soudain le tabellion à l'envers et le dépose doucement à ses pieds. L'homme, qui vient d'échapper à la défenestration, cherche son souffle. Croquemaille a reconnu Copillon, il bondit dans l'escalier, fend la foule, court vers le Lorrain hilare et l'étreint longuement.

Autour d'eux on chante joyeusement des airs de noces. Copillon ne peut poser de questions. Le vacarme est tel que personne ne peut s'entendre. Croquemaille l'attire vers la maison du tabellion.

— Viens consoler Catherine, lui dit-il, elle est en larmes.

Même dans l'escalier, la foule s'est agglutinée, attendant le résultat du retour de Croquemaille. Va-t-il encore molester le tabellion ? A grandes enjambées, ils grimpent l'escalier, ouvrent en grand la porte et se campent à l'entrée. Dans la salle, le tabellion est occupé à rouler des parchemins. Manifestement, il s'apprête à clore la séance. Catherine est assise sur un banc, dans les bras de Guillot son frère qui lui sèche les larmes avec un vaste mouchoir. Toute la famille de Copillon est réunie, et les visages expriment la tristesse. Copillon compte les têtes, pour voir s'il en manque. S'agit-il, en définitive, d'un décès ? Mais pourquoi la foule en liesse ?

Enfin Catherine le distingue. Elle se lève d'un bond, oublie ses griefs et ses chagrins. Il se jette, lui aussi, dans ses bras. Les retrouvailles n'en finissent pas. La Catherine une fois consolée par Copillon, c'est au tour de Guillot de pleurer. Depuis la bataille de Bulgnéville, les deux amis ne s'étaient pas rencontrés. Personne ne s'occupe plus du tabellion, qui a disparu. Tout à leur joie, les amis discutent bruyamment dans la salle, sans que personne n'ose leur demander de sortir, ils ont oublié la raison de leur présence.

Croquemaille l'explique enfin à Copillon : il a marié la grande Catherine. Mais à Rigny, un mariage n'est pas achevé quand on est passé devant le curé. Encore faut-il se rendre chez le tabellion, pour arranger les affaires. Les habitants de Rigny ont tenu à accompagner les époux pour prolonger la noce par une kermesse improvisée. Dans sa moustache, Croquemaille leur avait promis un spectacle de la plus haute qualité. Ils n'ont pas été déçus.

— J'ai gagné la bataille à Avallon, j'ai pris Maraut, Clamecy et Pisy. Je suis le maître du Serein, de la Cure et de l'Armançon. J'entends qu'on me respecte dans Vaucouleurs, et que les tabellions apprennent un peu à qui parler.

— Le tabellion l'a vexé, glisse Guillot à l'oreille de Copillon.

— A moi, Fortépice, à moi Blancheflor, à moi Chabanne ! hurle Croquemaille à la fenêtre. Nous mettrons cette ville à sac.

— Vive les Armagnacs ! crie la foule sans trop y croire, seulement pour exciter encore plus le Gascon.

Mais celui-ci se calme subitement. Il a vu Catherine dans les bras de Copillon, tendrement bercée. Il comprend qu'elle a de la peine, que cette noce qui tourne à la farce n'est plus la sienne. Il s'avance vers elle, penaud, baissant la tête. Copillon s'écarte et le soldoyeur soulève comme fétu de paille la grande Catherine, frottant doucement ses moustaches contre ses joues pour en balayer les larmes. Elle le regarde dans les yeux, et l'amour qu'elle peut y lire est d'une telle sincérité, d'une telle force, qu'elle se laisse aller tendrement sur son épaule, oubliant ses griefs et son humiliation.

— Que lui a-t-il donc fait ? interroge Copillon, pour qu'elle soit abattue à ce point.

— Le tabellion avait commencé sa lecture, explique Guillot. Il les avait fait attendre deux heures avant de les recevoir. Croquemaille était déjà nerveux. Nous nous

étions tous levés à l'aube pour prendre la route de Vaucouleurs.

— Il faut dire que le mariage est pour lui une épreuve.
Comment a-t-il pu s'y résoudre ?

— Du diable, rugit Guillot. Pense un peu au charme de
ma sœur. D'ailleurs Croquemaille n'est plus tout jeune. Le
temps des aventures se termine. Moi-même, je suis heureux, crois-moi, d'avoir le tablier de cuir de mon père et de
vivre au village. Tu y viendras, Copillon !

— Donc, vous êtes chez le tabellion...

— La séance est ouverte par ce vieillard chafouin, qui
veut en finir vite. Là-dessus, Croquemaille est d'accord. Il
se sent diminué de ne rien entendre au langage du drôle.
Qu'on en termine promptement, pour qu'il puisse retrouver, triomphant, l'escorte joyeuse des gens de Rigny ! Le
tabellion commence à lire le parchemin qu'il a déroulé et
préparé pour la circonstance : « Vous êtes Catherine, fille
de Guillot le Fèbvre et de Mathilde. Vous disposez par
héritage de quinze arpents de bois au lieu-dit de Saint-
Martin, dans la vallée de la Colomoy... »

Croquemaille tousse, pour manifester son impatience,
mais le tabellion reprend, de sa voix de fausset, non sans
jeter de temps à autre sur le Gascon un œil qui en dit long.
« ... quatorze fauchées de pâquis, au bord de Meuse, au
lieu-dit Ugny, de par votre mère, en bénéfice et usufruit. »

Le mot « usufruit » agace Croquemaille. Il n'en connaît
pas l'usage et ne s'intéresse pas à l'énumération des biens
de sa femme. Qu'a-t-il à faire de ces pâquis ? Il ne va pas
mourir en berger, même les loups ne voudraient plus de sa
vieille carcasse...

« Trois jours de vignes, poursuit le tabellion, à Mont-
le-Vignoble, à la condition que ladite Catherine recon-
naisse à son frère Guillot, en premier chef, la totale et
exclusive propriété de la forge de Rigny et de ses outils,
dépendances, de la grange à trente bêtes à laine et trente
jours de terre attenants... »

— Abrégeons, s'il vous plaît, dit Croquemaille d'un œil
sévère, comme un seigneur que ces détails ennuient.

— Je comprends que vous ne soyez intéressé par les
biens de Guillot, dit perfidement le tabellion. Il faut cependant que vous sachiez, puisqu'il est désormais votre beau-

frère, qu'il dispose également, comme hoir [1], du rapport
d'une charrue à six chevaux, arrentée à la saison des baux,
c'est-à-dire à la Saint-George, en échange de revenus en
grains, blés durs et blés tendres, fourrages et différentes
volailles.

— Allez-vous nous énumérer aussi les oies et les tourterelles ? rugit Croquemaille, que les insinuations du vieux
commencent à démanger.

— Abrégeons, abrégeons ! dit l'homme. Toutefois, je
dois signaler que je ne dispose d'aucun parchemin concernant le prétendant. Avez-vous, lui demande-t-il, un acte de
baptême au registre de votre paroisse ? Je suis obligé de
vous le demander, car vous n'êtes pas de par chez nous !

Copillon pouffe de rire, en imaginant la suite du discours.

— Laisse-moi deviner, dit-il à Guillot. Il s'est redressé
de toute sa taille en disant au tabellion : « Je suis Jacques
Arnaud Alexandre de Barbazan, dit Croquemaille, fils de
Braisé de Barbazan. Je ne connais pas plus noble que moi
sur tout le cours du Gers, sinon mon cousin Guilhem
Arnaud de Barbazan dont voici l'épée. Elle vous tiendra
lieu de registre ! Mais si vous ne nous mariez pas sur
l'heure, je vous la passe avec regret au travers du
corps. »

— C'est à peu près cela, dit Guillot. Le tabellion terrorisé, à qui j'avais donné deux beaux florins du Rhin, veut
faire signer les époux. Il ne peut s'empêcher de me dire à
l'oreille : « Pourquoi donc mariez-vous votre sœur à un
Armagnac ? »

— Et Croquemaille a l'ouïe fine. Il a tout entendu. Il n'a
pas pu en supporter davantage.

— Il a dit au tabellion qu'il ne valait pas la corde pour le
pendre, ni la lame pour l'occire, et qu'il le tuerait en
l'écrasant comme un cafard sur le pavé de la grande place.
Il l'aurait fait s'il ne t'avait aperçu. Tu as sauvé la vie d'un
homme et l'avenir de ma sœur.

— Encore faut-il retrouver le tabellion, dit Copillon qui
sait qu'en Lorraine un mariage sans contrat est un château
sans donjon. Il a disparu.

On le retrouve. Du haut de la fenêtre, Copillon fait signe

1. Héritier.

à quelques femmes de Rigny de lui prêter main-forte. Elles fouillent la maison, du grenier au cellier. Le tabellion sellait sa mule pour disparaître quand il est entouré, choyé, épousseté, congratulé, amené en grande pompe dans la salle où Catherine est au bras de Croquemaille rasséréné. Sans impatience, en regardant sa femme droit dans les yeux, il signe tout ce qu'on veut. Le tabellion n'ajoute pas un mot. Copillon et Guillot, avec tendresse, voient s'éloigner le couple sorti par la petite porte de derrière, Catherine dans les bras du Gascon. Il la charge, comme aux plus beaux jours, sans effort apparent, sur le dos de son roussin. Sur la place la foule trépigne et réclame Croquemaille. Il est déjà loin. Comme l'explique longtemps après Copillon aux gens de Rigny, pour laisser aux épousés le temps de prendre de l'avance : « Croquemaille, leur dit-il, a filé à l'anglaise, comme un milourd [1]. »

Croquemaille, Guillot et Copillon n'ont pas perdu leur temps. Le Gascon les a mis dans la confidence d'un legs que lui faisait, à Rigny, le sire de Baudricourt. Sans doute celui-ci a-t-il refusé de partir momentanément en campagne, comme le lui demandait, par l'intermédiaire de Croquemaille, le sire du Pailly, alias Fortépice. Il n'en a pas moins pris la riche tapisserie des Italiens, qu'il s'est chargé de négocier. Il a tenu à récompenser les jeunes gens, anciens combattants de Bulgnéville, en les dotant d'un bien qui ne lui rapportait rien. Il a consenti à leur vendre le vieux moulin du village, qui ne moulait plus de grains depuis longtemps, faute de meunier. Guillot, grâce à Croquemaille, s'est vu doté d'un bien qui pourrait, dans le futur, donner l'aisance à tout le monde. Naturellement, il voulait y associer Copillon. Ils seraient ainsi, tous les trois, les joyeux meuniers de Rigny, riches du froment, du seigle et du sarrasin de toute la région. Une grande maison avec les usuaires, grange, bouverie [2], chénevière [3], deux hyères de jardin, cinquante fauchées de pré et six de vigne

1. Surnom que les Français avaient donné aux Anglais pendant la guerre de Cent Ans.
2. Étable à bœufs.
3. Plantation de chanvre.

feraient le bonheur du nouveau couple. Le sire de Baudricourt s'était montré avec eux seigneurial.

La grande Catherine dans la chénevière, Copillon au
moulin, Guillot à la forge, Croquemaille aux champs, c'est
le bonheur assuré, ils sont les coqs du village, les maîtres
de Rigny. Ils pourront, le dimanche, boire du marc de
Bourgogne et du vin de Toul, en mangeant les poulardes
de la Catherine et les enfants de Copillon reconnaîtront
leur père.

Ils y songent avec émotion, la panse bien remplie,
quand ils sortent de table pour leur deuxième repas de
noces. Il a bien fallu recommencer la cérémonie, puisque
Copillon était de retour. Ils parcourent les rues de Rigny
en chausses et sans pourpoint, comme des propriétaires.
Ils sont suivis par les enfants qui les singent, s'attirant les
éclats de voix rocailleux du Gascon. Ils sont sur le pont de
la Salle, guettant les carpes et les anguilles, admirant les
ruines du vieux moulin qu'ils devront au plus tôt restaurer, puisqu'il est leur bien désormais. Soudain Croquemaille voit un nuage de poussière à l'horizon.

— C'est la chaleur du jour, dit Guillot. Il fait rarement
aussi chaud à Rigny, les dimanches de printemps.

— Aux armes, maladroits, hurle Croquemaille, c'est la
noble poussière des chevaucheurs ! Les Armagnacs sont
parmi nous ! Fortépice est arrivé.

Tous les trois se précipitent dans le moulin, escaladent
les marches qui conduisent à l'étage, essayent de voir par
les fenêtres, qui ne sont pas plus larges que des meurtrières, quelles sont les couleurs de l'ennemi. Après tout, il
pourrait bien être de Bourgogne. Copillon discerne nettement le nuage de poussière qui se rapproche, sans apercevoir aucune silhouette de soldoyeur. Pas une ombre dans
le soleil couchant, pas un reflet sur un casque, pas de lances en vue.

— Du diable, dit Croquemaille, sont-ils tous gens de
pied ?

— S'ils avancent, c'est en rampant, observe Guillot qui
décide d'aller voir, sans plus attendre, de crainte d'être
surpris. Et puis il songe à donner l'alerte au village, à faire
rentrer les enfants, les femmes, les troupeaux.

A peine sont-ils sur le pont de pierre qu'ils reconnaissent enfin l'ennemi : une charge serrée de cochons sauva-

ges, les porcs noirs de Huguenin le Barbérat. Ils achèvent leur remontée du Morvan et vont paître, l'été, dans les grasses vallées de Lorraine. Présentement, ils chargent comme cavaliers en échelles, le premier rang est déjà au pont quand les amis sautent sur les bas côtés pour éviter d'être projetés sans ménagements dans la Salle. Les porcs ont belle allure, ils ont profité, à l'évidence, des bois glandus de Château-Chinon, et des verts paissages de Langres. Ils ne sont pas fatigués par la route et rentrent dans le village en vainqueurs, attirés par les fumiers de choix et les détritus des ruelles. Loin de les fuir, les enfants sortent des chaumières à leur approche, en battant des mains. La noce est finie, une autre fête commence, celle du retour des cochons noirs. Déjà Copillon court comme un fou, serré de près dans une vague de la horde : il a aperçu son fils, le petit Colas, avec d'autres gosses, tentant de chevaucher les rudes mâles aux soies épaisses du premier rang.

— Laisse-les faire, lui crie Guillot. Il faut bien que les griffes leur sortent.

Les gosses roulent à terre, se relèvent, attaquent une autre vague. Les cochons ne les piétinent pas, ne les mordent pas. Ils ont assez à faire avec les reliefs de la noce, que la grande Catherine leur jette du haut de ses fenêtres, en riant comme une épousée. Ils entrent dans les maisonnées, accueillis en messagers de l'été. On ne leur interdit ni les granges ni les fermes, mais seulement les jardins où les légumes sortent déjà du sol. Ils s'égaillent dans le village, absorbés dans leur masse par les terrains de pâture, les petits bois, les bords de la Salle et les recoins fumants des chaumières, où le fumier doré attire irrésistiblement les voyageurs des grandes pistes.

Huguenin le Barbérat et le fils Viardot retrouvent Croquemaille avec émotion. Les cochons sont chez eux à Rigny. Nul ne s'en occupe. Ils coucheront où bon leur semble et ne reprendront la route que le lendemain. Certains resteront sur place, achetés dans de bonnes conditions par les villageois. Le Troyen Rebillart n'est pas de la fête. Il a obliqué vers la Champagne, avec son troupeau. Les Lorrains se retrouvent entre eux, devant la haute cheminée de Guillot le Fèbvre, comme aux temps anciens. La nuit sera trop courte pour narrer les exploits de la traversée.

Le gris de Toul coule d'abondance, déliant les langues. Croquemaille est intarissable sur les aventures de Fortépice et sur le siège d'Avallon qu'il a pris seul, à l'entendre.

— Tu as dit Fortépice ? Huguenin le Barbérat se décoiffe pour se gratter l'oreille.

— C'est un grand capitaine, affirme Croquemaille qui veut poursuivre son récit.

— Il n'est plus depuis longtemps en Bourgogne.

— Non, certes, réplique Croquemaille. Il doit être du côté de Bourges. Baudricourt me l'a affirmé.

— Erreur, fariboles ! Je puis vous assurer que votre Fortépice n'est pas loin d'ici, sept ou huit lieues, peut-être. Nous avons laissé sa bande à Neufchâteau. Ils venaient de Langres et avaient enlevé la place. Cela nous a coûté au moins cent bêtes. Mais baste ! nous avons eu la vie sauve.

— Es-tu sûr qu'il s'agit de Fortépice ?

— Certain ! Nous avons assez parlé avec ses hommes, assez discuté pour les empêcher de tuer nos cochons. Demande à Viardot.

— L'un d'entre eux, dit Viardot, un sergent de noble visage, a même dit qu'ils marchaient contre Vaudémont, et qu'ils allaient étriller les beaux seigneurs félons, comme René, qui avaient trahi les compagnies et du coup le roi de France. Ensuite, ils iront piller Toul et Nancy...

— Vaudémont..., grogne Croquemaille, il se lisse la moustache, perplexe. Ils peuvent être là dans trois jours, s'ils veulent d'abord prendre Toul. Mais Fortépice ne s'y risquerait pas sans d'abord s'entendre avec Baudricourt. C'est à Vaucouleurs, bien sûr, qu'ils vont aller d'abord, pour réunir leurs forces. Femme ! — La grande Catherine accourt. — Prépare mes habits de guerre, je vais seller mon cheval. Venez avec moi, vous autres, Baudricourt aura besoin de nous.

A Vaudémont le comte Antoine s'est levé le lendemain de très bonne heure pour se rendre à son étang de Thélod, au pied de la butte légendaire qui domine la vallée de la Moselle. Il est en bel équipage, avec son gendre Antoine de Croy, qui passe pour être fort en cour à Dijon. Les femmes suivent en carrosse la comtesse, Marie d'Harcourt, et Marguerite, sa fille.

Depuis deux jours le comte parcourt ses terres, d'un étang à l'autre. Ils sont nombreux, ces étangs, et fournis en poisson mais à quoi bon renouveler tous les ans l'eau et les alevins ! Sa femme s'en irrite d'autant plus que les visites à l'aube sont épuisantes, lassantes, et qu'elle préférerait, à tout prendre, qu'il l'entraînât dans ses chasses. Sans cesse il cure et recure, se flattant du revenu de ses pêches à qui veut l'entendre.

— Au lieu de récurer, dit la comtesse, il ferait mieux de récupérer la rançon de René qui se dit encore duc de Lorraine, et que le duc de Bourgogne lui donne à charge d'entretenir.

Marguerite ne se risque pas à répondre. Elle est trop avisée pour intervenir dans les intrigues de cour et les intérêts des maisons. Elle sait que le conflit va se terminer, une fois de plus, par un mariage d'enfants au berceau : Yolande d'Anjou, la fille de René, n'est-elle pas promise, à peine sevrée, à Ferry de Vaudémont, son propre frère ? Que peut-elle ajouter ? A-t-elle moindrement les moyens de s'opposer à une politique décidée par cet amateur de pêcheries ? Dans la haute tour de Brunehaut, la plus ancienne du château de Vaudémont, elle sait que René attend Ferry de Salm et son épouse, la douce Louise de Nassau-Sarrebruck. La haute noblesse se trouve ainsi réunie pour traiter. Antoine de Vergy viendra de sa Champagne. Une fois de plus le duc de Bourgogne, sans être lui-même présent, aura préparé et conclu toutes les alliances. Il est le vrai maître de ces lieux et le seigneur de Vaudémont n'est plus l'oiseau de proie de la bataille de Bulgnéville, qui faisait trembler de peur les villages lorrains. Devenu pêcheur et chasseur plus que guerrier, il est prêt à tous les accommodements avec le ciel, pourvu qu'on le laisse en paix jouir des revenus de ses terres.

Les nobles de Lorraine portent douloureusement les blessures de la guerre contre Bourgogne. Ils n'ont plus envie de s'en mêler. Antoine de Croy est conscient de cette lassitude. Il suppose que René ne pourra assurer la succession de Lorraine à son fils, en mariant sa fille dans la maison de Vaudémont. Sans perdre des yeux ses pêcheries, Vaudémont, l'ancien combattant de Bulgnéville, sait que par la grâce de Bourgogne, et par les hasards de la guerre, ses descendants hériteront de ce qu'il a toujours convoité sans pouvoir l'acquérir : le duché de Lorraine. Ferry de Salm, le compagnon de René, le sait aussi. Il porte au cou la trace de la blessure qui faillit lui coûter la vie. Il baisse les yeux en voyant René son maître humilié par Vaudémont. Il est fort surpris, à la réception offerte le soir même en son château hanté de busards et de vautours, par le comte de Vaudémont, d'entendre l'évêque Érard du Châtelet énoncer les termes de l'alliance qui oblige son maître René.

— Pour rapprocher les ennemis d'hier, ici présents, commence l'évêque en se signant, Notre Seigneur a conçu le dessein de les jeter contre un ennemi commun. Moi Érard, évêque de Metz, je suis aussi prêt à unir mes forces à celles des seigneurs pour chasser de nos terres les routiers qui les martyrisent, j'apposerai mon sceau à votre contrat, car je veux, comme vous, la paix.

Louise se rapproche de son mari Ferry de Salm, qui ne quitte pas René des yeux. Elle lui prend discrètement la main, et la serre avec douceur, pour l'obliger à la regarder un instant. Elle veut, à tout prix, détourner son attention d'un spectacle qui lui est intolérable.

— Ces écorcheurs, ces routiers, comme ils disent, sont aussi nos mercenaires.

Ferry est saisi d'étonnement quand il voit René s'approcher de la table, apposer sa signature sur le parchemin.

— Comment le suivre dans cette voie, dit-il dans l'oreille de Louise. C'est parjure. Le dauphin de France est notre ami.

Il n'a pas le temps d'en dire plus. Son épouse se détourne de lui et glisse lentement vers le fond de la grande salle. Une femme blême, les cheveux tirés, les yeux sans expression est entrée la dernière et nul ne l'a remarquée. Louise s'approche d'elle, lui fait révérence. Elle lui répond d'un sourire immobile, comme si elle ne la voyait pas. Dans l'assistance, seul Antoine de Croy a remarqué sa présence. Mais il est trop pris par la cérémonie pour pouvoir l'accueillir. Il déteste, autant qu'un Lorrain, le projet d'alliance de René et de Bourgogne. Rien n'inquiète plus ce Flamand de Bruges que les risques d'une rupture avec la cour d'Angleterre. Il n'a que faire des intrigues terriennes de ces familles de hobereaux et de barons lorrains, qui n'ont que des terres à labours et des étangs. Il pense aux grands ports de Bruges et d'Anvers, aux milliers de naves qui franchissent la Manche. Il n'est pas question de favoriser un rapprochement de Bourgogne et de France, c'est contre l'intérêt des Flandres : l'Angleterre bloquerait immédiatement les côtes.

Il n'a pas un regard pour la jeune femme aux cheveux dorés qui assiste, impassible, à cette rencontre de princes. Pris par ses intérêts, il n'a pas vu entrer sa nièce Jeanne, il ne l'a pas saluée. Elle n'est qu'à demi étonnée par son attitude. Elle sait qu'il a sans doute déjà d'autres projets pour elle et qu'il ne la laissera jamais se marier selon son cœur. Il ne songe qu'aux alliances et à la politique. Que peut-elle attendre de lui ? S'il s'aperçoit enfin de sa présence, s'il abandonne les hauts seigneurs et l'évêque pour lui prendre la main, c'est qu'il n'a nulle envie de la voir se rapprocher de cette petite Louise de Sarrebruck, qui a, dit-on, de si bons sentiments, mais qui, à ses yeux, est beaucoup trop proche de la cour du dauphin, beaucoup trop amie des Français.

— Allons, Jeanne, lui dit-il, approchez ! Il faut saluer Monseigneur l'évêque de Metz. Cela fait partie de vos devoirs.

Antoine de Croy sait-il déjà que le sort de sa propre nièce vient d'être réglé à Bruges, au cours d'une conversation impromptue entre son éternel ennemi, le chancelier Rolin, et le duc de Bourgogne ? Curieusement, le duc n'était pas, ce jour-là, à la politique, mais à l'astrologie. Partageant avec le duc de Bedford les services du grand médecin-astrologue-philosophe et alchimiste, Roland Lécrivain, de son vrai nom Gonsalves, il ne se contentait pas de lui demander des consultations épisodiques sur la santé des corps et la longévité des ducs. Il l'associait de plus en plus à la politique dans la mesure où il tenait compte de ses avis pour prendre des décisions : ne l'avait-il pas averti en temps utile des menaces de complots noués contre lui par la mère de Jacqueline de Bavière, la plus riche héritière d'Europe continentale, que Philippe de Bourgogne venait de déposséder ? C'est l'astronome qui

l'avait mis en garde : la vieille maman de Jacqueline ten-
terait de l'empoisonner.

Nommé par Bedford chanoine de la Sainte-Chapelle
dont il touchait des prébendes, et médecin au procès de
Jeanne d'Arc, l'illustre Lécrivain avait une immense qualité ; il savait écouter. Sa mémoire d'astronome lui permettait de restituer, sous forme de divination inspirée, les
propos ou les échos qu'il avait entendus ailleurs, un autre
jour. Le duc n'était pas dupe, mais ses dissertations sur le
sexe du soleil l'amusaient ; il considérait Lécrivain comme
ses oreilles et ses yeux : chez les pharaons, il eût été
scribe.

Il parlait donc avec lui volontiers, et devant lui sans
gêne. Sa présence, au contraire, gênait le chancelier Rolin
et les autres grands dignitaires. Le duc se frottait les mains
de leur embarras, quand une réflexion inopinée du doc-
teur, souvent ironique, parfois drôle, leur faisait perdre
contenance.

Il écoutait présentement Rolin parler des cérémonies
du Saint Sang à Bruges : toutes les nationalités seraient
représentées à la procession, où le duc devait assister : les
hanséates, bien sûr, mais aussi les marchands italiens, les
Portugais, les Catalans. Le duc irait ensuite à Mons, le
23 mai ; il entrerait dans la ville pour y recevoir la souve-
raineté, prêtant serment en l'église de Saint-Wandrut, en
présence des chanoinesses, puis en l'église de Saint-Ger-
main, en présence des échevins. Jacqueline de Bavière
serait là, pour signer son acte d'abdication en faveur du
duc.

— C'est la victoire du soufre sur le mercure, dit Lécrivain. Le soufre est un principe mâle. Il brûle. Le mercure
est volatil, femelle, il s'évapore.

Le duc rêvait. Il avait sans doute convoité les plus jolies
femmes des Flandres et de Bourgogne, sans compter les
étrangères, mais Jacqueline de Bavière était la seule qui
lui eût résisté. La belle était amoureuse d'un Anglais. Il
avait été urgent de recourir à Bedford pour empêcher
l'impossible Gloucester, son propre frère, de mettre la
main sur les très nombreux États de Jacqueline, en particulier la Hollande et la Zélande, et la moitié des Flandres.
Il avait dû lever des soldats, menacer Bedford, faire lui-
même la guerre pour abattre l'impétueuse jeune femme.

Avec Rolin, on ne peut rêver longtemps. Le chancelier a mené pratiquement seul la bataille diplomatique qui a permis d'isoler Jacqueline de Bavière, à qui l'empereur d'Allemagne Sigismond voulait porter secours. Une autre affaire de dame intervient sur l'échiquier. L'astronome Lécrivain est tout ouïe. Rolin introduit le sujet ; il s'agit de Jeanne de Croy.

— J'ai ici, dit-il, une plainte pour viol.

— Je la croyais mariée par vos soins au Prince Noir de Bavière, dit Philippe. C'était une bonne idée. Nous franchissions le Rhin sans crier gare ni solder un homme.

— Elle devait l'être, en effet. Mais à Montbéliard, Louis de Wurtemberg a tenté de la violer.

— Tenté ?

— La plainte émane de son oncle, Antoine de Croy. C'est donc une affaire sérieuse, dit Rolin avec une pointe d'ironie.

— Femme violée, femme perdue, commente l'alchimiste en regardant le ciel.

— Wurtemberg, qui est marié, voulait enlever Jeanne, se retirer dans un château du Rhin et faire casser son mariage en cour de Rome.

Le duc prend l'affaire très au sérieux. Il se souvient de Jacqueline de Bavière qui avait fait aussi casser son mariage pour convoler avec l'Anglais.

— Il faut briser ce Wurtemberg, dit-il. Il a porté atteinte à l'honneur d'une famille qui m'est chère. Ce soudard ne mérite pas ses titres. Qu'on prenne ses biens, jusqu'au dernier. Mais où est Jeanne de Croy ?

— A Vaudémont, monseigneur, avec son oncle et le duc René ainsi que le vieux comte Antoine de Vaudémont et l'évêque de Metz. Ils concluent un pacte contre les écorcheurs, selon nos instructions.

— Faites-lui savoir que je l'aime et que je la prends sous ma protection. Qu'elle vienne ici, à Bruges, sous bonne escorte. Veillez à ce qu'elle ne soit pas de nouveau enlevée.

— Monseigneur, elle avait elle-même quitté Montbéliard, pour échapper au Wurtemberg. Elle a rejoint son oncle à Vaudémont par ses propres moyens. C'est une femme d'entreprise.

Le duc réfléchit. Il n'aime pas que les femmes de sa cour affrontent des situations de violence et d'agression. Mais il déteste plus encore qu'elles s'en sortent sans son appui. Il faut se défier de la tendre Jeanne. Peut-être cache-t-elle, sous des apparences délicates, une âme de feu comme Jacqueline de Bavière.

— Il faut la marier de toute urgence.

— A qui ?

— Parlons au prince de Bavière. Accepterait-il de l'épouser dans ces conditions ?

— Monseigneur, dit l'alchimiste, si le vieux cerf a porté les bois avant que d'être marié il peut bien les porter encore.

— Écrivez aussi à Antoine de Croy. Je veux voir sa nièce à Bruges, au plus tôt.

Rolin se retire, pour envoyer des courriers. L'astrologue est près de la fenêtre, les yeux dans les étoiles.

— Vous avez agi sagement, seigneur duc, lui dit-il. Le mercure de Jeanne est encore plus volatil que celui de Jacqueline. Défiez-vous-en : il est plus subtil. L'une avait plus de terres, mais l'autre a plus de charme.

Jour et nuit, Copillon rêve de Jeanne. Depuis qu'il l'a quittée, il songe aux moyens de la rejoindre. Il n'ose s'en ouvrir à ses compagnons. Ils ont fait le voyage de Vaucouleurs, avec Croquemaille, pour y être reçus par le capitaine de Baudricourt. Guillot, Copillon faisaient avec le Gascon une fameuse lance. Ils avaient été acclamés d'abondance au départ de Rigny, et Catherine, maîtrisant son émotion, s'était retrouvée seule, comme aux temps difficiles de Bulgnéville, les deux enfants de Copillon dans les cottes.

Baudricourt leur avait appris qu'une opération se préparait à Vaudémont, mais que les hauts seigneurs auraient besoin de temps et d'argent pour lever des soldoyers. Sans l'aide de Bourgogne, ils étaient incapables de combattre les routiers, même s'ils étaient peu nombreux en Lorraine.

— Peu nombreux ? Je crois rêver, avait dit Croquemaille. Vous avez eu grand tort, monseigneur, de ne pas vous fier au message de Fortépice, que je vous avais délivré. Il est maintenant à hauteur de Neufchâteau et il marche sur la Meuse. Il sera ici dans deux jours.

L'information avait rendu Baudricourt songeur. Deux à trois mille hommes, la plupart à cheval, cela faisait réfléchir. Avec Sarrebruck, ils pouvaient réunir 7 à 800 soldoyeurs et quelques barons rescapés des batailles. Sans doute avait-il, grâce à Fortépice, les moyens de lever des hommes. La guerre pouvait reprendre. Mais que ferait le dauphin ? L'entreprise était risquée, il le savait, il le disait encore. Jamais Bourgogne n'avait été plus riche, plus fort. Il était le seigneur le plus puissant d'Europe. Pour l'affronter avec quelques chances de succès, les Français devraient attendre longtemps. Comment demander à Baudricourt, un simple baron, de prendre la tête d'une alliance ? C'était folie. Il ne bougerait pas, si le roi de France ne s'engageait pas.

Il avait tout de même retenu Croquemaille auprès de lui car l'avance de Fortépice l'inquiétait. Que faire de l'écorcheur si l'on n'entrait pas dans la guerre ? Les coups montés par Sarrebruck et Baudricourt étaient sagement préparés, ils n'avaient pour objectifs que la conquête d'un riche butin. Ils agissaient, en somme, comme des capitaines de routiers. Loin d'être un allié, Fortépice risquait d'être un concurrent. Comment nourrirait-on ses hommes, sans risquer la guerre ?

— Bah ! avait dit Croquemaille, si Fortépice ne peut combattre en Lorraine, il ira plus loin, le bougre n'est pas en reste.

Copillon avait appris la présence de René et de Ferry de Salm à Vaudémont. Mais Baudricourt avait dit plus : une dame de haut lignage, venue de Bourgogne, était au château avec son oncle de Croy. Ainsi Jeanne était à bon port. Sans doute l'attendait-elle. Qui sait si elle n'avait pas parlé de lui à René ? Il n'osait avouer à Croquemaille qu'il avait envie de prendre, immédiatement, la route de Vaudémont.

— Je ne vous demande pas de rester à Vaucouleurs, avait dit à ses amis le Gascon. Cette guerre n'est pas la vôtre. Mais j'ai une dette envers Fortépice. Je veux lui faire les honneurs de la place et négocier son accord avec le Baudricourt.

— Hélas ! avait risqué Copillon, je suis l'écuyer du duc René.

— Et tu brûles de le rejoindre. Souviens-toi comme il nous a engagés légèrement à Bulgnéville. Sans lui, mon oncle Barbazan serait des nôtres.

— Je suis son écuyer, ajoute Copillon en baissant les yeux.

— Veux-tu dire que nous risquons de combattre dans des camps opposés ?

Copillon n'ajoute rien. Quand ils sortent de la forteresse de Baudricourt, seul Guillot sait ce qu'il va faire : reprendre son tablier de forgeron. Les autres, embarrassés, vident une pinte au cabaret sans avoir le courage de se parler.

— Par le sang de Dieu, dit enfin Croquemaille, que la situation exaspère, me diras-tu enfin ce qui te pousse à faire du zèle. Personne ne t'a appelé. Pourquoi ne rentres-tu pas à Rigny, avec Guillot ?

— Oui, pourquoi ? dit Guillot.

— Parce que je ne suis pas seulement l'écuyer du duc.

On pourrait torturer Copillon, il n'en dirait pas plus à ce point de la discussion. Croquemaille comprend qu'il ne peut le retenir. Pourtant, à la deuxième pinte de vin de Toul, il a une illumination. Il l'a vu pâlir, presque défaillir, quand Baudricourt a parlé de cette dame venue de Bourgogne, qui avait rejoint Vaudémont avec son oncle.

— Avoue-le, lui dit-il, ce n'est pas le duc que tu rejoins, mais quelque petite suivante. Je regrette de t'avertir, Copillon, tu es un bûcheron, à la rigueur un charpentier ; c'est par accident que tu as servi comme écuyer le siffleur de bartavelles, l'éleveur de poires, le collectionneur de défaites. Si tu te frottes aux douces peaux des dames de cour, il t'en cuira, elles sont plus piquantes que les chardons. Tu n'es pas de leur monde, tu n'as rien à faire dans leur suite. Elles t'abandonneront comme un chien blessé qui ne peut plus courir, pour suivre, sans toi quelque grande chasse. Même si elles t'aiment, elles ne sont pas libres d'être à toi, sinon pour te cacher un moment dans leur chambre. Je comprendrais que tu rejoignes René par devoir, encore que le siffleur ne t'ait pas sifflé. Mais si tu voles vers lui par entêtement d'amoureux, tu vas à ta perte.

Copillon est de plus en plus muet. Son regard fuit. L'ombre, devant ses yeux, lui dérobe ses vieux amis. Le grand Gascon continue de parler, de sa voix rocailleuse.

— Aucune de ces femmes n'est libre d'aimer. Elles ne connaissent l'amour qu'à la sauvette, dans les récréations qui leur sont tolérées. Au berceau, elles sont mariées. La tienne doit l'être déjà, même si elle ne porte pas l'alliance. Le mariage pour ces gens-là se conclut devant d'autres tabellions que celui de Vaucouleurs. Ils n'échangent pas des chénevières ou des jours de vignes, mais des comtés, des duchés, des pays entiers, avec des gens comme vous qui remuent la terre et abattent les arbres, pour leur service. Crois-moi, Copillon, seule la guerre peut permettre de les égaler, de les affronter, de les contraindre : crois-tu que ce Baudricourt m'aurait donné son moulin s'il n'avait eu besoin de moi ? Si tu te mets à leur merci, tu es perdu. Dans ce jeu sans pitié, les femmes sont les plus redoutables. Mais je vois bien que personne ne t'empêchera d'aller entendre chanter le rossignol de Meuse.

Copillon peut enfin regarder en face le soldoyeur. Pour lui dire, les larmes aux yeux :

— Ton discours me touche, Croquemaille. Mais tes paroles roulent sur moi comme le torrent sur les pierres lisses. Je vais partir, je l'aime trop.

— Dis-moi son nom, au moins, que je puisse te porter secours.

— Je l'ai sauvée de la mort. Elle s'appelle Jeanne de Croy.

CHAPITRE 14

Le tir de l'oiseau-roi

Un convoi de mignoles, les fameuses gabarres de la Meuse, descend la rivière jusqu'à Liège et Maëstricht. Les eaux sont rapides, mais peu profondes. Dans la gabarre de queue, richement décorée, bien douillettement aménagée, Copillon et Jeanne de Croy surveillent la surface des eaux, prêts à célébrer l'apparition de l'étoile du matin, celle qui vient saluer la fin de la nuit.

Copillon a été reçu officiellement par René de Lorraine. Il l'a remercié de sa fidélité et lui a demandé comme un service personnel d'accompagner Jeanne de Croy à Bruges. Copillon n'a pas jugé utile de lui faire comprendre à quel point cette mission le comblait. Il a seulement assuré son maître de son zèle et de son dévouement absolu.

Jeanne sait fort bien qu'après la Meuse, la gabarre filera sur les canaux qui conduisent à l'Escaut, qu'ils traverseront Anvers avant d'atteindre, par l'Écluse et le port de Damme, la capitale des ducs. Elle est attendue au palais pour la procession du Saint Sang. Son voyage est sans doute sa dernière escapade. Les Bourguignons ne la laisseront plus repartir. Au neuvième jour du mois de juin, sa vie s'arrêtera.

Des gens de sa maison ont chargé la gabarre de ses robes précieuses rangées dans des coffres, des chemises fines aux teintes ivoire, rubis ou safran, des fourrures et des bijoux, diadèmes, colliers en sautoir, ceintures dorées et incrustées de pierres précieuses. La dot d'une dame en mouvance, un vrai trousseau de mariée. Les gardes surveillent jour et nuit ce trésor qui serait, pour les écorcheurs, un formidable butin. Des hommes en armes se dissimulent sur les autres gabarres. Il ne s'agit pas de donner l'alerte en suggérant aux autres navires que l'on transporte une suite princière.

Le vent gonfle les bonnes voiles carrées qui claquent d'impatience. Copillon est fasciné par le jeu des cordages et des voilures.

— La Meuse est femme, dit-il à Jeanne, une belle femme vive aux yeux verts, à la démarche ondoyante, aux humeurs variées. Elle est à nous, comme elle est aux oiseaux, à tous ceux qui s'aiment dans la nature.

Les rives envahies par la forêt alternent avec des bancs de sable, ponctuées de longues ravines broussailleuses et de falaises de plus en plus élevées quand on approche du Luxembourg. Dans l'évêché de Liège le paysage se nivelle soudain, les gabarres avancent le long d'un fleuve qui entre dans un vaste plateau comme une pelle d'argent découpant un gâteau de noces. Il faut deux jours pour arriver à Dinant : à l'approche de la ville, une nuée de canards sauvages et de sarcelles vient saluer les gabarres qui glissent au milieu des vergers et des jardins. Des briqueteries, des forges de villages annoncent l'approche de la grande cité. Des moulins à eau, à l'ombre des tilleuls géants et des aulnes endormis, poussent des soupirs de silènes. Leurs grandes roues à aubes soulèvent des gerbes d'écume, leur façade naturellement sévère est égayée par cet encorbellement de feuillage. De hautes houblonnières, des jardins regorgeant de roses trémières et de fèves viennent mourir au pied d'une énorme dent de granit surmontée d'une forteresse : c'est enfin Dinant.

Jeanne se sent en sécurité. Comment pourrait-on attaquer un convoi ducal après la citadelle ? La route des écorcheurs est barrée. Ils ne peuvent aller au-delà. Si Wurtemberg a loué des hommes de main, ils seront réduits à l'impuissance par les défenses de la Meuse. La ville haute de Dinant, dominée par sa belle église flamboyante, inspire à Jeanne une prière. Mais la bonne Vierge étend-elle sa protection aux amoureux illégitimes ? Assurément, se dit-elle, car les mariages sans amour des princes ne peuvent lui plaire.

Les barques glissent sous les tourelles de brique et les maisons aux façades sculptées. Sur le pont l'humeur est joyeuse : marins et gardes ont sorti des paniers les flamiches, les jambons, les fromages et les cerises qu'ils ont achetées le long des quais à un gros les deux livres. Après Dinant, la Meuse est royale, elle coule sous des portiques de châteaux, devant des parterres de palais, dans une plaine aux mille fleurs peuplée de riches troupeaux et d'arbres aux fruits variés. On entend, de très loin, le chant des bateliers. On croise ces hommes aux reins d'acier, aux bras vigoureux qui conduisent les bois flottants de Lorraine et de Sarre jusqu'à Liège. Ils manient les rames géantes qui leur servent de gouvernail, et dirigent au mieux leurs grands radeaux où les troncs sont attachés par des chaînes. Les villages ponctuent de leurs ponts rustiques, de leurs toits de chaume surmontés de fleurs la descente majestueuse vers Namur, la grande ville où convergent la Meuse et la Sambre.

On débarque à Namur. Le moyen de résister aux ateliers d'émailleurs ? Jeanne veut les montrer à Copillon. Ils les visitent main dans la main, au grand scandale de l'équipage pourtant habitué aux fantaisies des princesses. Maîtres et compagnons travaillent côte à côte à la chaleur écrasante des fours. Les artistes martèlent et façonnent le cuivre pour qu'il puisse recevoir, dans des alvéoles aménagées, la poudre d'émail de différentes couleurs. Un orfèvre réalise avec une patience minutieuse un retable sur la passion du Christ. Il recouvre le bois de feuilles d'or et d'émaux, devant des marchands de Cologne béats d'admiration.

La gabarre a repris, rapide, sa route sur la Meuse. L'équipage n'a point le temps de s'attarder, pour être à Bruges au jour prévu. A l'approche de Liège, la Meuse, entre les trembles immenses de ses rives, prend une allure épiscopale. Elle salue d'un vaste méandre la cathédrale qui se dresse tout d'un coup, comme un rocher. Les voiles tremblent, puis claquent frénétiquement sous un coup de vent nouveau, inattendu. Un craquement sinistre se fait entendre. La grande voile est déchirée, d'un bout à l'autre. Le chanvre n'a pas résisté.

Il est difficile, en cet endroit, d'accoster ; on est encore assez loin de la ville, dans un défilé rocheux, sous les ruines d'un vieux château, qui est un repaire de vautours. Le lieu rêvé pour une embuscade ! Jeanne frémit en regar-

dant, vers la droite, la rive s'approcher : les rochers ferru-
gineux ont la couleur du sang. L'équipage cherche une
crique pour ferler la voile à l'aise, et n'en trouve point. A
défaut de crique, on peut s'amarrer sur les racines géantes
d'arbres abattus, qui jonchent les rives. Des hommes lestes
sautent d'un tronc à l'autre et passent des cordages dans
tous les sens.

Soudain le chien de Jeanne s'échappe, un petit chien
flamand aux oreilles agiles, toujours prompt à la course.
Elle y tient éperdument, c'est un souvenir de son défunt
mari. Il a bondi sur la rive, en suivant les hommes d'équipage. La princesse le suit, sans crier gare. Elle court dans
les roseaux, on ne voit plus ses cheveux blonds. Copillon
l'appelle, elle ne répond plus.

Quand il la retrouve enfin sur la rive, grâce aux jappe-
ments du chien, ils sont loin de la gabarre, dans un banc de
sables mouvants. Jeanne est engloutie, sa longue robe de
velours bleu flotte en signe de détresse. Elle prie tout haut
le Seigneur de lui venir en aide. Copillon a rapidement fait
ployer une longue branche de saule de toute la force de
son corps. Jeanne ne parvient pas à s'y agripper, elle manque de force, la branche se détend comme le bras d'une
catapulte, désarçonnant Copillon. Va-t-il tomber, lui
aussi ? Jeanne, dans son effort, s'est enfoncée plus profondément, seul son buste émerge, elle ne crie plus, elle soupire. Copillon s'est redressé. Il rampe, le long de la branche, prie Dieu qu'elle ne cède pas, se penche vers Jeanne
et la saisit à l'épaule. Doucement, en conservant son équilibre, il parvient à la tirer pouce par pouce en reculant sur
la branche, s'aidant de sa ceinture de cuir qu'il a passée
sous ses bras. Ils s'écroulent enfin côte à côte sur la terre
ferme au milieu des joncs, épuisés, le souffle court, trem-
pés jusqu'aux os. Le petit chien leur lèche le visage de son
museau froid. Personne n'entend les sons de trompe de
l'équipage qui, l'avarie réparée, les recherche sur les
bords du fleuve. Dans la nuit tombée, ils n'ont qu'un
réflexe : se serrer l'un contre l'autre pour se communi-
quer leur chaleur. Ils s'endorment ainsi comme des naufragés.

Copillon se réveille au petit jour, transi de froid. Il cherçhe Jeanne. Elle l'appelle d'un cri joyeux. Nue dans la rivière, elle lui tend des fleurs sauvages. Copillon ne résiste pas, il arrache de son corps ses vêtements humides et plonge dans la Meuse, nageant rapidement sous l'eau pour rejoindre la naïade. Il se coule à ses côtés et retrouve, dans l'eau verdâtre et glacée, les joies du paradis terrestre. Un parfum têtu de roses sauvages et de chèvrefeuille émane de ses cheveux dénoués, qui flottent dans le courant comme une jonchée de fleurs. Copillon l'enserre, la retourne, plonge pour mieux la reprendre, l'étreint à pleins bras au risque de l'étouffer. Son corps ploie et plie comme un roseau sous le vent d'amour. Quand ils se séparent, éperdus, ils s'écroulent de nouveau sur la rive sans pouvoir se relever. Le chant du rossignol n'est pas celui du départ. Copillon fait un feu pour survivre, pour habiter le paradis retrouvé. Il a grimpé sur le rocher pour tenter d'apercevoir la gabarre. Il est presque soulagé d'annoncer à Jeanne, qui grelotte, que le navire a disparu. Ils se chauffent alors longuement devant la flamme, sur un lit de joncs et de mousse. Ils sont heureux, follement, d'être perdus au regard des hommes.

Ils restent ainsi deux jours et deux nuits, se nourrissant de poissons et de fruits sauvages. A l'aube suivante, un bruit de voix fait sursauter Copillon. Il réveille sa compagne, doucement, par un baiser. Il lui fait signe de le suivre sans faire de bruit. Sans doute l'équipage est-il à leur recherche. Ils sont devenus complices dans la fugue. Ni l'un ni l'autre ne veulent revenir à bord de la civilisation. Plus tard, ils aviseront.

Les bruits de voix se rapprochent. Copillon distingue l'accent rocailleux du Sud. Il rampe jusqu'à la rive, aperçoit les ombres en train de débarquer, coiffées de casques qui luisent aux premiers rayons du soleil. Cinq hommes, armés jusqu'aux dents.

— Fortépice a raison, dit l'un. Nous avons pillé les gabarres. Mais il reste à trouver la belle géline. Elle est riche à en mourir. Il ne faut pas la laisser partir.

— Elle n'est pas seule, ne l'oublie pas, dit l'autre. Ils sont déjà loin. Nous perdons notre temps dans ces marais.

— Partageons-nous. Vous deux, explorez les joncs. Les

poules d'eau y trouvent souvent refuge. Nous allons voir dans les bois si elles ne perchent pas sur les arbres.

A la hâte, Copillon rampe vers Jeanne, il lui fait signe de le suivre. Toujours nu, il s'empare de sa dague et de sa ceinture. Il dit à Jeanne de se cacher au plus épais d'une touffe de joncs, sans bouger, en attendant son signal. Puis il suit les deux écorcheurs sans faire de bruit. Il les assaille par-derrière. L'un d'eux est assommé net. L'autre étouffé par la rude poigne de Copillon, qui lui pointe sa dague sur la gorge.

— Ton nom ?

— Colinot la Galerne.

— A qui es-tu ?

— A Antoine de Chabanne.

— D'où venez vous ?

— Du Cambrésis. Nous avons pillé l'Artois, brûlé la châtellenie de Bouchain. Le capitaine a rejoint Fortépice, qui venait du Sud. Nous sommes nombreux à dévaster le Hainaut.

— Avez-vous pillé nos gabarres ?

— Sans doute. Elles sont à nous. Vous n'irez pas loin. Les autres vont revenir. Rendez-vous, vous serez bien traités. Sinon, quand le Gousset va revenir, il ne vous fera pas grâce.

— Va au diable !

Copillon l'assomme avec le pommeau de sa dague, puis il siffle doucement. Jeanne sort sans bruit de la touffe de joncs, son petit chien dans les bras. Elle lui serre le museau pour qu'il ne jappe pas. A la hâte, Copillon lui ligote la gueule avec un mince roseau qui lui sert de lacet. Puis il fait signe à Jeanne de gagner la rive.

— Il faut prendre leur barque.

Sur la Meuse, plus un bateau. Certes les péages de Liège sont encore loin, mais les barques porteuses de caques, d'harengs ou de tonnelets de bière semblent s'être donné le mot : elles ont toutes disparu.

— Sais-tu bien nager ?

— Oui, dit Jeanne, mes frères m'ont appris dans les douves du château de Roeulx.

— Il faut gagner leur barque sans bruit.

Il lui montre l'exemple, se glissant sous l'eau vers

l'embarcation vermoulue, vétuste, qui clapote entre les roseaux. Elle le suit et grimpe la première, avec adresse, sans verser. Il pousse la barque dans l'eau, pour qu'elle se détache du rivage, puis il grimpe à son tour. Au lieu de ramer, il plante une longue branche dans l'eau et s'arc-boute, pour s'éloigner vers le courant. La barque glisse seule, sans effort, mais avec une extrême lenteur. Ils sont couchés dans le fond, côte à côte, pour ne pas se faire remarquer.

Après une lieue de navigation aveugle, la barque s'arrête. Elle a d'elle-même rejoint le bord. Ils sont dans une crique naturelle, dominée par un rocher.

— Une grotte, dit Copillon.

Ils se hâtent de traverser le banc de sable qui précède l'entrée de la grotte. La lune court dans les nuages et mène la sarabande. La nuit est tombée, ils peuvent échapper aux recherches. Pourtant, au-dessus de la grotte, un bruit de chevaux au galop. Copillon se précipite, aperçoit distinc-tement, sous le clair de lune, deux groupes de cavaliers qui se poursuivent.

— Les gens du guet, se dit-il. Ils chassent les écor-cheurs.

Il rentre dans son abri où Jeanne a, d'elle-même, allumé un feu et tapissé le sol de mousse.

— Vous êtes folle, ma mie, lui dit-il. Point de feu. Nous nous réchaufferons nous-mêmes. De nouveau ils s'allon-gent l'un contre l'autre, au fond de la grotte. Copillon mord son oreille et sa nuque, et se grise de nouveau du parfum délicat de ses boucles blondes. Ils attendent ainsi l'un contre l'autre, ne formant qu'un seul corps, la fin d'une nuit trop courte à leur gré. A l'aube, ils assistent au départ des cortèges de nuages qui se pressent vers Liège.

— N'y allons pas, dit Jeanne. Ils ne peuvent nous trou-ver ici.

Sur la rive déserte, les soldoyeurs assommés sont réveil-lés à coups de bottes par le Gousset furieux. Le sergent ne les ménage pas. Ils n'ont plus ni barque ni chevaux. Ils vont se faire fouetter à mort par Chabanne.

— Ne t'inquiète pas, dit Colinot la Galerne. J'ai trouvé ce bel objet dans les joncs. Les amoureux sont partis, mais on peut suivre leur trace.

Le sergent regarde le médaillon d'or, au nom de Jeanne de Croy.

— J'ai une meilleure idée, dit-il. Allons, vous autres, taillez les branches, construisez un radeau. Nous partons pour Liège.

L'embouchure de l'Escaut semble interminable aux soldoyeurs épuisés. Des mouvements d'ombres et de lumières font scintiller les derniers moulins à vent qui délimitent le grand péage, la vraie frontière entre la ville et le plat pays. Les derniers rayons du soleil se glissent entre les dômes et les pinacles d'Anvers, le grand port du Ponant. Les nuages se jouent des vieilles tours altières aux manchettes de dentelle. Des écussons flamboient sur les pierres grises.

A l'horizon, la boule de feu tombe derrière le rideau de galées de l'immense plaine liquide. La mer est étale et, dans le lointain, les mâts semblent avoir pris racine et peupler une nouvelle forêt. On ne peut entendre, à distance, le cri des mouettes et les voix des marins. Tout au plus les écorcheurs sont-ils réveillés par le tintement plus proche des anneaux et des poulies sur les quais. Ils sentent les effluves d'écume de bière et de sel de hareng.

Ils se retournent, car une gabarre les menace de son étrave. Le marin crie pour qu'ils s'écartent, trouvant insolent qu'un aussi misérable radeau lui coupe la route. Copillon et Jeanne ont pris place sur cette gabarre. Ils ont été recueillis, naufragés de la Meuse, par des Lorrains porteurs de pierres et d'ardoises. Ils n'auraient pas tenu plus longtemps dans la grotte, ils y seraient morts de froid et de faim.

— Nous voici au tonlieu, disent les Lorrains.

Le tonlieu, c'est le grand péage, qui arrête tous les bateaux. Le Lorrain Thomas Basin et son camarade flamand Bake ont 28 000 ardoises à déclarer. Ils sont allés les enlever à Martinfosse, l'ardoisière de la Meuse. Ils vont les livrer à Bruges, où l'entrepreneur, Clais Willems, les attend avec impatience : quatre fois échevin, c'est un personnage considérable qu'il ne faut pas tromper. Basin et Bake ont recueilli, séché, nourri le couple de naufragés qui prétend se rendre à Bruges pour le pèlerinage du Saint Sang.

Les bateaux sont bord à bord, devant le péage. Un joyeux transporteur de harengs échange des coupes de vin du Rhin avec les Lorrains. Lentement, le radeau des écorcheurs glisse à tribord, comme s'il voulait éviter le péage. Mais Colinot la Galerne ouvre l'œil. Il a parfaitement distingué, à la proue de la gabarre, un couple d'amoureux. La femme a les cheveux dorés, l'allure aristocratique.

— C'est elle dit-il. Ils ont été recueillis par un ardoisier. Les gabarres sont bloquées ici pour au moins deux heures. A nous de manœuvrer !

Le radeau s'éloigne, poussé par les rames, dans la direction de la ville. Avec inquiétude, Copillon voit s'éloigner la fragile embarcation. Il n'a pas eu le temps d'en identifier les rameurs. Sur la gabarre, l'atmosphère devient de plus en plus chaleureuse. Un tailleur de pierre du nom de Peter Spikine est venu, avec son camarade flamand du bateau voisin, apportant un tonnelet de bière et des coupes en bois. Un autre prend un petit poisson dans une épuisette, le plonge dans une coupe remplie de bière à ras bord.

— Tradition d'Anvers, dit-il. Qui veut avaler le poisson vivant ? Il aura peut-être droit au baiser de cette dame.

Jeanne, qui s'est approchée, rit de bon cœur. Elle retrouve avec plaisir les gens de son pays. Elle sait qu'au dimanche des brandons, même les curés avalent les poissons.

— J'avalerais bien tous les poissons de l'Océan pour le cœur d'une jolie femme, dit Peter Spikine, le tailleur de pierres.

D'un bord voisin fusent des éclats de voix, des accents enflammés. C'est un producteur de *flemish cheese* qui s'indigne.

— Place, place, c'est nous qui payons le plus pour les nations et pour la Ville !

Les autres mariniers l'insultent. Devant le péage bloqué les bateaux sont maintenant une centaine à attendre leur tour. Des marchands de futaines d'Ypres, engloutis sous leurs ballots, se sont sagement assoupis, attendant le signal de départ. Bientôt les trompes sonnent, les marins protestent contre les délais trop longs du tonlieu. Ceux qui vendent du textile enragent de perdre du temps. Ils doivent arriver à la foire avant les Anglais pour écouler leurs toiles, leurs laines et leur lin. C'est à croire que les péagers le font exprès ! Les transporteurs de grains sont les seuls à ne pas protester. Ils craignent toujours les rafles. Leurs cargaisons sont de bonne prise, elles valent de l'or. Peu leur importe d'attendre, ils veulent arriver à bon port.

Par contre les Espagnols de la flotte du fer de Biscaye tempêtent, cornent, jouent de la trompe et du tambourin. Ils hurlent leur impatience devant ces Flamands qui osent faire attendre des navires de haut bord, chargés de minerai de Biscaye. Le quai des Anglais est déjà encombré de cinq navires. Il ne peut en accueillir plus. Les lourds vaisseaux qui apportent le plomb du Somerset doivent attendre leur tour en haute mer, aux côtés des hourques hanséates. Elles doivent souvent stationner deux semaines avant de pouvoir décharger, à moins qu'elles n'aient recours, comme les Italiens, aux *Pleyten*, des bateaux de cabotage qui font des affaires d'or en déchargeant les navires dans la rade de Middleburg. C'est un scandale ! Pourquoi les Flamands ferment-ils les yeux ? Chaque fois qu'un *Pleyten* est en vue, il est hué de tous les bords.

Stede Meester, maître maçon à Tournai, reste philosophe. Ces chargements de minerai, de soieries et d'épices valent des millions de florins. Comment les armateurs ne prendraient-ils pas toutes les précautions pour débarquer vite et sans surprise ? Il est tranquille, le maître maçon. Son ami Luc Van Copenholl l'attend. Il est responsable lui aussi des constructions dans la ville de Bruges, il entretient les remparts, les gouttières des halles, les toitures des portes. Que les ardoises attendent une semaine de plus, après tout, n'est pas grave. Il rassure Basin et Bake inquiets, l'échevin Clais Willems, prévenu, comprendra sans aucun doute ! Au fond du bateau, derrière les tas d'ardoises soigneusement rangées, Jeanne et Copillon se sont cachés. La grosse grue de bois qui domine le barrage du tonlieu est pour eux une sorte de divinité protectrice. Les sept portes de la ville peuvent bien rester fermées, ils ne souhaitent pas que s'abaissent les ponts-levis.

Par la porte saint Léonard, le sergent Colinot, dit la Galerne, est entré dans la ville de Bruges sans difficulté. Il a persuadé ses camarades qu'ils devaient le laisser agir seul. Il s'est déguisé en marchand et n'a pas eu le moindre accrochage avec le guet. Il a sauté sur une barque qui s'engageait dans le grand canal, la Reie, pour arriver plus vite au cœur de Bruges.

— Où sommes-nous ? demande-t-il au naute devant une grande place majestueuse, décorée de mille bannières.

— Tiens donc ! A l'hôtel de ville ! Mais le bateau s'arrête devant le marché.

La barque a dû attendre pour suivre le canal, trop étroit pour permettre aux embarcations de se croiser. L'écorcheur bout d'impatience. Quand il arrive enfin sur le mail, il saute à terre, court dans tous les sens, comme s'il cherchait quelqu'un. Mais dans la foule bigarrée, bariolée, qui parle toutes les langues d'Europe, il n'est pas facile de trouver le *hoofdam* [1].

Quand il pose des questions, elles se perdent dans le brouhaha, les bruits de charrois, les cris des marins qui déchargent les embarcations. Les affaneurs en houseaux, les marchands italiens à tuniques s'insultent sans se comprendre.

— As-tu pris une aile de moulin sur la tête ? dit à Colinot un gros marchand de fromage, tu ne trouveras pas le *hoofdam* à cette heure.

Une charrette bourrée de barils de bière interrompt la conversation. Le soldoyeur a bien failli être écrasé. Il se rapproche pourtant du fromager, lui prend la tunique à deux mains, la serre autour de son cou jusqu'à l'étrangler.

— Holà, l'ami ! J'appelle la garde si tu veux me prendre ma bourse !

Colinot a une telle expression de rage et de cupidité sur le visage que le Flamand le prend soudain pour un malandrin.

— Dis-moi où se trouve le *hoofdam*, sinon tu es un homme mort.

Une lame a lui dans la main de Colinot. L'affaire est d'importance, se dit le fromager qui murmure entre ses lèvres déjà violettes, car l'étreinte du soldoyeur se resserre.

1. Le *hoofdam*, en tant que président de la guilde, est un représentant de la haute autorité de la ville.

— Va sur les remparts. Il est au tir de l'oiseau-roi !

Colinot n'en croit pas un mot. Il lâche l'homme, cependant, de désespoir. Les remparts sont loin, il faut franchir une foule nombreuse pour y accéder. Les gardes ne laissent passer personne sur le petit escalier qui conduit au chemin de ronde. Pourtant, derrière les remparts, des sonneurs de trompettes d'argent ont pris place. Des personnages chamarrés, aux casques brillants, se sont alignés tout en haut.

« Si le bougre disait vrai ? » se demande Colinot.

Pour accéder aux remparts, l'écorcheur a la méthode la plus expéditive. Il s'approche d'un garde par-derrière, profitant de l'inattention générale. Le garde s'est éloigné, sans doute pour suivre une appétissante dentellière. Colinot se faufile derrière lui, sans bruit, dans une maison pansue dont l'entrée est sombre, déserte. Le garde n'a pas fait dix pas dans le couloir qu'il est assailli, désarmé, déshabillé. La dentellière pousse des cris stridents. Colinot se jette sur elle, la bâillonne à l'instant, lui lie les mains et la jette sans ménagements sur les marches de l'escalier. Il revêt, à la hâte, les vêtements du garde, son armure, son casque, et se glisse doucement sur la place, en prenant soin de refermer la porte de la maison bourgeoise.

Il se hâte vers les remparts. Personne ne lui demande d'où il vient quand il accède au chemin de ronde, prenant un air militaire.

Le tir de l'oiseau-roi ? Colinot ne se pose plus de question. Il a devant lui les vingt-sept moulins à vent de la ville de Bruges ; à quelques pas des remparts, chaperonnant les collines. Toute la guilde des archers est là. Ils attendent l'arme au poing, en haut des remparts, le signal du début des jeux. Ils ont revêtu leur tenue d'apparat : tuniques rouges à grande croix blanche. Tous portent des gants blancs et des chaperons à plumes, plats comme des galettes.

Ils sont groupés devant le plus haut, le plus majestueux des moulins : il dépasse tous les autres de sa carène blanche. Le roi des cormorans domine à la fois la ville et l'Océan. Quand le vent agite ses ailes, il fait tourner l'oiseau-roi, un phénix de bois peint et empanaché, fixé à l'extrémité de l'une d'elles.

Un tirage au sort a décidé de l'ordre du tir des archers.

Celui qui fera choir l'oiseau-roi sera le roi de la guilde et pour un an il aura droit aux privilèges de son rang.

Colinot réfléchit rapidement. Il sait qu'il n'y a pas meilleur archer que lui dans la compagnie du seigneur Fortépice. Convaincre un des candidats de lui laisser sa place est difficile. Il faut, se dit-il, le raisonner.

L'un d'eux a justement beaucoup de mal à tendre son arc. Tous essayent leurs armes, éprouvant la robustesse du bois d'if qui vient d'Angleterre, sa souplesse aussi. Mais les boyaux qui tendent les arcs doivent être irréprochables. Le concurrent prend Colinot à témoin : sa corde risque de lâcher.

— Donne-moi ton arc, dit Colinot, bonasse. Je te le remplacerai aussitôt. J'ai au port un ami capitaine, qui rapporte deux cents arcs tout neufs d'Angleterre. Il suffit de prendre une corde bien graissée, bien résistante.

L'autre est appâté. Pourquoi ne pas faire confiance à un garde ?

— Il faut faire vite ; mais nous avons le temps, je passe dans les derniers. Je te suis.

Il ne faut pas longtemps à l'écorcheur pour régler le sort du malheureux candidat. Il se retrouve assommé, déshabillé, solidement bâillonné et attaché dans la maison pansue où gisent encore le garde et la dentellière, respirant d'un souffle profond. C'est habillé de neuf, tout fier de sa croix blanche que Colinot la Galerne gravit les marches du chemin de ronde, et prend sa place sur le rempart, pour le tir de l'oiseau-roi.

L'un après l'autre, les archers tendent leur arc et tirent les flèches qui partent, lumineuses, vers l'aile immense du moulin. Souvent la flèche revient, renvoyée aussitôt par le choc violent. Comme un vol d'hirondelles, les flèches se succèdent, de plus en plus rapides. Imperturbable, le moulin continue à tourner.

Le bouffon de la guilde, avec sa marotte et ses yeux fous, nargue les candidats malheureux, commente le tir en feignant de s'apitoyer de leur maladresse. Il saisit avec insolence, du bout de sa marotte, le collier d'argent destiné au vainqueur, il le balance sous le nez des archers.

— Il n'est pas pour toi, crête de coq, ni pour toi, outre de porc.

Il désigne un grand efflanqué aux oreilles rouges.

— Prends garde à ta flèche, compagnon ! Elle risque, au retour, de te percer les deux oreilles.

Pas un concurrent ne sourit, les visages grimacent de haine. Pas un n'ose repousser le bouffon. Colinot baisse la tête, pour que nul ne puisse se souvenir de ses traits. Il n'a pas encore repéré le *hoofdam*. Mais il est sûr que le seul moyen de l'approcher est d'être vainqueur au concours. Il se concentre, observant soigneusement la cible.

Quand il approche, le fou virevolte autour de lui. Il n'a jamais aperçu la haute silhouette de l'écorcheur, il dissimule sa surprise devant l'étranger. A coup sûr, dans un instant, il fera un rapport, c'est son rôle. Le fou est à tous les offices. Mais il n'ose affronter le concurrent. Tout juste lui lance-t-il une pointe, une plaisanterie sur le plat de crêtes de coq, traditionnel au banquet des archers.

— Si tu ne t'éloignes pas immédiatement, c'est ta hure qu'ils mangeront en entrée, gronde Colinot.

— Tout doux, messire, tirez d'abord, nous parlerons ensuite.

Colinot ne répond pas. Le jeu du bouffon est évidemment destiné à distraire les archers, à les empêcher de tirer juste. Il ne doit pas l'entendre.

— Voilà le *pylereaper*, dit le bouffon, le ramasseur de flèches. Il est si pauvre qu'il court pour les rattraper, dès qu'il a manqué sa cible. Voyez son carquois, il n'a que deux flèches à tirer.

— Mets une pomme sur ta tignasse, lui lance Colinot, deux flèches en effet suffiront, une pour la pomme, l'autre pour ta tête.

Les candidats poursuivent leur tir, ils épuisent leurs réserves. On leur apporte des flèches toutes neuves. Seul Colinot ne tire pas. Il attend son tour, il attend son heure. A la surprise générale, après cent coups loin du but, toujours renvoyés par l'aile du moulin qui broie les flèches comme elle moud le grain, un trait part, sifflant au-dessus des têtes. Le silence se fait immédiatement. Le sifflement est inhabituel, strident et rapide. Le moulin réagit, pour la première fois. Il tremble imperceptiblement. La flèche a frappé l'oiseau-roi en plein cœur. C'est Colinot qui l'a tirée.

Le fou s'éloigne de lui, médusé. Personne ne bouge. Les regards convergent vers Colinot. Qui est l'étranger ? Un fameux archer, à coup sûr. Les hourrahs jaillissent de toutes les poitrines.

— Vive le roi ! longue vie au roi ! On hisse le vainqueur sur une mer d'épaules, il roule jusqu'au personnage chamarré qui attend au bout du chemin de ronde et qui lui tend le sceptre royal en argent. Le bouffon lui place lui-même, en faisant une pirouette, le collier du triomphe.

— A la taverne ! crient mille voix.

Ceux de la confrérie des arbalétriers de Saint-George se sont dérangés pour assister, en grand apparat, au banquet anniversaire. Les délégués des guildes sœurs attendent. Le nouveau roi doit lever son verre à la santé du duc, ce qu'il fait avec panache, dans un langage aux accents inconnus dans les Flandres, rocailleux et chantant.

Colinot cherche des yeux le *hoofdam*. Il est très entouré par les personnages qui viennent de la cour ducale. Il boit, portant des toasts aux têtes couronnées, aux présidents des corporations, à la prospérité du commerce de Bruges. Il n'a plus un regard pour l'archer, il ne songe plus au concours.

— Si tu me permets de parler au *hoofdam*, dit Colinot au bouffon, je te récompenserai sur l'heure.

— Fi le drôle qui me prend pour un valet ! Comment me paieras-tu, s'il te plaît ? Tu n'es pas une jolie fille, à l'évidence ?

— Assez de pitreries, gronde Colinot qui n'a nulle envie de plaisanter.

Il coince le bouffon contre le mur, dans la presse des invités, et lui fait sentir la pointe de sa dague dans les côtes.

— Qui es-tu ? Que lui veux-tu ?

— Une affaire de la plus haute importance, qui ne regarde que lui et moi. Il te saura gré de l'avoir prévenu. Fais confiance. Tu n'as pas le choix.

Le bouffon s'avance, tremblant de peur. Il croit l'homme qui le presse capable de tout. Colinot ne le lâche pas. Il le suit comme une ombre, la dague dissimulée sous sa cape.

— Tu risques la roue, lui dit le bouffon dans un souf-fle.

D'une bourrade, l'autre le remet dans le droit chemin. Ils arrivent ainsi devant le *hoofdam*, très éméché, qui a déjà bu force coupes de vin du Rhin. Autour de ce person-nage important, président de la guilde des marchands, d'autres notables lèvent leurs coupes, le *hoofmeister*, les doyens, les conseillers ducaux. Le *hoofdam* porte la barbe, une très longue barbe bifide, grisonnante, qui lui recouvre la poitrine. Son embonpoint est majestueux, mais son regard reste vif et pénétrant.

— Que me veux-tu, bouffon ? gronde-t-il.

Il sait que le drôle ne se risque pas à le déranger sans raison sérieuse.

— Celui qui me suit n'est pas d'ici, glisse le bouffon dans son oreille. Il veut vous parler d'urgence. Mais pre-nez garde, il est armé.

Très surpris, le *hoofdam* jette un coup d'œil sur le roi des archers, qui le fixe de son œil noir.

— Comment vous appelez-vous ?

— Colinot la Galerne, dit l'autre sans hésiter.

— Suivez-moi.

Le *hoofdam* aime la franchise et n'a pas peur des assas-sins. Il est arrivé au sommet de sa carrière en naviguant sur les gabarres, en affrontant les pirates de la Frise et les sergents brutaux des compagnies Hoecks, ces révoltés per-manents des Flandres. Il entraîne Colinot dans un recoin.

— Si tu veux une récompense, lui dit-il, et non pas la corde, il faut être bref et sincère. Parle.

— Connaissez-vous cet objet ?

Il tire de son gousset le médaillon d'or et le tend sans méfiance au *hoofdam*. Celui-ci le fixe d'un œil sévère, puis il prend le médaillon, l'observe attentivement. Il lit le nom de Jeanne de Croy. Perdant tout à coup toute circonspec-tion, il prend Colinot par son col de chemise.

— Raconte... Dis-moi bien tout... Que veux-tu ? De l'argent ?

— Oui, dit Colinot, beaucoup d'argent ?

— Combien ?

— Deux cents florins.

— Ils sont à toi si tu me dis la vérité. Prends cette bague en gage.

Il lui donne une bague ornée de diamants, d'une valeur certaine, qu'il a retirée de sa main.

— Et le reste ? demande Colinot sans perdre son calme ?

— Quand tu m'auras conduit à l'endroit où se trouve cette femme.

— Elle est à bord d'une gabarre transportant des ardoises, devant le grand péage. Je puis vous y conduire immédiatement. Mais je vous préviens, elle n'est pas seule.

— Qui l'accompagne ?

— Je l'ignore. Un grand blond qui pourrait bien être un seigneur.

Le *hoofdam* réfléchit. Se peut-il qu'elle se soit enfuie avec ce Wurtemberg, qui a disparu de la cour de Montbéliard ? Les nouvelles vont vite dans les Flandres et l'aventure de Jeanne de Croy est déjà connue. On sait que le duc a promis une fortune à qui permettrait de la retrouver.

— Si tu ne me dis pas vrai, je te tue de mes propres mains.

Colinot garde son calme. Il reste un instant silencieux puis se souvient du détail.

— Elle avait une robe trempée, brodée, à fils d'or, je les ai vu briller au soleil. Une vraie robe de princesse, en velours rouge, avec des cabochons d'or aux manches.

— C'est bon, maudit drôle... Tiens-toi à disposition. Tu recevras la récompense promise, mais je dois d'abord prévenir le duc.

Il appelle le bouffon, qui part aussitôt, porteur d'un message pour le palais.

— Viens à mes côtés. Si tu fais mine de partir, je te fais égorger.

— Du calme ! messire, dit Colinot. Vous savez bien que je suis le seul à pouvoir retrouver la gabarre. Elles doivent être plus de cent au péage d'Anvers. Si vous n'allez pas directement au but, vos oiseaux-rois auront tout le temps de s'envoler.

CHAPITRE 15

La procession du Saint Sang

Par quel moyen trouver le duc ? s'il n'a pas encore
revêtu le grand mantel de cérémonie, il est sur le point de
sortir du palais. Le soleil brille sur les mille bannières
déployées dans la ville. Le vieux Market est enrubanné
comme une ruche bruissante au jour de la récolte du miel.
Les étendards de Flandre et de Bourgogne flottent sur les
toits découpés en crêtes de coq qui encadrent les points
cardinaux. Car Bruges, comme Venise, est ville du Levant
et du Ponant.

Philippe de Bourgogne ne décolère pas. Il se souvient de
la douce lumière, de la couleur exquise des yeux bleu-gris
de la comtesse de Croy. Ses cheveux blonds de fille du
Rhin, sa taille délicate, la pâleur de son visage et l'éclat
parfois sauvage et désespéré de son regard le hantent. Que
n'a-t-il cette femme à sa cour, et pourquoi la marier ?
Qu'elle ait disparu lui est insupportable. Wurtemberg n'y
est pour rien, il le sait : le drôle a fait des excuses publiques. Il est en pénitence, dans son château du Rhin.
Seul.

Les bourgeois de Bruges s'impatientent : le duc serait-il
en retard ? Un soupçon de brise vient mourir aux pieds des
arceaux trilobés des loggias du palais, apportant cet arôme
têtu d'épices et de benjoin qui vient des ports. Accoudés
aux fenêtres qui éclairent les façades de leurs maisons
bâties en pierre sableuse de Balegen ou en pierre bleue de
Tournai, les notables flamands admirent l'éclat de la rue,
les tapisseries de haute lisse des ateliers des grandes villes,
que les plus riches ont exposées pour la circonstance.

La pierre blanche de Brabant, éclatante dans les maisons patriciennes, est éclairée de tapisseries aux mille fleurs et de vaisselles reluisantes. On guette la tour élancée du palais de Gruuthuse, et celle, plus robuste, du palais Bladelin. Pas un signal, pas un bruit. Le duc est en retard.

Il enrage de n'avoir pas d'autres nouvelles de Jeanne. Le puissant seigneur des Flandres n'aime pas qu'on lui résiste, encore moins qu'on se dérobe. Qu'est-elle donc devenue, la blonde sirène de Dijon qui égayait son séjour en Bourgogne, l'illuminant de sa beauté ? A quoi bon donner le signal de la fête, s'il n'a au cœur que tristesse et ressentiment ?

Les murailles du vieux bourg sont impassibles, et le beffroi qui domine la ville comme le colosse dominait Rhodes ne sonne pas l'heure de liesse. Dans la petite église de Saint-Basile, qui abrite la précieuse relique du Saint Sang, les prêtres se posent des questions : se pourrait-il que le sang reste figé, inerte ? Le chapelain n'a pas dormi de la nuit. Il est fou d'inquiétude. La relique a été recueillie à Jérusalem, après la mort du Christ, par les saintes femmes. Thierry d'Alsace l'a rapportée en Occident. Tous les vendredis, à 6 heures, le sang se liquéfie. Pourtant, une fois déjà, le 30 avril 1310, il est resté figé. L'évêque de Tournai a dû le transférer dans un nouveau reliquaire pour que les miracles continuent. Le Saint Sang a quitté la petite église, pour la circonstance. Monseigneur l'évêque a-t-il jugé la cérémonie impossible ? Que va dire le duc, qui assiste en personne à la procession ?

Toute la ville attend que carillonnent les cloches du grand beffroi : les hérauts d'armes s'impatientent. Les menuisiers agitent le pot de colle qui sert d'emblème à leur procession, et les charpentiers leurs mortaises. Ils sont tous là, dinandiers, orfèvres, chaudronniers, laitonniers, fondeurs de cloches et de bombardes. Les maçons et les tailleurs de pierre attendent, sous leurs bannières. Les plus riches, dans leurs longues robes à capuchon, sont encadrés par la guilde des archers et des arbalétriers. Les porteurs de flambeaux, les porte-bannières des différentes églises sont massés devant Notre-Dame. La châsse de saint Boniface est du cortège. Faut-il la rapporter dans sa chapelle ?

L'inquiétude, peu à peu, gagne la foule. Tout retard du Saint Sang est gros de menace : des catastrophes peuvent en résulter. Quand Dieu est absent, le diable n'est pas loin. Saint Éloy, l'ancien évêque de Tournai, représenté sur la bannière de Saint-Sauveur, semble mettre les clercs en garde : le Seigneur n'a pas, aujourd'hui, décidé de se manifester. Les reliques de sainte Barbe, sur l'étendard de Saint-Jacques, ni celles de sainte Catherine sur la bannière de la Madeleine ne promettent au peuple joie et consolation. Une menace sourde gagne les rangs des porteurs de la châsse. Même Jean de Martha est sceptique : il ne croit pas au succès de la procession, c'est l'évidence. Ce libérateur des esclaves barbaresques, fondateur à Rome de l'ordre de la Trinité est porté en effigie par ceux de l'église Saint-Gilles. Autour de la bannière, les hommes déguisés en esclaves, chargés de chaînes et de fers, font signe à leurs camarades pirates : qu'on les détache, la procession n'aura pas lieu.

Les évêques et les dignitaires n'osent pas lever le Saint Sang, comme le veut la coutume. La lourde châsse gothique finement ciselée va rentrer dans son église. Si les trompettes d'argent ne sonnent pas, c'est mauvais signe. Dans la rue des Pierres, dans la rue de la Beuverie, devant l'hôpital Saint-Julien, la foule va manifester. Elle a trop attendu. A l'inquiétude succède la rage. Qui sait si les opposants ne vont pas exploiter ce mécontentement, en profiter pour manifester contre le duc ?

Il va se décider, la mort dans l'âme, à revêtir enfin son grand mantel quand un serviteur s'approche de lui et lui parle à l'oreille.

— Ils sont à Anvers, devant le grand péage.

Ses éclats de rire retentissent sous la voûte gothique du palais.

— Qu'on les ramène, immédiatement. Récompensez les nautes. Noyez les autres. Je veux la voir, sauve, à la fin de la procession. Dans la chambre de la princesse de Clèves.

Les trompettes sonnent enfin, et les cloches reprennent le signal. Les évêques ont chargé la châsse. Les nations étrangères, les hauts dignitaires, la vieille noblesse des

Flandres participent à la procession devant les bourgeois, les corporations, et le bon peuple des ventre-creux qui, traversant toute la ville, sortent par la porte de la Bouverie, longent les remparts et gagnent l'hôpital Saint-Julien.

C'est l'heure du banquet. Le duc, épuisé par cette longue marche, a regagné son palais du Prisenhof, tout nouvellement construit, flambant neuf de l'éclat de ses pierres blanches, de ses fenêtres losangées de ses mille chapiteaux sculptés. Le duc et la duchesse vont ouvrir le banquet. Le seigneur de Gruuthuse et Pierre Bladelin l'entourent. Les Adornes, riches banquiers de Gênes, ont sorti leurs plus belles robes brodées, éblouissant les vieux chevaliers des Flandres. Ceux-ci s'inclinent devant la duchesse Isabelle, dans leur grand mantel de cérémonie fourré de vair : leurs épaules, renforcées de maheutres, leurs chaperons assortis aux mantels leur donnent une allure archaïque, comme aux jours de tournois. On aperçoit, autour de leur cou, le grand cordon de la Toison d'or, qui rend jaloux tous les bourgeois.

Les Nassau, les Saint-Paul sont là, les Créquy, les Renty et les seigneurs de Stavele de Steeyuse, les Van Weldene et les Van Brandeghem. Le grand bailli de la ville, le grand veneur de Flandre, aucun ne manque à l'appel. Une seule famille n'est pas au complet, celle de Croy.

Le duc ne peut se dérober aux exigences de l'étiquette. Même s'il brûle de s'enfuir pour obtenir des informations sur les fugitifs du grand péage, il ne peut abandonner les ambassadeurs de Venise et de Gênes qui multiplient les révérences. L'importateur de soie Giovanni Arnolfini croit distinguer, sur son visage, des signes d'inquiétude. Il en fait la remarque à son voisin, le fils du vieux Rapondi.

— Quelque souci d'argent, sans doute, dit celui-ci.

Il a l'habitude. Les grands seigneurs ont souvent recours à ses soins. Son père Dino a prêté des sommes folles au vieux duc Jean sans Peur.

— Ce n'est pas pour la guerre, poursuit le soyeux. Il vient d'en gagner une. J'y vois plutôt quelque histoire de femme. Il est coutumier de l'escapade. Regarde-le ! Il brûle de s'échapper.

— Ces « histoires » ne sont pas les moins coûteuses.

— Elles sont, en tout cas, moins meurtrières.

Les nations génoise et vénitienne se sont associées, oubliant leurs différends, pour offrir au duc une gondole en or. Pour ne pas être en reste, il annonce triomphalement un bal masqué, le lendemain. Les dames pourront rivaliser d'élégance et les hommes devront revêtir les costumes les plus inattendus. Ainsi le veut Philippe. Rien ne doit être plus éclatant que la fête du duc de Bourgogne. Sa réputation est en jeu, il veut éblouir. Il se le doit, il le leur doit. Le souverain le plus puissant de l'Europe continentale va traiter les plus riches banquiers, les plus hardis armateurs, les meilleurs fabricants des Flandres. Un spectacle à ne pas manquer.

Pourquoi Dieu a-t-il voulu qu'il fût justement ce jour-là occupé ailleurs, qu'il n'eût en tête que la belle Jeanne de Croy, promise à des moindres, prise par des butors, et qu'il était seul à désirer éperdument ? Le chancelier Rolin, qui ne le quitte pas des yeux, l'aide à retrouver son sang-froid. Il songe brusquement au grand jeu de la politique. Il est en Flandre, où l'argent est roi. Les Vénitiens et les Génois qui lui font ces cadeaux somptueux ne rêvent qu'à l'argent, ne pensent qu'au gain. Seul le profit permet de relancer l'entreprise, et d'arriver jusqu'en Chine. Bruges ensablée, ville du passé, cité illustre d'une province exemplaire il y a cent ans, mérite-t-elle encore le titre de capitale des Flandres ? Anvers monte et Bruges recule. Anvers... Le grand péage... Le duc repart dans sa rêverie.

— Il est temps, monseigneur. Les ambassadeurs sont à vos ordres.

Ils demandent la fête, ils l'exigent. Les Génois raconteront ensuite à toute l'Italie les splendeurs de Philippe, souverain des Flandres. On peut leur faire confiance : ils amplifieront le récit. Ils rapporteront des tableaux de Van Eyck ou de Van der Weyden, ils mettront la peinture flamande à la mode à Florence et à Pérouse, à la cour des principicules d'Italie, qui sait ? Peut-être à celle du pape, que l'on dit amateur d'art. Ces Flamands peuvent faire gagner beaucoup d'argent aux Italiens. Ils n'attendent que le signal de la fête. Leurs yeux brillent de convoitise. Ils veulent voir l'effet de leurs belles soieries, des plus beaux bijoux du monde, ceux de Venise, sur les épaules, autour des longs cous élégants des princesses de Flandre.

Devant les portes du Prisenhof, les attelages se bousculent, les retardataires ne veulent rien manquer de l'ouverture du banquet. Ils passent en hâte devant les statues de saint Georges et de saint André, noyées dans des nefs de verdure, devant les bosquets d'églantines, de rosiers blancs et vermeils qui décorent l'entrée. Ils n'ont pas un regard pour les serviteurs aux livrées éclatantes, rouges à croix blanche de Bourgogne, si nombreux qu'ils forment la haie depuis la rue jusqu'à la grande salle du festin. Ils veulent voir le duc, au plus vite.

Le moyen de l'approcher ? Les couloirs sont pleins à craquer de dignitaires : les huissiers du palais, vêtus de blanc, ne parviennent pas à les discipliner. Ils s'attardent en se rencontrant, bloquent les accès. Les bourgmestres et les échevins, en longs manteaux de soie et de satin noir, ne progressent pas et tremblent d'impatience.

Les joueurs de trompe et de pipeau font patienter les invités, en enchaînant les airs de cour. Ils arrivent enfin dans la grande salle où sont dressées trois tables gigantesques. Ils devinent tout de suite que Philippe et Isabelle trôneront à la table principale, plus élevée que les autres d'un degré. La table elle-même est un spectacle : elle est garnie d'un dormant, vaste champ clos pour un assortiment de plumes de paon, de rameaux feuillus piqués de violettes. Une tour argentée, creuse, véritable volière, abrite au milieu de ce champ clos une foule d'oiseaux aux pattes dorées, de la huppe au rossignol. Les bannières ducales sont dressées sur un donjon miniature, admirablement ouvragé.

Les nefs d'argent sont exposées sur les autres tables, et les tours qui représentent les ports des Flandres et les villes les plus riches : des tentes de soie bleue abritent des animaux d'Orient, modelés en cire, dromadaires, paons, éléphants. Une licorne peinte a le privilège insigne d'offrir des fleurs à la duchesse. Les dressoirs ruissellent de vaisselle d'or et d'argent.

Les ambassadeurs de Venise sont à la table d'honneur. Le duc, longtemps attendu, est enfin à pied d'œuvre. Il est nerveux, impatient, exigeant. Les longes de veau noyées dans le brouet d'Allemagne n'ont pas l'heur de lui plaire, pas plus que les quartiers de cerfs, parsemés de dragées accompagnées de grenades venues pourtant de loin. Il ne touche pas aux œufs safranés et lardés de girofles, ni aux rissoles frites garnies de graines de fenouil. La duchesse, qui est visiblement enceinte, fait par contre honneur aux prunes confites, étuvées dans l'eau de rose. La couronne enrichie de pierreries qui orne son front a tendance à pencher d'un côté, quand elle demande pour la seconde fois de la crème brûlée, dessert favori du duc.

Il est superbe, dans sa grande robe d'écarlate, dont la manche, ouverte par le milieu, laisse apercevoir la cotte grise qui est en dessous. Le chaperon qu'il a sur la tête est aussi d'écarlate, orné d'une fleur de lys d'or. Le grand cordon de la Toison d'or attire tous les regards. Il a retiré le mantel de cérémonie pour présider au repas. Il resplendit comme une image d'enluminure. Pourtant il est nerveux, inquiet. Il jette fréquemment les yeux vers la porte. Brusquant l'étiquette, il bâcle la fin du banquet et, plantant là la duchesse, se retire seul dans ses appartements.

Au grand péage du port d'Anvers, les bateaux s'écoulaient lentement, acquittant leurs droits avec exactitude. Le porteur d'ardoise s'avançait enfin à son tour, se plaçant dans l'étroit passage où les cargaisons pouvaient être vérifiées par les agents ducaux. Ils étaient nombreux à grimper à bord, surveillés par un homme sans arme, à la mine patibulaire.

— Ils sont dans la cale. Remuez les tas d'ardoises, jetez-les à la mer s'il le faut.

— Jeter mes ardoises ? Vous n'y pensez pas ! disait Stede Meester, je me plaindrai à la Ville.

On l'avait écarté avec brusquerie. Les gardes fouillaient la cargaison de fond en comble. Nerveux, celui qui commandait le détachement se joignait à eux.

— Ils sont là, vous dis-je. Il me les faut vivants.

Derrière la barque, les autres navires attendaient, s'impatientaient. Les nautes hurlaient, d'un bord à l'autre les matelots jouaient de la trompe. A voir les gardes s'agiter sur le pont, ils se doutaient que l'ardoisier était en mauvaise posture, ils voulaient lui venir en aide en amorçant le charivari.

Un personnage bedonnant, tenant à la main une canne à pommeau d'argent, emmitouflé dans un manteau doublé de martre, son chaperon enfoncé jusqu'aux yeux, suivait l'opération à quai. Il était venu en voiture couverte. Quatre chevaux attelés piaffaient d'impatience. Il attendait ses passagers.

Colinot lui avait promis de découvrir rapidement la prise. Depuis une heure, il cherchait. Les tourtereaux s'étaient-ils envolés ? Le personnage au chaperon fourré n'osait intervenir. Il dut au contraire, d'un geste de sa canne, retenir Colinot qui voulait faire un mauvais parti au maître de la barque. Il n'était pas d'usage, à Bruges ou à Anvers, de maltraiter les marchands étrangers. Déjà, du bateau des fromagers, immédiatement derrière l'ardoisier, on jetait des grappins à la proue du navire de Stede Meester pour lui venir en aide et lui prêter main-forte. Il fallait conclure vite.

Deux silhouettes se détachent à la tête du bateau. Des fugitifs harcelés par Colinot et ses gardes. Une femme trébuche sur des ardoises brisées. C'est Jeanne de Croy, celle qu'ils cherchent tous. Elle est aussitôt relevée par Colinot, qui la prend dans ses bras pour l'emporter.

La deuxième silhouette se retourne. L'homme vole au secours de Jeanne, déséquilibre Colinot, arrache de ses bras la captive. Colinot se redresse, la dague au poing. Les matelots n'interviennent pas, les gardes restent immobiles. Un duel à mort va s'engager. Bonne aubaine pour les mariniers et pour les employés du péage. Dans un tintamarre de cornes, de cors et de trompes, les deux hommes s'affrontent, sur le pont du navire. Jeanne, muette de stupeur, n'ose bouger. Si elle saute à quai, elle est prise. Si elle fait le moindre geste, les gardes s'emparent d'elle. Elle assiste au combat sans mot dire et ne peut s'empêcher de hurler de douleur quand elle voit la dague de l'écorcheur tracer dans le bras de Copillon une longue estafilade.

Copillon se retire en bondissant à l'arrière du bateau, où les marins disparaissent sous les tas d'ardoises empilées. Il accable son poursuivant en lui lançant à la volée des ardoises qui se perdent dans l'eau, ricochant comme des galets. L'une d'elles scalpe Colinot, faisant une entaille sanglante en haut de son front. Il s'arrête, aveuglé par le sang qui ruisselle sur son visage. Copillon lui saute à la gorge, pour l'étrangler de ses mains. L'homme se dégage de justesse, saute sur le pont arrière où il trébuche dans les ardoises. Les matelots se gardent de lui faciliter la besogne. Ils tirent à leur tour des volées d'ardoises, qui l'atteignent partout en même temps. Titubant, il se protège le visage de ses bras, avance vers Copillon qui se trouve devant lui, près du gouvernail. Il ne se dérobe pas quand Colinot lui fonce dessus, à mains nues. Il y a longtemps qu'il a perdu sa dague. Copillon le saisit à bras-le-corps, comme pour le jeter par-dessus bord. Mais Colinot a de la ressource. Il bande ses muscles, s'arc-boute contre les montants du navire. Il échappe à l'étreinte de son adversaire. Plus souple, il grimpe sur un tas d'ardoises et se jette au jugé contre Copillon les pieds les premiers. Touché de plein fouet en pleine poitrine, Copillon, déséquilibré, bascule contre la rambarde. Colinot lui saisit les jambes et le jette à la mer.

Les marins indignés se précipitent pour lui faire subir le même sort. Moins rapides, les gardes ne peuvent intervenir à temps. Ils sont d'ailleurs assaillis par une volée d'ardoises lancées avec force et précision. Ils doivent se mettre à l'abri pour n'être pas blessés. Colinot est bientôt attaché, pieds et poings serrés. On lui fixe à la jambe une lourde pierre de Tournai. Sans crier gare, les marins le jettent par-dessus bord. Les bruits de lutte, les sonneries de trompes ne permettent pas aux péagiers d'entendre la chute du corps dans l'eau. Le malheureux coule sans que personne lui vienne en aide.

Jeanne s'est précipitée à tribord pour assister à la chute de Copillon : les gardes s'en saisissent, pour la conduire à quai. Elle aurait probablement franchi à son tour la rambarde, pour sauter à la mer, si les autres n'étaient intervenus. Elle avait eu le temps de voir Copillon recueilli par les nautes du navire de fromage, agrippé aux gaffes que lui tendaient les Flamands.

— Où est la comtesse ? dit le duc Philippe à son major-dome.

— Dans la chambre de madame de Clèves, selon vos ordres, messire.

Le duc a voulu la voir immédiatement. Blessée, la cheville enflée, ses vêtements déchirés, les cheveux en désordre, Jeanne de Croy faisait peine à voir.

— J'ai lancé une armée pour vous sauver, lui dit-il. Que faisiez-vous sur ce navire ?

Jeanne ne répond pas, elle esquisse une révérence qui se termine par une culbute. Galamment le duc la relève et la dispose sur le grand lit à baldaquin de la chambre. Elle est si épuisée qu'elle ne réagit pas. Elle le laisse s'installer à ses côtés, assis sur le lourd brocart du lit.

— Monseigneur, lui dit-elle, quand elle a repris son souffle, je suis à votre obéissance et ne souhaite que de retrouver les miens au château de Rœulx.

— Je sais, je sais, dit le duc en mettant un doigt sur ses jolies lèvres. Ne parlez pas plus, je connais toute votre escapade. Elle est charmante. C'est moi qui suis à votre obéissance. Retirez ces cottes déchirées, je vais vous tendre votre robe de soie.

Il se lève, prend une magnifique robe bleue parfilée de fil d'argent, légère et souple, préparée sur un paravent. Avec gêne, Jeanne se glisse en bas du lit, n'osant contrarier ni faire attendre le duc. Elle se défait prestement de ses cottes, pendant qu'il détourne son regard. La chemise suit, lancée au pied du lit. Au plissement des yeux, on devine que le duc triche avec la galanterie quand il avance la robe. Jeanne s'y blottit précipitamment. Il lisse l'étoffe sur ses reins. Elle est soyeuse, douce et chaude. Saisissant une brosse dans un coffret d'ivoire, il coiffe lui-même les cheveux blonds.

— Comme j'envie vos servantes, amie, et que ne donnerais-je pour vous conduire au bain.

Il frappe dans ses mains. Elles entrent, toutes habillées et coiffées à ravir. Elles s'inclinent devant la comtesse et l'entraînent dans la pièce voisine, où, de fait, son bain est préparé. Jeanne n'hésite qu'une seconde. Que risque-t-elle, avec quatre filles ? Le duc n'a-t-il pas montré qu'il était galant homme ?

Il entre, sans vergogne, dans la vapeur de la salle du bain. Elle se cache dans le cuveau, plonge dans l'eau très chaude avec ravissement. Assise, les jambes repliées, seule sa tête est visible et le duc n'a eu de son corps nu qu'une vision très fugitive. Le cuveau est tapissé d'une toile très douce, et Jeanne obéit docilement aux suggestions des filles, qui la font tourner et retourner sans cesse, l'aspergeant d'eau chaude et lavant aussi ses longs

cheveux. Avec des brosses aux poils de soie, elles n'épar-
gnent aucune parcelle de ce long corps blanc, qu'elles
enduisent entièrement de blanc de baleine, avant de le
parfumer à la verveine.

Le duc a tenté plusieurs fois de se rapprocher du
cuveau, au cours des diverses phases de la toilette. Il s'en
est toujours retiré précipitamment, de crainte d'être
aspergé par le broc d'eau chaude d'une suivante, ou
d'avoir sa belle robe tachée par les produits de beauté.

— Je voudrais que vous soyez assurée, petite Jeanne,
que vous êtes ici sous ma protection et qu'il ne peut plus
rien vous arriver de fâcheux.

— J'en suis sûre, monseigneur, dit Jeanne en replon-
geant jusqu'au cou dans le cuveau. N'êtes-vous pas le plus
galant chevalier de la Toison d'or ?

— Tu seras de ma cour le plus bel ornement.

Les servantes entourent le cuveau avec une grande toile
blanche. Jeanne se dresse, ruisselante, sortant une jambe,
puis l'autre, ses longs cheveux dans les yeux. Les filles lui
frictionnent le corps avec le linge, puis l'emmaillotent
avant de la conduire sur un coussin de velours rouge,
devant un miroir éclairé vivement par des bougies de cire
fine. Le duc la suit, s'assied derrière elle, dans un fauteuil
sans doute préparé pour la circonstance. Une des filles
prend ses pieds et les masse longuement, avant de polir ses
ongles et de les brosser avec soin. Une autre s'occupe de
ses mains, une autre encore de ses cheveux, qu'elle sèche
longuement en les enveloppant de linges chauds. Le duc
est dans un tel ravissement qu'il ne dit mot. Il ne manque
aucun des gestes des suivantes, plissant les yeux comme
s'il admirait un tableau.

Jeanne à la toilette se laisse faire, observant avec intérêt
l'extraordinaire précision des jeunes filles, dont aucun
geste n'est perdu. Elle retrouve ce confort avec joie, et sa
reconnaissance s'exprime simplement par la connivence
qu'elle permet au duc de savourer : elle lui donne à penser
qu'elle trouve simplement normal qu'il soit présent à sa
toilette, comme s'ils étaient déjà intimes, et habitués l'un à
l'autre. Le duc s'installe avec délices dans cette position
ambiguë, parlant du bal qui les attend comme s'ils
devaient l'ouvrir ensemble.

— Regardez votre robe : elle est en soie de Venise, avec

dentelles fines de Bruges. Vous serez assurément la plus belle des bergères. D'autres pourront s'y tromper, mais donnez-moi la liberté de pouvoir vous reconnaître à ceci.

Il attache autour de son cou une rivière de diamants qui jette mille éclats à la lumière des bougies. Jeanne, éblouie, presse ses mains fines sur sa gorge. Les suivantes ont dégagé ses épaules, pour mieux faire ressortir la beauté des pierres. Jeanne darde ses yeux clairs vers le duc.

— Je vous remercie très humblement de vos bontés, monseigneur. Mais permettez-moi de vous avouer avec franchise que je ne saurais les agréer, si elles étaient destinées à me convaincre que je dois me marier. Laissez-moi libre, messire duc, c'est toute la grâce que je vous demande.

— Qui vous parle de mariage ?

Il l'accompagne en lui prenant la taille vers la chambre où d'autres suivantes ont préparé la robe de soie.

Elle se dérobe imperceptiblement, puis s'éloigne pour permettre aux filles de la vêtir, à l'abri du paravent de toile peinte.

— Qui vous parle de mariage ? poursuit le duc, alors que vous pouvez être ici même, avec moi, la plus heureuse des femmes ?

Jeanne feint de ne pas comprendre les intentions de ce tout-puissant protecteur.

— Vraiment, monseigneur, lui dit-elle en souriant, vous avez renoncé pour moi à tous vos projets politiques ?

— N'en parlons plus. D'ailleurs j'ai fait enfermer tous ceux qui avaient eu l'audace de vous importuner. Wurtemberg est dans son donjon. Il n'en sortira plus avant longtemps, je vous le jure ! Quant au jeune écervelé qui a organisé votre fuite et se croyait des droits sur vous, il est aux fers, dans ma bonne ville de Bruges. Nous en ferons ce que vous voudrez.

Jeanne se dresse vivement, s'arrache aux mains des suivantes. Elle tire sur le collier, jusqu'à le rompre, les diamants s'égrènent sur les dalles blanches du sol.

— Je ne veux rien recevoir de vous. Ce jeune homme m'a sauvé la vie. Ne m'attendez pas pour votre bal, monseigneur. Même masquée, j'y ferais trop triste figure.

Elle ne paraît pas au banquet qui précède le bal. Le duc s'ennuie à mourir aux côtés des chevaliers des Flandres. Il n'a pas un regard pour les belles Italiennes, pourtant éclatantes dans leurs satins brochés. Le duc se lave les mains, avant de s'asseoir à table, comme l'exige l'étiquette de Bourgogne. Le panetier présente la serviette au premier maître d'hôtel. Celui-ci la passe au chambellan, qui la remet au duc. Le cérémonial lui semble importun, tatillon, il s'exaspère d'être prisonnier de ces contraintes, alors qu'il brûle de remonter dans la chambre de Jeanne. Il rend la serviette au maître d'hôtel, qui la rend au panetier... Cela finira-t-il un jour ?

Le maître queux ordonne d'apporter les mets. Les gentilshommes servants se pressent. Ils savent que le duc n'aime pas attendre. Les poissons, lamproies, saumons, brochets et tanches, défilent avec leurs accompagnements délicieux. Le duc y goûte à peine. Nul n'ose toucher aux plats. L'écuyer de cuisine est débordé, le maître d'hôtel renvoie les plats aussitôt qu'ils sont présentés. Le valet-servant fait l'essai des pains-tranchoirs, et l'échanson, un genou à terre, celui de l'eau. Soulevant les serviettes qui protègent le pain de bouche, l'écuyer les baise avec piété, ainsi que le manche du couteau destiné au duc.

— Servira-t-il enfin ? se demande Philippe, pourtant accoutumé à l'étiquette. Il ne peut, sans scandale, se dérober à la cérémonie interminable du repas. Mille invités suivent des yeux toutes les opérations. L'échanson a pris des mains du sommelier le vin de Beaune et en fait l'épreuve.

Les tranches de pain sont dans toutes les assiettes garnies de poissons rares et de viandes odorantes. Pour manger, on attend le signal du duc, l'instant où il touche les mets avec la corne de licorne, qu'on lui présente sur une nef d'argent.

Les plats se succèdent ensuite à un rythme endiablé. Lorsque viennent les desserts, les valets ramassent encore les reliefs inachevés de gibier ou de rôtis, le pain-tranchoir dans des corbeilles gigantesques qui prendront le chemin de l'hôpital des pauvres. Personne n'ose goûter aux gâteaux, aux crèmes, aux confitures. Le duc laisse passer les mets sans manifester le moindre appétit. Il ne serait point séant d'y goûter.

Nul n'a jamais vu, à la cour de Bourgogne, un festin plus vite expédié. A peine les desserts évacués, le duc va se lever et, sans doute, disparaître, quand, à la surprise générale, une dame fait son apparition, dans les plus brillants atours. C'est Jeanne de Croy. Elle porte la robe offerte par le duc, apportée d'Italie par le banquier Arnolfini. Une robe vert émeraude, de grand apparat, entièrement brochée de perles. Devant le visage, un loup d'argent orné de pierres. Autour du cou, le collier de diamants. Le duc se précipite à sa rencontre, devant toute la cour. Il lui prend la main, se retourne vers l'assistance et lance, d'une voix sans réplique :

— Il est temps de se rendre au bal. Que les musiciens nous précèdent !

Jeanne marche à son pas, sans enlever son masque. Protection dérisoire, tous l'ont reconnue, identifiée, et sans doute déjà condamnée. Ainsi l'ambitieuse a cédé, devant la cour rassemblée, elle s'est décidée à affirmer publiquement sa soumission aux caprices du maître. Les commentaires vont bon train dans la salle, elle sent les regards remplis de haine sur sa nuque, l'envie des femmes, les sarcasmes des grands seigneurs et peut-être aussi des valets. Revanche éclatante, la femme blessée de Montbéliard est ici pour un jour maîtresse de la plus brillante des cours d'Europe. Cela lui suffit-il ?

Sa démarche est malaisée, son pas hésitant. Elle se ressent encore, à la cheville, de la blessure reçue dans la barque. Le masque dissimule sa pâleur et l'éclat fixe de ses yeux. En se donnant au duc, elle se jette à l'eau. Elle ne craint ni les commentaires ni les regards. Elle a revêtu la robe de bal, pour obtenir la grâce de Copillon. Rien d'autre ne lui importe.

Les musiciens forment cortège pour conduire les invités dans la salle du bal, où le grand orchestre de Bourgogne les attend, sur des airs de bergeries. Le branle fait merveille pour créer l'ambiance. Les invités se bousculent pour être les premiers à suivre le duc. Ils sont déçus. Quand ils pénètrent dans la salle, le duc a disparu. Jeanne de Croy, qu'ils reconnaissent à sa robe émeraude, est dans les bras de son oncle Antoine, qui, pour bien se faire reconnaître, a pris soin de ne pas porter son masque. La duchesse Isabelle n'est pas non plus de la fête. Indisposée, elle s'est fait raccompagner dans ses appartements. L'ambiance de la salle est cependant très chaude, très animée. L'absence des souverains n'empêche pas le déchaînement des couples déguisés et masqués. Les Italiens ont imaginé d'incroyables tenues de barbaresques et de Turcs. Leurs tuniques ruissellent de pierres précieuses, leurs femmes ont des coiffures sophistiquées, des cheveux blonds nattés selon des dessins compliqués, emprisonnés dans des résilles où brillent des rangs de perles. Les Flamandes ne sont pas en reste : elles ont dénoué leurs cheveux blonds pour paraître en princesses vikings, quand elles n'ont pas dénudé leurs blanches épaules, dissimulant à peine leurs formes dans des tuniques drapées à la grecque, d'une incroyable audace. La basse danse de Bourgogne paraît ici fruste, sauvage, primitive. Les rythmes plus élaborés, mis à la mode par les musiciens italiens, entraînent les invités du duc dans des figures délicates, précieuses, souvent applaudies par l'assistance.

Car tous ne peuvent danser. Au centre de la grande salle, quelques dizaines de couples seulement évoluent devant la foule des invités, massés dans les galeries, les loggias, derrière les colonnettes sculptées qui entourent la piste de bois précieux. Antoine ne peut garder Jeanne près de lui. Des cavaliers inconnus s'en emparent, ils se disputent l'honneur de lui tenir la main. Tous veulent l'approcher, lui dire quelques mots dans le concert des orchestres qui se succèdent, et dans le brouhaha du public nombreux qui se presse autour des danseurs. Soudain un cri jaillit de mille poitrines. Un personnage apparaît dans la loggia centrale, brillamment éclairée. Il lève les bras, en signe de victoire. Il descend majestueusement les marches de l'escalier monumental en chêne poli. L'orchestre italien change de rythme, accordant sa musique aux pas du duc de Bourgogne.

— Vive le duc Philippe ! Longue vie au duc Philippe !

Tous l'ont reconnu. Il est pourtant méconnaissable. Il a revêtu une sorte de costume de toile cirée que lui a dessiné tout spécialement son tailleur. Sur la toile, on a fixé une épaisse couche de poix. On a collé ensuite des brimborions, des rubans et une belle couche d'étoupe de lin.

Quelle riche toison ! Le duc de Bourgogne a l'air d'un
sauvage, d'un vrai sauvage au masque menaçant. Il cherche dans l'assistance la silhouette de Jeanne. Quand il l'a
aperçue, il se précipite en poussant des cris, des glapisse-
ment, des sons inarticulés. Les grands seigneurs croient
bon de rire, les femmes applaudissent en riant à gorge
déployée. Les Italiens déguisés en pirates emboîtent le pas
du duc, on les reconnaît à leur langage coloré, à leurs
accents rauques. Les Turcs caracolent à leur tour, suivis
par les belles Italiennes déguisées en Cléopâtre. Seule
Jeanne reste immobile et figée. Le masque et la tenue du
duc lui font peur. Il l'entraîne en lui prenant la taille, au
rythme du branle que les musiciens ont immédiatement
adopté. Elle le suit en boitillant, puis elle profite d'un faux
pas pour se mettre à l'écart de la ruée des danseurs. Quand
le duc se retourne, elle a disparu.

La danse de Bourgogne a ses exigences : il n'est pas permis de s'y soustraire. Le duc a beau tenter de fendre la
foule, il ne parvient pas à échapper aux Italiennes à la peau
mate, ni aux Flamandes en robes de lin blanc. Elles virevoltent autour de lui et lui font perdre la trace de Jeanne
de Croy. Il parvient à s'arracher à leur essaim, pour grimper dans la grande loggia. Jeanne, de l'endroit obscur où
elle s'est réfugiée, a suivi son manège. Elle n'attend qu'une
occasion pour s'échapper et s'enfermer dans sa chambre.
Elle ne quitte pas Philippe des yeux. Il scrute la
salle avec passion, pestant contre les masques. Va-t-il interrompre le bal, chasser ses invités ? Il en est capable, et ses
caprices sont légendaires. Il ne peut apercevoir Jeanne, il
enrage. Il arrache son déguisement ridicule, se retrouvant
en chausses et en chemise. La fête est pour lui terminée.
Jeanne prend peur. A l'évidence, il va demander de
l'aide. Il ne se résigne pas. Elle sait plus qu'une autre
combien les caprices des grands seigneurs peuvent être
cruels. Elle a froid dans le dos quand elle profite de la
surprise qui gagne peu à peu les danseurs, les invités, les
notables, rendus soudain muets, puis inquiets, devant le
comportement étrange de Philippe que les femmes, timi-
dement, désignent du regard à leurs voisins. Il écume dans
la loggia, il lance sa peau de bête dans la salle. Si les musi-

ciens n'avaient continué de jouer, on aurait pu l'entendre insulter tous ces Flamands, ces Italiens, qui l'empêchaient de poursuivre sa belle. Jeanne a trouvé la force de s'enfuir, sans jeter son masque.

Décomposée, elle s'est réfugiée dans sa chambre, faisant fermer la porte à clé. Que peut-elle souhaiter d'autre qu'une prison, pour échapper à la passion funeste d'un aussi grand seigneur ? Elle partira dès qu'elle pourra chez les béguines, où personne n'osera la troubler. Son oncle Antoine se chargera de l'éducation de son fils.

Des coups furieux ébranlent la porte. Le duc a fendu la foule, qui s'est écartée devant lui. Il menace de faire ouvrir de force, si l'on ne veut pas l'accueillir. Tremblante, Jeanne fait un signe à sa servante. A peine le loquet est-il levé que Philippe entre comme un furieux. Jeanne est déjà à ses pieds, suppliante, les larmes d'une émotion non feinte dans les yeux. Il n'a pas un regard de pitié. Brutalement il la relève, en la prenant par le bras. Il n'entend pas ses cris de protestation, il est sourd à ses supplications.

— Il faut comprendre, madame, que vous n'êtes pas en mesure de choisir. Ou vous serez à moi, sans réserve, ou vous partirez demain pour la Bavière et vous épouserez le prince que vous vous acharnez bien sottement à fuir. Bien entendu, vous devez me donner immédiatement votre réponse. Voici qui peut vous aider.

Il dépose sur son lit une clé en fer forgé dont elle s'empare aussitôt. Elle a tout de suite compris que le métal glacé, qu'elle serre contre son sein, pouvait ouvrir à Copillon les portes de la liberté. Elle regarde le duc sauvagement, le défiant de ses yeux sombres.

— Où est-il ?

— A l'hôpital Saint-Jean, près de la Reie. Vous irez vous-même le libérer. A une condition : vous ne devez plus le revoir. Si vous ne tenez pas à ce qu'il meure branché.

Jeanne se jette sur le lit, éclatant en sanglots. Le duc l'abandonne, sans un regard pour ses cheveux épars, ni pour ses vêtements en désordre. Trop grand seigneur, trop homme de chasse, pour abuser d'un hallali. Elle appelle à l'aide, demande ses vêtements de nuit. Va-t-elle partir avec Copillon, prendre avec lui le risque de s'enfuir sur les routes parcourues par les patrouilles bourguignonnes, infestées d'écorcheurs ? Que deviendra son fils, quand ses biens seront mis en proie ?

Son premier mouvement est de partir immédiatement pour l'hôpital Saint-Jean. Une force obscure la cloue sur place, l'empêchant de franchir le seuil de sa porte. Elle revoit le visage sévère du chancelier Rolin. C'est assurément entre ses mains que Copillon sera livré, s'il est pris. Ni René de Lorraine ni Antoine de Croy ne pourront rien pour le sauver. Se bat-on pour un écuyer aux mains caleuses ?

Jeanne s'agenouille sur son prie-Dieu. Elle cherche le secours de la Vierge Marie. Elle lui fait serment de ne jamais appartenir au duc. La petite image de la Vierge semble lui sourire. Lui dit-elle de se réfugier chez les béguines ? Elle songe à Copillon. Sans doute peut-elle le libérer, mais sans protection, sans appuis, où peut-il aller, quand le duc furieux aura lancé à ses trousses toute sa cavalerie ? Pour le sauver, elle doit accepter le sort que l'on a choisi pour elle, et partir au plus tôt pour la Bavière. Elle n'a pas d'autre issue.

Par la fenêtre, elle aperçoit, dans le canal, les bizarres gondoles des Italiens. Des ritournelles, des sérénades. Peut-être Copillon perçoit-il les accents de la fête derrière les murs de sa prison. Elle revoit soudain ses yeux rieurs. Il faut le sauver, à tout prix. Pour le sauver, se soumettre.

Mais pas à l'impossible. Le mariage de Bavière, qui lui paraissait jadis une insupportable contrainte, devient soudain le salut. Elle pense à ce vieux duc qui a le courage de l'accepter encore, malgré l'aventure de Montbéliard, si méchamment colportée dans les cours princières. Assurément celui-là n'est pas un tueur d'hommes et de bêtes, il sait attendre, il sait pardonner. Il ne peut pas être méchant, puisqu'il lui permet de sauver son amour.

Sa décision est prise. Elle ira sur-le-champ libérer Copillon, puis elle rentrera au palais, pour demander au duc de hâter son mariage. Elle prie la Vierge de lui donner le courage de soutenir le regard de Copillon, et de s'arracher, pour toujours, à la chaleur de son étreinte.

« Beau Philippe, se dit-elle, vous avez eu l'élégance de me laisser choisir. Nous vous en saurons gré. Puisque vous m'avez obligée à renoncer à mon amour, je vous jure sur sa tête que, de ma vie, je ne passerai la porte de vos palais. »

CHAPITRE 16

Le soleil d'Haroué

Copillon est seul. Fortépice guerroie tout seul. Croquemaille a disparu. Jeanne s'apprête à partager, par désespoir, la solitude d'un vieux cerf. La Mangeotte n'a pas
donné signe de vie. Nul ne sait où elle se trouve. Les uns la
croient cachée à Marseille, les autres disent qu'elle n'a pas
quitté Chalon.

En fait, elle est à Lyon, la Mangeotte, dans le quartier du
pont Saint-Vincent. C'est là qu'elle se cache, avec son fils,
qu'elle a fait appeler Villequin. De sa petite fenêtre man-
sardée, elle ouvre l'œil, le matin, sur la Saône paresseuse
qui s'écoule à ses pieds. Elle habite chez des marchands de
patenôtres, d'images saintes, d'icônes de la bonne Vierge.
Personne ne lui a posé de questions sur l'enfant qu'elle
nourrit de son sein. Perreau le Baubet a fait le nécessaire
pour qu'elle soit reçue discrètement et qu'elle attende en
sécurité de meilleurs jours.

A-t-elle oublié Fortépice ? Elle le chasse de son souvenir.
Elle est trop inquiète du sort de son premier fils Jacquemin, qui, à coup sûr, aura rejoint l'écorcheur dans ses
folies. Elle est devenue Lyonnaise, et prétend se dispenser
de tous les souvenirs cuisants de Chalon — qu'elle a dû
quitter précipitamment —, de la Bourgogne et des abomi-
nables compagnons de rapines de Fortépice le soudard. A
Lyon du moins, elle se sent libre de sortir sans être enlevée
et de donner le sein à son fils sans se soucier des regards de
convoitise des écorcheurs.

En est-elle si sûre ? A vrai dire, le quartier Saint-Vincent
et la maison des marchands d'images pieuses lui ont per-

mis de refaire ses forces et de bien nourrir Villequin. Elle aime le déposer au pied du vieil orme de Saint-Vincent, pour qu'il dorme, pendant qu'elle écoute, avec les affaneurs du port, les discours du vieux Jean de Condeyssié, une sorte de prophète épris de justice, qui veut toujours réformer le monde au détriment des consuls de Lyon. Elle se sent protégée par l'éloquence du vieil homme, qui berce son nourrisson de ses paroles chantantes, débitées sur un rythme égal. Peut-elle se douter qu'on l'observe, qu'on la remarque, qu'on se pose des questions sur son passé ? Dans le quartier du pont Saint-Vincent, une fille seule est toujours bonne à prendre. Elle n'a personne pour la défendre.

— La taille est bien prise, la poitrine haute, elle a la démarche effrontée, dit Macaire Lachignole à sa voisine. Du beau gibier ! L'enfant est un bâtard, à n'en pas douter ! Bonne affaire, il faut la prendre au filet.

— Tais-toi, butor, répond la voisine, infernale entremetteuse qui répond au nom de Casotte Cristal. Elle n'a que mépris pour les chausses trop collantes, aux couleurs trop voyantes de Macaire.

Elle s'approche de Mangeotte, fait compliment sur l'enfant d'une voix plus sucrée que le confit de rhubarbe.

— Ne vous ai-je pas déjà rencontrée, dit-elle à Mangeotte sur le même ton, au quartier Saint-George ?

Mangeotte est assez lyonnaise pour connaître ce quartier : c'est celui des ribaudes.

— C'est le vôtre, à l'évidence, lui dit-elle d'un air tranchant.

— Si tu veux jouer les grandes dames, lui glisse Casotte en se rapprochant d'elle comme le serpent pour piquer, ne couds pas à l'intérieur de ton corselet les bijoux que tu as volés. Regarde-les toutes, à la sortie de la messe. Elles ne les cachent pas, bien au contraire.

Mangeotte referme son manteau de laine sur son corsage, prend son enfant et file. C'est Macaire qui la poursuit. Son chaperon pointu saute en tous les sens comme la marotte d'un bouffon. La Mangeotte marchait d'un pas vif. S'apercevant qu'elle est suivie, elle court maintenant, à perdre haleine, toujours poursuivie par le malandrin. Elle fait un faux pas, d'un bond il est sur elle.

— Ne crie pas, géline, je ne veux pas t'effaroucher. Délace un peu ton corsage, et donne le sein à ce bel enfant que tu as réveillé dans ta course. Dépêche-toi, il va crier. Il fait mine de prendre l'enfant. Mangeotte le serre avec force.

— Obéis donc, follette ! Préfères-tu que je te force ? Ignores-tu que dans ce quartier femme seule est de bonne proie ?

Terrorisée, Mangeotte ouvre sa chemise. Macaire dégage le sein d'une main rude. Il prend l'enfant et le plaque avec force. L'enfant crie, Mangeotte veut lui griffer les yeux. En un clin d'œil, il a disparu. Mangeotte se relève, tâte son corsage : ses bijoux ont été arrachés.

— Disposez de ma chambre, dit-elle aux vendeurs d'images pieuses. Je pars demain.

— Avec l'enfant ?

— Bien entendu.

Elle a pris sa décision. Cet enfant doit être protégé. Il doit connaître son père. On est plus en sécurité dans les châteaux pris par Fortépice que chez les bourgeois de Lyon. Elle n'ose pas s'avouer qu'elle a envie de revoir l'écorcheur, qu'il lui manque chaque jour davantage, elle craint même qu'il ne l'ait oubliée. Son instinct de fourmi l'a toujours conduite, dans sa vie, vers l'abri qu'elle jugeait le plus sûr. Elle sait qu'il réussit tous les sièges, qu'il va, comme on dit « d'eschelle et d'emblée » prendre les places de Lorraine. Va pour la Lorraine. Tout est préférable au bordeau de Casotte Cristal. Elle ne veut pas finir dans les étuves de Lyon.

Un marchand en pelleterie connaît la dernière étape de l'écorcheur. Il se propose de la cacher, avec son fils, dans sa charrette. Mangeotte accepte d'enthousiasme.

— Où est Fortépice, demande-t-elle ?

— Près de Nancy. Il fait le siège d'Haroué.

— C'est Copillon qui nous manque, soupire-t-elle. Qu'a-t-il pu devenir ?

Depuis deux jours il n'a rien mangé, rien bu. Il est enfermé dans la prison ducale, sans espoir d'en sortir. Nul ne l'a informé du sort de Jeanne. Il ne sait rien, ne peut compter sur aucune aide. Mais il devine que le duc de

Bourgogne ne s'embarrasse pas de scrupules, quand il veut faire étrangler sans bruit un étranger qui le gêne.

Copillon voit à peine la lumière du jour. La cellule n'a ni fenêtre ni meurtrière, à peine deux soupiraux, deux fentes étroites bardées de fer, donnant sans doute sur une cour intérieure car aucun bruit de la rue ne peut se distinguer sous les voûtes humides. Les minces rayons du jour, tamisés par un grand nombre de toiles d'araignées recouvertes de suie n'arrivent pas jusqu'au sol quand ils ont franchi les murailles épaisses. Aucun espoir d'évasion.

Le prisonnier tourne en rond, les fers aux pieds. Il est probablement seul dans cette geôle. Aucun signal ne parvient des cellules voisines. On n'a pas jugé bon de lui proposer de nourriture. Peut-être la prison est-elle abandonnée. Sa présence au fond du trou est ignorée de tous. Quoi de plus aisé que de le supprimer ?

Il enrage de ne pas pouvoir porter secours à Jeanne. Sans doute a-t-elle été saisie, elle aussi, par les agents ducaux. Elle est à la merci du maître, sans pouvoir se défendre. Il pourra disposer d'elle pour un nouveau mariage, s'il n'a pas d'autres desseins, moins avouables. Où est le duc René ? Lui seul pourrait apporter son aide ? Sait-il seulement qu'il est prisonnier ? Les gardes qui l'ont conduit dans ce cachot n'ont pas dit un mot. Ils l'ont jeté du haut des escaliers, il a roulé sur le sol boueux. Depuis, il n'a vu personne.

Il a sans doute été fouillé car il ne retrouve pas, dans sa ceinture, le petit couteau qu'il n'a jamais quitté depuis son enfance. Naturellement, on lui a pris sa dague. On lui a même retiré sa ceinture. Les heures passent, sans qu'il puisse les compter. Il sent qu'il va mourir de faim et de froid. Combien de temps pourra-t-il encore tenir ? Les fers ne lui permettent pas de s'agenouiller. Pourtant, il prie, il invoque la Vierge de Domrémy, celle qui n'a pas abandonné Jeanne d'Arc, quand Baudricourt lui refusait son aide. Il lui demande de protéger l'autre Jeanne, la sienne, la dame de ses pensées ; qu'elle lui donne la force de résister aux épreuves qui l'attendent, dont il ne peut plus la protéger.

Le ciel entend-il son discours ? Il lui semble qu'un bruit de bottes résonne dans le lointain sur les dalles. Le bruit se rapproche. Une lourde clé fait grincer la serrure. La porte pivote sur ses gonds. Un flambeau à la main, le garde fait son entrée, précédant une forme noire, une femme, emmitouflée dans un épais manteau. C'est elle, c'est Jeanne. Il ne peut voler vers elle, les chaînes le clouent au sol. Mais il lui tend les bras.

Le garde fixe la torche dans un anneau de la muraille et se retire dans l'escalier. Jeanne s'agenouille devant Copillon, presse sa tête dans ses mains. Des mots sans suite sortent de ses lèvres. Elle parle à voix basse, dans sa langue natale, en flamand. Il ne peut la comprendre, mais les mots qu'elle murmure sont si tendres qu'il en pleure de joie. Elle le presse contre son sein, comme un enfant. Il a si froid qu'elle veut le réchauffer de son souffle. Ses mains courent sur son torse dénudé, glacé comme la peau d'un phoque. Elle sort de son sac une clé qui lui permet d'enlever ses chaînes. Copillon se lève, et s'écroule aussitôt. Les marques des fers sur ses chevilles l'ont blessé en profondeur. Il ne tient plus sur ses jambes. Elle l'étend sur le banc de pierre et le frictionne doucement. Une goutte de cordial lui permet de reprendre vie.

— Courage, il faut sortir d'ici. Je suis venue te chercher.

— Je ne veux plus vous quitter.

Il a la force, soudain, de la prendre dans ses bras pour l'étreindre à en perdre le souffle. Elle se laisse faire, heureuse au-delà du possible de le sentir une dernière fois contre elle.

— Je viens te sauver. Il ne faut pas perdre de temps. Nos heures sont comptées

— Nous avons la vie devant nous.

— Hélas, mon Copillon ! Je n'ai pu t'arracher au duc qu'en faisant la promesse de ne plus te revoir.

— Mieux valait me laisser mourir.

Les sanglots empêchent Jeanne de répondre. Elle voudrait tout lui dire, elle n'en a pas la force. Comment pourrait-il comprendre qu'on ne résiste pas au duc de Bourgogne ? Elle en a fait l'épreuve cruelle.

— Je ne te quitterai plus, lui dit-il en la serrant plus fort contre lui.

— Enfant ! Veux-tu mourir dans ce tombeau ? Il peut tout. Nous devons lui céder. Je ne veux pas qu'il te prenne la vie.

Copillon n'a plus la force de se tenir debout. Il s'écroule au sol. Elle lui prend la tête dans ses mains, cherche son souffle sur ses lèvres.

— Mon beau chevalier aux armes vermeilles, mon amour, je n'aimerai jamais que toi.

Elle le baise sur les paupières, sur les tempes.

— Il règne ici le froid de la mort. Partons, quand il en est encore temps.

— Je préfère mourir, articule faiblement Copillon.

Elle se détache de lui, prend un ciseau dans son aumônière, taille ses cheveux blonds qui tombent en boucles sur le sol. Copillon se jette à terre, et les recueille un à un, comme des flocons de neige.

— Jeanne, je t'en supplie, ne te coupe pas les cheveux.

— Ils sont à toi. Ils ne seront à aucun autre.

Il serre les boucles sur sa poitrine, il veut les garder toutes. Jeanne le relève comme elle peut.

— Si tu m'aimes, je veux que tu vives. Même si nous ne devons plus nous revoir.

— Je préfère mourir, répète Copillon d'une voix si faible qu'elle donne froid dans le dos. Jeanne se sent impuissante à le convaincre. Elle parvient à le hisser sur le banc de pierre et se coule à ses côtés. Il est si faible qu'il s'endort contre elle, sans bouger moindrement. Quand le garde fait grincer la porte, Jeanne lui fait signe qu'il doit l'aider à transporter le prisonnier. C'est le seul moyen de le sauver.

Croquemaille a franchi la Somme avec les routiers de Fortépice, qui l'ont conduit à travers les Flandres, où il s'efforçait de retrouver Copillon. Son aventure avec la comtesse ne lui disait rien qui vaille. Il s'était arrangé pour s'introduire dans le palais ducal. Une rapide enquête lui avait permis d'apprendre que Jeanne de Croy était de nouveau à la cour, et qu'on était sans nouvelles de Copillon. Il savait fort bien qu'il n'était pas reparti en Lorraine. Il était donc dans le péril.

Il avait fait la route dans un cortège de pèlerins, trois cents hommes et femmes, qui l'avaient conduit jusqu'à Gand. Lui-même avait revêtu le manteau des moines et c'est en capucin qu'il s'était faufilé dans le palais, sous le nez des archers.

Il s'était laissé pousser la barbe. Sale, épaisse, broussailleuse, elle sortait du capuchon et décourageait les questions indiscrètes. Au reste les gens de Gand étaient pressés, rapides, peu intéressés par les étrangers, toujours nombreux chez eux. La foule bariolée qui se pressait autour de la cathédrale, les jours de marché ou de foire, venait se perdre aux bords du canal, dans les rues larges et bordées d'échoppes, sur les vastes places où se traitaient les affaires, devant les façades claires des maisons au pignon peint ou décoré.

Au pied du pont en dos d'âne qui permettait de découvrir, d'un coup d'œil, tout le quartier marchand, les beffrois et les clochers des églises, Croquemaille surveillait, dès le lever du jour, la silhouette sombre d'un château aux tours crénelées, occupé par une troupe nombreuse. Les armes ducales étaient hissées au donjon, où flottaient aussi les couleurs de la ville. Croquemaille soupçonnait que l'on avait pu emprisonner Copillon dans ce lieu. Il s'approchait prudemment. La ville, à cette heure, était morte. Pas âme qui vive. Même les sentinelles somnolaient.

Croquemaille songeait aux moyens de s'introduire dans la place quand il avait été intrigué par une silhouette de femme pressée, qui frappait le sol de ses talons minuscules. C'était Jeanne, qui allait libérer Copillon. Il l'avait suivie. Elle avait pris le pas de course. De plus en plus intrigué, il avait pressé le pas, sans pouvoir la rattraper, car elle avait soudain disparu, au détour d'une ruelle, dans la bâtisse d'un vieil hôpital.

Croquemaille s'était résigné à faire le guet. Il avait vu arriver une charrette, conduite par un homme d'allure patibulaire, qui semblait dissimuler à dessein son visage. Impossible de lui tirer un mot, l'homme ne répondait rien. Il avait vivement recommandé au pseudo-moine de passer son chemin.

Des cris l'avaient appelé, de l'intérieur. Il s'était engagé dans le couloir de l'hôpital. Des cris de femme, assurément. Croquemaille en avait profité pour observer la charrette. En apparence, elle convoyait un chargement de bois. Le grand Gascon n'avait pas mis longtemps pour découvrir, sous les fagots, une cachette soigneusement aménagée, à la taille d'un homme.

Croquemaille s'était brusquement dissimulé contre la muraille quand il avait entendu l'homme revenir. Il n'était pas seul. Avec un compagnon, il chargeait sur la charrette un corps inanimé. La femme au long manteau noir suivait. Poussé par son intuition, Croquemaille avait bondi d'un coup.

— Vous êtes Jeanne de Croy, je vous ai reconnue.

Les deux gaillards, de saisissement, avaient lâché le corps pour se précipiter sur Croquemaille. Mais Jeanne les avait arrêtés d'un geste.

— Comment osez-vous abandonner votre charge ? Je connais cet homme. Il n'est pas dangereux.

Croquemaille s'était rapproché, dévisageant l'homme à terre. Il avait reconnu Copillon.

— C'est votre ami. Il est évanoui. Je ne veux pas être là quand il s'éveillera. Nous ne devons plus nous revoir. Accompagnez-le, je vous en prie, dans son voyage. Il est attendu à bord d'une gabarre.

Jeanne ne pouvait plus parler, plus respirer. Les sanglots l'étouffaient. Immédiatement Croquemaille avait chargé, seul, Copillon toujours inanimé sur la charrette. Il avait fait signe au cocher de partir. Quand il s'était retourné, la femme avait disparu.

Sans perdre son sang-froid, Croquemaille avait avisé dans la charrette une longue corde. Patiemment, sans le serrer de trop près, il avait lié les pieds et les mains de Copillon, comme s'il l'avait fait prisonnier. Le conducteur avait voulu intervenir.

— On n'est jamais trop prudent, avait dit Croquemaille sentencieusement. Surtout avec les hommes qui ne s'appartiennent plus.

— Je veux que mon étendard flotte ce soir sur le donjon d'Haroué, hurlait Fortépice d'une voix stridente. L'écho, le long des murailles, renvoyait le son guttural de sa voix.

— Allez, archers, piquiers, enfants de pieds et ribaudes, cette ville vous attend ! A l'assaut !

Cette fois Croquemaille n'était pas là pour le suivre, pour prendre en charge l'échelage des murailles et Fortépice le regrettait. Il n'avait toujours pas compris pourquoi le Gascon, qui était un fier écorcheur, l'avait abandonné dans sa campagne, alors qu'il volait de succès en succès, accumulant un énorme butin. Mais Fortépice n'avait besoin de personne pour l'emporter. Il était le plus grand preneur de villes depuis que messire Du Guesclin avait quitté ce monde.

Le siège est commencé. Une énorme bombarde est tractée par un gigantesque attelage. Elle a pour nom Mangeotte. Apparemment l'écorcheur n'a nullement oublié la fille aux yeux de châtaigne qui bravait sa loi. Un nuage de poussière, une énorme clameur : la Mangeotte a tonné ! Les bombardes de Fortépice ne valent pas celles du duc de Bourgogne mais elles font leur effet. Les remparts de Guillaume de Dammartin, le défenseur de la place d'Haroué, sont bel et bien percés. Les écorcheurs, dans une longue clameur, s'élancent à l'assaut.

Aux créneaux, les arbalétriers ajustent leur tir, les couleuvriniers approchent la mèche du fût des canons à serpentins, Guillaume les galvanise.

— Il vous passera tous par l'épée si vous le laissez entrer. C'est un traître ! Il est à la solde de Vaudémont.

C'est vrai, Fortépice a changé d'alliés. Puisque Baudricourt et le dauphin de France ont repoussé ses offres, il s'est allié au Vaudémont, lui-même déçu par le duc de Bourgogne, qui ne lui a pas fait sa part. Fortépice fait la guerre à ses côtés, contre tous les Lorrains réunis. Il a fondu comme un rapace sur Haroué, qui est la place la plus importante devant Nancy. Guillaume de Dammartin ne lui fait pas peur. C'est un bâtard sans foi ni loi, aussi cynique qu'un écorcheur.

Les hommes se hâtent sur les digues qui retiennent les eaux des fossés et qui sont autant de défenses supplémentaires. Il faut les enlever si l'on veut approcher des remparts. Ils sont accablés de carreaux d'arbalètes et de flèches au sifflement strident. Les assaillants avancent, protégés par des grands boucliers de fer. Ils parviennent au pied des demi-tours qui renforcent les murailles, et d'où sort une grêle de traits.

— Sus aux tours, crie Fortépice. Vous aurez les fem-

mes, le vin de Toul et des oies grasses comme des verrats !

Les hommes se reprennent, encouragés par le chef
intraitable qui reste droit sous le tir des arbalétriers, mangeant une pomme pour leur donner confiance. Ils ont une
telle foi dans son pouvoir magique qu'ils avancent sous les
flèches, les pierres, les jets d'huile bouillante, traînant
avec eux les échelles.

En réalité Fortépice se réserve pour une autre action,
follement audacieuse, qui sera décisive. Tout ce qui peut
tirer sur les remparts est concentré sur les malheureux
échelleurs. Fortépice les abandonne, il rejoint un autre
groupe, laissé en réserve, soigneusement dissimulé dans
les broussailles.

— C'est à nous ! lance-t-il.

De nouveau la bombarde tonne. Une autre brèche est
ouverte sans que les hommes qui assiègent les demi-tours
puissent en approcher. Ils lancent pourtant dans la direction des meurtrières des flèches au soufre enflammé qui
doivent asphyxier les tireurs. Les assiégés sortent en
masse, la pique au poing, l'épée haute. Ils fondent sur les
hommes massés devant les demi-tours, ils les assaillent,
les encerclent.

Fortépice revient d'un trait, rapide comme le serpent. Il
clame à nouveau ses ordres, et les hommes repartent à
l'assaut. Il les abandonne aussitôt, pour prendre la tête de
la deuxième troupe qui prépare fébrilement, dans les taillis, les échelles, les harpons siffleurs, les crochets et les
pics.

Tous rampent en direction des remparts, mais à
l'opposé des demi-tours. Personne ne les attend, la surprise est totale. Fortépice part littéralement en flèche, il se
jette contre la paroi où il s'agrippe comme un oiseau. Une
échelle de fils de soie a été lancée, il la saisit. Les meilleurs
de ses compagnons sont là. Ils le suivent en silence.
L'ennemi ne s'est encore aperçu de rien. Coutels, haches,
masses d'armes, poignards vont entrer en danse. Quelques
archers se tiennent en position pour protéger la manœuvre. Franchissant le premier les créneaux, Fortépice
éclate d'une voix sauvage. Son cri perce les murailles,
rameute les assiégés. Ils se précipitent, aperçoivent
l'échelle. Les flèches crépitent le long de la muraille, rico-

chant sur les aspérités. Derrière Fortépice, un homme jeune, d'allure svelte, a sauté sur le haut du rempart. Il dresse son épée et crie lui aussi victoire. Les écorcheurs l'ont rejoint, dépassé, mais une bousculade les repousse : en grand nombre, les défenseurs contre-attaquent. Les hommes sont renvoyés vers l'échelle, ils tombent les uns sur les autres, entraînant dans leur chute le tout jeune homme.

Fortépice a eu juste le temps de l'apercevoir, c'est Jacquemin qui pousse un cri strident, quand il est précipité dans le vide.

Un autre cri lui répond, sur les arrières de l'armée des écorcheurs. Celui de Mangeotte. Elle a réussi à se faufiler, avec sa mule, à proximité immédiate de la ville assiégée en prétendant qu'elle était la femme du capitaine. Beaucoup de soldats voulaient la brancher comme espionne. Mais en l'observant de près un sergent a cru la reconnaître.

— Si c'est elle, a-t-il dit aux autres, gardons-nous d'y toucher car il nous en cuira.

Elle a grimpé sur un des grands chariots de guerre qui accompagnent toujours les écorcheurs. Les hommes s'y retranchent au besoin, quand ils sont assaillis, faisant sortir des bâches une forêt de piques qui déconcerte les agresseurs. Laissant son fils sur un lit de paille, la Mangeotte a grimpé sur la bâche, scrutant la ville assiégée. Elle a parfaitement reconnu Fortépice sur les remparts. Elle ne pouvait voir le détail de l'action. Mais elle avait distinctement perçu le cri strident de Jacquemin. Poussée par une atroce intuition, elle s'était précipitée en avant, vers les assaillants, personne n'avait pu la retenir.

Elle avait assisté alors au spectacle le plus stupéfiant : malgré la poussière et la fumée des bombardes et des couleuvrines, elle avait vu Fortépice se précipiter dans le vide et s'agiter comme un pantin, tête en bas, le long de la muraille, couvrant de son corps un autre homme plus petit, plus mince, plus jeune.

Jacquemin, à n'en pas douter ! Mangeotte en avait depuis longtemps la conviction : s'il s'était échappé de l'atelier de Perreau le Baubet, à Chalon, c'était pour rejoindre Fortépice et pour faire la guerre : son fils aussi était un écorcheur. Fortépice, sous ses yeux, venait de le sauver de la mort. Agrippant l'échelle de sa forte poigne, il tenait l'adolescent de l'autre. Il se balançait ainsi, de droite et de gauche, bravant les flèches, tandis que les autres écheleurs s'emparaient enfin des remparts.

Un archer adroit parvient pourtant à le toucher : une flèche dans la cuisse. Il tient encore le jeune homme, mais on sent qu'il s'affaisse, qu'il va lâcher. Deux hommes d'une force herculéenne tirent alors l'échelle du haut du créneau. Fortépice est hissé le premier, puis Jacquemin. On les dépose au pied du rempart car la bataille fait rage. Le capitaine est blessé, il perd son sang mais on l'entend encore donner des ordres.

— Pas ma ceinture. Qu'on ne touche pas à ma ceinture. Ne touchez pas à la flèche.

En homme de guerre, Fortépice sait bien qu'un homme au ventre libre meurt aussitôt s'il est blessé. Il doit continuer à diriger la bataille, et voir sa victoire. Elle ne peut lui échapper.

— Je vais planter votre oriflamme sur le donjon, lui dit Jacquemin.

— Garde-t'en bien ! Reste avec moi. Ta mère m'arracherait les yeux si elle apprenait que je t'ai envoyé sans moi à la bataille ! Je ne suis pas encore mort ! Mais si tu me vois faiblir, prends ma cassette, ils ont ordre de te la remettre, et va revoir ta mère, la douce garce, achète-toi une grande terre, une seigneurie et vis heureux en dehors des combats. Un carreau est vite attrapé à ton âge.

— A aucun prix je ne veux vous quitter, proteste Jacquemin. Vous êtes mon vrai père et je vous dois tout.

— Fortépice ! Fortépice ! Tiens bon. Je suis là !

Le géant a le regard vague. Il a déjà perdu beaucoup de sang. Mais la voix perçante de Mangeotte le réveille tout à fait. Elle grimpe à l'échelle comme un soldoyeur. Elle arrive aux créneaux, les cheveux en bataille, l'œil allumé par l'incendie du château. C'est Jacquemin qu'elle presse d'abord sur son cœur à l'étouffer, pendant que les écorcheurs commencent à prendre les prisonniers de la garnison, ceux dont on n'attend pas rançon.

— Viens, dit Mangeotte, partons. Aide-moi à porter Fortépice.

Porter le héros ? Son regard vacillant accroche les yeux de châtaigne. Il tente de se dresser sur ses jambes, demande du marc. Mais il ne peut ni marcher ni boire. Mangeotte l'aide à s'asseoir le long du rempart, pour voir la fin des combats. Deux hommes s'approchent de lui, avec des courroies de cuir. Ils viennent pour extraire la flèche.

— Reste près de moi, dit-il à Jacquemin. Ne me quitte pas des yeux.

La Mangeotte a disparu. Un écorcheur demande que l'on retienne solidement Fortépice, sanglé dans les courroies pendant qu'il arrache la flèche. Le capitaine hurle comme un dément. Un autre cri lui répond, celui d'un enfant, son enfant, que Mangeotte est allée chercher en toute hâte dans la charrette. Le géant ne comprend pas tout de suite. Il souffre trop. On lui applique de l'alcool sur la blessure, puis de l'onguent. Il est sur le point de s'évanouir.

Mangeotte lui tend l'enfant.

— Il est à toi, dit-elle. C'est ton fils.

— Par saint Quanet, dit-il, c'est un mâle ! Enlevez-moi, bougres, toutes ces sangles.

Il se débat comme un possédé. Jacquemin l'aide, sous l'œil désapprobateur du barbier-écorcheur qui, à la hâte, passe une large bande autour de la blessure à peine fermée, et une fine ceinture de cuir en haut de la cuisse. C'est que Fortépice veut absolument se lever pour prendre son fils dans ses bras et le dresser vers le ciel, où brille, éclatant, le soleil de sa victoire.

La douleur le fait tituber. Mangeotte s'empare très vite de l'enfant et Fortépice s'écroule, comme une masse. Sa blessure s'est rouverte et le barbier doit se hâter d'apporter ses onguents. Il lui demande de ne plus bouger, de rester immobile, sa jambe prise entre deux planches liées l'une à l'autre.

Fortépice est en extase. On peut voir les larmes couler sur ses joues sales et creuses.

— La Mangeotte, ma renarde, ma châtaigne sauvage, mon amour. Tu te souviens encore de moi ?

Elle s'agenouille devant lui, passe sa main douce et fraîche sur son front, essuie ses larmes et l'embrasse doucement sur la bouche. Il se laisse faire comme un enfant, heureux de retrouver le parfum de ses cheveux. Il soupire, ouvre les yeux, les referme, sourit enfin.

— Tu es revenue, tu es revenue... Il ne croit pas lui-même à ses paroles.

Épuisé par l'opération, il trouve la force de rouvrir les yeux, de temps à autre, pour s'assurer de son bonheur.

— Je te serai plus attachée que le lierre au chêne, lui dit Mangeotte. Maintenant, nous ne nous quitterons plus. Tu auras, lui dit-elle en plaçant le petit Villequin, deux écorcheurs de plus.

— Nous arrivons, dit Croquemaille. La grande oriflamme de Fortépice flotte au donjon. Dieu soit loué ! Ils ont gagné.

Ils ont navigué sur la mer, gagné Rouen d'une traite. Le réveil de Copillon n'a pas été facile. Il voulait à toute force rejoindre la dame de ses pensées. Mais Croquemaille l'avait attaché. Dès qu'il avait fait mine de vouloir défaire ses liens, il lui avait fait boire quelques gouttes de potion à la jusquiame, et le drôle s'était profondément endormi.

— Il n'y a pas un grand amour qui résiste à la jusquiame, ironisait Croquemaille.

Copillon s'était réveillé sur les bords de la Seine, non loin de Troyes.

— Je construirai une nave de mes mains, disait-il dans son délire, et je l'emmènerai en Orient.

Croquemaille s'était surpris à entrer dans son rêve. Pour chauffer ses vieux os, les sables de Saint-Jean d'Acre ou de Damiette conviendraient mieux que les rives de la Meuse. Il se souvenait des récits transmis à la veillée des vieux chevaliers qui étaient revenus des croisades. Leurs paroles sentaient le musc et les grenades. Quand ils évoquaient les palais de Saladin, ils ne parlaient plus, ils chantaient. Qui empêcherait celui-là de prendre, après tant d'autres, le chemin de Damas ? Le départ n'était-il pas le plus sûr moyen d'oublier ?

Les marchands qui les avaient recueillis dans leur caravane s'approchaient. Croquemaille avait délié son ami, pour qu'il puisse se hisser sur une mule du convoi.

— Comment va-t-il ? dit à Croquemaille François Fanuche, un très honorable négociant qui se rend à Nancy.

— Nous allons d'autant mieux, dit Croquemaille, que nous voyons à ce donjon les armes de notre capitaine.

— Fortépice ! glapit le marchand en se signant. Dieu nous aide !

— Ne craignez rien. Nul ne touchera un cheveu sur votre tête.

Une lance d'éclaireurs s'approche d'eux au trot. Croquemaille les arrête d'un geste.

— Va dire au capitaine, dit-il au sergent en toute simplicité, que Croquemaille est de retour.

Le sergent regarde le convoi, faisant une estimation instantanée du butin.

— Ces gens sont mes amis et viennent saluer, sur la route de Nancy, le seigneur Fortépice.

A regret les cavaliers escortent le convoi, prenant la route en lacets qui conduit à la forteresse. Ils franchissent aisément tous les postes et décident de faire halte au pied des remparts, ils n'ont aucune envie d'être les otages d'un capitaine, n'étant pas sûrs de ses bonnes dispositions.

Croquemaille décide d'aller voir seul Fortépice, pour le saluer et obtenir de lui le sauf-conduit nécessaire à la poursuite de leur voyage vers Nancy. Il quitte Copillon avec réticence. Mais celui-ci est en grande conversation avec le marchand.

— Je vous ai entendu parler, lui dit François Fanuche. Êtes-vous réellement capable de construire un navire ?

— Je le suis, répondit Copillon avec assurance.

— En ce cas, vous devez nous suivre. Nous serons d'ici peu sur le chemin de retour. Je connais à Bourges un homme d'un grand avenir qui rêve de construire une immense flotte en Méditerranée, non pour la croisade, mais pour s'enrichir. Le roi le tient, dit-on, en haute estime. Il est de Bourges, par sa naissance, et sa famille y est honorablement connue.

— Comment s'appelle-t-il ? demande Copillon.

— Jacques. Jacques Cœur. Il cherche des hommes hardis et inventifs. A coup sûr, il vous fournira les moyens de réaliser votre rêve.

Copillon ne rêve plus. Il imagine le profil de son nouveau navire. Il pense au savoir technique de maître Perreau, aux prouesses des constructeurs italiens. Un avenir s'ouvre brusquement devant lui, où Jeanne est toujours associée : si cet homme dit vrai, il aura enfin les moyens de l'enlever, pour la conduire avec lui en Orient.

— Messire, lui dit-il, je suis votre homme, et je vous suivrai s'il le faut jusqu'en enfer.

Le vieux marchand est sur le point de répondre. Mais une invraisemblable cavalcade l'en empêche. Précédant le sergent et ses hommes, Croquemaille, à cheval, monté sur un superbe coursier, s'arrête en faisant cabrer sa monture, dans un nuage de poussière. Il tire sa vieille épée et la pointe vers le soleil.

— Vive Fortépice ! Vive le roi ! Le capitaine vient de conclure un contrat. Il a retrouvé La Hire, son vieux compagnon. Jamais deux sans trois. La Hire, Fortépice et Croquemaille au service du roi de France. Viens-tu, Copillon ? Jacquemin est des nôtres, et la Mangeotte est au château. Que te faut-il de plus ?

Copillon ne répond pas. Il regarde vers le Nord, vers le pays brumeux où sa belle est prisonnière. Il ne parvient pas à en détacher ses pensées.

Peut-il savoir qu'au même moment les yeux de Jeanne de Croy se portent sur tous les fruits de l'Orient ? Elle a devant elle les orangers, les citronniers, les palmiers géants aux doux frémissements. Elle est dans le bois sacré d'oliviers aux feuilles vernissées, si brillants, si joyeux qu'ils donnent envie de goûter sans plus attendre à leurs fruits en grappes.

Elle voit une grotte derrière le bois, fraîche et accueillante. Les bleutés de l'horizon révèlent l'oasis dont elle n'a plus envie de partir, la grâce du ciel pour les errants. Sur la pelouse vert tendre, au pied du bois sacré, des lys resplendissent, des pivoines s'égrènent en turbans vermillon, des iris déploient leurs feuilles de sabres et, plus humbles, plus loin, perdues dans la forêt, de petites fleurs blanches lui vont droit au cœur. Elle les suit des yeux dans leur long balancement, elle cherche leurs corolles en doigt de gant, leurs pétales en ailes de papillon : ils sont là, *les sabots de la Vierge*, petits chaussons de velours naturel, modestes offrandes de la nature à Marie. Jeanne pourrait les cueillir, ils sont si vivants, si proches. Ils lui donnent le désir éperdu de partir pour rejoindre celui qu'elle aime.

Soudain la Vierge apparaît dans ses plus nobles atours. Sans doute a-t-elle commandé sa robe aux maîtres drapiers de Gand car elle est d'un bleu profond, émaillé de pierres précieuses, de rubis, de topazes, de lapis-lazuli. Son visage est calme, son sourire rassurant.

Jeanne n'a plus de doute, plus de craintes. Elle s'agenouille et prie. Elle n'ose lever les yeux, devant la Vierge, sur le chevalier à la blanche monture qui vient de pénétrer dans le champ d'herbe tendre. Il porte une armure argentée, bleutée, il a l'air vainqueur. Il s'approche du bois sacré et se prépare à sauter à terre. Peut-être a-t-il vu, lui aussi, briller sous les feuillages les sabots de la Vierge ?

Jeanne prie et la Vierge ne cesse de sourire. Le miracle, c'est Jeannot le Flamand qui l'a réalisé. Il a vu Jeanne si triste, si désespérée qu'il l'a entraînée, avant son départ pour la Bavière, dans la petite chapelle de l'église de Saint-Bavon, à Gand. Pour la première fois, il a ouvert pour elle le grand tryptique qu'il vient d'achever. Le duc lui même ne l'a pas encore vu. Le peintre a accompagné la dame dans la chapelle, puis il s'est retiré sans dire un mot.

Il est là, l'Agneau mystique, et Jeanne peut faire contrition. Pourtant la Vierge, à l'évidence, ne lui reproche rien. Elle est heureuse de sa présence au milieu de ce paradis où embaument les lys et les pivoines. Elle peut saisir les oranges des sultans de Grenade et goûter aux dattes des palmiers. Les vignes de Lisbonne et les figuiers féconds lui offrent leurs fruits rares, et les cerisiers des Flandres, et les groseillers de Lorraine. Elle peut tout prendre, la petite Jeanne. Elle a tant souffert que la Vierge veut la consoler.

Elle n'a pas fini de souffrir. Au lieu de voir ces richesses si proches, ces fruits de paradis, elle n'a d'yeux que pour l'autre femme, l'Ève au ventre nu, celle qui regarde humblement la Vierge, anxieusement peut-être. A la droite de l'agneau laineux elle est pâle comme une morte et pourtant sa poitrine est lourde, son ventre plein. Son corps est riche d'espérance et Jeanne ne peut en détourner ses yeux.

Elle soupire. Qui sait si elle ne ressent pas aussi dans son sein la présence d'un don du seigneur ? Le chevalier à l'armure argentée va sans doute repartir pour sa longue croisade, et peut-être ne plus revenir. Quelle joie pour lui s'il pouvait savoir que la dame au corps fragile ne pourra jamais l'oublier.

Agneau de Dieu, qui effacez les péchés du monde... Ève regarde Jeanne, attendrie. Ainsi donc elle n'est plus seule à solliciter humblement son pardon. Une autre, si long-temps après la Création, vient à son tour s'agenouiller devant la Vierge et rechercher dans son désarroi la conso-lation de la prière. Pourquoi ne lui donnerait-elle pas un signe d'espérance, un message de paix ?

Jeanne a les larmes aux yeux. Elle ne peut plus rien voir. Elle baisse la tête, accablée, de nouveau livrée au senti-ment désespérant de sa solitude. Le chevalier aux armes éblouissantes livrera pour d'autres ses plus belles batail-les. Comme Ève, elle va mourir en restant fidèle à son serment. Aura-t-elle la force d'oublier ? La Vierge lui demande-t-elle, comme condition de son pardon, de brouiller les images des temps heureux avec l'eau glacée qui coule sur la grotte ? A quoi bon les fruits du Paradis, puisqu'ils ne lui sont pas destinés. A quoi bon l'herbe ten-dre, puisque dans son cœur, la passion ne peut renaître ? Jeanne ne voit autour d'elle que des images de malheur. Elle est perdue.

Au creux du désespoir, comme pour saluer à sa manière la maîtresse des cieux, elle lève une dernière fois les yeux sur le visage de la Vierge, et le sourire de la souveraine est si doux, subitement, qu'il sèche les larmes, comme le vent du Sud.

Jeanne ne peut en détacher son regard. Il lui semble que la Vierge va lui parler. Ses genoux lui font mal, ses mains se crispent, ses yeux deviennent fixes. Les paroles de Marie la touchent droit au cœur.

— Va, tu peux rejoindre maintenant celui qui t'attend dans sa demeure. Car il accepte l'enfant que tu portes en toi, celui de l'amour, celui qui efface les péchés du monde.

TABLE

Cet ouvrage a été réalisé sur
Système Cameron
par la SOCIÉTÉ NOUVELLE FIRMIN-DIDOT
Mesnil-sur-l'Estrée
pour le compte des Éditions Plon
le 18 février 1985

Photocomposition : Hérissey

Imprimé en France
Dépôt légal : janvier 1985
Nº d'édition : 11263   Nº d'impression : 2150